기억의 가면

김용성 장편소설
기억의 가면

초판발행_2004년 6월 15일
2쇄발행_2004년 12월 17일

지은이_김용성
펴낸이_채호기
펴낸곳_㈜**문학과지성사**
등록번호_제10-918호(1993. 12. 16)

주소_서울 마포구 서교동 395-2호(121-840)
편집_338)7224~5   FAX 323)4180
영업_338)7222~3   FAX 338)7221
홈페이지_www.moonji.com

ⓒ 김용성, 2004. Printed in Seoul, Korea

ISBN 89-320-1515-5

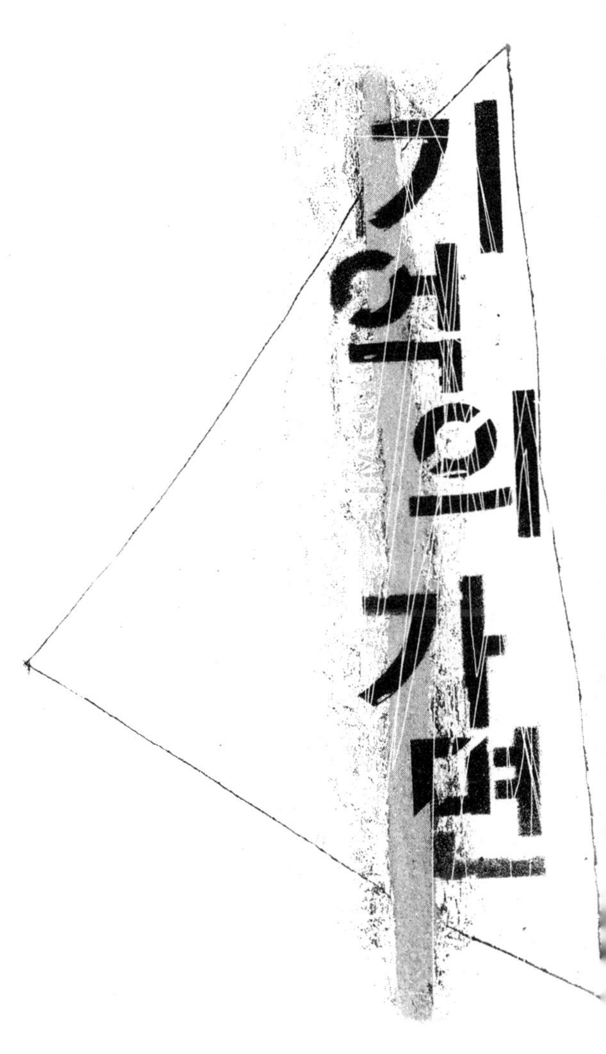

김용성 장편소설

문학과
지성사
2004

기억의 가면

차례

제1장 —— 기억, 1945년 6월 5일

1

깍, 깍, 깍, 깍……

그는 계단이 끝나는 곳에서 출입구를 빠져나가자마자 단음절로
이어지는 흉음 같은 새들의 울음소리를 듣는다. 건물의 모퉁이를
돌아서자 그는 이내 그것이 독수리만 한 크기의 살찐 까마귀떼가
내는 소리라는 것을 안다. 놈들은 그를 덮칠 듯이 저공 비행을 하
며 위협을 가하다가 온통 붉은 벽돌만으로 축조된 고성의 꼭대기
넓은 테라스 저쪽 구석에 우르르 내려앉는다. 어떤 놈들은 먹을 것
도 없는 돌 바닥에 부리를 대고 무언가를 쪼는 시늉을 하면서 큰
날개를 퍼덕거리며 경중경중 뛰어다닌다. 어쩌면 놈들은 산 사람
이 망자를 테라스에 가져다놓으면 순식간에 말끔히 먹어치웠다던
놈들의 먼 조상들이 했던 행위들을 유전적으로 흉내내고 있는지도
모른다.

하늘에서 쏟아져내리는 강렬한 햇빛은 터져도 소리 나지 않는
포탄처럼 테라스 위에 작열한다. 머리와 가슴과 등허리에서는 줄
기차게 땀이 솟아 티셔츠를 물범벅으로 만들어버렸고 엉덩판과 바

짓가랑이는 오줌이라도 흠뻑 싼 꼴로 척척하게 젖어 있다. 그는 테라스 난간에 서서 저 멀리 메마른 강가에서 불어올지도 모를 한 가닥의 바람을 갈구한다. 하지만 바람은 한 점도 불어오지 않는다. 그에게는 일행이 있었으나 그들 몰래 그 어떤 비밀을 캐내려는 사람처럼 비장한 각오를 다지며 혼자서 5백 개는 족히 넘을 계단을 올라가 무굴 시대의 그 고성 꼭대기 테라스에 다다른 것이다. 그곳에서 누군가에게서 버려져 죽어가고 있는 노파나 이미 쪼아 먹힌 시체의 잔해를 발견할 수 있을지도 모른다. 그는 테라스에서 떨어져 거대한 고래의 검은 뱃속 같은 홀 안을 기웃거려 보았으나 날개를 퍼덕거리며 뛰어다니는 까마귀떼 외에는 아무것도 발견할 수 없다. 거기에는 수백 년 동안 강렬한 햇빛에 바싹 말라버린 절망과 까마귀 부리에 쪼인 허무만이 널브러져 있다. 그는 갑자기 어지럼증을 느끼고 비틀거린다. 더럭 겁이 난 그는 허겁지겁 도망치듯 돌계단을 내려간다.

눈을 떴을 때, 이진성(李眞誠)은 왜 하필이면 까마득히 잊고 있던 8년 전의 인도 여행에서 들은 까마귀떼의 흉음 같은 울음소리와 갈구하던 한 점의 바람을 불현듯 상기하게 되었는지를 깨닫지 못했다. 분명 꿈은 아니었다. 잠에서 깨어나 눈을 감고 있었던 순간은 매우 짧았으나 그 기억은 그의 의식 속에서 생생하게 재현되었으니까.

간밤에 마신 술 탓인가, 머리가 뻐개지는 듯 지끈거렸다. 그는 바람이라도 쐬면 좀 나을 것 같아 침대에서 일어나 창가로 다가가서 창문을 옆으로 밀었다. 깍, 깍, 깍, 깍…… 눈에 들어온 것은 잔뜩 찌푸린 이른 아침의 하늘을 배경으로 이리저리 날아다니는 덩치 큰 까마귀떼였다. 놈들의 덩치는 인도에서 본 것들만큼 크지는 않았지만 한국의 가을 산간 들녘에서 볼 수 있는 것들보다는 분명 컸다. 놈들은 단층이거나 2층 주택들 위거나 좁은 도로를 따라 비행하다가는 아무 지붕 위에나 날개를 접으며 내려앉아 지붕마루 위를 껑충껑충 뛰어다녔다. 날은 잔뜩 찌푸린 채로 밝아오고 있었으나 주택가의 좁은 도로에서는 아직 자동차 달리는 소리조차 들리지 않는 조용한 아침이었다. 그는 주택가 어귀에 자리잡고 있는 이류 호텔의 창가에 서서 일본에서 맞는 참으로 낯선 첫 아침을 맞이하고 있었다. 그러고보니 그날은 아무도 일찍 일어날 필요가 없을 6월의 마지막 일요일이기도 했다.

그가 침대에 누워 더 이상 꾸물거릴 수 없었던 이유는 난데없는 까마귀 울음소리도 울음소리였지만 무엇보다도 그날 9시 10분에 도쿄 역을 출발하는 히로시마 행 신칸센[新幹線]을 타지 않으면 안 된다는 조바심 때문이었다. 그는 나카지마 노부아키라[中島信彬]가 일본에서 보내준 신칸센 승차권을 서울을 떠날 때부터 고이 간직하고 왔다. 조금이라도 게으름을 피우다가 열차를 놓친다면 일본말을 제대로 구사할 줄 모르는 그로서는 난감한 일이 아닐 수 없었다. 고베[神戶]! 태어난 곳. 여섯 살에 그곳을 떠난 이후 지난 47년 동안 그곳에 한번 가기를 얼마나 열망했던가.

민속학에 관해서는 별로 아는 것이 없는 진성이 도쿄에 있는 센슈[專修] 대학의 인문과학연구소가 주관하는 한·일 비교민속학회 세미나에 한국인 학자들을 따라 참가한 것은 단순히 일본에 오기 위한 구실에 지나지 않았다. 6·25 전쟁 때 자진해서 의용군에 입대한 것이 분명한 그의 삼촌 때문에 어려서부터 그는 알게 모르게 가슴속에 응혈을 지니게 되었다.

그해 여름 인민군이 탱크를 앞세우고 들어와 서대문형무소 철문을 부순 뒤 보름쯤 지났을 무렵이었다. 대학에 다니던 삼촌은 아침에 어디론가 나갔다 들어오더니 작은 가방에 속옷가지를 부랴부랴 우겨넣고는 진성의 할아버지 몰래 진성 아버지의 첫번째 부인이자 진성을 여섯 살 때부터 길러준 양모이기도 한 큰어머니를 대문 밖으로 불러냈다. 삼촌과 같은 방을 쓰던 진성은 삼촌의 행동이 수상쩍어 따라나가 대문 틈 사이로 밖을 엿보았다.

"형수님, 용서하세요. 전 양키 놈들을 이 땅에서 몰아내기 위해 의용군으로 나갑니다. 당분간 아버님께는 비밀로 해두세요."

"이러면 안 돼요. 집안의 기둥은 도련님밖에 없는데, 날더러 어떡하라구요?"

큰어머니가 삼촌의 팔을 잡고 한사코 매달렸으나 삼촌은 매정하게 뿌리치고 달아났다. 언제나 큰어머니에게 고분고분하고 진성에게 다정했던 삼촌이 그럴 수 있다는 것이 진성으로서는 이해가 되지 않았다.

빌어먹을! 그때 삼촌이 의용군에 입대만 하지 않았더라도, 70년대 중반 이후 그럭저럭 작가 행세를 할 수 있었던 그로서는 그 무렵 한번쯤 일본 여행을 할 수도 있었을 것이다. 그러나 삼촌이 저지른 행적이 그에게는 늘 걸림돌이었다. 그러므로 그가 자신의 출생지를 찾아간다는 것은 일종의 모험일 수밖에 없었다. 신원 조회부터 문제가 될 게 뻔했다. 설혹 신원 조회를 통과하여 여행을 마치고 돌아온다 하더라도 긴급조치하의 정보원들이 그를 가만두지 않을 것이었다.

"누구와 접선했소?"

"당신의 빨갱이 삼촌이 북한 공작원으로 일본에 와 있다는 정보가 있는데 그자를 만나러 간 게 아니었느냔 말이오. 순순히 자백하시오!"

그들은 있지도 않은 허구를 사실처럼 조작하여 그에게 빨갱이 딱지를 붙여버릴는지도 몰랐다. 진성이 일본에 가는 것은 누구보다도 큰어머니가 반대했다.

"이놈의 세상이 언젠가는 바뀔 게다. 그때까지 생모 찾아가는 걸랑은 가슴에 묻어 두거라."

그의 큰어머니는 그가 일본에 가고 싶어 하는 것을 마음속으로는 안쓰러워하면서도 신상의 안전을 위해서는 참는 수밖에 없다고 말했다. 큰어머니의 슬픔을 생각하면 생모를 찾아가겠다고 우길 수만도 없었다. 세월이 흘러 큰어머니가 기대한 대로 민주화의 물결이 일고 세상은 변했다. 그러나 생전의 할아버지도 큰어머니도 삼촌에 관한 것이라면 불문율처럼 입도 뻥긋하지 않았는데, 큰어머니는 요즘 들어 이상하게도 그의 생모를 찾아가보라는 말 대신, 삼촌을 보고 싶다는 말만을 되뇌었다.

"자네 삼촌, 문수 삼촌이라도 볼 수 있으면 좋으련만. 북에 살아 있는지, 죽었는지…… 결혼은 했는지…… 1·4 후퇴 때만 해도 살아서 집에 왔다 간 게 분명한데…… 내가 몇 자 적어서 밥솥 속에 넣어두었던 안부 쪽지와 쌀과 김치, 땔나무가 없어진 걸 보면 말이다."

그랬다. 삼촌의 이름이 문수였다. 호적 등본에 아버지 이장수(李章秀)는 사망한 것으로 처리되어 있으나 이문수(李文秀)는 서울에서 태어난 것으로 되어 있는 채 그대로 살아남아 있었다. 진성은 그동안 삼촌에 관해서 궁금히 여겨왔던 점을 큰어머니의 말끝에 이어 물었다.

"문수 삼촌은 해방 전 일본에서 무엇을 하고 계셨어요? 제가 삼촌을 처음 본 것은 한국으로 떠나는 여객선 대합실로 기억하는데요…… 아버지가 행방불명되자 마치 기다렸다는 듯이 갑자기 나타나셨으니 말이에요."

"마지막 일 년 동안 오사카에서 신문사에 다녔다더라."

"기자로 말인가요?"

"자세히는 모르겠다만, 아마 그랬을 거야. 매우 총명한 사람이었으니까. 고베 자네 집에도 서너 번 들렀다던데…… 삼촌이 자네 앞에 불쑥 나타난 것처럼 기억하는 건, 그전의 만남은 자네가 너무 어려서 기억나지 않아서일 거야."

"그럼, 신문사 이전에는요?"

"중학교에 다녔지."

"오사카에서 말인가요?"

"그랬을 거야."

큰어머니의 말이 어느 정도 신빙성이 있는지는 헤아릴 길이 없었다. 삼촌에 관한 일본에서의 행적은 그것이 전부였다. 삼촌은 진성에게 몹시 다정한 사람이었음에도 진성을 어리다고 생각해서인지 의용군으로 지원해 나갈 때까지 자신의 과거에 대해서 들려준 적이 없었다. 그뒤 할아버지는 집안에 남아 있던 삼촌의 흔적들을 모조리 불태워 없애버렸다.

말년에 삼촌을 그리워하던 큰어머니는 평생의 한을 안은 채 한 해 전에 세상을 떠났다. 유품을 정리하던 진성의 아내는 큰어머니의 경대 서랍 안에 있던 까만 가죽 핸드백 속에서 놀랍게도 한 장의 가족사진을 발견했다.

"이 사진 좀 보세요. 여기 내가 보지 못한 가족들이 모두 모여 있는 것 같아요."

　잡지사에 원고를 넘겨주고 집으로 돌아왔던 그날 저녁, 그의 아내가 보여준 명함 크기의 두 배쯤 되는 그 사진은 매우 귀중한 것임에 틀림없었다. 사진 뒷줄에는 양복 차림의 아버지와 학생복 차림의 삼촌이 서 있었고, 아버지 앞에는 갓난아기를 안은 생모가 기모노 차림으로 앉아 있었으며, 삼촌 앞쪽에는 네 살가량 돼 보이는 진성이 망토처럼 생긴 외투를 걸치고 서 있었다. 사진 뒷면에는 펜으로 '대판학교(大阪鶴橋)'와 '부전정강(富田靜江)'이라는 두 한자 단어가 위아래로 씌어 있고, 다시 그 밑에 '1947년 6월'이란 연월이 적혀 있었다. 대판학교는 오사카에 있는 학교란 지명일 테고 부전정강은 이름임이 분명했다. 그러나 '1947년 6월'은 진성이 일본을 떠나고 만 2년이 지난 시점에 해당된다. 그렇다면 이 사진이 그의 할아버지나 삼촌이나 큰어머니 가운데 한 사람 앞으로 전달되었다는 것만은 틀림없었다. 하지만 지명과 이름은 무엇을 의미하는 것일까. 이게 생모의 이름일까. 그렇다면 오사카의 쓰루하시〔鶴橋〕와는 어떤 관련이 있을까. 혹시 삼촌과 관련이 있는 지명일까. 아니면 부전정강이란 사람이 쓰루하시에 살고 있다는 것을 뜻하는 것일까. 알려줄 사람이 아무도 살아 있지 않은 상태에서 그것은 그가 풀어야만 하는 수수께끼 같은 것이었다.

　그건 그렇다 치고, 도대체 큰어머니는 그 사진을 어떻게 지니게 되었을까. 삼촌이 가지고 있다가 큰어머니에게 넘겨준 것일까. 아니면 할아버지에게 우편으로 전달된 것을 큰어머니가 우겨서 가지고 있었던 것일까. 그것도 아니면, 진성의 아내가 발견했던 것처럼 큰어머니가 할아버지의 유품을 정리하다가 발견하여 지니고 있었던 것일까. 진성은 여러 경우를 생각해보았으나 그중 어느 것이라고 꼭 집어서 말할 수가 없었다.

큰어머니의 유품에서 발견한 그 사진은 일본 여행의 목적을 충족시켜줄 어떤 단서가 되는지도 몰랐다. 그래서 그는 비교민속학회 회원들을 따라나서면서 그의 출생지를 명시하는 호적 등본 외에 그 사진을 어깨 가방 속에 넣었다. 그가 단독으로 출국하지 않고 학회 일원으로 가장한 것은 어쩌면 어려서부터 몸에 밴 피해 의식 때문이었는지도 몰랐다. 어떤 무리에 끼지 않으면 불안스러워 행동이 자연스럽지 못하게 되는 망령 같은 피해 의식 말이다. 그것은 그가 8년 전에 결행했던 인도와 유럽 여행 때도 마찬가지였다.

양국의 학회 관계자들에게는 참으로 미안한 일이었지만, 세미나의 1부 발표가 끝나고 막간으로 한국에서 초빙받아 간 한 영험하다는 무당이 회의장 가설 무대 위에서 용궁맞이굿을 벌이며 한창 무아지경에 들어 쾌자 자락을 펄럭거릴 때, 그는 도망치듯 몰래 그 자리를 빠져나와 신주쿠로 가는 지하철을 탔다. 처음부터 무속에는 관심이 없었다. 무당의 춤을 구경하기에는 현실이 너무나 절박했다.

진성은 휘황찬란한 신주쿠의 거리에서 갈 곳을 모르는 사람처럼 서성거렸다. 도대체 나는 누구란 말인가. 괜스레 눈물이 핑 돌았다. 그는 신주쿠의 뒷골목으로 걸어 들어갔다. 골목 안에는 새를 굽는 듯한 냄새가 배어 있었다. 야키도리. 그러면 그렇지, 새를 굽는다는 간판이 한 집 건너 하나씩 걸려 있었다. 일본에는 처치 곤란할 정도로 참새가 많은가보다. 이 많은 집에서 참새들을 구워내다니. 그는 발길 내키는 대로 아무 집에나 들어가 의자 하나를 차지하고 5백 시시 맥주 한 잔과 야키도리를 한 꼬치 시켰다. 아뿔싸! 맘씨 좋게 생긴 아줌마가 가지고 온 것은 꼬치가 아니라 닭다리 두 개였다. 어쩐지 옆 사람들이 닭고기를 뜯고 있더라니. 생모 때문에 평소 일본에 대해 관심을 가지고 있었으면서도 '도리'는 새만을 뜻하지 않고 닭의 의미도 있다는 걸 알지 못했다는 쑥스러움 때문에 그는 그날 밤 5백 시시짜리를 다섯 잔이나 더 시켜 마셨다. 그러나 다리가 휘청거리도록 맥주를 들이켠 것은 쑥스러움 때문만은 아니었다. 그날 정오가 막 지날 무렵 나리타 공항을 빠져나올 때부터 그를 지배한 것은 알지 못할 막연한 불안감이었다. 분명한 것은 그때 그는 불확실한 기대감과 더불어 그것이 이루어지지 않았을 때에 찾아올 허망함을 예견하며 안타깝이처럼 초조해하고 있었다는 것이다.

진성이 고베에 가는 목적은 두 가지였다. 하나는 그가 태어난 생가를 찾아보는 것이고, 다른 하나는 조선이 해방되던 해 일본에 잔류해버린 생모와 누이동생을 찾아보는 것이었다. 그것들은 모두 그의 근원인 자궁과 관련되어 있는 것이었다.

"마코도야, 엄마는 더 이상 아빠를 찾아낼 수 없구나. 아무래도 공습에 돌아가신 것 같다."

어느 날 생모는 진성과 그의 누이동생을 부둥켜안고 심한 기침을 하면서 울며 말했다. 그러고 나서 몇 날 밤이 지났을까, 그는 등에 륙색을 메고 어머니의 손을 꼭 잡은 채 사람들이 악다구니를 치며 분주히 오가는 여객선 대합실 안에 서 있었다.

"마코도야, 엄마는 네가 조선 사람이니까 조선에 가서 사는 게 좋겠다고 생각했단다. 엄마는 아기와 여기서 살 거다. 울지 마라. 콜록콜록…… 이분이 네 삼촌이시다. 아빠의 동생이시지. 인사 드려라. 삼촌께서 너를 서울에 계신 큰엄마께 데려다주실 거야."

어디를 떠돌다가 불쑥 나타났는지 모를 삼촌은 허우대가 좋은 청년이었다. 그러나 생모가 이상하게도 밭은기침을 섞어가며 힘겹게 소개했지만 정작 그 청년이 아버지의 동생이자 자신에게는 삼촌이 된다는 인척 관계에 익숙하게 된 것은 그로부터 한두 해가 지나서였다.

47년 동안 시도 때도 없이 도막도막 떠오르는 장면과 장면.

그렇다 하더라도 여섯 살짜리 아이가 생모와 그렇게 헤어진 뒤로 긴 세월을 보내온 터에 이제 와서 새삼스럽게 모정이 솟아날 까닭은 없었다. 생모에 대한 그리움은 그해 7월 초순, 어디서 불쑥 나타났는지 모를 낯선 삼촌의 손에 이끌려 폭격 세례를 받아 거꾸로 처박힌 선박들이 여기저기 흉측한 모습을 드러내고 있는 고베 항을 떠나 여수로 가는 기선에 올라탔을 때부터 한두 해 동안에만 간절했을 뿐, 차츰 큰어머니의 남다른 사랑과 할아버지의 훈육에 익숙해지면서 가물가물 사라지고 말았던 것이다.

그가 아는 생모에 대한 지식은 그의 생모를 한 번도 본 적이 없는 큰어머니가 들려준 소소하고 단편적인 것들뿐이었다. 그의 생모는 아버지가 일본 교토[京都]로 유학 가서 자취하고 있을 때 사귀게 된 주인집의 조카딸이었다. 두 사람의 사랑은 아버지가 이미 결혼한 남자였기 때문에 불륜이었다. 그 사실을 아버지가 처음부터 어머니에게 고백했는지 하지 않았는지는 알 수 없었다. 아버지는 어머니가 그를 임신하고 나서야 서울의 할아버지에게 그 사실을 알리고 큰어머니와는 이혼하겠다는 서신을 보내왔다는 것이다. 할아버지는 노발대발하여 당장 돌아오라는 엄명과 함께 학비는커녕 생활비마저 끊어버렸다. 그러자 아버지는 자립하기 위해 교토에서 하던 공부를 중단하고 주거지를 고베로 옮긴 후 그곳에서 운전을 배워 고무 공장의 트럭 운전사가 되었다는 것이다. 미루어 짐작건대, 어머니의 집안에서도 어머니가 '조센진'과 동거하는 것을 허락했을 리 없다. 그렇다면 두 사람의 결합은 끊기 어려운 열렬한 사랑의 교감에 따른 것이었을 것이다. 그들은 7년 동안 아들과 딸을 하나씩 낳아 행복하게 살았다고 보아야 할 것이다.

그런데 그의 아버지는 미군의 대공습이 있던 날 이후 집에 돌아오지 않았다. 생모가 헤어질 때 삼촌을 통해 할아버지에게 보낸 편지에는 남편은 행방불명이라고 써 있었다고 했다. 갓 서른을 넘긴 나이에 사라져버린 것이다. 그리고 진성이 스무 살 되던 해, 그의 할아버지가 노환으로 세상을 뜨기 전까지 할아버지는 무슨 언짢은 일이 있기만 하면 말끝에 그의 아버지와 생모를 들먹거리며 그가 듣고 있는 것도 괘념치 않고 큰소리로 싸잡아 폄하하다가 마지막에는 울먹거리는 것으로 끝을 맺고는 했다.

"제놈 성화에 성을 기무라로 바꿨던 것도 억울했는데, 허참, 정신 나간 놈이었지. 그때 공부에만 전념했더라면 지금쯤 판검사 한자리는 너끈히 차지하고 있었을 놈이 계집에, 그것도 일본 계집에 미쳐서 제 조강지처도 버리고 파락호가 돼버리다니. 하긴 그 계집이 몹쓸 년이었어. 열심히 공부하던 그놈에게 온갖 아양을 떨며 유혹했을 테니까. 사람은 죄를 지으면 벌을 받게 마련이야. 행방불명이라구? 벌을 받아 제 짧은 인생을 마감한 거라구."

큰어머니와 삼촌이 그를 애틋하게 대해주는 것에 비하면 할아버지는 엄하게만 다스렸다. 할머니는 애초부터 보이지 않았다. 그것도 나중에 큰어머니가 일러주어서 안 일이지만, 그가 세상에 태어났을 무렵 할머니는 이미 폐병으로 돌아가셨다는 것이었다.

큰어머니가 중풍으로 세상을 떠나기 한 해 전, 그러니까 2년 전 할아버지의 기일에 제사를 지내고 난 자리에서 그는 그동안 마음에 담고 있던 궁금증을 조심스럽게 풀어놓았다.

"어머니, 생모가 저를 한국으로 떠나보낸 참이유가 무엇인지 아시나요?"

겨우 몸을 추스르고 방 벽에 몸을 기대고 앉아 있던 큰어머니는 간신히 알아들을 수 있을 만큼 작은 목소리로 떠듬떠듬 말했다.

"애비야, 자네 생모를…… 너무 원망하진 마. 그 사람이라고…… 어린 자네를 이 땅으로 훌쩍 보내고 싶었겠어? 할아버진, 생전에 두 사람을…… 나쁘다고 욕하셨지만, 날, 위로, 위로해주시느라고…… 그러셨던 거야. 조금은 당신의 욕심을…… 정당, 정당화시키려는…… 뜻도 계셨겠지만……"

"욕심을 정당화시키다니요?"

"자네 생모는, 처음엔 자넬, 보내지 않겠다고…… 버텼지. 하지만 할아버지의 고집을 꺾지는 못했어. 경주 이씨…… 할아버지의 대를 이을…… 장, 장손이라 일본에 남아서는 안 된다는 엄명을…… 내리신 거야. 그땐, 대동아전쟁 말기에…… 한창 미군 폭격기가…… 기승을 부리던 때라, 할아버지께선, 자네가 자네…… 애비처럼 언제 어떤…… 변을 당할지 몰라 불안해하셨지. 한두 번 편지…… 왕래가 있었을까, 자네 생모는 마지못해…… 자네와 헤어진 거지. 그놈의 고, 공습만 아니었더라도……"

생전에 아이도 갖지 못한 채, 오직 소실의 자식인 진성 하나만 잘되기를 바라며 홀몸으로 살아온 그의 큰어머니는 회한에 잠겨 더 말을 잇지 못했다. 진성은 그 자신도 고베의 공습을 기억하고 있지만 자료에는 어떻게 기록되어 있는지 일본에 가기 전에 서점과 도서관을 뒤져 알아보았다. 오치아이 시게노부〔落合重信〕는 후등서점(後藤書店)에서 간행한 『고베의 역사—통사편』에서 고베 공습에 대해 다음과 같이 기록했다.

고베 시의 처음 공습은 1942년 4월 18일에 있었다. B25에 의한 것으로 피해 정도는 자세히 알 수 없지만 효고[兵庫] 구 남부에 소이탄이 투하되었다. 사이판 도가 함락된 후, 미국은 그곳을 공군기지로 삼아 B29 중폭격기에 의한 일본 본토 공습을 개시했다. B29의 처음 공격목표는 6개 도시(도쿄·가와사키·요코하마·나고야·오사카·고베)와 6개 산업체(제강·항공기·상선·항만·베어링·전기)였다.

1944년 12월 15일 오전 9시, 그 B29가 최초로 오사카와 고베 사이 상공에 모습을 드러내었다. 그날부터 고베 공습은 점점 격화되었다. 그리고 종전 하루 전인 1945년 8월 14일까지 계속되었는데, 그 횟수는 1백 회를 넘었다. 주요한 것만 치더라도 1945년 중 1월에 6회, 2월에 14회, 3월에 9회, 4월에 6회, 5월에 10회, 6월에 12회, 7월에 12회, 8월에 10회가 있었다.

고베 항의 해면에는 많은 기뢰가 투하되었다. 45년 2월 23일 밤, 오사카 만에 처음으로 기뢰가 투하된 후 그것이 도를 더하여 오사카 만은 말할 것도 없고, 고베 항의 안팎, 하리마 여울, 아와지 섬 주변 등의 각 항로는 위험하여 항해가 불가능하게 되었다. 고베 항으로부터 세토 내해에 걸쳐 투하된 자기 기뢰는 4천 개가 넘었다. 고베 항을 나가던 함선이 와다[和田] 곶을 통과하다가 기뢰와 충돌하여 침몰하는 광경은 그다지 드물게 보는 것이 아니었다. 피해를 입은 함선은 20척이 넘었다. 나가다와 스마[須磨]의 앞바다에는 피해를 입은 함선이 선수를 바다 위로 내민 채 가라앉고 있어서 마치 배의 무덤을 연상시켰다.

고베 시가 받은 공습 중에서 특히 피해가 컸던 것은 45년 3월 17

일과 6월 5일의 대공습으로서, 전자는 고베 시의 서쪽 부분, 후자는
동쪽 부분을 불태워버렸다. 3월 17일의 야간 대공습은 B29기에 의
한 무차별 폭격이었다. 처음에 폭격기는 구마노단〔熊野灘〕과 고치
〔高知〕 앞 바다의 두 방향으로부터 들어와 기탄〔紀淡〕해협의 상공
을 선회하며 집결했다. 그 가운데 한 대가 고베 상공으로 침입하여
스마의 동부부터 동으로 향하여 모도마치〔元町〕 · 산노미야〔三
宮〕 · 나다〔灘〕 부근에 조명탄을 차례차례 투하하고는 해상으로 날
아가버렸다. 그 직후 오전 2시 30분부터 약 2시간에 걸쳐 B29 약 60
대가 시가지를 향하여 무차별로 소이탄을 투하했다. (중략)

인적 피해는 사망 2,598명, 부상 8,558명, 가옥 피해는 전소 · 전
파가 6만 4,853호, 이재민은 실로 23만 명에 달했다. (중략)

3월 19일에도 그라망 전투기가 내습하여 기총소사를 했다. 이 연
일의 공습으로 고베 시내의 중학교와 국민학교가 당분간 수업을 하
지 않기로 했다. 뒤이어 6월 5일에는 B29 350대의 대편대가 고베를
중심으로 오사카와 고베 사이(니시노미야西宮부터 다루미垂水까
지)를 맹렬히 폭격했다. 6월 1일 오사카가 B29 4백 대에 의한 폭격
을 받아, 3월 17일의 대공습을 훨씬 능가하는 비행기 수에 놀라워하
던 때였다. 다량의 소이탄과 중소폭탄에 의한 융단폭격으로 후키아
이〔葺合〕 · 이쿠다〔生田〕 · 나다 · 스마 구의 순으로 피해가 컸고, 효
고 · 나가다〔長田〕 구도 상당한 피해를 입었다. (중략) 이날의 공습
은 대낮에 있었다. 5월의 날씨처럼 유별나게 맑았지만 자욱하게 뒤
덮은 검은 연기로 하늘 한쪽이 밤하늘처럼 어두웠다. 시야가 나빴기
때문에 손전등이나 초롱불을 가지고 있지 않으면 안 되었다.

인적 피해는 사망 3,184명, 중 · 경상 5,824명으로, 가장 많이 사
망자를 낸 곳은 후키아이 구였고 이쿠다 구와 스마 구가 그 다음이

었다. 가옥의 피해는 전소 또는 전파가 5만 5,368호, 이재민은 21만 3,033명이었다.

(오치아이 시게노부, 『고베의 역사—통사편』, 후등서점, 1975, 352~355쪽)

또 다른 기록에 따르면, 6월 5일 그날, 3백 톤의 소이탄이 투하되었고 불타는 가옥의 열기로 도로의 아스팔트가 끓어오르면서 시내는 완전히 불바다가 되었을 뿐만 아니라, 도로에는 수많은 사람들이 까맣게 타서 마네킹처럼 절명해 있었다고 했다.

2

도쿄를 출발한 신칸센 '히카리' 편은 아침 9시 10분에 출발하여 589킬로미터의 거리를 '빛'이라는 열차 편 이름에 걸맞게 3시간 16분 만에 주파하여 신고베 역에 닿았다. 진성이 내리게 되어 있는 승강구 바로 앞 플랫폼에 얼굴 가득히 웃음을 띤 나카지마가 마중 나와 서 있다가 진성의 손을 두 손으로 가볍게 잡고 흔들었다.

"먼 거리를 오시느라고 고생 많으셨지요?"

나카지마는 조금 떠듬거리기는 했지만 한국어를 정확하게 구사할 줄 알았다.

"열차가 쾌적하고 빨라서 오는 줄도 모르게 왔어요."

진성은 다소 조바심을 내는 것은 아닌가 잠시 망설였지만 이내 옷가방을 땅바닥에 내려놓고 어깨에 멘 가방에서 중학교에 다닐 때부터 간직했던 청사진으로 복사된 호적 등본을 꺼내 펼쳐 보였다.

"호적 등본 중 내 기록이 나와 있는 부분입니다. 여기 나와 있는 것이 내 출생지이자 여섯 살 때까지 살았던 집 주소이오만……"

그는 빛바랜 청사진의 앞부분을 손가락으로 가리켰다. 거기에는 종서로 이렇게 적혀 있었다. 1940년 11월 10일 일본국 고베 시 나다쿠 기시치도리 2정목 109번지〔日本國神戶市灘區岸地通二丁目壹百九番地〕에서 부 이장수(李章秀)와 모 김명순(金明淳) 사이에서 장남으로 출생. 이름 성(誠)을 진성(眞誠)으로 개명.

나카지마는 그가 내민 호적 등본을 한동안 유심히 살펴 보더니 무엇인가가 석연치 않은지 고개를 갸웃거렸다.

"언젠가 그렇게 말씀하시지 않았던가요? 어머님은 일본인이라구."

"그랬죠. 여기 기록에 나와 있는 김명순씨는 나를 길러주신 큰어머님입니다. 쉽게 말해서 아버지 이장수씨의 본처이시죠. 어떤 경로를 밟아서 언제 이 호적이 작성됐는지 모르지만 소실인 생모는 호적에 오르지 못한 겁니다. 일본식 이름 성을 진성으로 한 것은 할아버지의 뜻이 들어 있는 것일 테고. 어렸을 적 나와 관련된 기록은 이게 전부입니다. 다만 한 가지 덧붙이면, 할아버지께서 사라진 아버지를 원망하시는 말씀 가운데서 들은 것인데, 아버지의 요구로 창씨개명 때 우리 이씨 성을 기무라로 했던 모양이에요. 기무라면 나무 목(木) 자에다 마을 촌(村) 자를 쓰는 것이겠죠."

"그렇지요."

나카지마는 그제야 알겠다는 듯이 고개를 몇 번 끄덕거리고 나서 쾌활하게 말했다.

"이 주소라면 아주 잘됐어요. 이 근처에 살고 있는 한국 여인이 있거든요. 쉽게 찾을 수 있을 겁니다. 짐도 있고 하니까 우선 숙소부터 가시죠."

나카지마는 진성의 호적 등본을 도로 그에게 넘겨주고 나서 그의 옷가방을 한 손으로 번쩍 들더니 앞장서 역사 쪽을 향해 빠른 걸음으로 걸어갔다. 진성은 쉽게 생가를 찾을 수 있을 것이라는 말에 안도하면서 그의 뒤를 따랐다.

"요즘도 소설은 많이 쓰시죠?"

그가 다가가자 나카지마가 물었다.

"그게 생계 수단이라 어쩔 수 없이 끼적거리기는 하지만, 붓끝은 무뎌지고 독자들의 취향도 변해서 어려움이 많아요."

나카지마는 고개를 두어 번 끄덕거리고는 말없이 역사를 빠져나가 택시를 잡았다. 그가 운전기사에게 일렀다.

"고베 대학 아래 '학생·청년센터' 아시죠? 그리로 가시되 산노미야〔三宮〕 쪽으로 돌아서 가주세요."

택시가 달리기 시작하자 앞자리에 앉은 나카지마가 고개를 뒤로 돌리고는 진지한 목소리로 말했다.

"요즘 한국 소설에 문제가 있는 것 같아요. 어딘지 모르게 일본 소설 냄새를 풍기려는 경향이 있으니까 말예요. 전에는 한국 소설을 읽으면 묵직한 감동이 전해왔는데 최근의 소설들은 가볍고 표피적이어서 가슴에 남는 게 없더군요. 작가들이 바뀌어서인지 독자들이 바뀌어서인지 도무지 알 수가 없어요."

진성은 나카지마가 그를 위로하기 위해 하는 말이라고 생각했다.

"어쩔 수 없는 일이에요. 한국도 이제 소비문화, 대중문화시대에 들어섰다는 증후일 테니까요. 그게 이 시대의 통과의례라면, 나쁜 것만은 아닐지도 몰라요."

"아니, 선생님께서 그렇게 말씀하시다니요? 일본을 흉내낸다는 건 그 자체로도 죄악입니다. 저 거리 좀 보십시오. 온통 허섭스레기들뿐이에요. 생산적인 건 아무것도 없어요. 먹자판, 입자판, 마시고 놀자판뿐이에요. 요즘 술집에는 한국에서 온 여자들도 많아요. 바로 산노미야의 현실이죠. 대낮이라 별 느낌이 없으시겠지만 밤에 오면 가관이죠."

산노미야! 아련한 기억. 유년기의 한때. 진성에게는 다다미방에서 장난감 자동차를 밀며 "니시나다에키〔西灘驛〕……, 가스가노미치〔春日野道〕……, 산노미야에키……"라고 외치면서 전차 차장의 흉내를 내며 놀던 때가 있었다. 그중에서도 입 안에서 감칠맛 나게 뱅뱅 도는 단어가 산노미야에키였다. 한국에 온 지 채 이태도 지나지 않아 그는 일본말을 깡그리 잊었으나 왠지 그 역 이름들만은 오래오래 잊혀지지 않았다. 나카지마는 그곳을 허섭스레기의 집하장처럼 타매하고 있으나 진성에게는 몇 번인가 지나쳤을 추억의 이름이었다.

"선생님이 쓰신 「나」라는 글을 읽어보니, 전쟁에서 겪은 체험 때문에 강박관념에 시달리고 계시다는 것을 알겠더군요. 유년기에는 이른바 대동아전쟁 때 미군의 폭격으로 어린 가슴이 멍들었고, 소년기에는 6·25 전쟁으로 삼촌이 행방불명이 되는 아픔을 겪었고, 청년기에는 베트남전에서 전쟁의 잔인성을 깨달았다는 그 고백 말이에요. 좀 어쭙지 않은 말 같지만 그런 걸 내용으로 해서 소설을 쓰시면 어떨까 생각한 적이 있습니다."

느닷없이 나카지마가 말했다.

"별 걸 다 읽었군요. 나도 생각해보지 않은 것은 아니지만 아직은 그저 생각뿐이오."

그는 이번 여행도 그런 목적이 없는 것은 아니라고 말하려다 그만두었다.

　나카지마를 만나는 것은 이번이 세번째였다. 처음 그를 만나게
된 것은 3년 전의 일로 이미 작고한 아동 문학가 최원호(崔元豪)에
관한 것 때문이었다. 진성은 서른 살을 전후로 2년 동안 신문사 기
자로 근무한 적이 있었다. 그러나 소설을 써야겠다는 욕구 때문에
더 이상 신문사에 머물러 있을 수가 없었다. 그래서 전업 작가로
나서기는 했지만 1년에 단편소설 네댓 편을 써서는 처자식을 먹여
살릴 수 없었다. 다니던 신문사 편집국장의 제의로 프리랜서이기
는 하지만 매주 한 번씩 신문에 글을 싣는 일을 다시 하게 되었다.
이미 작고했거나 전쟁통에 행방불명이 된 문인의 생애와 작품을
르포처럼 다룬 「문학의 고향」이 그것이었다. 1년 동안 연재한 뒤
책으로 발간할 때, 일제시대부터 필봉을 휘둘렀던 한 원로 평론가
는 그 책에다 다음과 같은 서문을 써주었다.

　저자가 지난 1년간에 걸쳐서 신문지상에 1주 1회의 작가 탐방에
집중 연구를 해서 연재한 그 내용을 한 마디로 짚어보면, 대상한
작가들의 일을 뿌리째 파헤친 작업이라고 말할 수 있다. 그 결과
지금까지의 기성 문학사나 작가 연구에서 읽을 수 없던 지하 사실
들이 노출되고, 오전(誤傳) · 부정확했던 사실들이 정정되어, 그
방면에서 거의 여지를 남기지 않은 만족스러운 전모를 드러내었
다. (중략)
　나아가서 이와 같은 지하 발굴 작업의 또 하나의 성과라 할까, 부
산물로서 나타난 것은 이 저서가 독자들에게 큰 흥밋거리를 제공하
고 있다는 사실이다. 그것은 저자가 이론가가 아니고 작가이기 때

문에 흥미로운 스토리 전달이 이루어지고 있다는 점에서 그럴 뿐만 아니라, 본시 어떤 인물에 대한 숨겨진 일화나 비밀을 듣는다는 것은 작가 연구의 경우 작품을 이해하는 데 도움이 되는 것 외에 그 자체로서 독자에게 호기심을 돋우는 흥미진진한 여건이 되기 때문이다.

과찬을 아끼지 않은 글도 글이려니와 독자의 반응도 괜찮은 편이었다. 그래서였는지 10년이 지난 1982년에 그 신문사에서 그후 작고한 문인들을 대상으로 제2의 「문학의 고향」을 다루지 않겠느냐는 제의를 해왔다. 진성은 그동안 심심찮게 해왔던 신문연재소설에 회의를 느껴서 쉬고 있던 차라 기다렸다는 듯이 응낙했다. 어쩌면 북으로 간 문인들도 다룰 수 있지 않을까 하는 기대감도 없지 않았다. 그러나 아직 해빙의 분위기가 무르익지 않아 신문지상에서 그들을 공개적으로 다루는 것은 무리라는 편집장의 대답에 아쉬움이 남았지만 27명의 문인을 새로 취급할 수 있었다. 이때의 대상자들 가운데 한 사람이 최원호였다. 첫번째 것과 두번째 것을 하나로 묶어 한 권의 두툼한 책을 냈다.

그 책이 나오고 5년이 지난 초봄이었다. 어떤 경로로 자신을 알게 되었는지는 알 수 없었으나 나카지마라는 일본인이 대뜸 만나고 싶다는 전화를 집으로 걸어왔던 것이다.

"전 일본에서 아동 문학 공부를 하러 온 나카지마 노부아키라고 합니다. 인천에 있는 대학에서 석사과정을 밟고 있습니다. 특히 최원호 선생에 관해서인데, 작품은 어느 정도 읽었으나, 그분의 개인사와 인품에 대해 책에 쓰신 것 외에 좀더 알고 계신 것이 있으시면 듣고 싶습니다. 선생님 댁이 최원호 선생 댁과 가까이 있어서 생전에 자주 뵈었다는 말도 들었습니다만."

일본 사람이 한국의 아동 문학을 공부한다는 말도 처음 들을 뿐만 아니라 그 많은 아동 문학가 가운데서 최원호를 택했다는 것도 흥미로워서 그는 그러자고 흔쾌히 대답했다.

진성은 자신의 집에서 가까운 사당 전철역에서 나카지마를 만났다. 마흔을 갓 넘었을까. 그는 자그마한 키에 조금만 건드려도 쓰러질 것 같은 가녀린 몸피를 지닌 사람이었다. 위에는 헐렁한 회색 양복을, 아래에는 색이 바랜 낡은 청바지를 입고 뒤축이 찌그러진 검정 구두를 꿰고 있었다. 까무잡잡하고 오종종한 얼굴에는 일본 사람 특유의 짙은 눈썹도 없었다. 게다가 턱에는 염소 수염이 몇 가닥 자라나 있어서 진성은 자신도 모르게 피식 웃음을 흘리고 말았다. 마침 저녁때여서 진성은 역 근처 골목 안의 갈매깃살을 굽는 소줏집으로 그를 이끌었다. 그는 술을 한 모금 마시고 나서 자기의 내력부터 말했다.

오사카와 고베 중간쯤에 자리잡고 있는 니시노미야[西宮] 시에 살면서 중학교 교사를 했다는 것, 정신장애아를 다루는 특수학교에 근무하는 아내와 아들 둘을 거느린 가장이라는 것, 청년 시절부터 한국에 관해 관심이 많던 차에 과감히 학교에 사직서를 내고 한국으로 아동 문학을 공부하러 온 지 3년이 되었다는 것, 방학 때는 한 달 정도 일본으로 돌아가 있지만 주로 신촌의 싸구려 여인숙에서 내내 기식을 하며 지내왔다는 것, 학위 논문을 준비 중인데 애로가 많다는 것 따위를 차근차근 들려주었다. 첫번째 대면에서 그가 정작 알고 싶어 하던 최원호에 관해서는 취기가 돌 때까지 별로 묻지도 않았다. 다만 진성이 그의 글에서 쓰지 않은 부분이 있어 슬쩍 흘리듯이 말해주었을 뿐이다.

"그분은 고희의 연세로 돌아가실 때까지 한 번도 해외여행을 못 했는데 그 이유를 캐볼 필요가 있을 겁니다. 정보과 형사들이 가끔 안부를 물으러 댁에 들렀다는 것과 관련지어서 말입니다."

"아, 그렇습니까? 그것은 몰랐는데요. 이선생님은 알고 계시겠죠?"

"글쎄요, 뭐랄까, 해방 이후 한 오륙 년간의 생애를 추적하다보면 밝혀질 수도 있겠지요. 이건 나카지마 씨가 풀어야 할 숙제로 드리는 거예요."

진성에게는 확실한 자료가 없었으므로 그렇게 얼버무리고 말았다.

"알겠습니다. 제가 풀어보겠습니다. 전 이래 봬도 집착 하나만은 둘째가라면 서러운 놈이니까요."

그는 제법 호탕하게 웃고 나더니, 진성이 조용히 있는 모습을 보고는 다소 멋쩍어하면서 혀 꼬부라진 소리로 말했다.

"이선생님, 제 모습이 우습지요? 원래 전 촌놈이랍니다. 오카야마 현에서도 주코쿠 산맥 기슭에 있는 두메 산골에서 자라났지요. 이렇게 한국까지 온 건 출세한 거지요. 제 고향 주변에서 한국에 온 사람은 제가 처음이니까요. 그리고 선생님을 뵙게 된 것도 큰 영광이구요."

"그럼, 나도 내가 태어난 곳을 말할까요?"

진성은 언젠가는 나카지마의 도움을 받게 될지도 모른다는 생각에서 운을 뗴었다.

"그쯤이야 저도 알고 있죠. 선생님의 여러 책에서 출생지가 고베로 되어 있는 것을 보았으니까요."

"하지만 내 몸에 흐르는 피 중에 반은 일본인의 피라는 사실은 몰랐을 거요. 아무에게도 말한 적이 없으니까."

"그렇습니까?"

나카지마는 두 눈을 휘둥그렇게 떴다.

"어느 쪽 분의?"

"어머니 쪽."

"성함이 어떻게 되십니까?"

"그건 나도 몰라요. 너무나 어렸을 적에 헤어져서. 그리고 아무도 생모의 이름을 말해주지 않았구요. 나중에 기회를 봐서 신세를 지게 될지도 모르겠어요."

"신세라뇨? 무엇이든지 부탁하시면 성심성의껏 보답하겠습니다."

두번째로 나카지마를 보게 된 것은 그로부터 만 1년이 지나서였다. 그동안 전화 한 통 없어서 그를 거의 잊다시피 지내고 있었을 때였다. 신세를 지겠다고 했던 말도 별 의미가 없게 되고 말았다고 생각할 무렵, 나카지마가 느닷없이 전화를 걸어왔다. 그는 전화 통화에서 오래도록 안부를 전하지 못한 것은 학위 논문을 쓰느라고 바빴기 때문이라고 했다. 그의 변명을 들으면서도 진성은 왠지 그가 싫지 않았다. 그래서 전에 만났던 그 갈매깃살집에서 그를 만났다. 그는 2백 쪽이 넘는 두툼한 논문을 한 권 내밀었다.

"변변치 않습니다만, 제가 외국인이라는 걸 감안해서 심사위원들이 통과시켜준 것 같아요. 고마운 일이죠."

"축하합니다."

진성은 진심으로 그의 손을 다시 한 번 잡고 흔들었다.

"고맙습니다. 그런 뜻에서 오늘 술은 제가 사겠습니다. 이차, 삼차까지요. 이 논문을 출판해주겠단 곳이 생겨서 계약금을 좀 받았거든요."

그가 호기를 부렸다.

"그거, 잘됐네요. 그렇다면……"

두 사람은 잔을 높이 치켜들고 부딪쳤다.

"일 년 전에 말씀해주신 숙제, 어느 정도 풀기는 했습니다만…… 최원호 선생이 해방 직후 교사로 있던 고등학교에서 좌익계 스트라이크를 선동했다는 혐의와 그뒤에 보도연맹에 가담하지 않았다는 것, 6·25 전쟁 때 인민군에 협조했다는 것, 북행을 시도했다는 것 때문에 늘 요시찰 인물이 되어 해외여행에 제한을 받은 것으로 파악했는데 맞는지 모르겠어요."

"제대로 파악했네요. 하지만 그게 원인이기는 하겠으나, 요는 그것을 꼬투리삼아 당국에 고자질하곤 하던 골수 우익의 입김도 무시할 수 없었을 겁니다. 말하자면 반공 이데올로기하에서 아동 문학계의 헤게모니를 쥐고 있던 사람들의 견제 말입니다."

진성이 말했다.

"아, 논문에는 그런 관점도 제시했습니다."

"그럼 만점으로 숙제를 푼 셈이네요."

두번째 만남에서 두 사람은 의기투합하여 나카지마의 말대로 이차, 삼차로 술을 마셨다. 그날의 술자리를 통해 진성은 그가 한국에 대해 친밀감을 가지고 있다는 것을 알게 되었다. 한국을 비난하기 위해 관심을 기울이는 사람들과는 근본적으로 다른 데가 있는 사람이었다. 그는 그런 관점에서 한국에 관한 글을 일본 잡지에다 이미 여러 편 썼고, 한국의 아동 소설도 두어 권 번역하여 소개한 바 있어 도쿄와 오사카의 일본 지식인들 사이에서는 지한파(知韓派)로 잘 알려져 있는 듯했다.

진성이 태어난 곳을 확인하고 생모의 행방을 찾으려고 결심하게 된 데에는 나카지마와의 인연이 큰 작용을 했다고 할 수 있었다. 그뒤 그를 만나지는 않았으나 여러 번 통화하면서 서로를 신뢰하게 되었다. 진성이 늦은 봄의 어느 날 통화에서 고베로 여행할 계획을 전하자 그가 말했다.

"이번 여름에 꼭 오십쇼. 47년 전이라면 너무나 긴 세월이 흐르긴 했지만 걱정 마십쇼. 고베는 제 집에서 전철로도 30분밖에 걸리지 않는 아주 가까운 거리에 있으니까 매일 오가며 안내해드릴 수 있습니다."

진성이 산노미야를 외치며 장난감 자동차 놀이를 하던 때를 떠올리고 있는 사이에 택시는 어느덧 로코〔六甲〕 역의 건널목을 지나 어느 오르막길가에 섰다. 왼쪽에 '학생·청년센터'라는 현판이 붙은 건물이 보였다. 진성은 나카지마의 안내를 받아 센터 현관 안에 있는 창구에서 3일간의 숙박 수속을 마치고 짐을 푼 뒤, 센터 앞의 작은 레스토랑에서 나카지마와 함께 7백 엔짜리 오무라이스로 점심을 때웠다.

"이 센터는 한국의 지식인들이 많이 거쳐간 곳으로 유명하지요. 전 만나지 못했지만 일주일 전에는 반체제 인사 조영석씨가 자고 갔다고 합니다. 제이알 로코 역이 아주 가까워 교통도 비교적 편하구요. 참, 선생님의 생가도 여기서 그다지 멀지 않다고 하는군요."

커피를 마시는 동안, 나카지마는 누군가에게 전화를 걸고 돌아왔다.

"고연자(高燕子)씨라구요, 일본 패전 후 제주도 출신의 부모에게서 태어나 오사카에서 성장했지만 결혼한 뒤 남편을 따라 고베로 온 사람이에요. 저와 연배가 비슷하죠. 이 근처에 살고 있어서

이 일대 지리를 잘 알고 있답니다. 남편은 운동화와 구두 만드는 공장을 운영하고 있어서 사는 덴 별 어려움이 없는 사람이죠. 차를 가지고 온다고 했으니 잠시만 기다려주세요."

고연자는 그로부터 채 15분도 안 되어 지프를 몰고 나타났다. 그녀는 키가 큰데다가 소매 짧은 사파리에 회색 바지를 입고 갈색 운동화를 신고 있어서 매우 활동적인 여성처럼 보였다. 진성은 고베에 온 목적을 말하고 신세를 지게 되어 미안하다고 말했다.

"웬걸요, 이곳에서 태어난 분을 뵙게 되어 여간 반가운 게 아니에요. 저도 선생님이 어떤 집에서 태어났는지 궁금하기도 하구요. 어서 타세요."

그녀는 나카지마를 뒷자리에, 진성을 운전석 옆자리에 앉게 했다. 많은 것을 눈여겨보라는 배려일 것이다. 지프는 사철(私鐵) 로코 역의 선로를 건너 공원을 끼고 해안 쪽으로 내려가더니 큰 거리에서 우측으로 방향을 틀었다. 얼마 가지 않아 나다 구의 구청과 경찰서를 지났다.

"이 길이?"

무엇인가 뇌리를 스치고 지나가는 것이 있어 진성은 자기도 모르게 외마디 소리를 내질렀다. 고연자가 조금은 놀란 듯, 말해보라는 눈길로 그를 바라보았다.

"이 길이 원래는 전차가 다녔던 길이 아닌가요?"

"맞아요. 옛날에는 전찻길이었어요. 고베의 동서를 가로지르는 중요한 교통수단이었죠. 기억력이 비상하시네요."

그녀가 감탄했다. 그러나 기억하고 싶어서 기억하는 것은 아니었다. 저절로 잠재한 기억들, 그를 옭아맨 기억들……

센터를 떠난 지 10분쯤 지나서 고연자는 지프를 주차장에다 세웠다. 세 사람은 지프에서 내려 대로를 건넜다.

"여기가 기시치도리 1정목이니까 2정목은 이 길을 따라 서쪽으로 좀더 가야 합니다."

그들은 걷기 시작했다. 그녀의 말대로 얼마 가지 않아 2정목에 이르렀다. 마침 일요일이어서 길가의 상점들은 문을 열지 않은 곳이 많았고 거리는 한산했다. 다행히 문을 연 가구점 한 군데가 보여 그곳으로 다가갔다. 오십 대로 보이는 한 사내가 길가에 면해 진열해둔 가구들을 열심히 마른걸레로 닦고 있었다. 고연자가 그 사내에게 109번지의 위치를 물었다. 그러자 사내는 묘한 웃음을 띠며 보도 쪽으로 나오더니 오른팔을 들어 손가락으로 가리켰다. 그의 손가락이 가리킨 것은 바로 한 집 건너에 판자로 길게 이어 안이 들여다보이지 않도록 세워놓은 담장이었다. 세 사람은 의아해서 사내를 바라보았다. 사내는 진성이 얼른 알아들을 수 없는 말을 한참 늘어놓았다.

"사흘 전에 109번지 집 세 채를 헐었답니다."

나카지마가 말했다.

"헐어요? 그것도 사흘 전에?"

진성은 말을 이을 수가 없었다. 그가 유년기를 보냈던 그때의 모습이 아닐지도 모른다는 예상은 했지만, 형체도 없이 사라지고 말다니…… 갑자기 다리가 후들거려 그만 그 자리에 주저앉아버릴 것만 같았다. 그는 가까스로 정신을 차리고 물었다.

"왜요? 왜 헐었죠?"

그는 아무래도 그가 태어난 곳을 보지 못하도록 누군가 심술궂게 장난치고 있는 것은 아닐까 하는 엉뚱한 의구심마저 들었다.

"너무나 오래된 집들이라 도시계획법에 따라 헐고 다시 지을 수밖에 없게 되었다는군요."

이번에는 고연자가 설명했다.

"109번지는 여기 헐린 세 채밖에 없다고 합니까?"

"거리에 면한 집은 이 세 채뿐이랍니다."

나카지마와 고연자는 이렇게 기막힌 우연이 어디 있겠느냐며 진성을 위로했다.

"저 아저씨는 언제부터 이 동네에 살았답니까?"

나카지마가 황급히 그 사내에게 뛰어갔다가 되돌아왔다.

"이사 온 지 일 년밖에 안 된다고 해요."

사내에게 기대할 것은 없는 것 같았다. 진성은 높이뛰기를 하며 담장 안을 들여다보았다. 정말 헐린 지 며칠 안 된 듯 중간 크기의 포크레인 한 대가 서 있는 것이 보였다. 언뜻 보아 헐린 터는 벌써 평평하게 골라져 있었다. 그러나 지금 눈에 보이는 저 흙 가운데 어떤 흙은 그가 여섯 살 때 집 밑의 방공호에서 경험했던 그 흙인 듯이 그의 눈 속으로, 몸속으로 자꾸만 녹아 들어왔다.

"너무 걱정들 마세요. 집이 그대로 있었다면 내부나 한번 확인하고 싶었을 뿐이니까요. 내 기억 속의 집과 여기 서 있었을 현실의 집이 같은지 말입니다."

진성은 자신이 앞장서서 담장을 지나 카페가 있고 꼬칫집이 있는 거리를 따라가다가 뒷골목으로 들어가 작은 2층집들로 이루어진 동네를 한 바퀴 돌아보았다. 길가에서는 어림할 수 없었으나 뒷골목 쪽으로 와보니 동네는 비스듬한 비탈 위에 형성되어 있다는 것을 알 수 있었다. 어쩌면 완만한 경사 지대가 해안까지 뻗어 있는지도 몰랐다. 옛집은 사라졌으나 동네 모습이라도 간직하고 싶은 사람처럼 그는 한동안 한 자리에 서 있었다. 하릴없이 그의 뒤를 따라온 나카지마와 고연자도 아무 소리 없이 그의 옆에 섰다.

돌연 그는 큰 까마귀떼가 구름 한 점 없이 푸른 하늘을 까맣게 뒤덮는다고 의식한다. 아니다. 그것은 까마귀떼가 아니라 폭격기들이다. 하늘을 뒤흔드는 비행기들의 굉음 사이로 사이렌 소리가 요란하게 울린다. 이번에는 그런 소리들을 덮으며 사방에서 폭발음이 들린다. 검은 연기, 검은 연기가 하늘로 치솟아 천지는 암흑으로 돌변하고 만다. 길가에 면한 109번지 집 창가에 얼굴을 내밀고 검은 하늘을 겁먹은 표정으로 올려다보고 있는 한 어린아이가 보인다. 마코도야, 어서 유리창문을 닫아라. 방공호로 들어가야 해! 아이의 엄마가 부엌에 있다가 달려오며 외치는 비명.

"선생님, 왜 이러십니까? 안색이 좋지 않아요. 어디 불편하십니까?"

진성은 누군가 자신을 흔드는 것을 깨달았다. 그의 눈에 잔뜩 찌푸린 6월 말의 하늘이 보였다. 옆을 보고서야 나카지마와 고연자가 자신의 팔을 하나씩 잡고 흔들고 있다는 것을 알았다.

"큰 거리로 나가봅시다."

그는 다시 앞장서서 왔던 길을 되돌아나갔다.

"여기서 이 길을 따라 서쪽으로 삼백 미터만 걸어가봅시다. 거기에 틀림없이 소학교가 있을 겝니다."

뛰다시피 걸어가는 진성을 따라 두 사람은 영문도 모른 채 뒤따랐다.

"어디 불편한 데 없으십니까?"

나카지마가 헐레벌떡 따라와서 근심 어린 목소리로 다시 한 번 물었다.

"아, 괜찮아요. 잠시 어지럼증이 났을 뿐이니까요."

3백 미터를 얼마나 급히 달렸던지, 진성의 얼굴과 등에서는 땀방울이 주르르 흘렀다. 거기, 길가에서 조금 내려간 곳, 그곳에 소학교 정문이 나타났다. 철문은 굳게 닫혀 있었고, 윗부분의 쇠살 사이로 학생 한 명 보이지 않는 적막에 휩싸인 황토색 운동장이 보였다. 철문을 지탱하는 오른쪽 돌기둥에는 패전소학교(稗田小學校)라고 씌어진 동판이 세로로 붙어 있었다.

"정말 있네요!"

나카지마가 놀란 듯 소리쳤다.

"패전…… 저걸, 어떻게 읽습니까?"

진성이 물었다.

"히에다, 히에다라고 읽죠."

"저 운동장과 교실에는 옷이 달아난 벌거숭이 시체들이 즐비하게 전시되어 있었습니다."

"벌거숭이 시체들이 전시되어 있었다구요?"

고연자가 의아한 듯 물었다.

"옷이 다 타버려 없어진 시체들을 유족들이 찾아가도록 말입니다."

"고베에서 산 지 이십 년이 넘었지만 그런 말은 들어보지 못했어요. 하지만 이 소학교를 기억하고 계신 걸 보면 그 기억이 맞겠지요. 저기 담배 가게가 있네요. 가게 사람이 혹시 그 사실을 알고 있을지도 모르니 가서 물어볼까요?"

그녀가 학교 정문과 비스듬히 마주보고 있는 담배 가게로 갔다. 가게 주인이 마침 머리가 하얗게 센 할머니이기에 기대가 컸으나 할머니는 거기에 담배 가게를 낸 지 3년밖에 되지 않았고 더욱이 시체에 대해선 모르는 일이라고 했다. 진성은 실망했다.

"그것을 증명해야 내 모든 기억이 사실임을 확인할 수 있을 텐데……"

그는 혼잣소리로 중얼거렸건만, 나카지마가 알아듣고 아직 실망하기엔 이르다고 말했다.

"이 문제는 제가 좀더 조사해보겠어요. 무언가 있을 겁니다."

진성이 귀국하고 한 달가량 지났을 때 나카지마는 자신이 고베 시립도서관을 뒤져 찾아낸 자료라며 우편으로 몇 가지 복사물을 보내왔다. 그 가운데 '6월 5일의 대공습'에 관해 오카 키요노〔岡キヨノ〕라는 여인이 쓴 회고문이 눈에 띄었다.

당시, 나는 나다 구의 이와야〔岩屋〕 북정 2정목에 살고 있었는데, 6월 5일의 공습을 피해 도망치고 있었다. 큰비가 내리는 것 같은 소이탄. 정말 생지옥이었다. 어느 곳으로 달아나도 화염과 연기의 바다뿐이었다. 얼마 지나지 않아 경방단(警防團) 사람을 만났는데 그에게서 "'오카〔岡〕'라고 쓴 반공 머리띠를 두른 한 여인이 쓰러져 있다"는 말을 듣게 되었다. 아버지와 외할머니와 나, 세 사람은 그저 무사하기를 빌면서 가르쳐준 장소로 갔다. 그러나 너무나 무참하여 숨이 턱 막혔다. 바로 머리에 육각으로 된 소이탄이 박혀 있었다. 쓰러져 있는 여인은 산월이 가까운 몸의 어머니였던 것이다. 나는 어머니에게 달라붙어 울며 몸부림쳤다. 외할머니는 장남과 차남을 모두 전쟁터에서 전사시켰고, 딸마저 전재로 잃은 것이었다. 아버지도 망연히 서 있을 뿐이었다. 그때의 히에다 소학교〔稗田小學校〕의 시체 수용은 잊을 수가 없다. 남녀를 식별할 수도 없는 시체, 손발이 없고, 거의 다 새까맣게 타 있었다.

(『일본의 공습』6——근기, 오카 키요노〔岡キヨノ〕 씨의 회고, 삼

성당, 1989, 165~166쪽)

'히에다 소학교의 시체 수용'이라는 오카 여인의 표현과 그 소학교에 시체를 전시했다는 진성 자신의 기억이 일치한다는 것은 반가운 일이었다. 그렇다고 기쁘지는 않았다. 불안한 정서와 비극적 인생관을 지니도록 만든 그 체험을 확인한다는 것은 결코 유쾌한 일이 아니었다. 전쟁에 대한 공포와 혐오. 제아무리 그럴듯한 기치를 내걸고 벌인 전쟁이라 하더라도 그것 때문에 생긴 고통과 희생을 보상할 수는 없었다. 그것은 순수한 감정과 안정된 정서와 낙관적 세계관을 지닌 인간들을 점차로 소멸시켜 인간 사이에 갈등과 증오만을 증폭시킬 뿐이었다.

"마코도야. 어서 유리창문을 닫아라. 빨리 방공호로 들어가야 해."
부엌에서 설거지를 하던 엄마가 허둥지둥 뛰어들어 와서는 아이를 번쩍 안아 올려 방 한가운데에 세워놓았다. 아이는 사이렌 소리가 울리고 폭음이 집을 뒤흔들더니 세상이 갑자기 깜깜해졌다는 사실보다 엄마의 비명 소리가 더 무서웠다. 그때까지 수없이 많은 사이렌 소리를 들어왔지만 그날 아침처럼 엄마가 큰 소리로 외치는 것은 들어보지 못했다. 엄마는 안방에서 자고 있던 아기를 등에 업고 손가방을 하나 들고 나와서는 2층 계단에 대고 또 소리쳤다.
"색시, 어서 내려와요! 방공호로 들어가야 해요."
2층에 세든 젊은 여자는 남편을 직장에 내보낸 뒤 공습 사이렌이 울릴 때까지 자고 있었던지 부스스한 얼굴에 머리도 빗지 않은 채였다.
"너무 무서워서 꼼짝할 수가 없었어요."

그녀가 삐그덕거리는 나무 계단을 내려와 입술을 달달 떨며 말했다.

"방공호가 안전할까요?"

"밖으로 나가는 것보다는 집 방공호가 안전할 거예요."

그녀의 말에 엄마가 대답했다. 엄마는 현관문을 잠그고 나서도 안심이 되지 않는지 끈으로 양 고리를 단단히 묶으며 혼잣소리처럼 말했다.

"폭풍에 문이 열리면 안 되니까."

방공호는 현관 안쪽에서 마루방 밑을 향해 아이 키의 세 배쯤 되게 깊이 파여 있었다. 방공호 출입문이 너무나 비좁아서 엄마는 아기를 업은 채 들어갈 수가 없었다. 엄마는 아기를 색시에게 맡기고 먼저 사다리를 타고 내려갔다. 그 다음에 아이가 내려갔고, 색시가 들이민 아기를 엄마가 받았고, 색시가 마지막으로 내려갔다. 방공호는 어른 네댓 사람이 비집고 앉을 만한 넓이였으므로 그다지 좁다는 느낌은 들지 않았다. 엄마는 다시 아기를 등에 업었다. 그러고는 방공호 문이 폭탄이 일으키는 폭풍에 열리지 않도록 매달리듯 꽉 잡고 서 있었다. 어디선가 폭탄 터지는 소리와 사람들의 울부짖는 소리가 들려왔다. 방공호 벽이 흔들릴 때마다 놀란 귀뚜라미들이 아이의 머리와 팔 위로 펄쩍펄쩍 뛰어올랐다.

"바깥에 계신 분들은 무사할까요?"

색시가 걱정스러운 듯 물었다.

"어딘가들 대피해 있을 거예요."

엄마가 말했다.

오돌오돌 떨며 얼마나 긴 시간을 보냈을까. 폭탄 터지는 소리가 멈추고 비행기 나는 소리도 꼬리를 끌며 멀어져갔다.

"비행기가 다시 올지도 몰라요. 오기 전에 로코 산 방공호로 가
는 게 좋을 것 같아요."
엄마가 말했다.
"해제 사이렌도 울리지 않았잖아요?"
"소방서나 경찰서도 폭격을 받았을 거예요. 자, 자, 서둘러요."
방공호로 들어올 때처럼 차례차례 밖으로 기어나갔다.
"귀중품과 볶은 콩만 챙기세요."
마루방에는 선반 위에 올려놓았던 꽃병과 술병이 떨어져 깨져서
물과 사기 파편이 뒤범벅되어 흩어져 있었다. 엄마는 부엌으로 가
서 손가방에 먹을 것을 챙겨 넣었다.
"그래도 우리 집은 폭탄을 모면했구나. 아빠도 무사하셔야 할
텐데."
엄마는 노트 한 장을 찢어 그 위에 크레용으로 행선지를 썼다.
로코 산 대방공호로 가니 그리로 오세요.
엄마는 그 종이에 밥풀을 이겨 현관문에 붙였다. 밖은 여전히 깜
깜했다. 서쪽과 북쪽에는 검붉은 불길이 치솟고 있었다. 사람들이
어디론가 뛰어가고 뛰어왔다. 한 할머니가 머리와 얼굴과 목이 피
로 뒤범벅된 한 젊은이를 부축해 가면서 울부짖었다.
"우리 아들을 살려주세요!"
가로수가 늘어선 보도에는 길가 집들의 유리창들이 깨진 채로
흩어져 있어서, 부랴부랴 나오느라 어른 '지카다비'만을 신고 나온
아이는 걷는다는 것이 매우 조심스러웠다. 매캐한 연기 냄새가 숨
이 막히도록 코를 찔렀고, 뜨거운 재가 날리는 바람에 얼굴을 제대
로 들 수가 없었다. 운전사마저 어디론가 도망가버린 텅 빈 전차
한 대가 길 한복판에 버려져 있었다. 어디쯤 왔을까. 동네 집들이

온통 까맣게 타버려 숯기둥만 듬성듬성 서 있었다.

"저것 좀 보세요!"

색시가 길 건너 쪽을 가리켰다. 아이는 저것이 무엇일까, 잠시 생각했다. 그것은 마치 공원에 세워놓은 말의 동상처럼 보였다.

"말이 불길에 타서 죽었구나."

엄마가 말했다. 마차를 끌던 말이었던 것 같았다. 마차는 어디론가 떨어져나가 없고 말은 양 옆구리에 하나씩 숯검정이 된, 마차와 연결시켰던 것으로 보이는 나무토막을 끌며 그 가로수까지 달려와 두 앞발로 가로수를 끌어안고 고개를 뒤튼 채 뒷발로 디뎌 선 모습으로 까맣게 타서 굳어져 있었다.

"왜 나무를 끌어안고 죽었지?"

아이가 엄마에게 물었다.

"글쎄다, 너무 뜨거워서 그랬나보다."

엄마도 그 이유를 알 수 없었다. 비참하게 타서 죽은 것은 말뿐이 아니었다. 머리에 띠를 두른 경방단 사람들이 들것에 옷자락이 타서 젖가슴이 드러난 여자 시체를 싣고 언덕 아래로 달려갔다. 방공호로 가는 사람들이 줄을 지어 로코 산 쪽으로 올라갔다. 방공호가 가까워올수록 사람들은 더 많이 불어났다.

6월 5일의 공습을 당했을 때, 나는 28세로 두 아이를 거느리고 있었다. 소이탄이 빗발처럼 떨어지고 주변에는 화재가 일어나고 있었다. 남편은 방공부장이었기 때문에 "최후까지 지켜보지 않으면 안 되니 먼저 피하라"고 말했다. 네 살짜리 딸의 손을 잡고 한 살 육 개월이 된 아들을 등에 업고 군중들 사이에 섞여서 가스가노 상점가의 고가도로 옆길로 해서 서쪽으로 도망쳤다. 하늘은 연기로 새까맣고,

근처 한쪽은 불바다였다. 정확히 와카나[若菜] 소학교 부근까지 왔을 때였다. 연기와 잿가루를 피하느라고 지체하고 있던 오륙십 명의 사람들이 고가도로로 올라가기 위해 고가도로와 나란히 서 있던 전봇대를 올라가고 있었다. 등에 지고 있던 륙색에 잿가루가 날아와 불이 붙자 륙색을 아래로 던지는 사람, 긴 사다리를 고가에 걸치고 이삼십 명이 종을 치며 오르다가 사다리 가운데가 부러져 떨어지는 사람, 밧줄에 매단 아이를 고가 위에서 끌어올리는 사람…… 모두가 필사적이었다. 등이 작은 나도 등에 아이를 업은 채 전봇대에 매달렸다. 나는 다행히 다른 사람의 도움을 받아 올라갔지만, 밑에서는 딸아이가 울며 소리치고 있었다. 나는 미친 듯이 "아이를 도와주세요!" 하고 외쳤다. 경방단원이 가까스로 아이를 끌어올려주어 무사할 수 있었다. 고가도로 위에서 보니, 남쪽은 진붉은색이고, 산 쪽도 불바다였다. 나중에 들은 이야기지만 집 근처 방공호에서는 시라이시[白石] 씨 일가 여덟 명이 모두 죽고 우동집 부부는 열기를 면하려고 양동이를 뒤집어쓴 채 죽었다고 한다. 그때의 공포는 상상도 못하겠다. 바로 생지옥이었다.

(위의 책, 도모나가 기요코[友永淸子] 씨의 회고, 164쪽)

그날 엄마와 아이는 수백 명이 들어갈 수 있는 로코 산의 큰 방공호에서 볶은 콩으로 점심을 때우며 아빠를 기다렸다. 방공호 안에는 서로 무사함을 감사하는 가족과 친지들이 있는가 하면, 누가 죽고 부상을 당했다는 소식을 듣고 울음보를 터뜨리는 사람들도 있었다. 폭격기들이 다시 오지 않는 것은 다행이었다. 저녁 무렵이 되자 색시의 남편이 방공호로 찾아왔다. 그러나 아이의 아빠는 오지 않았다. 집이 불타버린 사람들은 방공호에서 밤을 새울 수밖에 없었으나 집이 반파되거나 온전히 남아 있는 사람들은 방공호를 떠나고 있었다.

"시내 전체를 쑥대밭으로 만들어놓았으니까 양키 폭격기가 오늘 중에 또 오지는 않을 겁니다. 내려가시죠. 집에 가 있어야 아저씨 소식도 알아보기가 좋을 것 같아요."

색시의 남편이 아이 엄마에게 집으로 가자고 말했다. 그래서 모두들 색시의 남편을 따라 나섰다. 산 위에서 보니까 검은 연기는 많이 걷혀 바다 쪽으로는 노을이 곱게 물들어 있었다. 언덕길을 내려오자니 머리에 띠를 두르고 입에 마스크를 한 사람들이 시체를 들것에 싣고 땀을 뻘뻘 흘리며 뛰는 모습들이 방공호로 갈 때보다 더 많이 눈에 띄었다. 동상처럼 서서 죽어 있던 말의 모습은 보이지 않았다. 경방단원들이 어디론가 치워버린 것 같았다. 아이는 아까 환영을 본 것이나 아닌지 혼란스러울 지경이었다. 그 큰 말을 어떻게 치웠을까.

전찻길로 나오자 넓은 길 전체가 정강이까지 빠지는 물바다로 변해 있었다.

"수도관이 터졌다는군요."

색시의 남편은 바지를 걷고 아이를 등에 업으며 말했다. 어른들은 물바다가 된 길을 철벅철벅 걸었다.

"고선생, 기시치도리 근처에 큰 수도관이 있나요?"

고연자가 지프를 주차해놓은 곳으로 가기 위해 한길을 건너가자 뒤따르면서 진성이 그녀에게 물었다.

"네, 바로 왼쪽으로 조금 가면 언덕길이 나오고 거기에 재래시장이 있는데 그곳 거리 이름이 스이도마치라고 해요. 한국 말로 하면 수도동이 되는 거죠. 수도국도 그 근처에 있구요. 이 큰길과 아주 가깝게 나란히 수도관이 묻혀 있다는 말도 들었어요. 그건 왜 물으시죠?"

"아, 그렇군요. 유월 오일의 폭격에 수도관이 터져서 이 길이 물바다가 된 적이 있었지요."

진성은 자기가 너무나도 정확하게 기억하고 있다는 사실이 이제는 신기하다기보다 당혹스러웠다. 느닷없이 저절로 떠오르는 기억들. 『잃어버린 시간을 찾아서』에서 프루스트가 과거의 사건들이 흘러가버린 것이 아니라 현재에도 내면에 축적되어 있기 때문에 나이든 인간이 젊은이보다 더 충만된 삶을 살 수 있다는 것을 증명하는 데 활용했던 기억들이 진성에게는 충만이기는커녕 견디기 힘든 고통일 뿐이었다.

"한번 둘러보시겠습니까?"

나카지마가 물었다. 그는 생모를 따라다녔던 시장 거리도 또렷이 떠올랐으나 가본들 무슨 소용이 있으랴 싶어 사양했다. 아마도 그때가 가장 행복했던 시절이었으리라. 그러나 머지않아 재앙이 온 가족의 머리 위로 쏟아져내리리라고는 아무도 예측하지 못했다.

대공습을 겪은 다음날 아침부터 엄마는 아기를 등에 업고 아이의 손목을 잡고 미친 사람처럼 아버지를 찾아 쏘다녔다. 혹시 죽었다면? 엄마는 먼저 시체를 늘어놓았다는 히에다 소학교부터 찾아갔다. 수백 명은 넘을 듯한 시체들이 교실과 운동장에 시트도 씌우지 않은 채 제멋대로 널브러져 있었다. 머리칼이 까맣게 타 죽은 여자, 아이를 가슴에 꼭 껴안고 죽은 여자, 한 쪽 다리가 없는 남자, 두 눈이 빠져 없는 아이, 그런가 하면 두 눈을 부릅뜬 채 죽은 노인도 있었다. 한쪽에서는 시체를 부둥켜안고 울부짖는 유족들이 있는가 하면 찾은 시체를 들것에 실어 나르는 사람들도 있었다. 그러나 학교 안으로 들어오는 시체들은 점점 불어나기만 했다. 엄마는 아이의 손목을 잡고 시체를 아직 찾지 못한 사람들 사이를 헤치며 아빠가 있는가 기웃거리며 돌고 또 돌았다.

그날 오후에 세 시간이나 걸려서 아빠가 트럭 운전사로 근무하던 서고베의 고무 공장으로 찾아갔다. 벽돌 벽만 연기에 그을려 앙상하게 서 있을 뿐, 공장은 완전히 잿더미로 변해 있었다. 공장의 간부들 대여섯 명이 불길의 피해를 입지 않은 정문 경비사무소 건물 안에서 어찌해야 좋을지 몰라 서성거리고 있었다. 그 가운데서 폭격에 부상을 입었는지 팔 하나를 흰 헝겊으로 칭칭 감고 있던 젊은이가 말했다.

"어제 아침 기무라상은 출근하자마자 자전거 타이어를 싣고 나다 화물역으로 간다고 나갔습니다. 참으로 안됐지만, 역에 도착했거나 거의 도착했을 시간에 폭격이 시작되었어요. 기무라상 외에도 트럭 한 대가 더 따라갔습니다만, 그 트럭 운전사도 연락이 없군요. 하지만 별일 없을 겝니다. 우리도 사원들의 행방을 수소문하고 있는 중이니까 곧 좋은 소식을 들을 수 있을 거예요. 내일 한 번 더 들러보시죠."

절망감을 안겨주지 않으려는 그 젊은이의 말을 듣고 발길을 돌릴 수밖에 없었지만 엄마의 얼굴에는 수심이 가득했다. 엄마는 등에서 칭얼대는 아기를 한번 추슬러 올리고 나서 걷기 시작했다. 이제 엄마는 아이의 손목을 잡을 힘도 없는 듯이 보였다. 아이는 조금 뒤처진 채 작은 운동화가 뒤꿈치를 물어서 아픈 발을 절룩거리

며 걸었다. 하지만 사태가 무척 심각하다는 것을 알고 있었기 때문
에 아프다는 말을 입에 담지도 못했다. 앞에서 걷는 엄마의 '몸뻬'
가 굉장히 무거워 보였다.

"나다 화물역이면 집과는 꽤 가까운 거리인데…… 콜록콜
록……"

엄마는 한숨을 내쉬며 혼잣소리로 말하다가 기침이 심하게 나오
자 목을 그러쥐며 얼굴을 일그러뜨렸다. 그러나 엄마는 포기하지
않았다. 집으로 돌아오는 길에 혹시 아빠가 부상당하지 않았나 알
아보기 위해 병원을 두 군데나 들렀으니까. 날이 완전히 어두워서
야 겨우 집에 이르렀지만 역시 아빠는 없었다. 엄마는 아기를 마루
방에 내려놓자마자 모로 쓰러졌다.

그 다음날 엄마는 다시 힘을 내 아빠를 찾으러 나갔다. 이번에는
갓난아기와 아이를 2층 색시에게 맡기고 혼자 나섰다.

"마코도야, 아빠는 틀림없이 살아 있을 거야. 그러니 너도 힘내.
울지 말고 아기와 잘 놀고 있어, 응?"

엄마는 아이 앞에서 자신감을 나타내려는 듯 뺨에 보조개마저
패며 활짝 웃어 보였다.

엄마가 돌아온 것은 아이가 색시 방에서 깜빡 잠이 들어 있던 한
밤중이었다.

"무슨 소식 들었나요?"

색시의 목소리가 들렸다. 눈을 떠보니 촛불이 너울거리고 있었
고 산발한 엄마가 아이의 얼굴을 들여다보고 있었다.

"죽었나봐요. 나다 화물역 부근에서 자전거 타이어를 실은 채 불
타버린 트럭 두 대를 발견했다는군요. 콜록콜록…… 하지만 두 운
전사의 흔적은 발견할 수 없었대요. 어디론가 피신한 게 분명할 텐

데, 아무것도 찾을 수가 없었대요."

엄마가 아이의 두 손을 꼭 잡았다. 아이는 엄마의 두 눈에서 눈물이 흘러내리는 것을 엄마의 헝클어진 머리카락 사이로 보았다.

엄마는 그 다음날도 밖에 나갔다 돌아왔다.

"오늘은 가스가노 화장장과 로코 화장장까지 가보았어요. 주인 없는 시체들을 화장하기 시작했다는 소문이 돌아서……"

진성의 기억으로는 생모가 아버지 찾는 일을 그만둔 것은 공습이 있은 지 일주일쯤 지나서부터였다. 생모는 그뒤 일주일을 집에서만 보냈다. 무엇인가를 정리하지 않으면 김밥이라든가 만두라든가 특별한 음식을 만드는 데 시간을 보내는 것 같았다. 그리고 갑자기 어린 그는 항구의 대합실에 있었고 삼촌에게 인계되었던 것이다.

생모를 어떻게 찾을 것인가. 그후 생모에 대해서 기억나는 것이 없으므로 생모를 찾는 일은 막막할 수밖에 없었다. 자기 할 일을 다한 고연자는 진성과 나카지마를 센터에 데려다놓고 지프를 몰고 사라졌다.

점심을 먹었던 레스토랑에서 진성은 커피 두 잔을 시켰다.

"오늘 애썼어요."

"생가가 그대로 있었다면 참 좋았을 텐데…… 안됐어요."

나카지마는 진성의 생가가 없어진 것이 자기 책임이기나 한 듯이 미안한 표정을 지었다.

"이것 좀 봐주겠어요?"

진성은 미적거리면서 어깨 가방 속을 뒤져 예의 사진을 건네주었다.

"어렸을 적 가족사진이군요?"

"그래요. 왼쪽에 서 계신 분이 내 아버지고 앉아 계신 분이 생모죠. 서 계신 또 한 분은 삼촌이고 그 앞에 서 있는 것이 나랍니다."

"그 당시에 이런 기념사진까지 찍으신 걸 보면 그래도 여유 있게 사셨던 것 같아요."

나카지마가 신기한 듯이 사진을 꼼꼼히 들여다보았다.

"뒷면을 보세요."

진성의 말에 나카지마는 뒷면을 보기 위해 사진을 쥐고 있던 손을 안으로 비틀었다.

"오사카의 쓰루하시…… 토미다 시즈에…… 1947년 6월…… 무얼 말하는 거죠?"

"나도 몰라요. 돌아가신 큰어머니의 핸드백에서 이 사진이 나왔는데 큰어머니는 생전에 한 번도 내게 이 사진을 보여주지 않았으니까요. 한 가지 사실을 말한다면 삼촌이 오사카에 있으면서 어떤 신문사에 다녔다는 것뿐이죠. 허나, 기자는 아니었을 겁니다. 당시의 나이로 보나 학력으로 보나……"

"그래요?"

하면서 나카지마는 사진을 탁자 위에 올려놓고 마치 그 한자들 뒤에 숨어 있는 다른 글자들이 보이기나 하는 것처럼 뚫어지게 내려다보았다. 그는 사진에서 눈을 떼지 않은 채 커피 잔을 입에 대고 커피를 한 모금 마셨다. 이윽고 고개를 들더니 진성을 건너다보았다.

"시즈에란 이름으로 보아서 이름의 주인이 여성인 것은 틀림없어요. 또 글씨체가 예쁘고 섬세한 것으로 보면 이것을 기록한 사람도 토미다 시즈에구요. 그리고 1947년 6월은 이 사진을 보낼 무렵의 연월을 표시한 거구요. 그렇다면 두 가지 경우를 가정해볼 수 있을 것 같네요."

"어떻게요?"

진성은 자신의 추측보다는 나카지마 노부아키라라는 일본인의 가정에 큰 의미를 둔 사람처럼 호기심을 나타냈다.

"하나는 오사카 쓰루하시에 있는 어느 사진관에서 이 사진을 찍었는데 토미다 시즈에란 분이 이 사진을 지니고 있다가 1947년 6월에 서울로 부쳤거나 인편으로 보냈음을 뜻하고, 다른 하나는 쓰루하시에 살고 있는 토미다 시즈에란 분이 1947년 6월에 보냈음을 뜻하는 것입니다. 첫번째 가정보다 두번째 가정이 단순하면서도 명료하죠. 저는 두번째 경우를 가정이 아니라 사실로 받아들이고 싶습니다. 그리고 이렇게 덧붙여 말할 수 있겠죠. 토미다 시즈에란 분은 이선생님의 어머니이시고 그 어머니가 이선생님이 간직하기를 바라고 보낸 것으로 볼 수 있지 않을까요?"

나카지마는 자신이 내린 결론이 그럴듯하지 않느냐는 듯이 의기양양하게 만면에 웃음을 띠고 진성을 건너다보았다.

"나도 그런 추측을 하지 않은 것도 아니지만 당신의 말을 들으니 더욱 그럴듯하군요. 헌데, 그렇다면 고베에 사시던 분이 오사카로 이사를 했다는 말이 되는데?"

"그렇다고 봐야죠."

"내가 듣기로는 생모는 교토 출신이라던데요. 만약에 이사를 하고 싶었다면 고향으로 갈 것 같지 않아요?"

"고향에 가기가 싫으셨을 수도 있죠. 어머님의 부모님께서도 그 결혼을 반대하셨다니 말이에요. 아무튼 오사카의 쓰루하시는 전통적으로 한국인이 많이 살고 있는 지역입니다. 무언가 알아낼 수도 있을 것 같은 예감이 드네요."

진성은 나카지마가 상상하는 가정들이 사실일지도 모른다고 생각했다. 한 번 그렇게 생각하니까 그동안 생모에 대해 지녔던 반감이 조금은 누그러지는 것 같았다. 그렇다. 그가 일본에 온 궁극적인 목적은 자신을 낳은 어머니에게 조금이라도 애정을 품게 되기를 바라는 것이었다. 어렸을 적에 갖게 된 어머니에 대한 반감을 오십이 훨씬 넘은 나이까지 지니고 있다는 것은 어른답지 않았다.

3

진성은 다음날 아침 일찍 잠에서 깨어났다. 나카지마와 오사카의 쓰루하시에 가기로 한 약속 때문에 마음이 들떠 있었던 탓일 것이다. 나카지마가 숙소로 오기로 약속한 시간이 9시 30분이었으므로 세 시간 반의 여유가 있었다. 그는 대강 세면을 마치고 여덟 시쯤 가벼운 옷차림으로 산책을 나섰다.

하늘은 잔뜩 흐려 있었으나 가슴은 상쾌했다. 그는 고베 대학 부근의 주택가를 걸었다. 거리는 깨끗하고 조용했다. 길가에 주차해 놓은 승용차가 한 대도 없는 것이 신기했다. 눈여겨 살펴보니 집집마다 차고가 있거나 집 옆에 주차 공간을 확보하고 있었다. 서울의 이면도로와는 아주 다른 인상을 받았다. 그러나 단순히 그것 때문에 마음이 상쾌한 것일까. 아니다. 도쿄에서 본 것 같은 까마귀 떼가 전혀 보이지 않는 것이었다. 고베라고 까마귀가 없을 리 없다. 아마도 로코 산이 가까워 모두 그곳으로 간 것이겠지, 그는 멋대로 생각했다. 거리에는 고베 대학으로 등교하는 학생들과 출근길을 서두르는 직장인들이 점점 불어나고 있었다. 그는 로코 역까지 갔다가 다른 길을 잡아 숙소로 돌아왔다.

아홉 시에 어제의 레스토랑으로 가 650엔짜리 치즈 토스트와 300엔짜리 치바 커피를 시켜 아침 요기를 했다. 나카지마는 약속 시간보다 10분 이르게 레스토랑에 나타났다.

"아무리 쓰루하시에 가고 싶으시더라도 로코 산에 올라가 고베 시 전경을 내려다보지 않으면 내내 후회하실 겝니다."

그는 로코 산에 올라갔다가 내려와서 곧바로 오사카로 갈 것을 종용했다. 진성은 구경보다도 생모의 행적을 추적하는 일이 더 급했지만 안내를 맡은 그에게 일정을 맡기는 것이 도리라고 생각하여 순순히 그의 말을 따랐다.

빛과 바람과 푸르름의 향기가 난다는 해발 1천 미터의 국립공원 로코 산. 택시는 도로 외에는 온통 숲밖에 시야에 들어오지 않는 드라이브 코스를 구불구불 힘겹게 올라갔다. 두 사람은 출발한 지 20분 만에 드라이브 코스의 정상에 도착했다. 아침에 텔레비전 일기 예보에서 큐슈 남쪽 해상으로부터 태풍이 몰려온다고 했는데, 그 태풍의 영향인지 잔뜩 찌푸린 하늘이 금방이라도 폭우를 쏟아 부을 것 같았다. 게다가 안개마저 끼어 있어 시계가 좋지 않았다.

"밤에 보면 천만 불짜리 야경이라고 하는데, 오늘 아침의 전망은 백 불도 안 되겠어요."

나카지마는 자신의 제의로 올라오게 된 것을 미안스러워하면서 멋쩍게 웃었다. 그렇다고 전혀 보이지 않는 것은 아니었다. 짙은 안개가 스쳐 지나가고 나면 언뜻언뜻 고베 시가지와 포트 아일랜드와 포트 타워가 보였고, 오사카 만의 바다와 정박해 있는 배들이, 그리고 동쪽 아주 멀리는 태평양으로 뻗어나간 오사카 시의 윤곽도 아스라이 보였다.

"희미하긴 하지만 안개 사이로 볼 건 다 보이니까 걱정하지 않아도 괜찮아요. 나는 지금 저 아래를 내려다보면서 내가 참으로 풍광이 훌륭한 곳에서 태어났구나 생각하면서 매우 흡족한 기분이 들었으니까요."

"그거 참, 불행 중 다행이네요."

사실이 그랬다. 진성은 가슴 밑바닥 저 깊은 곳에는 그가 태어나서 유년기를 보낸 환경에 친화적인 요소가 간직되어 있는지도 모른다고 생각했다. 그는 자신이 철저한 한국인이라고 스스로 고집해왔으나, 그러면 그럴수록 네 몸에 흐르는 피의 반은 일본인의 피야, 라는 속삭임을 듣지 않으면 안 되었으니까.

여섯 살에 할아버지 댁으로 온 뒤, 한국말을 하지 못해서 동네 아이들에게 얼마나 많은 놀림을 받았던가. 쪽바리! 그것이 그의 별명이었다. 해방이 되어 일본인들이 도망가듯이 일본으로 돌아가는 마당에 일본말밖에 할 줄 모르는 웬 놈이 동네에 불쑥 나타나서 붙박이로 살고 있으니, 아이들에게는 참으로 뻔뻔스런 놈으로 비쳤을 것이다. 말을 잘하지 못해 할아버지는 그를 여덟 살이 되어서야 학교에 보냈다. 그러나 국어 점수는 늘 30점이 고작이었다. 이를테면 시험지에 병 모양이 그려져 있으면 그 밑의 괄호 안에 한글로 '병'이라고 써야 맞을 것을 일어로 'びん〔빙〕'이라고 써서 선생님에게 꾸중 듣는 것을 밥먹듯이 했다. 그러던 그가 한국어에 자신감을 갖게 된 것은 2학년 2학기쯤 되어서였다. 그때부터 작문 숙제를 해가면 선생님은 아이들의 숙제를 검토한 뒤에 매번 그를 지명하여 아이들 앞에 나가 작문을 읽도록 시켰다. 그의 머릿속에서 일본말을 깨끗이 씻어낸 듯 잊어버리게 된 것도 그때부터였다. 기억들은 남아 있는데 말만 사라졌다는 것은 참으로 기이한 일이었다.

"당신은 자신을 일본 촌놈이라고 말하지만, 내가 처음부터 당신에게 호감을 가졌던 것은 알게 모르게 내 출생과 관련이 있을 것 같아서였소."

그의 말에 호감을 표시하느라고 나카지마는 진성의 두 손을 모아 잡고 한동안 가만히 서서 그의 얼굴을 바라보며 웃고 있었다.

로코 산에서 하산할 때에는 나카지마의 배려로 레일 위로 가게끔 설비된 로코 케이블을 탔다. 경사가 가파른 레일 위를 케이블은 천천히 움직이면서 아래로 내려갔다. 레일 양 옆은 절벽이거나 우거진 숲이었고, 레일을 따라서는 하얀 수국이 탐스럽게 피어 있었다.

두 사람은 센터에 들르지 않고 한신〔阪神〕 전철편으로 나카지마의 집이 있는 니시노미야를 지나 곧바로 오사카로 갔다. 거기서 다시 오사카 순환선으로 바꿔 타고 쓰루하시에 도착한 것은 오후 1시경이나 되어서였다.

역에서 내려 점점 더 좁아지는 골목길로 접어드는 나카지마를 진성은 줄레줄레 따라갔다. 이윽고 손수레 하나가 들어서면 비켜설 곳도 없을 만큼 좁은 골목길에 다다랐다. 사람 하나 얼씬거리지 않는 을씨년스런 길이었다. 나카지마는 납작하고 작은 집들의 문패를 손으로 가리켰다. 일본식 이름의 문패도 있었으나 개성을 하지 않은 최 아무개, 박 아무개 하는 문패들이 자주 눈에 띄었다.

"쓰루하시 일대는 원래 저지대로 홍수가 나면 물에 잠기던 곳이라 사람이 살지 않았죠. 이주 초기엔 오갈 데 없는 조선인들이 할 수 없이 살던 곳입니다. 그러다가 매립 공사가 시작되자 공사 작업에 조선인들이 동원되었고, 공사를 마친 뒤에는 그 사람들에게 이주권을 주어서 정착하게 된 것이랍니다. 조선인의 눈물과 땀으로 얼룩진 곳이에요. 아직도 이곳엔 가난한 사람들이 많이 살고 있죠. 하지만 민족주의자들이라고나 할까요? 대부분 귀화하지 않고 북쪽에 국적을 둔 사람들이 많아요."

그 골목길이 끝나자 바로 시장이 나왔다. 그러고보니 그 길은 시장에 이르는 뒷길 같았다. 아직 장보기에는 이른 시간이어서인지 사람들은 그리 많지 않았다. 시장의 풍경은 한국의 여느 재래시장과 조금도 다를 바 없었다. 시장에는 갖가지 채소와 육류는 물론 김치·고추장·족발·깻잎 절인 것 등이 있었고, 어느 가게에서는 한국산 라면도 팔았다. 그래서 한국의 여느 재래시장에 와 있는 듯한 착각마저 들었다. 그러나 이내 아, 여기가 일본 땅이지, 하고 생각을 고쳐먹었다. 상인들이나 손님들이 하나같이 일본어를 쓰고 있기 때문이었다.

"나이든 사람끼리는 혹 한국말을 쓰기도 하지만 공공 장소에서는 거의 한국말을 쓰지 않죠. 일본에서 한국인들이 살아가는 지혜라고나 할까요. 그래서 사오십대 중에도 한국말을 못하는 사람들이 상당수 됩니다."

나카지마가 설명했다. 진성은 여기서 어떻게 생모의 자취를 찾을 수 있을까 생각하니 막막하기만 했다. "누가 이 사람을 모르시나요? 토미다 시즈에를!" 유행가 가사를 흉내내어 외쳐보기라도 해야 하나. 그러면서도 어디선가 그를 기다리고 있었던 것처럼 "애야, 여기란다!" 하며 생모가 뛰어나올 것만 같은 예감은 또 무엇이란 말인가.

시장 거리를 벗어나서 얼마 가지 않아 나카지마는 그를 한국인이 경영하는 로스구이 집으로 이끌었다.

"우선 점심 식사부터 하시죠. 전 아침도 안 먹었거든요."

"저런, 진작 말하지. 미안하게 됐소."

그러고보니, 2시가 훨씬 넘어 있었다. 한국에서 관광 온 단체손님 탓인지 로스구이 집은 아래위층 할 것 없이 사람들로 북적거렸다. 두 사람은 겨우 2층에 자리를 잡고 앉았다. 진성도 토스트 한 조각으로 아침을 먹기는 했으나 음식점에 들어서자 갑자기 허기가 진 듯 시장기가 돌아서 로스구이 3인분에 진로소주 한 병과 냉면 두 그릇을 시켰다. 로스구이라고는 하지만 양념한 고기를 석쇠에 얹어 구워먹는 방식이라 불고기와 비슷한 맛이 났다. 아침에 로코 산을 오를 때부터 쓰루하시에 올 때까지의 교통비를 나카지마가 지불했으므로 5천 엔 정도의 점심값은 진성이 냈다.

"이 근처에 서점이 하나 있습니다. '광화문 서점'이라구 하는데요, 서점 주인이 꽤 많은 유지들을 알고 있죠. 그에게 조언을 받도록 해봅시다."

밖으로 나오자 소주 몇 잔에 보기 좋을 만큼 불쾌해진 얼굴로 나카지마가 말했다.

"주인의 이름은 박동삼이라고 하는데 4·19 학생혁명 전에 시위를 하다가 경찰에 쫓겨 일본으로 오게 된 사람입니다. 그러니까 삼십 년 넘게 이곳에서만 살았죠."

나카지마의 말에 따르면, 박동삼(朴東三)은 '반한'이라 한국에 갈 수도 없는 처지라는 것이다. 그가 주로 취급하는 서적은 북한 서적이며 그런 서적을 구입하는 독자는 교포보다도 일본인이 더 많다는 말도 했다.

10분쯤 걸었을까. 차 두 대가 지나다닐 수 있을 만한 작은 거리 모퉁이에 '광화문 서점'의 간판이 보였다. 밖에서 보면 동네 책 대여점이 아닐까 생각이 들만큼 매우 작아 보여 장사가 될지 의심스러웠으나, 안으로 들어서니 꽤 깊고 넓은 공간에 책이 빽빽이 꽂혀 있었고 손님도 네댓 눈에 띄었다. 주인은 막 손님과 계산을 마치고 계산대에서 일어나 인사를 하던 중이었다. 작달막한 키에 창백하도록 얼굴이 흰 그가 이쪽을 보았다. 진성보다 한두 살 위로 보였다. 그는 까치집 같은 머리카락을 왼손으로 한 번 쓸어 넘기고 나서 오른손으로 나카지마의 손을 반갑게 잡았다.

"오랜만이오. 그간 어떻게 지냈소?"

"잘 지냈죠. 영업은 잘되나요?"

"전만 같지 못해. 대규모로 직거래하는 사람이 생겨서……"

의례적인 인사를 주고받고 나자 나카지마는 진성을 박동삼에게 소개하면서 찾아온 목적을 말했다.

"무슨 방법이 없을까요?"

나카지마의 말에 박동삼은 계산 일을 여종업원에게 맡기고 그들을 안쪽에 놓인 소파로 안내했다. 각자 자리를 정하고 앉자 박동삼이 종이와 연필을 내놓으면서 인적사항을 적어달라고 말했다. 진성은 알고 있는 사실들을 대충 적어주었다.

"토미다 시즈에, 이 이름이 어머니라고 가정한다면, 나이는 일흔다섯 정도, 사십오 년 유월까지 고베에 사셨던 게 분명하고, 그 이년 뒤쯤 오사카로 이사한 것 같다. 사십오 년에 돌이 갓 지났을 만한 딸은 지금 오십 가까운 나이가 되었을 것이다. 씨를 기무라로 썼을 것 같은 아버지 이장수는 유월 대공습 때 행방불명이 되었고…… 육이오 전쟁 때 북한 의용군으로 나가 소식이 없는 삼촌 이문수는 확실하지는 않지만 사십오 년 유월까지 오사카에 있는 신문사에서 일한 것으로 안다."

박동삼은 진성이 적어준 것을 하나하나 음미하듯이 읽었다.

"헌데, 왜 이제 와서야 어머님을 찾아나서게 되셨습니까?"

진성은 그가 마땅히 던져야 할 질문을 던지고 있다고 생각했다.

"그게 여러 사정이 있었죠. 집안에서는 제 할아버지께서도, 제 아버지의 본처 되시는 큰어머니께서도 생모와는 관계를 유지하려고 하지 않았습니다. 그게 가장 큰 이유일 테고, 저 또한 생모에 대해 꽤나 깊은 거부감을 지니게 된데다가 삼촌의 문제도 있고 해서 미루어왔던 면이 있습니다. 더욱이 그 이름, 토미다 시즈에란 이름을 알게 된 것이 불과 이 년밖에 되지 않기도 하구요."

진성은 어깨 가방에서 사진을 꺼내 보이면서 전날 나카지마에게 했던 말을 되풀이 들려주었다. 그래도 일찍부터 찾아보지 않은 것이 불만인 듯 박동삼은 눈가에 주름을 모았다.

"귀한 사진이긴 한데, 사정이 너무 복잡하게 얽혀 있는데다가 막연해서 쉽사리 찾을 것 같지는 않습니다."

"바쁘실 텐데 무리를 하십사 하는 건 아닙니다. 추후에 어떤 기미라도 보인다면……"

진성의 말을 나카지마가 가로채고 나섰다.

"무슨 방법이 없을까요?"

박동삼은 잠시 고개를 숙이고 생각에 잠겨 있더니 다시금 고개를 들고 말했다.

"그 연배 되시는 분들을 좀 알고 있어서 문의는 해보겠지만…… 이 연세면 생존해 있는 분보다 돌아가신 분이 더 많을 겁니다. 언제 귀국하실 건가요?"

"한 이삼 일은 더 머물 수 있을 것 같습니다만……"

진성이 이삼 일 더 머물 것이라고 말한 것은 비교민속학회 회원들이 사흘 뒤에 오사카의 '가든 팔레스 호텔'에 투숙한다는 것을 염두에 둔 것이었다. 그들은 거기서 하룻밤을 묵고 교토 관광에 나섰다가 나고야 공항에서 한국행 비행기를 타는 것으로 스케줄을 짜놓고 있었다. 그는 단체 비자로 일본에 들어왔으므로 돌아가려면 가든 팔레스 호텔에서 그들과 합류하여 같이 행동할 수밖에 없었다.

"그러시다면 『아사히 신문』에 심인광고를 한번 내보시는 게 어떻겠습니까? 찾는 사람과 연락처는 이쪽으로 하고 말입니다. 광고국에 제가 잘 아는 사람이 있어서 오늘이라도 전화로 접수는 될 겁니다. 그리고 내용도 이 메모 정도면 되겠습니다만."

박동삼은 자신의 의견이 어떠냐는 듯이 진성을 건너다보았고 진성은 나카지마에게 고개를 돌려 의견을 묻는 시선을 보냈다.

"그러면 내일 자 신문에 게재될까요?"

나카지마가 확인하듯 물었다.

"그렇다니까."

박동삼이 자신 있게 말했다.

"그럼, 그렇게 해주세요. 그리고…… 저 좀 보시죠."

나카지마는 진성의 의향은 묻지도 않고 박동삼을 일으켜세워 계산대 쪽으로 끌고 갔다. 그러나 서가에 가려서 그들이 무엇을 하는지는 보이지 않았다. 한참만에 나카지마만 돌아왔다.

"광고 건은 다 해결을 보았으니까, 모든 걸 하늘에 맡기고 기다리기만 하세요."

"무슨 말이오? 광고료는 지불해야죠?"

진성은 나카지마가 혼자서 결정한 것이 마뜩치 않았다.

"삼 일치인데, 그까짓 것 얼마 되지 않습니다. 염려 마십쇼. 자, 그럼, 이제 그만 고베로 돌아가시죠. 오늘 낮에 문화 센터에서 한국학 관련 세미나가 있었는데, 그들 중 몇 사람과 저녁에 한잔하기로 약속해놨거든요. 선생님도 모시고 가겠다고 했어요."

나카지마가 하는 일은 진성을 깜짝깜짝 놀라게 했다. 안내를 받는 사람이 그날 일정을 꼬치꼬치 캐묻는 것도 좋은 태도는 아니어서 그가 하는 대로 맡겨두는 편이지만, 로코 산에 올라간 것이라든가 '광화문 서점'에 들른 것이라든가 한국학을 하는 사람들과 술 약속을 해둔 것이라든가 하는 일이 모두 진성을 당황스럽게 만들었다. 그러나 가만히 생각해보면 나카지마가 하는 일들이 그를 세심하게 배려하기 위해서인 걸 알기 때문에 한편으로는 고마운 마음이 들지 않는 것도 아니었다.

아무튼 진성은 그날 심인광고를 내기로 결정한 것을 잘했다고 생각하면서 그 서점에서 한국인과 관련된 서적을 세 권 샀다. 그리고 박동삼에게 신세를 너무 많이 지게 되어 미안하다고 여러 번 고개 숙여 인사치레를 했다. 마음 같아서는 고베보다도 오사카에서 그와 함께 술을 나누고 싶기도 했지만.

"어떤 연락이라도 있으면, 곧바로 고베 센터로 전화를 하겠습니다."

헤어질 때 박동삼이 까치집 같은 머리를 쓸며 말했다.

다음날 아침에 진성은 전날의 숙취가 있기도 했지만 며칠째 거북하던 왼쪽 귀가 쏙소그레 쑤시기도 하여 니시노미야의 자기 집으로 돌아가 있던 나카지마에게 하루 쉬고 싶다는 전화를 걸었다. 나카지마의 반응은 뜻밖에 시원했다.

"전 아직 보지 못했지만, 오늘 아침 『아사히 신문』에 심인광고가 실렸다고 합니다. 그럼, 저도 볼일이 좀 있고…… 비도 오니 푹

쉬십시오."

　비는 전날 밤부터 시작하여 아침까지 계속 내리고 있었다. 바람이 불기는 했으나, 태풍의 직접적인 영향권에 들어 있지는 않은 듯 폭우가 쏟아지지는 않았다. 다다미방에 누워 희부연한 유리창문을 바라보고 있자니 왠지 외로움이 봇물처럼 가슴속으로 밀려들었다. 빗발은 이따금 나그네의 외로움을 어루만지듯 창가에 후드득 소리를 내며 다가왔다가 조용히 물러나기를 반복했다.

　"출생지에 오신 것을 환영합니다. 이진성 선생을 위해서 건배!"

　누군가 외치자 센터의 회원들이 생맥주 잔을 높이 치켜들었다. 나카지마는 그저 몇 사람과 약속한 것처럼 말했으나 전날 여섯 시쯤 약속 장소인 센터 근처의 야키도리 집에 도착해보니 모두 열 명이나 되는 많은 사람들이 모여 있었다. 그들은 도쿄에서 세 명, 교토에서 두 명, 나머지 사람들은 고베와 그 인근에서 온 회원들이자 대학에서 강의를 맡고 있는 사람들로, 대부분 삼사십대의 일본인들이었다. 그들은 두 달에 한 번 한국에 관련된 주제를 가지고 전국적인 모임을 갖는다고 하니, 우연히 그들의 세미나 뒤풀이 자리에 끼어든 것에 지나지 않는 진성으로서는 그들의 한국학 열기에 은근히 주눅이 들었다. 나카지마가 닭다리를 권했지만, 닭다리보다는 왠지 갈증이 자꾸 나서 그는 맥주에만 집착했다.

　마침 맞은편 자리에 재일 동포의 권리에 관해서 지대한 관심과 연구 업적이 있다는 사십대의 김영달(金英達)이란 사람이 앉아 있었다. 반가운 마음에 이것저것 물어보려고 했으나 그는 거의 한국말을 하지 못했다.

　"여기 김영달 선생은 일본에 귀화를 했지만, 이름만큼은 한국 이름을 고수하고 있죠. 아까 오사카 '광화문 서점'에서 구입한 책 중에 『창씨개명』이란 책이 있었죠?"

나카지마가 책 산 일을 상기시켰다.

"여기 그대로 가지고 있소만……"

진성은 비닐 봉지를 치켜들었다.

"그 책의 공동 저자들 중 한 사람입니다."

"그렇습니까? 매우 반갑습니다."

다시 한 번 빗발이 창을 후드득 때리며 지나갔다. 그는 전날 비닐 봉지에서 얼른 『창씨개명』을 꺼내 사인받았던 것을 생각하며 혼자 웃음을 흘렸다. 그러자 문득 그 책을 살 때 관심을 끌던 부분이 있었음을 상기하고는 머리맡에 놓아두었던 비닐 봉지에서 책을 꺼내 김영달이 쓴 부분을 펼쳤다. 그의 관심을 끈 것은 창씨개명 그 자체보다도 일본이 1940년 2월 11일 창씨개명의 제령(制令)을 실시하면서 '지역'과 '지역적(地域籍)'에 관한 개념을 규정한 부분이었다.

※ 전전(戰前)의 일본 제국주의의 식민지 체제하에 있어서의 '지역'과 '지역적(민족적)'

지역: 전전, 일본 제국주의의 본국과 식민지의 각 지역에 따라 적용되는 법령이 달랐다(異法地域). 그 지역의 명칭은, 1890년의 대일본제국헌법(명치헌법)이 시행되던 당시 이미 영토였던 혼슈, 시코쿠, 규슈, 홋카이도, 류쿠, 오가사와라제도〔小笠原諸島〕를 '내지'라 하고, 명치헌법 이후 침략에 의해 지배하게 된 해외 영토(식민지)인 타이완, 남사할린, 조선, 관동주(關東州), 남양제도를 '외지'라 했다.

지역적: 또, 각 지역에 속한 사람에 따라서 적용시킨 법령이 달랐다. 그 지역적은 호적의 본적이 어느 지역에 있는가에 의해서 결정

되었다(호적주의). 내지에 본적을 가지고 있는 자를 '내지인,' 외지에 본적을 가지고 있는 자를 '외지인'이라 했다. 외지인 중에서 조선에 본적이 있는 자는 조선인이 되는 것이다.

본적 전속(轉屬)의 금지: 지역간 본적의 이동(전속)은 금지되었다. 결국 내지인이 조선으로 본적을 옮긴다든가, 조선인이 내지로 본적을 옮기는 것은 허락되지 않았으며, 호적에 의해서 내지인과 외지인의 구별이 엄격히 고정되어 있었다.

공통법질서: 지역적이 다른 사람 사이의 신분 행위(혼인 또는 양자를 삼는 경우 등)의 경우, '공통법'이라는 법률이 지역적의 이동을 규제하였다. 혼인의 경우는 아내가 남편의 호적으로 들어가고, 양자를 삼는 경우는 양자가 양친(養親)의 호적으로 들어갔다. 그러므로 이러한 경우는 지역간의 전적이 생겼던 것이다. 예컨대 조선인 남성과 일본인 여성이 혼인하면, 일본인 여성은 조선 호적으로 들어가 법적으로는 외지인으로서의 조선인이 되었다.

(양태호 · 김영달 · 미야타 후시코〔宮田節子〕, 『창씨개명』, 동경: 명석서점, 1992, 41~42쪽)

그 글에서 김영달은 내지, 외지 또는 내지인, 외지인이라는 말은 일본 제국주의의 해외 침략사 중에 식민지 통치를 더욱 철저히 하기 위해 만든 식민지 용어라고 했다. 그러니까 조선인 남성과 일본인 여성이 결혼하면, '가(家)'를 중히 여기는 당시의 일본 호적법에서는 여성이 자신의 씨(氏)를 버리고 남성의 씨를 따라야 했으므로 조선인 남성이 내지인으로 될 수는 없었던 것이다. 이것이 바로 일본 제국주의가 시행한 민족 차별화의 식민지 정책이었다.

진성은 만약에 토미다 시즈에가 정실로서의 자신의 생모라면 외지인이 되어 조선의 관례에 따라 호적에 토미다란 씨를 그대로 가지고 올려졌거나, 창씨개명 이후 전개된 일본화의 정책에 따라 '가(家)'를 중히 여겨 그의 아버지의 성을 따서 기무라 시즈에〔木村靜江〕란 이름으로 올려졌을 것이라고 생각했다. 하지만 토미다 시즈에는 첩실이었기에 호적에 올릴 수 없었고, 그 결과 그의 호적 등본에는 그 이름이 나타나지 않는 것으로 볼 수 있었다. 그것은 식민지 통치하가 아니더라도 충분히 이해가 되는 부분이었다.

그러나 당시에 돌을 갓 지났을 만한 여동생은 왜 호적에 올라 있지 않은 것일까. 올릴 의지만 있었다면 진성 자신이 올라 있는 것처럼 올릴 수가 있었을 것이다. 차일피일 미루다가 올리지 못한 것일까, 아니면 할아버지가 올리는 것을 완강히 반대해서일까. 어쩌면 이름도 알려지지 않은 여동생의 불행은 아버지와 생모의 불륜이나 아버지의 행방불명에서 비롯되었다기보다는 할아버지의 완고한 성격이 초래한 것인지도 몰랐다.

그날 진성은 앉았다 누웠다 하면서 '광화문 서점'에서 구입한 책들을 뒤적거리며 방에서만 지냈다. 바람은 잦아들었으나 비는 추적추적 줄기차게 내렸다.

다음날 오전, 진성은 나카지마의 제의로 그와 함께 산노미야의 서점들을 둘러보고 책 다섯 권을 산 뒤 돌아왔다. 저녁에는 문화센터 근처에 살고 있다는 김영달을 불러내어 중국집에서 식사를 하면서 배갈을 마셨다. 그때까지도 박동삼에게서는 아무런 연락이 없었다.

"내가 가지고 있는 이 호적은 언제 작성된 것일까요?"

진성은 나카지마에게 보여주었던 그 호적 등본을 내밀며 물었다. 김영달은 한 장의 청사진을 한눈에 훑어보더니 다소 떠듬거리기는 했으나 창씨개명의 연구자답게 대뜸 반응을 보였다.

"여기엔 선생님에 관한 부분만 나타나 있네요."

"그렇습니다. 다른 부분은 필요치 않을 듯싶어 가져오지 않았습니다."

그 다음부터는 한국말로 말하는 것이 다소 버거웠던지 그는 아예 일본말로 말하기 시작했다. 진성이 일본말을 알아듣거나 말하기가 어렵다는 것을 알고 있는 나카지마가 가운데서 통역을 했다.

"내 생각에는, 1946년 10월 23일 미군 군정청에서 법령 제122호로 '조선성명복구령'이란 것을 내렸는데, 이 호적은 그때 만들어진 것이 아닌가 합니다. 그러니까 일본 통치 시대의 법령에 기초를 두었던 창씨개명 제도로 조선 성명을 일본식 씨명으로 변경했던 호적 기재에 대해 창씨개명을 했던 그 날짜부터 무효가 됨을 선언한 것이라 할 수 있죠."

"말하자면 창씨개명을 소급하여 폐기시킨 조치란 말씀이네요. 내 이름이 마코도였다가 진성으로 고치게 된 것도 그 법령 이후겠군요?"

"그렇습니다."

도대체 인간의 존재란 무엇인가? 생명을 가지고 태어나는 인간은 어딘가 소속되어야만 존재하게 되는가? 호적이란 무엇인가? 인간은 민족적의 범위 안에서만 존재하는가? 순수한 사랑이란 것도 인간 존재의 조건으로 파괴될 수 있다는 말인가? 이런 의문에 사로잡히기 시작하면, 사르트르가 아무리 실존은 본질에 선행한다고 주장했다 해도 그것은 당사자의 개인적인 차원에서의 문제이지 혈족의 차원까지 해당되는 것은 아니라는 생각이 진성의 머리를 스쳐갔다.

"내 생모도, 내 여동생도 참으로 불쌍한 사람이네요."

취기 때문이었을 것이다. 진성은 울고 싶을 만큼 감상적이 되어서 징징거렸다. 그러자 나카지마가 그만 돌아가자고 말했다. 진성은 누구에겐지 모르게 미안하다, 미안하다, 하고 자꾸만 중얼거리며 머리를 조아렸다. 밖에는 여전히 비가 내렸다.

그 다음날 아침에도 비는 그치지 않았다. 태풍 끝에 장마가 이어지는 것 같았다. 진성은 나카지마에게 전화를 걸어서 심인광고를 이틀 더 연장해달라고 부탁했다.

"선생님은 오늘 비교민속학회 사람들과 오사카에서 도킹하기로 되어 있지 않습니까?"

"그래요. 그러니까 사흘 뒤 한국으로 떠나는 날, 내가 나고야 공항으로 직접 가겠다고, 그들이 묵고 있는 가든 팔레스 호텔에 전화 좀 해줘요."

"전화는 해드릴 수 있지만, 그리고 이틀 더 광고를 연장시킬 수도 있지만, 그 사람들과 합류해서 같이 행동했다가 귀국하시는 게 좋을 것 같아요. 귀국하신 뒤에라도 어떤 기쁜 소식이 있으면 제가 연락드릴 테니까요."

나카지마가 조금은 지친 듯한 음성으로 말했다.

"정말 미안해요. 이틀만 더 기다려보겠소."

"알겠습니다. 선생님 말씀대로 해보겠습니다."

연일 진성을 안내하느라 피로한 기색이 역력했으나 나카지마도 끈질긴 데가 있는 사람이었다. 모든 조치를 취하고 저녁에 숙소로 찾아온 그는 친구가 영업하는 작은 음식점으로 진성을 데리고 갔다. 대학에서 서무과장을 지냈다는 그의 친구는 마흔 살이 되자 직장을 그만두고 음식점을 열었는데, 자신이 직접 주방에서 음식을 조리해 내고 있었다. 거리에 노숙자가 많아지고 퇴직하는 직장인이 늘어난다는 것은 그 무렵에 뚜렷하게 나타나고 있는 불경기를 뜻하는 것이기는 했지만 그의 친구가 직업을 쉽게 바꿨다는 것이 파격적이라는 느낌이 들었다. 그들은 닭고기를 넣은 감자탕에 '사케' 술을 서너 잔씩 했다.

나카지마는 그날로 끝장을 보려는지 다른 곳에 가서 술을 더 하자고 했지만 그는 귀앓이를 핑계로 로코 역에서 헤어졌다.

비는 그치지 않았으나 한결 가늘어져 가랑비로 변해 있었다. 음식점에 갈 때에는 나카지마의 우산을 함께 받쳐 쓰고 갔으나 숙소로 돌아갈 때에는 나카지마가 자기 우산으로 바래다주겠다는 것을 비도 맞을 만하고 거리도 가까워 그냥 헤어지자며 사양했다.

가랑비라지만 맨몸으로 비를 맞고 가자니 술기가 가시면서 오스스 한기가 느껴졌다. 귀에서 열이 나는 것일까. 병원에라도 가든지 약국에서 약이라도 사먹어야 할 것 같았다. 어깨에 메고 있는 작은 가방마저 귀찮아졌다.

진성은 가랑비 너머로 센터의 불빛이 멀리 보이자 발걸음을 재촉했다. 그가 센터의 앞마당에 들어섰을 때, 현관 앞에 검은 우산을 받쳐들고 누군가 서성거리는 모습이 눈에 띄었다. 진성이 약간 낮은 위치에 있었으나 워낙 우산을 아래로 푹 내려 쓰고 있어서 그 사람이 입고 있는 바지만 보일 뿐, 얼굴은 보이지 않았다. 그가 현관 앞의 계단을 다 올라섰을 때였다. 우산이 뒤로 젖혀지면서 우산의 주인이 말을 걸어왔다.

"혹시……"

뜻밖에도 여자의 목소리였다. 진성이 머뭇거리고 서 있자 그녀가 다시 말했다.

"혹시 이진성 선생님이 아니신지요?"

그녀가 일본말로 물어왔다.

"네, 그렇습니다."

"내 이름은 토미다 이네코라 합니다."

토미다 이네코? 토미다라면……

"토미다 시즈에와는?"

"어머닙니다."

"토미다 시즈에의 딸?"

"그렇습니다."

"한국말을 못합니까?"

"조금도 못하는데요."

그러면서 그녀는 바지 주머니에서 두 겹으로 접은 작은 쪽지를 꺼내 내밀었다. 진성은 그것을 펴 현관 전등 불빛에 비쳐 보았다. 그것은 신문에서 오려낸, 토미다 시즈에를 찾는 심인광고 쪽지였다.

순간 진성은 나카지마와 역에서 헤어진 것이 못내 아쉬웠다. 이렇게 짤막한, 그리고 덤덤한 대화로 무엇을 알아낸다는 것이 불가능한 것 같았기 때문이었다. 더욱이 비가 내리는 이슥한 밤에 썰렁한 건물 현관 앞에서 남녀가 어정쩡하게 마주 서서 대화를 나누는 것이 바람직해 보이지 않는다는 생각도 들었다. 다행히 그때까지 레스토랑의 간판 불이 켜져 있어 그쪽을 가리키며 그녀에게 가자는 몸짓을 해보였다. 그녀는 잠시 머뭇거렸지만 그가 앞장서 걸어가자 순순히 따라오기 시작했다. 그리고 이내 총총걸음으로 따라와서는 뒤쪽에서 우산으로 비를 가려주었다.

"고마워요."

레스토랑 안에는 손님이 없었다. 그동안 몇 차례 들렀더니 여종업원이 아는 체하며 목례를 건네왔다. 여인은 회색 바지 위에 자색의 엷은 점퍼를 걸치고 있었다. 점퍼의 지퍼를 반쯤 내리고 있어서 눈이 부시도록 흰 블라우스가 가슴과 목 언저리를 가리고 있는 것이 보였다. 파마한 지가 얼마 안 된 듯 까만 머리카락에 생기가 넘쳤으나, 화장기 없는 눈가에는 잔주름이 졌고 어딘가 그늘이 서린 얼굴이었다. 사십대 말쯤 되었을까. 키는 그보다 한 뼘쯤 작아 보였다. 그녀는 고개를 외로 숙이고 한동안 출입구 쪽에 꼼짝 않고 서 있었다.

"싯다운 플리스!"

영어가 튀어나오다니 이게 무슨 망발인가. 그녀가 주춤거리며 그에게로 와서 탁자를 사이에 두고 마주앉았다.

"무엇을 마시겠습니까?"

그가 물었다.

"콜라."

그녀가 대답했다. 그는 콜라 한 병과 커피 한 잔을 시켰다. 그녀는 빨리 해결을 짓고 싶었던지 핸드백을 뒤적거려 사진 한 장을 꺼냈다. 설마 했으나, 그 사진은 진성이 지니고 온 그 사진과 똑같은 것이었다. 그는 재빠르게 뒷면을 보았다. 고베 나다 기시치도리〔神戶灘岸地通〕라고 한자로 한 줄 써 있고, 그 밑에는 기무라 이네코〔木村稻子〕라고 역시 한자로 써 있었다. 자신이 가지고 있는 사진과 똑같은 글씨체였다. 기시치도리의 기무라 이네코라는 뜻일 텐데…… 기시치도리는 바로 진성 자신이 태어난 곳이기도 했다. 헌데, 그가 가지고 있는 사진에는 오사카의 쓰루하시라 써놓고 왜 이 사진에는 기시치도리로 적어놓은 것일까.

"이것이 당신 이름?"

그는 기무라 이네코란 이름에다 손가락을 대고 물었다. 그녀가 고개를 끄덕거리고 나서 말했다.

"하지만 그 뒤엔 토미다 이네코였다가, 결혼한 후로는 사이토 씨를 갖게 되었습니다."

그러니까 그녀가 토미다 이네코라고 자기 이름을 밝힌 것은 토미다 시즈에와의 관계를 주지시키기 위해서였던 것이다. 이젠 말이 필요 없을 것 같기도 했다. 그는 옆자리에 놓아두었던 어깨 가방에서 그의 사진을 꺼내 보였다. 그녀는 너무나 놀랐던지 두 눈을 휘둥그렇게 뜨고 한참을 들여다보더니 이윽고 허리를 펴고 북받치는 감정을 억제하려는 듯이 두 손을 가슴에 얹고 심호흡을 했다. 그러고는 언제 갖다놓았는지 모를 콜라 잔을 들어 한 모금 마셨다. 그도 커피 잔을 들어 입술을 적셨다.

"이 사람이 어머니?"

그가 생모를 가리키니까 그녀는 고개를 끄덕거렸다. 그리고 생모가 안고 있는 아기를 가리키며 그게 자기라고 다시 자신의 가슴을 가리켰다. 그는 그 옆에 서 있는 망토 입은 아이를 가리키며 그녀가 했듯이 자기 가슴을 가리켰다.

두 사람은 사진에서 눈을 떼고 서로의 얼굴을 바라보았다. 그녀의 검은 눈동자가 점점 흐려지는 것 같더니 두 줄기 눈물이 주르르 흘러내렸다. 여동생을 만났다는 기쁨보다도 가슴을 도려내는 듯한 아픔이 숨을 턱 막히게 했다. 어쩌면 그녀의 눈동자가 흐려 보인 것은 그 자신도 이미 눈물을 흘리고 있었기 때문인지도 몰랐다. 진성은 손수건을 꺼내 그녀에게 건네주었다. 그녀는 손수건을 받으면서 그의 손을 한 번 꼭 쥐었다 놓았다.

"어머니는?"

"돌아가셨어요."

"언제?"

그녀가 울먹거리며 말해 잘 알아들을 수가 없었다. 그는 가방에서 수첩과 볼펜을 꺼내 적어보라고 했다.

쇼와 27년 6월 19일, 쓰루하시에서, 폐암으로.

쇼와 27년이라면 1952년이던가? 내가 열세 살 되던 해? 그녀가 볼펜으로 계속 써나갔다. 그는 돋보기를 꺼내 쓰고 고개를 한껏 옆으로 꺾고서 그녀가 쓰는 대로 읽었다.

나는 패전 후 아버지의 기무라 씨를 버리고 어머니의 씨를 따라 토미다라고 했습니다. 어머니가 나를 데리고 쓰루하시로 이사간 것은 혹시나 아버지의 소식을 알 수 있지 않을까 해서였으나 아무 소식도 들을 수 없었습니다. 그 당시 어머니는 가내에서 성냥을 제작하여 팔았지만 생활은 어려웠습니다. 어머니는 대학에 다닌 적이 있어 직장에 다닐 수도 있었으나, 쓰루하시로 이사할 때부터 심하게 기침을 했고 이사한 뒤로는 피를 토하기도 해서 직장을 갖는다는 것이 불가능했지요. 어머니가 돌아가신 뒤로 나는 고아원에서 자랐습니다. 나는 어머니가 아버지를 기다릴 때에도 아버지는 없다고 생각했고, 오빠를 찾을 형편도 아니었지만 찾을 수도 없었어요. 그래서 나는 아주 철저하게 일본인으로 살아왔습니다. 다행히 열심히 공부해서 지금은 오사카의 쿄바 시에 있는 한 소학교에서 교사로 지내고 있습니다. 내 남편도 같은 교사입니다만, 내가 여기에 온 것은 모르고 있습니다. 남편은 죽은 아버지를 일본인으로 알고 있으니까, 나는 내가 여기 오는 걸 알리지 않았어요. 하지만 나는 대학에 다니는 두 아들을 둔 어머니로서 행복하게 잘 살고 있어요.

씨가 기무라였다가 토미다로 바뀌었고 다시 사이토[齊藤]로 된 불쌍한 이네코는 자신의 지난날들을 담담하게 적어나가면서 마음의 평정을 되찾은 것 같았다. 그녀가 쓰기를 마치고 고개를 들었을 때 눈물은 보이지 않았다.

진성은 철저하게 일본인으로 살아왔다는 이네코에게 나는 네 오빠고 네 몸에 흐르는 피의 반은 한국인의 것이라고 말할 수가 없었다. 불현듯 그에게는 두 사람이 아무런 관계가 없을지도 모른다는 생각이 들었다. 그가 철저하게 생모를 기억에서 떨쳐버리려고 애쓴 것 이상으로 이네코는 아버지 쪽을 잊으려고 했던 것처럼 보였다. 그래서 그는 할 수만 있다면 그녀의 몸에 흐르는 한국인의 피를 돌려받고 자신의 몸에 흐르는 일본인의 피를 돌려주고 싶었다.

그녀가 수첩을 넘기며 다시 적었다.

나는 『아사히 신문』에 난 심인광고를 보고 처음에는 찾지 않으려고 했습니다. 하지만 광고를 낸 분이 어떤 사람인지 한 번, 꼭 한 번만 보고 싶었습니다. 그래서 '광화문 서점'의 박동삼씨에게 비밀로 해줄 것을 부탁드리면서 이것저것 물었더니 실제 광고주가 이진성씨고 이곳에 머물고 있다는 것을 알아냈습니다. 이제 나는 오사카로 돌아가야 합니다. 부탁드릴게요. 나를 꼭 한 번만 안아주세요.

이네코는 볼펜을 놓고 자리에서 일어섰다. 그리고 진성의 얼굴을 내려다보며 안아주기를 기다렸다. 그는 일어나서 이네코를 으스러져라 껴안았다. 그 순간, 그의 피가 역류하며 어떤 피는 빠져나가고 또 어떤 피는 그의 몸속으로 들어오는 것을 느꼈다. 그녀와 떨어져 섰을 때 그는 그녀의 얼굴에서 수심이 사라지고 평온한 기운이 은은하게 퍼져가는 것을 볼 수 있었다.

"참, 아름답게 생겼소."

진성이 말했다.

"참, 멋지게 생기셨어요."

이네코의 볼에 보조개가 패였다. 그녀는 핸드백과 우산을 들고 앞장서 나갔다. 그녀가 우산을 펼쳤다. 그리고는 따라오지 말라고 손을 가로저어 흔들었다. 그는 레스토랑 출입구에 서서 빗속으로 멀어져가는 이네코를 하염없이 바라보며 정확한 주소조차 확인하지 않고 이대로 헤어지는 것이 옳은 일일까 생각했다.

제2장 —— 전략, 1950년 9월 22일

1

　말바위산으로 올라가는 길을 따라 둘러쳐진 형무관학교 긴 담장 위에 삼삼오오 걸터앉은 인민군들이 담 아래 옹기종기 모여 서서 고개를 젖히고 쳐다보는 아이들에게 노래를 가르친다. 민중의 기, 붉은 깃발은, 전사의 시체를 싸도다. 시체가 식어, 굳기 전에, 우리들은 붉은 기를 물들이네. 서너 명의 인민군이 주먹 쥔 팔을 흔들며 합창을 하면, 아이들도 팔을 흔들며 그 뒤를 이어 노래를 부른다. 높이 들어라, 붉은 깃발을. 그 밑에서 전사하리라. 비겁한 놈은, 갈 테면 가라. 우리들은 붉은 기를 지킨다. 소년은 다른 아이에게 질세라 목청껏 의기양양하게 부른다. 문수 삼촌도 며칠 전에 의용군으로 나갔으니까 열심히 부르는 것은 당연한 의무이기도 하다. 노래는 이어지고 또 이어진다. 장백산 줄기줄기 피어린 자욱, 압록강 굽이굽이 피어린 자욱. 오늘도 자유 조선 꽃다발 우에, 역력히 비춰주는 거룩한 자욱, 아아, 그 이름도 그리운……

　붉은 기니, 피어린 자욱이니 하는 가사는 어쩐지 으스스하지만, 곡은 행진곡이어서 으스스한 기분을 몰아낼 만큼 신이 난다.

갑자기 머리 위에서 마치 천둥이라도 치는 것처럼 꾸르릉 하늘을 뒤흔드는 비행기 소리가 노랫소리를 삼켜버린다. 담장 위에 앉아 있던 인민군들이 유령처럼 담장 너머로 사라진다. 그러나 웬일인지 아이들은 도망갈 생각을 하지 않고 비행기 소리가 울리는 하늘을 올려다본다. 새까만 비행기 한 대가 눈이 시리도록 새파란 7월의 하늘을 가르며 굉음을 뿜으면서 머리 위를 스치듯 날아간다. 아이들은 순간 두 눈을 질끈 감았으나 이내 고개를 들고 비행기의 뒤꽁무니를 향해 두 손을 흔든다. 누군가 아는 체를 한다. 그라망 전투기다! 도망가야 해. 손을 흔들면 안 돼. 소년은 소리치며 도망가려고 하지만 말이 되어 나오지 않을 뿐만 아니라 한 발짝도 옮겨놓을 수가 없다.

독립문 너머로 사라졌던 비행기가 다시금 인왕산 쪽에서 솟구쳐 오르는 것이 보인다. 웬일일까. 비행기 소리는 들리지 않는다. 마치 먹이를 노리는 매처럼 소리 없이 말바위산 쪽으로 반원을 그리며 선회하더니 형무관학교 담장을 따라 아래로 내리꽂힌다. 한 대가 아니다. 꽁무니에서 새끼를 까서 두 대다. 형무관학교 안에서 따, 따, 따, 총소리가 들린다. 독립문 위에 있는 고사포에서도 불을 뿜는다. 파란 하늘에 여기저기 흰 연기가 풀썩거린다. 두 대의 비행기는 차례로 아이들을 향해 기총 소사를 가한다. 아이들의 몸뚱이가 붉은 젤리처럼 흐물흐물 무너져내린다. 그런가 싶자 담장을 따라 난 도로는 붉은 피로 이루어진 강으로 변한다. 소년은 피의 강물에 휩쓸려가면서 두 팔을 허우적거린다. 목이 잠기고 눈이 잠기고 머리카락이 잠긴다. 아악!

오후 1시 25분에 떠날 예정이던 로스앤젤레스발 브라질 상파울루행 바스피 여객기는 4시가 다 되어서야 공항 활주로에서 이륙했다. 브라질 항공기는 시간 감각이 없다는 말을 들었지만 설마 했다가 쓴맛을 톡톡히 치르고 있는 셈이었다. 진성은 서울에서 대한항공을 타고 로스앤젤레스까지 왔다가 그곳에 살고 있는 하사관학교 동기생 김인철(金仁哲)을 만났다. 해병대 시절 함께 베트남전에 참가했던 그와 어울려 사흘 동안 울분을 토하기도 하고 흥청거리며 놀기도 하다가 부랴부랴 왕복 항공권을 구입한 것이 잘못이었는지도 몰랐다. 기내 식사를 하면서 위스키 한 잔을 청해 마신 것이 더딘 출발에서 온 긴장감을 풀어주었던지 이진성은 그만 잠이 들었는데, 한 달 전에 꾸었던 그 고약한 꿈을 또 꾸고 말았다. 그 꿈과 똑같은 것은 아니었으나 그라망 전투기의 출현과 기총 소사는 비슷했다. 타타타타…… 그러고보니, 비행기가 이따금 투투투 소리를 내며 위아래 옆으로 흔들리고 있었다. 수평기류와 수직기류가 교차하는 공간을 날고 있는지도 모를 일이었다. 아니면 뇌운을 만난 것일까. 그는 쇠뭉치처럼 무거운 머리를 가누며 기내 안을 둘러보았다. 승객들은 아무런 동요도 없이 더러는 담요를 무릎 위에 얹어놓고 곤히 잠에 빠져 있었고, 더러는 귀에다 리시버를 꽂고 눈을 감고 있었다. 얼마 지나지 않아 비행기는 안정을 되찾았다. 피곤하고 신경이 날카로운 탓이야. 이진성은 날고 있는 비행기 안에서 그라망 전투기가 그에게 기총 소사를 하는 꿈을 꾼 것이 어처구니가 없어서 피식 쓴웃음을 흘렸다.

진성은 손바닥만 한 창밖으로 시선을 던졌다. 허허로운 하늘에는 어느새 어둠이 짙게 드리워져 있었다. 좀전의 비행기의 흔들림으로 보아 기창에 빗방울이라도 묻어 있을 법했지만 말짱했다. 밤하늘은 구름 한 점 없이 맑게 개어 있는 것 같았다. 어느 이름 모를 작은 도시의 불빛들이 마치 밤하늘의 은하수처럼 반짝거리는 것이 보였다. 적도 부근의 어디쯤일까. 불빛들은 한동안 사라졌다가 다시 나타나고는 했다. 불빛들은 초롱초롱 반짝이지만 너무나 작아서 어느 난쟁이의 나라 위를 날아가고 있는 듯한 느낌이었다. 그러나 그렇게 환상을 불러일으킬 만큼 아름답게 빛나던 불빛들도 아주 사라져버리고 시야에는 다시 어둠만이 가득 고였다.

깜빡 졸았던가, 눈을 떠보니 승객들은 아직 어떤 움직임도 보이지 않았다. 창밖에는 희미한 여명이 드리워졌고 기체 아래에는 구름이 잔뜩 끼어 있었다. 날이 완전히 밝지 않은 탓인지 그 구름들이 마치 북극의 얼어붙은 바다처럼 보였다. 또 얼마쯤 날았을까. 구름 사이로 넓은 숲이나 평야가 펼쳐지기도 했고, 늪지 사이로 굽이굽이 짙은 녹색 빛을 띤 강물이 잔잔히 흐르는가 하면, 붉은 흙탕의 강물이 요동치며 흐르기도 했다. 계절이 한겨울인 곳에서 한여름인 지역으로 왔다는 것이 점차 실감났다. 손목시계의 시침을 로스앤젤레스 시각에서 네 시간을 더 늘렸다. 시간은 아침 9시 30분이었다.

비행기가 고도를 낮추어 구름 밑으로 내려가자 외곽지대에 붉은 기와를 얹은 집들이 보였고 이내 눈 아래 상파울루라는 거대한 도시가 드러났다. 반겨줄 이도 하나 없는 이 도시에 무엇을 바라고 왔던가. 삼촌 이문수. 진성은 그의 죽음을 구체적으로 확인하고 싶었다. 아니, 죽었다고 단정할 수는 없었다. 1950년 7월 중순, 의용군으로 자원해서 전쟁터로 나간 이후 9월 아니면 길게 잡아 10월까지의 그의 행적, 특히 중상을 당했다는 그 무렵의 행적과 행방을 알고 싶었던 것이다.

진성은 고베에 다녀오고 한 해 반쯤이 지난 1993년 11월 말의 어느 날, 브라질 상파울루에서 허정민(許廷敏)이란 사람이 부쳐온 한 통의 두툼한 편지를 받았다. 겉봉을 보는 순간, 그는 그 편지가 주인을 잘못 찾아온 것이 틀림없다고 생각했다. 서울에서 지구 중심을 뚫고 반대쪽으로 나가면 도달하게 된다고 알려져 있는 상파울루라는 도시에는 연고가 있는 사람이 아무도 없기 때문이었다. 아무리 머리를 회전시켜보아도 허정민이란 이름은 기억에 떠오르지 않았다. 수신자의 주소가 진성 자신의 주소와 일치했으나 그는 발신자가 번지수를 잘못 기입한 것이라고 여겼다. 그래서 그는 편지를 되돌려보낼 궁리를 하면서 이틀 동안이나 겉봉을 뜯지 않았다.

그런데 새벽에 식은땀을 흘리며 그 고약한 꿈을 꾼 그날 아침나절, 원고지 칸을 메우기 위해서 서재 책상머리에 앉아 아내가 끓여준 커피를 홀짝거리고 있을 때, 책상 한쪽에 놓인 전화기의 벨이 깜짝 놀랄 만큼 요란하게 울렸다. 아내가 소리를 키워놓은 것일까. 아니면 그놈의 꿈 때문에 심리적으로 위축되어 있었던 까닭일까. 그는 전화 벨 소리를 더 듣지 않기 위해서라도 얼른 수화기를 들지 않을 수 없었다.

"네, 이진성입니다."

"아, 옳게 전화를 했습니다, 그려. 반갑습니다."

그리고 한동안 윙 하는 바람 소리가 전선을 타고 흘러왔다.

"누구신지?"

"브라질 상파울루의 허정민이라고 합니다. 제가 이선생께 보낸 편지가 지금쯤 도착했을 듯싶어서요. 받아보셨나요?"

예의를 차리고 있었으나 위엄을 풍기는 노인의 말투였다.

"네, 엊그제 받기는 했지만 아직 뜯어보지는 않은 상탭니다."

"왜요?"

노인의 목소리가 튕겼다.

"잘못 배달된 게 아닌가 해서요."

그 또한 퉁명스러워지려는 심정을 억누르고 공손하게 대꾸했다.

"아직 읽어보지 않으셨다니 유감입니다만…… 잘못 배달된 건 아닐 겁니다. 한번 읽어보시기 바랍니다. 그럼."

허정민은 이렇다 저렇다 말할 기회도 주지 않고 일방적으로 탈칵 전화를 끊었다. 진성은 의자에서 일어나 책꽂이 앞으로 가 책들 사이에 비죽이 끼워두었던 편지 봉투를 빼내어 겉봉을 뜯었다. 그가 가로 세로 한 번씩 접은 여러 장의 편지지를 펴는 순간, 무엇인가 편지지 사이에서 스르르 미끄러져 바닥으로 떨어졌다. 하나는 사진이고 또 하나는 명함인 것 같았다. 그는 무심코 허리를 굽혀 그것들을 줍다가 놀라서 하마터면 소리를 지를 뻔했다. 사진. 간수를 잘못해서 겉면이 들뜰 만큼 가로로 여러 가닥의 줄들이 가 있었으나 너무나도 그의 눈에 익은 바로 그 흑백사진이었던 것이다. 뒷줄에는 양복 차림의 아버지와 학생복 차림의 삼촌이 서 있고, 아버지 앞에는 기모노 차림으로 갓난아기를 안은 생모가 앉아 있으며 삼촌 앞에는 네 살가량 돼 보이는 진성이 망토처럼 생긴 외투를 걸치고 서 있는, 예의 그 사진. 사진 뒷면에는 이렇게 적힌 글귀가 보였다. '1944년 9월 22일, 나의 16회 생일을 맞이하여 형님의 가족과 함께 기념사진을 찍다.' 그렇다면 그 일련의 사진들은 삼촌의 생일을 기리기 위해서 어느 사진관에서 찍은 것이 되는 셈이었다. 그런데 어떻게 이 사진이 허정민이란 사람의 손에 들어가 있었단 말인가. 그는 부리나케 또박또박 박아 쓴 편지 속의 사연을 읽어 내려가기 시작했다.

친애하는 이진성 선생께.

나는 브라질 상파울루에 살고 있는 허정민이라고 합니다. 생면부지의 사람이 편지를 보내 의아해하리라 믿습니다. 하지만 나는 내가 오래전에 알고 있었던 이문수라는 사람과 이선생이 삼촌 조카 사이라는 것을 확신하고 있습니다. 이건 참으로 우연한 일입니다. 꼬박 43년 동안 나는 이문수와 함께 사진에 찍혀 있는 사람들 가운데 어느 한 사람에게라도 이 사진을 전해주게 되기를 바라왔습니다. 정말 우연이라고밖에 달리 표현할 길이 없군요. 나는 우연한 기회에 이선생이 쓴 소설 한 편을 읽게 되었습니다. 「잃은 자」라는 중편소설입니다. 한국 중편소설 전집 중 한 권에 다른 작가들의 작품과 함께 실려 있더군요. 보름 전이었습니다. 다시 한 번 우연이라는 말을 되풀이할 수밖에 없습니다. 여기 상파울루 한인 문인회의 한 회원에게서 그 중편소설집을 빌려 보게 되었으니까요.

내가 이문수와 이진성씨가 삼촌 조카 사이라고 믿게 된 것은 그 소설의 첫 장면 때문입니다. 환기하시라는 뜻에서 선생의 소설 중 그 부분을 복사하여 동봉합니다.

오랜만에 비가 그치고 칙칙한 먹구름 사이로 간간이 햇빛이 내비치던 무더운 날이었다. 서대문 쪽에서 네 대의 탱크가 독립문을 지나와서 영천 전차 종점 부근에 멎었다. 구경꾼들의 말로는 의정부를 거쳐 미아리 고개를 넘어온 탱크부대라고들 했다. 구경꾼들이 점점 더 불어나면서 삽시간에 양쪽 인도를 메웠다. 마침내 네 대의 탱크들은 약속이나 한 듯이 일제히 꼭대기 뚜껑을 위로 젖혀 올렸다. 그리고 각 탱크에서 한 명씩의 탱크병들이 불쑥불쑥 모습을 드러냈다.

그들은 커다란 안경이 달린 모자를 쓰고 있었기 때문에 얼굴을 잘 알아볼 수 없었다. 삼촌 옆에 서 있던 어른들이 속삭였다.

"저건 소련군인가보다."

"아냐, 소련에서 훈련받고 온 인민군이야."

삼촌은 잡고 있던 내 손을 놓더니 두 주먹을 불끈 쥐었다. 흥분을 억누르고 있음이 틀림없었다.

"저건 소련제 T-34라는 탱크야. 웬만한 직사포에는 꿈쩍도 안 하지."

삼촌이 옆의 어른들도 들으라는 듯이 큰 소리로 내게 말했다.

삼촌 나이 정도의 한 청년이 인도를 벗어나 동그라미 속에 별이 그려진 깃발을 흔들며 탱크 쪽으로 뛰어가서 '스탈린 만세, 김일성 만세'를 외쳤다. 탱크병들이 청년의 환영에 응답하여 손을 흔들었다. 한층 용기를 얻은 청년이 이번에는 구경꾼들을 향해 소리쳤다.

"여러분, 자본주의 미제와 이승만 괴뢰 도당 타도의 선봉장인 인민군 전사들을 환영하며 만세를 부릅시다."

청년이 깃발을 높이 치켜들었다. 침묵을 지키던 구경꾼들 틈새로 빠른 술렁거림이 지나갔다. 만세를 불러야 할지 얼른 결정을 내리지 못하는 것 같았다.

"인민군 만세!"

나는 깜짝 놀랐다. 뜻밖에도 옆에 서 있던 삼촌이 앞으로 나서며 두 팔을 머리 위로 치켜들며 외쳤던 것이다. 그러자 몇몇 사람들이 만세를 따라 불렀고, 다음번에는 구경꾼들의 반수 이상이 두 팔을 치켜올렸다.

"만세!"

"만세!"

그것은 참으로 기이한 광경이었다. 삼촌은 그렇다 치자. 대부분의 사람들은 사흘 전부터 전날 아침까지만 하더라도 병사들이나 경관들을 대여섯 명밖에 태우지 않은 트럭이 무악재 고개를 향해 달려가는 것을 보기만 해도 '국군 만세'를 외치며 박수를 쳤는데, 그날은 뜻밖에도 '인민군 만세'를 외치고 있었기 때문이었다.

탱크들이 지축을 울리며 형무소 언덕길을 향해 움직이기 시작했다. 그리고 채 20분도 되지 않아서였다. 형무소 쪽에서 푸른 수의를 입은 까까머리 죄수들이 어깨동무를 하고 밀려 내려왔다. 탱크가 옥문을 부쉈고 죄수들을 해방시켰던 것이다. 공산주의자들뿐만 아니라 강간범·방화범·사기꾼·잡범들도 하루아침에 영웅이 되었다. 정치범들은 붉은 깃발 노래를 불렀고 나머지 죄수들은 만세를 불렀다. 그들은 도도한 물결처럼 독립문을 휘돌아 서대문 쪽으로 밀려갔다. 나는 삼촌이 그 물결 속으로 함께 흘러가는 것을 멍청하게 바라보았다.

내가 이진성씨의 소설을 길게 복사하여 동봉하는 것은 이문수가 이선생이 쓴 소설의 내용과 똑같은 이야기를 내게 들려주었기 때문입니다. 다만 그날 오전에 벌어졌던 광경을 조카의 시선이 아닌 삼촌의 시선으로 바라보았다는 점만이 다를 뿐입니다. 이문수는 자신이 일본에 있을 때부터 좌익 사상을 품고 있었으나 운동에는 적극적으로 가담하지 않았는데 그 광경을 보자 의용군으로 나갈 것을 결심하게 되었다고 고백했습니다. 인민을 해방한 인민군 병사들의 자부심에 찬 모습들, 그리고 인민을 해방시키기 위해 감옥살이도 마다하지 않고 치열하게 싸웠던 투사들의 모습을 보는 순간, 그는 자신도 그들과 동참하지 않으면 안 된다는 의무감 같은 것을 느낀 것입니다. 그는 그날 조카의 손을 놓은 그 순간부터 조카뿐만 아니라 아버지도 형수도 모두 저버리게 되었다고 말했습니다.

　한 가지만 덧붙이겠습니다. 그와 내가 만나게 된 것은 경남 하동 외곽에서였습니다. 나는 김일성 친위 사단이자 방호산(方虎山) 사단으로 널리 알려진 인민군 제6사단의 일개 전사였다가 전쟁 중에 분대장이 되고 마지막에는 소대장이 된 사람입니다. 그가 우리 소대로 온 것은 그해 7월 26일로 기억합니다. 그리고 그는 그로부터 한 달 뒤 마지막 전투에서 다리와 복부에 미군의 총탄을 맞아 중상을 입었습니다. 야전 병원에서 간단한 수술을 받기는 했으나 그는 혼자 힘으로 걸을 수 있는 형편이 아니어서 우리는 그를 가마때기 들것에 태우고 후퇴했습니다. 6사단은 태백산맥을 탈 계획으로 지리산 자락으로 들어갔습니다. 그러나 유감스럽게도 우리 소대는 그를 더 이상 후송할 여력이 없었습니다. 나는 그를 산속 외딴 빈집에 방기하고 그의 소지품을 챙기게 되었습니다. 이 과정의 우여곡절을 말하자면 길어지므로 그의 소지품 가운데 하나가 동봉한 사진이라는 것만 밝히겠습니다. 참으로 우연하게도 이문수의 비극적인 종말을 알리게 되어 죄송합니다.

　편지로 보내는 것이라 더 자세하게 언급하지 못해 미안하게 생각합니다. 더 알고 싶은 것이 있으면 동봉한 내 명함으로 전화주기 바라며 이만 줄입니다.

1993년 11월 26일
허 정 민 올림

　진성은 편지를 다 읽고 나서 이미 식어버린 커피로 마른 입술을 축이며 사진을 들여다보았다. 그가 지니고 있는 것과 똑같은 사진이었지만 허정민이 보내온 사진 속에서는 어쩐지 삼촌이 울고 있는 것처럼 보였다. 큰어머님이 남긴 사진에서는 학생복을 입은 모범생으로서의 단아한 모습만 인상 깊이 남아 있었는데 결국 죽었다는 말인가. 그렇다면 사진 속의 인물들은 그와 그의 누이동생을 제외하고는 모두 이 세상에 없는 것이다. 그러나 그는 아버지와 어머니의 죽음은 인정할 수 있었으나 삼촌의 죽음만큼은 받아들이고 싶지 않았다. 이 세상 어딘가에 살아 있을지도 모르는 일이었다. 허정민은 이문수의 죽음을 기정사실로 여기고 있는 듯했지만 죽었다고 단언할 근거는 없었다. 그는 우선 허정민이 편지 속에서 못다 한 말들을 더 들어야겠다는 욕구를 누를 수 없었다. 하다못해 삼촌이 공산주의를 어느 정도 이해하고 있었는지라도 알고 싶었다. 인민군이 서대문형무소를 해방시킨 장면이 삼촌에게는 그토록 매혹적이었을까. 그 자신이 소설에서 쓴 것이나 삼촌이 간직하던 장면은 실상에 대한 기억이 아니라 한갓 머릿속에서 지어낸 허구는 아니었을까.

진성은 혼란스러웠다. 그래서 그는 한국전쟁에 관한 책자를 백방으로 구해 보았다. 그 결과 그 장면이 적어도 허구가 아니라는 책을 한 권 찾아냈다. 그것은 진성이 그 소설을 발표한 지 2년 뒤인 1981년에 고지마 노보루〔兒島 襄〕가 지었고 김민성이란 사람이 번역한 『한국전쟁』이란 책에 나타나 있었다.

괴뢰군은 그 등 뒤에서 제109전차연대를 선두로 하여, 북쪽과 동쪽으로부터 서울 시내로 진격하였다.

산발적인 저항을 받기는 했으나, 전차는 차례차례 관청·방송국·전신국·형무소·군 관계의 건물·국회의사당, 그 밖의 주요한 곳을 확보해나갔다.

서대문형무소에서는 4천 명 이상의 정치범 죄수들이 석방되었다.

밤새껏 내리던 비는 개기 시작했고, 서울 하늘과 거리에 햇빛이 반짝였다.

괴뢰군은 전차 부대에 뒤이어 제3, 제4사단이 돌입해왔다.

전차병의 대부분은 한국어를 이해하지 못하는 소련 태생의 한국인 2세들이었다.

오전 11시 30분 —,

서울 함락이 공식으로 선언되었다.

(고지마 노보루 지음, 김민성 옮김, 『한국전쟁』 상권, 종로서적, 1981, 82쪽)

그가 조사한 바에 따르면, 인민군 탱크가 서대문형무소로 진입했다는 기록은 위의 기록—이 번역판은 '인민군'을 '괴뢰군'으로 칭하나 일어판에서는 '북조선군'이라 칭한다—이 유일했다. 그러나 4천 명 이상의 정치범과 죄수들이 석방되었다는 말은 믿을 수 없었다. 서대문형무소가 4천 명 이상을 수용할 수 있는 시설을 갖추었을까. 그렇지는 못하지만 무리하게 한 감방 안에 많은 수의 죄수를 수용했었다는 자세한 기록이 없으므로 확인할 수 없는 대목일 수밖에 없었다.

인민군이 형무소를 해방한 다음날, 어린 진성은 아이들과 함께 텅 빈 형무소 안으로 들어갔다. 흙모래가 햇빛에 반짝거리는 넓은 마당을 가로질러 가면 형무관들의 집무실로 들어갈 수 있었다. 황망히 떠나갔는지 책상과 의자들이 사용하던 대로 놓여 있었고, 형무소 소장실로 보이는 방에는 긴 일본도가 벽에 그대로 걸려 있었다. 아이들은 그 일본도를 탐내기는 했지만 겁이 나서 아무도 그것을 가져가려고 하지 않았다. 아이들은 뒤뜰을 지나 을씨년스런 좁은 감방들이 문이 활짝 열려진 채 다닥다닥 붙어 있는 건물의 복도를 돌아다니기도 했고, 총살을 집행하던 사형장을 구경하기도 했다. 그때의 기억을 떠올려보면 서대문형무소에 4천 명 이상을 수용했다는 말은 과장되었던 것 같다.

어쨌든 한 시간가량 지속되었던 죄수들의 행렬과 그들의 열광이 삼촌을 의용군으로 나가게 한 계기가 되었다는 것만큼은 설득력이 있다고 말할 수밖에 없었다. 진성의 기억으로는 감옥에서 풀려난 사람들이 죄수복만을 입고 있었던 것은 아니었다. 박박 민 머리를 보면 그가 죄수라는 것을 누구나 알 수 있었으나, 어느샌가 민간 복장으로 갈아입은 사람이 있는가 하면 어떻게 그렇게 빨리 알고 왔는지 죄수의 가족들이 골목 안에서 죄수복을 벗기고 민간인 복장으로 갈아입히는 것을 볼 수도 있었다. 간혹 양복으로 갈아입은 죄수들이 가족들에 둘러싸여 골목 안으로 사라지기도 했으나 대부분은 만세 물결에 휩쓸려들었다.

전쟁이 시작된 지 3일밖에 지나지 않았으나 사람들은 변한 세상에 적응하기 시작했다. 과거에 가지고 있었던 인생관이나 세계관은 하루아침에 돌변하여 무엇이 가치 있는 것인지 혼란스럽게 되었다. 진성으로서는 나이가 어려서 이것도 저것도 분별할 수 없었으나 조금이라도 머리가 깨었다는 젊은이들은 무엇인가 눈앞에 전개될 미래를 보았을는지도 몰랐다. 그것은 일종의 환상이었다. 박헌영에게서 비롯된 김일성의 환상, 서울만 점령하면 남한 민중의 봉기가 일어나 부산까지 밀고 내려가는 수고도 들이지 않고 곧 통일이 되고 말 것이라는 환상 말이다. 그 환상이 현실적으로 가능하

다고 믿은 청년이라면 삼촌처럼 그 물결에 자기의 몸을 던질 만도
하지 않았을까.

진성은 허정민을 매개로 하지 않고는 집안을 버리고 떠나버린
삼촌에 관한 수수께끼를 풀 수 없다고 생각했다. 그리고 이 기회에
삼촌의 죽음이 확인된다면 호적을 정리할 필요가 있다는 생각도
했다. 하지만 멀고먼 브라질까지 간다는 것은 얼른 엄두가 나지 않
을 뿐만 아니라 그 무렵의 브라질행은 한 문학 계간지에서 막 들어
온 소설 분재 건을 포기하는 것을 의미하기도 했다. 이런저런 불이
익을 피하면서 삼촌에 관한 의문을 풀려면 다소 번거로울는지 모
르지만 편지 왕래나 전화 통화라는 방법을 취할 수도 있을 것이었
다. 그러나 그것은 나이 든 사람에 대한 예의가 아닐 듯도 싶었고,
만나서 듣는 것보다는 아무래도 확실치 않으리라는 생각도 들었
다. 그래서 그는 고민 끝에 허정민의 명함에 적힌 번호로 전화를
걸어 상파울루에 가겠다는 의사를 비쳤다.

"이 먼 곳까지? 하긴 이곳 교민들은 걸핏하면 한국에 나들이삼
아 다녀오곤 하지만, 나는 사십 년이 넘도록 단 한 번도 한국에 나
가지 않았지요. 만나볼 사람이 없을 뿐더러 내겐 어쩐지 한국이 서
먹서먹한 나라 같기만 해서요."

허정민은 자신이 한국으로 갈 기회가 없는 것을 미안하게 생각
하는 것 같았다.

"하지만 오더라도 삼촌을 버렸다고 날 힐난하지는 마시오."

그럴 리가 없다고 하자, 그는 한바탕 껄껄 웃고 나서 말을 이었다.

"하긴 만나서 내 얘기를 들으면 날 원망하지는 못할 거요. 나로
서도 삼촌에 대한 것 말고도 할 말이 많으니까요. 이진성 선생은
소설가이시니 이번 참에 브라질에 온다면 여러 가지로 얻는 게 많

을 겝니다."

　허정민의 말은 진성이 직접 상파울루로 올 것을 은근히 부추기는 듯한 느낌을 주었다. 어쩌면 당장 시간적으로나 금전적으로 불이익이 있다 하더라도 장차에는 그 불이익을 충당하고도 남을 이득이 있을지도 몰랐다. 그리하여 그는 부랴부랴 브라질과 미국 비자를 내고, 가는 길에 1960년대 베트남전에서 생사고락을 함께 했던 했던 김인철을 만나고 싶어 우선 로스앤젤레스까지 가는 항공권을 구입했던 것이다.

2

　진성은 공항을 빠져나오자 택시를 잡아탔다. 방향은 정해져 있었다. 시내 중심가에 자리잡고 있으면서도 하루 방값이 30달러 선을 넘지 않는 싸구려 호텔을 잡는다는 것이었다. 대머리에다 배가 불룩 나온 사십대의 택시 기사는 좀 굼떠 보이기는 했으나 호인처럼 느껴졌다. 게다가 택시 기사는 떠듬떠듬 쉬운 단어만을 주워섬기는 수준이기는 했으나 충분히 의사소통을 할 수 있을 만큼의 영어를 구사했으므로 다행이다 싶었다. 진성이 중심가의 30달러 선의 호텔을 원한다는 뜻을 전하자, 뒤로 고개를 돌리며 그가 물었다.

　"하포네스, 오케이?"

　진성은 기사가 자기더러 일본인이냐고 묻는 줄 알았다.

　"노, 코리아노!"

　"오, 코리아노!"

　기사는 고개를 바로 돌리고는 두어 번 끄덕거리고 나서 잠시 무엇인가 생각하는 듯 잠자코 있다가 불쑥 소리질렀다.

"하포네스 넘버 원, 코리아노 넘버 투!"

빌어먹을! 그는 상파울루에 첫발을 디디면서 참으로 어처구니없는 소리를 듣는다고 생각하며 실소를 금할 수 없었다. 일본인이 20세기 초 처음으로 브라질로 이민온 이래 현재까지 브라질 발전을 위해 다대한 역할을 했다는 것쯤은 알고 있었다. 하지만 한국인이라 밝힌 승객 앞에서 한국인은 일본인만 못하다는 말을 함부로 지껄일 수 있는 것일까. 기사의 말대로 하면, 그는 한국인과 일본인의 피를 반반씩 갖고 태어났으니 넘버 1.5가 되는 것인가.

"코리아노 넘버 원!"

진성은 자기도 모르게 큰 소리로 외쳤다.

"노, 노, 하포네스 오텔 넘버 원!"

기사 또한 답답하다는 듯 큰 소리로 되받았다. 진성은 그제야 한국인이 경영하는 호텔보다 일본인이 경영하는 호텔이 낫다는 기사의 말뜻을 알아챌 수 있었다.

"호텔, 하포네스 호텔?"

"예스, 호텔, 오텔! 하포네스 오텔, 오케이?"

"예스, 오케이."

기사는 이 '스무고개' 같은 문답식의 대화를 통해서 그를 납득시켰듯이, 그가 왜 앞서가는 트럭에서 숨을 쉴 수 없을 정도로 매캐한 매연을 뿜어내느냐고 묻자 휘발유에 알코올을 섞어 만든 연료를 쓰는 차이기 때문에 그렇다고 이해를 시켜주었다.

강변을 따라 한참 속력을 내서 달리던 택시는 어느덧 시내 한복판으로 들어선 듯 차들이 밀리기 시작했고 길은 좁은 언덕길로 바뀌어 있었다. 조금 더 가니 각 방향에서 온 버스와 승용차들이 모두 그 언덕길로 모여들기라도 하는 것처럼 꼼짝하기도 어려울 만큼 서로 뒤엉켜버렸다. 왼쪽으로 고목들이 그늘을 드리우고 있는 공원이 보였고, 그 공원의 고목들 위로 거대한 고딕 양식의 돔 지붕이 솟아 있는 것이 눈에 들어왔다. 진성이 고개를 옆으로 꺾고 그 건물의 돔을 올려다보려고 했다.

"쎄 카테드랄."

택시 기사가 그렇게 말한 것 같았다. 그렇다면 일대가 브라질 안내 책자에서 보았던 쎄 광장임이 틀림없었다. 그 공원과 보도에는 많은 사람들이 붐비고 있었고 거리에는 온갖 소음들이 소용돌이치고 있었다. 서로를 부르는 소리, 대화를 나누는지 싸움을 하는지 악을 쓰며 의사소통을 하는 소리, 작은 손수레를 끄는 덜그럭 소리, 자동차가 펑펑거리며 배기 가스를 내뿜는 소리, 귀를 째는 듯한 경적 소리들이 불협화음을 일으키면서 넘쳐나고 있었다.

양담배 장수, 각종 액세서리 장수, 모양과 색깔이 다양한 돌들을 늘어놓고 파는 돌장수, 구두 수선공, 야자수와 바나나와 멜론과 오렌지 따위를 파는 과일장수, 싸구려 화장품과 실과 바늘 따위를 파는 방물장수, 톱과 망치 따위를 벌여놓은 공구장수, 드럼통에 올라서서 청바지를 흔들어 보이며 손님을 부르는 옷장수, 솜사탕장수, 호떡처럼 생긴 것을 구워 파는 빵장수 등 별의별 장수가 다 모여 있는 것이 기어가듯 움직이는 택시의 차창 밖으로 보였다.

안간힘을 쓰면서 택시는 복잡한 쎄 광장을 빠져나갔다. 리베르다지 거리라는 표지판이 눈에 띄면서 언덕 아래로 훤하게 뚫린 대로가 나타났다. 택시는 한동안 대로를 따라가다가 갑자기 왼쪽으로 꺾어져 좁은 거리로 들어섰다. 길 양쪽으로 일본어로 된 음식점들이 죽 늘어선 거리였다. 조금 가다가 차는 다시 왼쪽으로 꺾어져 이번에는 언덕길을 거꾸로 올라가 일본인 거리임을 상징하는 커다란 '아카몽〔赤門〕' 밑을 지났다. 그러더니 이번에는 오른쪽으로 돌고 다시 오른쪽으로 돌고…… 어쩐지 갈 곳을 가까운 데 두고 택시가 언덕길을 오르락내리락 뺑뺑 맴돌고 있는 듯한 느낌이 들었다. 택시 기사가 호인인 줄 알았는데 요금을 더 받아내려는 수작을 부리고 있는 것이 아닌가 하여 불쾌감이 솟았다. 그러나 그는 좁은 네거리마다 차의 방향 표지판이 있는 것을 보고서야 일방통행 때문이라는 것을 깨닫고 얼굴을 붉혔다.

이윽고 택시가 3층짜리 자그마한 건물 앞에 멈춰 섰다. 택시 기사는 그의 짐을 호텔 프런트까지 날라다주었다. 공항부터 25달러에 오기로 했으나 왠지 친근감을 느껴 5달러를 더 주었다. 택시 기사는 고맙다고 손을 흔들어 보이며 사라졌다.

호텔 글로리아. 그것이 그가 묵을 3층짜리 호텔의 이름이었다. 말이 호텔이지 한국의 모텔 수준이었다. 호텔 안은 다소 어둡기는 했으나 시원했다. 그가 프런트로 다가가자 그의 나이 정도 되어 보이는 동양 여인이 고개를 숙이며 공손하게 인사했다.

"어서 오십시오."

아마도 그를 일본인으로 오인한 모양이었다.

"안녕하세요?"

그가 일본어로 받았다. 그러나 그는 이어 자신은 상파울루에 볼일을 보러 온 한국인이라는 것을 밝히고 일본말을 잘할 줄 모르니 천천히 말해달라고 부탁했다.

"아, 그러세요? 저희 호텔을 찾아주셔서 고맙습니다."

그녀가 또박또박 아주 느리게 말하기 시작했다. 그리고 자기네 호텔의 숙박비는 아침 식사를 제공하고 1박에 33달러라는 것, 오른쪽 문으로 나가면 식당으로 갈 수 있다는 것, 방에는 침대 또는 다다미방이 있고 욕실이 달려 있으며 온수가 나온다는 것을 정말 알아듣기 쉽게 말해주었다.

진성은 숙박부에 필요한 것을 기록하고 나서 나흘치 숙박비를 선불하고 쎄 광장과 일본인 거리가 자세히 그려진 지도를 한 장 얻었다. 그리고 키를 받아 옷가방을 들고 2층 침대방으로 갔다. 가방을 한구석에 팽개치듯 놓고 침대에 벌렁 누웠다. 온몸으로 피로가 덮쳐왔으나 잠이 올 것 같지는 않았다. 그래서 다시 벌떡 일어나 가방에서 수첩을 꺼냈다. 278-2087. 허정민. 진성은 프런트에 통화를 부탁했다. 어쩐 일인지 전화는 10분이나 지나서야 연결되었다.

"드디어 오셨군요."

허정민은 흡족한 듯 말했다.

"뵙고 싶습니다."

"그럼요, 만나야지요. 거기가 일본인 거리의 글로리아라고 했던가요?"

"네, 그렇습니다만."

"누가 소개해서 그리로 갔나요?"

허정민은 진성이 그곳에 머문다는 것이 뜻밖이라는 듯한 말투였다.

"아닙니다. 아, 소개했다고 해야 할지도 모르겠네요. 제가 택시 기사에게 싼 호텔을 부탁했더니 그가 데려온 곳이 이곳이니까요."

"싼 호텔을 부탁했다……"

그는 혼잣소리처럼 중얼거리더니 다시금 밝은 목소리로 말했다.

"아무튼 위치는 좋은 곳을 잡았습니다. 제 가게와는 꽤 가까운 거리니까요. 그 호텔 이름이 글로리아인 것은 그 호텔 앞 도로의 이름을 땄기 때문이지요. 지금부터 내게로 오는 길을 가르쳐줄 테니까 필기를 했으면 합니다."

진성은 그의 말에 볼펜을 꺼내며 좀전에 프런트에서 구한 지도를 펼쳤다.

"그 글로리아 도로를 따라 언덕 쪽으로 올라가다 도스 에스투단테스 도로를 만나면 오른쪽으로 돌아가세요. 한 블럭을 가면 푸르타도 도로를 만나게 될 겝니다. 거기서 왼쪽으로 올라가세요. 그러다보면 오른쪽으로 내려가는 도로가 있는데 그게 콘데 데 사르제다스 도로입니다. 초기 한국인 이주민에게는 애환이 서려 있는 유서 깊은 길입니다. 그 사르제다스 도로를 따라 내려가다 보면 오른쪽으로 주차장이 둘 나타나는데 두번째 주차장을 끼고 있는 가게가 바로 내가 있는 뎁니다. 내가 그리로 가면 좋겠지만 점원 아이가 출타 중이어서 그럴 수 없군요."

허정민이 가르쳐준 길이 모두 그가 내려다보고 있는 지도에 빠짐없이 그려져 있어 신기할 정도였다. 그러나 그는 지도를 보고 있다고 말하지는 않았다.

"아, 심려하시지 마세요. 잘 찾아갈 수 있을 것 같습니다."

"그래요. 걸어서도 20분이면 충분할 겝니다. 구경 삼아서 천천히 걸어오세요. 점심 전이겠죠? 점심이나 같이 합시다. 내 기다리고 있으리다."

진성은 양복을 입지 않고 남방 셔츠 차림으로 어깨 가방을 메고 거리로 나섰다. 방향은 택시를 타고 왔던 길을 거슬러 올라가는 꼴이었다. 조금만 날씨가 더워도 땀을 흘리는 그였으므로 그늘 밑을 따라 될 수 있으면 천천히 걸었다. 한쪽으로 차들이 길게 주차하고

있어서 도로는 차 두 대가 겨우 지나칠 수 있을 만큼 좁았으나 일
방통행이어서 그런지 차들은 거침없이 달렸다. 도로 옆에는 여행
사·화장품점·약국·음식점·문구점·시계방·양복점 등이 상
가를 형성하고 있었다. 그런데도 거리에는 행인이 별로 없어서 한
적한 느낌마저 들었다. 북적거리던 쎄 광장 주변과는 전혀 다른 인
상이었다.

그러나 푸르타도 길을 끝으로 일본인 거리도 끝이 난 것 같았다.
사르제다스로 꺾어드는 초입 네거리에는 브라질 사람들을 상대하
는 선술집이라 할 '바르'가 모퉁이마다 자리를 잡고 있었다. 바르
에도 문짝이 있을 테지만 문짝은 어디로 갔는지 거리를 향해 완전
히 개방되어 있기 때문에 안이 훤히 들여다보였다. 꾀죄죄한 와이
셔츠를 앞가슴이 보이도록 반쯤 풀어헤치거나 아예 러닝셔츠 차림
의 중년 사내들이 벌건 대낮부터 탁자에 둘러앉아 생맥주 컵만한
투명한 잔을 저마다 앞에다 놓고 큰 소리로 떠들어대고 있었다. 또
어떤 사내는 카운터를 향해 등을 보이고 있는가 하면 어떤 사내는
아예 문턱에 철퍼덕 걸터앉아서 잔을 기울이고 있기도 했다.

사르제다스는 가파른 내리막길이었다. 왼쪽으로는 10층이 넘어
보이는 아파트들이 칠이 벗겨져 얼룩덜룩하게 죽 늘어서 있었고,
오른쪽에는 오랫동안 손을 보지 않아서 폐가처럼 되어버린 단층집
들이 이어져 있었다. 노파가 어린아이를 안고 문 앞에 쭈그리고 앉
아 있기도 하고 아이들이 집 앞에서 뛰어놀기도 했으나 아파트 그
늘 때문일까 동네 전체에 음산한 기운이 돌았다.

처음 보았던 바르와 똑같은 모습을 보여주는 바르 세 곳을 지나
더 내려갔다. 첫번째 주차장이 나타났고 또 하나의 바르가 대각선
으로 보이는 네거리를 지났다. 가파르기만 하던 길은 그곳부터 거

의 평지로 바뀌었다. 마침내 승용차 20대는 너끈히 주차시킬 수 있을 만한 두번째 주차장이 나타났다.

허정민이 가게라고 했을 때, 진성은 잡화상 같은 것을 연상했지만 뜻밖에도 자동차 부품 상점이었다. 부품과 공구들이 양쪽 벽과 바닥에 가득 차 있었으나 상점 안은 서울 청계천 3가의 어느 부품 상점을 연상시킬 만큼 비좁고 어두웠다. 천장에는 전등불이 하나 희미하게 빛나고 있었다. 희미한 불빛 아래 작은 체구에 허리가 구부정하고 머리가 백발인 노인이 왼쪽으로 쓰러질 듯 기우뚱 서 있는 모습이 보였다.

"허정민 선생님이십니까?"

진성은 유령이라도 보고 있는 것 같아 안으로 들어가던 걸음을 멈추고 떨리는 목소리로 물었다.

"맞아요. 내가 허정민이올시다. 먼 곳까지 오느라고 고생이 많았지요?"

그가 기우뚱거리며 두어 발짝 다가왔다. 진성은 그때 그가 남방 셔츠를 입고 있다는 것과 왼쪽 겨드랑이에 목발을 끼고 있다는 것을 알았다. 전등불은 이제 그의 머리 뒤에 있었으나 진성의 눈은 희미한 빛에 익숙해졌고 그의 왼쪽 바짓가랑이가 무릎 위부터 접혀져 허벅지에 묶여 있는 것을 알아볼 수 있었다.

"놀라게 할 맘은 없었소. 오래전부터 가지고 있던 피해의식이랄까, 다리 한 짝이 없다는 말을 남들에게 하고 싶지 않았기 때문에……"

"죄송합니다. 전 이런 사실을 전혀 짐작하지 못했습니다."

"미안해할 것 없어요."

허정민이 오른손을 내밀어 악수를 청했으므로 진성은 얼른 두 손으로 그의 손을 그러쥐었다.

"일단 안으로 들어갑시다."

그가 턱으로 안쪽을 가리켰다. 거기에는 커다란 유리로 칸막이를 한 작은 방이 하나 있었다. 안으로 들어가니 밖에서 생각한 것보다는 깊숙하고 넓었다. 밖을 볼 수 있도록 대형 유리창 앞에 장부들과 몇 권의 책들이 꽂혀 있는 책상이 하나 놓였고 가운데에는 탁자와 소파 세트가, 더 안쪽으로는 누군가 그곳에서 잠을 자는지 간이 침대가 자리잡고 있었다. 침대의 발치 쪽 벽에는 누워서도 고개만 들면 전신을 볼 수 있을 것 같은 커다란 거울이 걸려 있었다. 그리고 침대를 붙여놓은 벽에는 도전적인 자세로 젖가슴은 물론 자디잘고 노르스름한 음모가 감싸고 있는 음부마저 드러내놓은 채 전라로 서 있는 젊은 여자의 대형 사진이 붙어 있었다. 진성의 시선이 그 사진에 머무는 것을 보고 그가 웃으며 말했다.

"설마 내가 붙인 게 아닌가 생각하고 있는 건 아니겠지요? 여기서 일하며 먹고 자는 알메이다라는 아이가 붙여놓은 것이지요. 저런 걸 붙여놨어도 상파울루 대학에 적을 두고 있다면 제 앞가림은 다 하는 청년이 아니겠습니까? 그래서 죄를 범하는 게 아닌 바에야 그애가 좋아서 하는 짓이라면, 난 말릴 생각이 없어요. 자, 잠시 앉아 있다 나갑시다. 알메이다가 곧 올 테니까."

그가 먼저 소파에 앉으면서 앞자리를 권했다. 진성은 그와 마주 앉아서야 비로소 그의 얼굴을 자세히 볼 수 있었다. 부품 상점 안으로 들어올 때부터 한쪽 다리가 없다는 것 말고도 그의 얼굴에서 무엇인가 이상한 느낌을 받았는데, 아뿔싸! 심한 화상을 입어 생긴 흉터가 미간과 콧대를 가운데 두고 그의 왼쪽 얼굴을 온통 뒤덮고 있었다. 왼쪽 이마에서부터 왼쪽 눈언저리, 왼쪽 뺨과 턱까지……

피부는 고무풀이 말라붙은 것처럼 번들거리며 쭈글쭈글했다. 왼쪽 눈썹은 아예 없었다. 오른쪽 볼은 살갗이 노화한 대로 살이 늘어져 있었으나 왼쪽 볼은 당장이라도 살갗을 뚫고 비어져나올 듯한 광대뼈 아래로 움푹 패여 있었다. 그의 얼굴은 완전히 균형을 잃고 있었다. 진성은 아, 하고 소리를 지를 뻔했다. 27년 전쯤 중부 베트남의 한 마을에서 맞닥뜨렸던 베트콩 중대장을 보고 있는 것만 같은 느낌이 들었기 때문이었다.

"볼수록 놀라워하는구려. 얼굴과 다리…… 이게 다 전쟁이 내게 남긴 아픈 상흔이라오."

그가 침울하게 말했다. 아는 사람이 없어서 한 번도 한국에 가지 않았다고 말했으나 실은 그와 같은 상흔을 안겨준 그 땅에 깊은 원한과 극심한 증오심을 지니고 있었기 때문인지도 몰랐다.

"포로 교환 때 북한을 택했다면 영웅 대접을 받으며 잘살았을 게요. 하지만 난 북한으로 가지 않았소. 그렇다고 남한에 남아야 했을까? 그때 내 머리에 무슨 이념이 있었던 것은 아니었소. 오직 한반도에, 그리고 전쟁에 대한 지독한 환멸밖엔 아무것도 남아 있던 게 없었으니까."

그는 목발을 짚고 일어나더니 책상 머리맡 책꽂이에서 두툼한 책을 두 권 뽑아와 탁자에 올려놓으며 말했다.

"이 책은 십몇 년 전에 서울에서 나온 책인데, 브라질을 떠난 주영복이란 사람이 미국에 거주하면서 쓴 거요. 그 사람은 원래 인천 포로수용소에 있었고 나는 거제도에 있었는데 포로 교환 때 휴전선의 비무장지대 수용소에서 만났소. 포로 중 부상자는 반 강제로 먼저 북으로 송환되었으나, 나는 이미 상처가 이 상태로 굳어져 있기도 했거니와 북으로 가는 것을 완강히 거부했기 때문에 남을 수 있었지요. 나는 비무장지대 수용소에서 그 사람과 함께 인도를 거쳐 브라질로 오게 된 이른바 '중립국포로'였소. 우리를 '반공포로'라고 부르는 사람도 있었고, 우리 가운데에는 그렇게 불러주기를 바라는 사람도 있었지. 허나 호칭 따위가 무슨 문제겠소, 존재의 본질이 중요하지. 혹시 이 책을 읽어본 적이 있소?"

그가 진성에게 『내가 겪은 조선전쟁』이라는 책의 표지를 보이면서 말했다.

"이 책이 나온 것은 알고 있었지만 절판된 상태라 구해 보지는 못했습니다."

"아, 그래요? 내가 이 책을 보여주는 이유는 포로로서 마지막 선택을 해야 했던 우리의 불안감을 너무나 절실히 그려내고 있기 때문이오. 자, 이 부분을 읽어봐요."

그는 제2권의 어느 쪽을 펼치면서 책을 진성의 가슴 앞으로 밀어놓았다. 진성은 그 부분을 읽어 내려갔다.

1954년 1월 20일(예정보다 하루 앞당겨) 드디어 자유의 날이 왔다. 아침 일찍부터 2, 3백 미터 되는 거리에 있는 중국인 수용소에서 북을 치고 징을 두드리며 국가를 부르는 소리가 들렸다. 15,000명의 중국 반공포로들은 500~1,000명 단위로 보무도 당당하게 행진하며 희망의 남쪽으로 남쪽으로 내려간다. 선두 그룹은 장개석 총통 초상화인 듯한 액자를 많이 들고 간다. 휘날리는 청천백일기가 어찌나 많은지 사람 행진이 아니라 붉고 푸른 포목이 바람에 흐르는 것 같다. (중략)

중국 청년들이 중립지대에서 다 떠나버리자 이번에는 7,900명의 한국 반공청년들이 길을 메웠다. 수용소에서는 몇 장밖에 안 보이던

태극기가 바다를 이루고 파도치며 흐른다. 두 손에 태극기, 짊어진 보따리에도 태극기, 어깨 위에도 태극기…… 태극기다. 그리고 보무도 당당하게 걸으며,

"전우의 시체를 넘고 넘어 앞으로 앞으로 추풍령아 잘 있거라 우리는 전진한다!"

군가를 부른 후 구호를 외친다.

"대한민국 만세에! 만세에!"

"이대통령 만세에! 만세에!" (중략)

불과 한 달 전까지 한솥의 밥을 먹고 찬 마루에서 자던 전우들, 활개치고 기쁨의 고함 지르며 나가는 모습, 우리는 언덕에 올라서서 눈물로 그 광경을 지켜봤다. (중략)

잠시 후에는 100여 명의 포로들이 긴 열을 짓고 서북방의 판문점 쪽으로 연행되어 간다. 그들은 인도군 관리하에서 다시 미군 측에 넘겨지는 마지막 기로에서 북쪽 조국, 공화국을 택한 포로들이다. 얼마 멀지 않은 후방에 인공기(人共旗)와 오성홍기(五星紅旗)를 단 수십 대의 지프가 그들을 태우고 속력을 내어 개성 쪽으로 달렸다.. 나는 맥없는 발걸음으로 언덕을 내려왔다. 반공포로들이 석방된 후의 비무장지대는 폐허처럼 쓸쓸하다. 철망 울타리는 모두 텅텅 비고, 망루라는 망루는 유령탑처럼 허전하게 서 있다. 움직이는 것이 있다면 철망에 걸린 헝겊이 바람에 펄럭거리는 소리뿐이다.

중립국행 수용소에 돌아오니 5, 6명의 포로가 인도군에 안내되어 왔다. 이들은 최종 심사에서 중립국을 택한 자들이다. 또 20여 명이 트럭을 타고 밀려왔다. 대부분이 제40수용소에서 온다는 이야기였다. 제40수용소에는 군관이 130명가량 있었는데 그중 오늘 10여 명이 나왔다. 그래서 나는 달려나갔다. 모두 손을 흔든다. 아는 사람도

많다.

제40수용소 일행을 마지막으로 더 이상 오는 포로는 없었다. 이로써 총원이 다시 100명을 넘는다.

(주영복, 『내가 겪은 조선전쟁』 2, 고려원, 1991, 412~415쪽)

"소수자들이 가는 쪽의 고독감과 행간 사이에 묻혀 있는 불안감이 아주 잘 드러나 있군요. 여기 표현을 빌리면, 허정민 선생님이나 주영복 선생님은 다수가 선택한 반공포로가 아니라 소수가 선택한 중립국포로라고 부르는 게 옳다고 보겠습니다."

진성이 말하자 그가 흡족한 듯이 너털웃음에 사투리를 섞어가며 말했다.

"허허, 참, 옳게 보았수다. 우린 반공포로가 아니지. 반공포로는 남한을 택하거나 대만을 택한 사람들을 가리키는 말이외다."

그때 부속품 상점 앞에서 끼익 하고 오토바이가 급히 멎는 소리가 났다.

"허나 이진성씨가 나를 찾아온 목적이 중립국포로에 관한 게 아니라 삼촌에 관한 거인 바에야 이 책에 너무 많은 시간을 할애할 건 없겠지요. 자, 알메이다가 돌아온 모양이오. 시장할 테니 그만 일어납시다."

허정민은 먼저 자리에서 일어나 벽에 걸어놓았던 양복을 남방셔츠 위에 걸치더니 책상 앞으로 다가가 두 권의 책을 원래대로 책꽂이에 꽂고 대신 오래된 노트 같은 것을 뽑아 반으로 접어 양복 안주머니에 찔러넣었다. 그와 동시에 청바지 차림의 어깨가 떡 벌어지고 키가 훌쩍 큰 한 젊은이가 사무실 안으로 들어서면서 뭐라고 소리쳤다. 그러자 그가 맞받아 큰 소리로 말했다. 젊은이는 그의 말이 떨어지자마자 냉큼 밖으로 나갔다. 두 사람이 밖으로 나오니, 젊은이는 어느새 승용차를 상점 앞에 대놓고 기다리고 있다가 상점의 셔터를 내렸다. 그러고는 두 사람을 리베르다지의 일본인 거리에 있는 한 일식집까지 데려다주고 돌아갔다.

그날 오후, 허정민은 그 음식점의 한 밀폐된 방으로 진성을 이끌었다. 그는 계속 참치회를 시키면서 레몬을 탄 독한 '삥가' 술을 마셨다. 방 안은 냉방장치가 잘되어 있어서 서늘할 만큼 시원했다.

"난 한국인 음식점은 잘 가지 않습니다. 우리가 브라질에 왔을 땐 한국인 음식점이 없기도 했지만 생긴 이후에도 일본인 집을 고집하는 것은 일종의 타성이라 할까요."

그는 한국 교민들과 유대 관계가 없음을 그런 식으로 말하고 있는 것 같았다.

"전 아무 음식이나 잘 먹는 편이고 생선회도 좋아하니까 염려놓으십시오."

"술도 좋아하나요?"

"조금은 합니다."

"허허, 그렇습니까? 허지만 이 삥가라는 술이 호락호락하지는 않을 겝니다. 조금씩 마시는 게 좋아요."

그러면서도 그 자신은 컵에 담긴, 소주처럼 맑지만 그것보다 훨씬 독한 술을 한꺼번에 반 잔가량 들이켰다. 진성은 조심스럽게 한 모금 마셨다. 레몬 향기만 없다면 보드카 같은 술맛이었다.

그는 진성의 삼촌에 관한 이야기를 하겠다면서도 여전히 자신의 내력부터 말하기 시작했다. 어쩌면 그렇게 하는 것이 삼촌과의 인연을 자연스럽게 풀어나가는 순서일는지도 몰랐다. 처음에는 자신의 출생지부터 거침없이 이야기를 이어가던 그가 막 하동(河東)

전투 이야기로 접어들 즈음이었다. 바야흐로 삼촌의 이야기도 시작될 것 같았다. 두세 시간을 보내면서 두 사람은 술을 마시고 참치회를 드는 사이사이 생선김밥을 먹기도 하고 맑은 생선 탕국물을 마시기도 했으나, 그의 이야기는 끊임없이 이어졌다. 그런데 상머리에 두 팔을 괴는 것이 고작이었을 뿐 별로 자세를 흩뜨리지 않던 그가 갑자기 등을 방 벽에 기대며 가래에 걸린 듯 힘들게 끊어 웃으면서 혀 돌아간 소리로 말했다.

"허, 허! 이보시오, 이진성 선생. 무얼 그렇게 열심히 적으시오? 허, 허, 허!"

취기가 돌았지만 그가 하는 말을 한마디도 빠뜨리지 않으려고 신경을 곤두세우며 자신의 노트에 필기를 하던 진성은 무슨 소리인지 몰라 볼펜을 거꾸로 잡으며 뜨악한 시선으로 그를 건너다보았다.

"그럴 것 없어요. 이걸 내, 드릴 테니, 호텔에 돌아가서 보시오."

그러더니 아까부터 풀어헤친 양복 앞깃 사이로 비죽이 내밀고 있던, 반으로 접은 예의 그 노트를 빼냈다.

"지금까지 내가 한 이야기는 여기 다 적혀 있으니까. 말하자면 미완성의 간략한 수기라고 할 수 있죠. 이걸 쓴 게 삼십 년도 더 되었지. 허지만 문득 다 부질없는 짓이란 생각이 들었소. 누가 말했더라. 인생이란 하루살이 수유와 같다고."

그렇게 말했으나 진성은 그가 애초부터 부질없음의 기록인 수기를 자기에게 전하고 싶어했음이 틀림없다고 생각했다. 그렇지 않다면 그가 그 노트를 자신의 양복에 품고 나왔을 리가 없었다.

"내일 두 시에 다시 가게로 나오시오. 삼촌에 관한 이야기를 해드리리다."

그날 밤 진성은 호텔에 돌아가자마자 씻는 것도 잊은 채 침대 위에 누워 곯아떨어졌다. 그가 잠에서 깬 것은 새벽녘이었다. 갑자기 허정민에게서 받아온 그 노트 생각이 떠올라서 머리끝부터 발끝까지 한바탕 샤워를 하고 난 뒤 침대에 누워 그의 수기를 읽기 시작했다.

「누구를 위해 피를 흘렸나」

나는 1927년 11월 4일, 3남 3녀 중 막내로 태어났다. 내가 태어나서 열 살도 안 돼 부모님이 모두 돌아가셨다. 태어난 곳은 흑룡강성 하얼빈이 가까운 하이린〔海林〕에서 8킬로미터 떨어진 시골이었다. 하이린에 있는 소학교를 겨우 졸업한 뒤, 23세가 되던 1949년까지 고향에서 형들을 도와 농사를 지었다. 농사란 참으로 따분한 일이었다. 일년 내내 뼈빠지게 일해도 입에 풀칠하기가 어려웠다. 나는 아무리 일해도 나 혼자 먹을 것도 거둬들이지 못했으므로 내가 없는 것이 입 하나를 덜어주는 것이라고 생각하게 되었다. 나는 기회만 있으면 시골을 탈출하여 좀더 큰 세상으로 나가고 싶었다.

기회가 왔다. 그해 5월 조선족 청년의 모병이 시작되어 나는 형들과 상의도 하지 않고 신병으로 나갔다. 하이린에서 25킬로미터 떨어진 무단장〔牧丹江〕 시에서 1천여 명의 조선족 청년이 한 달가량 훈련을 받았다. 어느 날 저녁, 우리는 열차를 타고 그 안에서 하룻밤을 지냈는데 이튿날 도착한 곳은 선양〔瀋陽〕이었다. 그곳 제166사단 신병훈련소에는 신병이 3천여 명 집결했으며, 다시금 한 달 동안 훈련을 받고 난 뒤 나는 496단에 배치되었다.

그해 7월 23일 저녁, 어디로 가는지도 모른 채 화물열차 칸에 올라탔다.

"어디로 가는 걸까?"

모두들 의아해하지 않을 수 없었다. 개중에 아는 척하는 자도 없지 않았다.

"장개석 군대를 치러 간다네."

그러나 열차가 출발한 지 한 시간도 채 되지 않아 쑤쟈툰[蘇家屯] 역을 지나게 되었을 무렵, 중대장은 우리가 조선 땅으로 들어간다는 것을 알려주었다. 그것은 상상 밖이었다. 북조선으로 들어간다는 것은 무엇을 의미하는 것일까. 조선민주주의인민공화국이 중국인민해방군의 적일 수는 없었다. 그러면 그것은 남조선과의 전투를 뜻하는 것일까. 북조선 인민군은 무엇을 하고 우리가 가는 것일까. 밀폐된 화물차 칸에는 한동안 술렁거림이 일었다. 조선족이라는 점에서 북조선으로 들어간다는 것은 선조의 땅으로 들어가는 것이니 가슴 설레는 일이었으나, 중국인이라는 처지에서 보면 낯선 남의 나라 땅으로 들어가는 것이므로 앞날이 불안스럽지 않을 수 없었다.

"열차가 역에 정차하면 중국돈은 한 푼도 남기지 말고 다 써버려야 한다. 만약에 중국돈을 몸에 지니고 국경을 넘는 자는 엄벌에 처할 것이다."

중대장이 지시했다. 그래서 우리들 가운데 중국돈을 다소 지녔던 사병들은 열차가 펑청[鳳城] 역에 잠시 멈춰 화물 곡간차 문이 열리자 달려드는 장사꾼에게서 삶은 옥수수, 찐 감자, 옥수수떡 같은 것을 허겁지겁 사먹었다. 가난했던 나로서는 일전 한푼 수중에 없었기 때문에 먹을 것을 입 안으로 꾸역꾸역 넘기는 그들의 모습을 보며 고이는 침만 삼켰다. 열차는 딴뚱[丹東]에서 한동안 정차

했다가 이윽고 새벽에 압록강을 건너 신의주역에서 내려 어느 목적지에 도착했다.

그곳에서 우리는 중국 군복을 벗고 간부건 사병이건 군견장이 없는 조선인민군복으로 갈아입었다. 그리고 중국 군복은 훈련, 작업, 취사 근무 때 등 작업복으로만 이용하라고 했다. 중대장에게서 또다시 엄명이 떨어졌다.

"이후부터 서로 중국말을 쓰지 말라. 그리고 절대로 조선 백성과 접촉하지 말라."

정말로 괴이한 일이 아닐 수 없었다. 우리 중국인민해방군이 하루아침에 북조선의 인민군으로 탈바꿈해버리다니.

우리는 군대 막사로 이동하기 위해 중국에서 화물차에 싣고 온 마차와 말을 내리고 마차에 군수 보급품 싣는 일을 도왔다. 그러나 중국말에 익숙한 말들은 조선말을 알아듣지 못했으므로 하는 수 없이 중국말을 썼다.

"쨔, 쨔, 쨔아!"

마부 사병이 말채찍을 내리치며 앞으로 가라고 소리쳤다. 지나가던 조선 사람들이 갑자기 나타난 군대와 이상한 말씨에 걸음을 멈추고 고개를 갸웃거리며 바라보았다. 토양이 낯설었기 때문일까. 말은 마부의 말을 잘 듣지 않고 두 다리를 세우며 펄쩍 뛰어올랐다.

"위이, 위이! 쩌쟈훠, 타마디!"

마부 사병은 화가 나서 욕지거리를 말에게 퍼부었다. 조선 사람들은 의심스럽고도 불안한 눈초리로 이러한 소동을 바라보면서 저희끼리 수군거렸다.

신의주에 주둔한 지 5일이 지난 7월 29일 오전 중에 북조선의 위대한 장군이 우리 사단을 방문했다는 소문이 돌았는데 그가 바로 김일성이었다. 그가 우리 앞에 모습을 드러낸 것은 그날 오후였다. 그는 매우 젊었고 얼굴 피부는 희고 유들유들했다. 그는 군대 막사를 돌아보며 병사들에게 부족한 것이 없는지를 일일이 물었다.

"배가 고파 못 견디겠습니다."

한가지로 모두 배고픔을 호소했다. 그 사실을 심각하게 받아들였던지, 그가 돌아간 그날 이후 우리의 식사 사정은 훨씬 좋아졌다.

그때 김일성이 사단을 방문한 것은 간부와 사병의 사기를 진작시키기 위한 것임에 틀림없었지만, 실은 사단 장교회의를 주관하면서 중국인민해방군을 조선인민군으로 전환시키고 그 지휘권이 자기에게 있음을 확인시켜주기 위한 일단의 행동이기도 했다. 그가 장교회의에서 했다는 말은 단순한 환영사가 아니었다.

"제군은 조선 민족으로서 중국 인민을 지원했고 중국 인민의 해방 전쟁에 참가하고서 조국에 돌아왔다. 나는 제군과의 재회를 몹시 기쁘게 생각한다. 제166사단의 장병은 프롤레타리아 국제주의를 충실히 수행했으며, 조·중 양국 인민의 전투적 단결을 강화하는 데 크게 공헌하고 귀국했다. 제군의 드높은 프롤레타리아 국제주의 정신과 귀한 업적은 조선 인민과 중국 인민 혁명사에 영구히 살아남을 것이다."

김일성의 방문 이후 2개월 남짓에 걸쳐 중국인민해방군 동북군구 제166사단은 조선인민군 제6사단으로 변신했다. 내가 속한 496단은 제13연대, 497단은 14연대, 498단은 15연대로 불리게 되었다. 훨씬 뒤에 안 일이지만, 우리와 거의 때를 같이하여 164사단은 인민군 5사단으로, 중남군구 독립15사단은 인민군 12사단으로, 제4야전군 47군 조선족독립단은 인민군 18연대로 개편되었는데 그

외 철도병단 등을 합치면 그 병력 규모는 5만 5천 명에서 6만 명을 헤아린다고 했다.

어떻게 해서 그 많은 중국인민해방군이 은밀히 압록강을 건너 조선인민군으로 둔갑하게 되었을까. 당시 소학교 출신으로 농사를 짓다가 자원 입대하여 일개 보병 전사가 된 나로서는 감히 상상조차 못할 일이었다. 다만 내가 알고 있었던 것은 내가 입대하기 전해인 1948년 9월부터 연말까지 린빠오〔林彪〕의 동북야전군이 랴오뚱〔遼東〕과 선양에서 장개석의 국민정부군과 대전투를 벌여 국민정부군을 만주에서 완전히 몰아냈다는 사실이다. 그때 조선의용군도 혁혁한 전과를 올렸는데 우리 사단의 간부들은 순수 중국인도 더러 있었으나 대부분은 그 조선의용군 출신이라는 것이다. 우리는 그들을 믿고 따랐다. 사단장 방호산은 그 대표적인 인물이었다. 그는 만주사변 후 헤이룽장성〔黑龍江省〕 미산〔密山〕 지역에서 항일유격대로 활약했고, 모스크바 동방대학에 유학도 했으며 일제가 패망한 후에는 동북조선의용군 제1지대 또는 이홍광지대와 동북민주연군 독립4사 또는 중국인민해방군의 동북군구 166사단에서 정치위원으로 만주 국·공 내전에 참가했다가 사단장이 된 경력을 지니고 있었으므로 모두들 그를 우러러보았다. 이런 인물이 조선인민군의 사단장이 되었다면 인민군으로 변신한 것에는 무엇인가 긍정적인 측면이 없지 않으리라는 추측을 하는 것이 고작이었다.

그때는 김일성이 모스크바로 가서 스탈린을 만나 무슨 모의를 했는지, 모택동이 왜 우리를 북조선으로 보냈는지 하는 정치적인 놀이에 대해서는 아는 바가 아무것도 없었다. 모택동이 대만 장개석 군대를 추적하여 일거에 격멸하기를 포기하고 조선족 군대를 북조선에 보낸 것은 스탈린의 압력에 굴복해서였는가. 아니면 조선의용군의 조직과 성장이 동북삼성을 통치하는 데 앞날에 장애 요인이 될지도 모른다고 예측하여 그 싹부터 잘라버리기 위한 방편으로 그들을 동족상잔의 전쟁터로 몰아낸 것인가. 그리고 초기 38선에 포진한 인민군 7개 정규사단 중에서 3개 사단의 주력이 조선족 출신이라는 것을 어떻게 설명할 수 있단 말인가.

어쨌든 나는 조선인민군 제6사단 제13연대 제3대대 9중대 1소대 전사가 된 것이다. 1949년 10월에 우리 연대는 신의주를 떠나 남하하여 황해도 사리원(沙里院)에 주둔했다. 그때까지 우리는 일본군과 국민정부군에게서 탈취한 빈약한 무기와 장비를 갖추고 있었는데, 사리원에 주둔하면서 그것들을 소련제로 바꿔 지니게 되었고 소련 교범에 따라 혹독한 훈련을 받았다. 선양에서부터 가지고 와 사용했던 야전 밥그릇, 수통, 컵 같은 식기류도 모두 반납하고 새로운 것을 받았다.

마침내 1950년을 맞이하면서 우리는 중국인민해방군의 제4야전군 사령관인 린뱌오가 보내준 『기념책』이란 책자를 하나씩 받았다. 그것은 일종의 작은 노트이자 진중수첩 같은 것이었다. 그 책자의 앞부분에는 모택동의 "인민을 위하여 복무하자(爲人民服務)"는 당부와 주더〔朱德〕 총사령관의 "정규화를 배워서 국방을 보호하자(學習正規化保護國防)"는 구호가 친필로 씌어 있었다. 그런데 두 수뇌의 글이 간단했던 것에 비하여 그 책자를 보내준 당사자인 린뱌오의 글은 다소 길었다.

"조선의 장병들은 중국의 인민해방전쟁에 참가하면서 고도의 국제주의 정신을 발휘했다. 또한 난관을 극복하고 용감하게 규율을 엄수했으며 학습에 유의하는 등 훌륭한 자질을 보여주었다. 우리는 조선 동지가 중국 혁명에 바친 공헌에 깊이 감사함과 동시에, 조선 해방을 위해 모두의 성공을 깊이 희망한다."

그해 초, 우리는 느낌으로 알고는 있었으나 린뺘오의 그 치사야말로 우리가 머지않아 전쟁의 회오리바람에 휘말려들 것임을 단적으로 암시하였던 것이다.

6월 15일, 우리는 38선을 8킬로미터 정도 앞에 둔 산간지역으로 남하 이동하였다. 일명 라아치(羅阿峙)라고 불리던 그곳은 7백 고지를 넘는 험준한 산들로 둘러싸여 있어서 북조선 민간인에게 우리의 움직임을 감추기에 알맞은 지형이었다. 그리고 일주일 뒤 우리 13연대는 그곳에서 더 남하하여 개성을 코앞에 둔 빙고동(氷庫洞)까지 내려갔다. 그때까지 우리는 민간인과 접촉하는 것을 금지당했을 뿐만 아니라 민간인의 시선을 피해 밤에만 움직였다. 우리의 모든 행동에는 비밀을 엄수해야 했고, 암호를 숙지해야 했으며, 아침마다 휴지란 휴지는 모두 소각해야 했다. 6월 23일쯤에는 언제든지 전투에 임할 수 있도록 각 분대를 전투 상태로 편성시켰고, 전사들은 전투개시 후 이틀 동안 먹을 수 있는 비상식량을 지급받았다.

우리 중대는 거기에서 더 남하하여 개성 성벽 서쪽 38도 선상에 접해 있는 대원리(大院里)로 나가 은밀히 참호를 파고 남쪽을 향해 총부리를 겨누면서 조국과 인민이 부여한 성스러운 과업을 수행할 명령만 기다렸다.

24일에는 하루 종일 구름이 잔뜩 끼어 후텁지근한 날씨더니 밤 9시부터 비가 내렸다. 참호 속에서 우의를 뒤집어쓴 채 비를 맞으며 눈을 붙이는 둥 마는 둥 긴장감과 불안감으로 바짝바짝 마르는 입술을 혀끝으로 빨며 밤을 지샜다. 바로 내 옆에 있던, 용정에서 중학교를 다녔다던 분대장이 무엇인가 중얼대듯 읊조리는 소리가 들렸다.

오직 빗소리뿐

끝 모를 침묵의 심연

38선의 밤

조국과 인민이 내게 전해준

붉은 피가 내 몸 안에서

격렬하게 파동치며 흐른다.

이 피를 어찌 아까워하랴.

남조선 인민의 해방을 위해

저 이승만 반동 도당을 거꾸러뜨리고

미제 군대를 동해로 몰아낼 때까지

한 방울도 남김없이 모두 뿌리리.

대충 이런 내용이었다. 분대장은 두려움을 떨쳐버리고 스스로 용기를 북돋기 위해 자기최면을 걸고 있었던 것일까. 아니면 공산주의 학습을 통해 세뇌된 시인일까. 나는 그의 읊조림에 귀를 기울이고 있다가 도취에서 깨어나듯 졸음에 겨운 두 눈을 부릅뜨고 탄환을 장전한 소련제 자동소총, 속명 다발총을 두 손으로 꽉 움켜쥐며 전방을 바라보았다.

25일 새벽녘 여전히 빗줄기가 흩뿌리는 가운데 앞을 겨우 분간할 수 있을 만큼의 희미한 빛이 조금씩 퍼지고 있었다. 이윽고 중대장이 외치는 소리가 산간의 적막을 깨뜨렸다.

"공격 개시! 전진하자!"

그러자 기다렸던 듯 중대정치위원인 문화 부중대장이 외쳤다.

"소멸하자!"

중대원들이 모두 따라 외쳤다.

"소멸하자! 소멸하자! 소멸하자!"

포병들이 일제히 포문을 열었고 기관총 사수는 불을 뿜었다. 천지가 뒤흔들렸다. 우리는 참호에서 뛰어나와 개성시를 향해 전진했다. 우리는 총 몇 발 쏘지 않고 개성시를 당일에 점령했다. 그러나 그후 이틀 동안은 남조선 국군 1사단의 완강한 저항에 고전을 면하지 못했으나 밤이 되면서 그들의 기세도 꺾이기 시작했다.

이후 연대는 거의 일사천리로 김포평야를 지나 인천을 점령하고 다시 영등포로 나갔다. 7월 11일부터는 안산을 거쳐 서해안을 따라 남진했다. 우리의 행군 속도는 한 시간에 거의 10리를 갈 만큼 빨랐다.

우리 분대가 이리역 뒷산으로 정찰을 나갔다가 30미터가량 사이를 두고 정체를 알 수 없는 군인 10여 명과 조우했을 때의 일이었다. 산 위에서 누군가가 느긋하게 수하를 해왔다.

"당신들, 누구요?"

그들이 하도 태연했으므로 분대장도 아군으로 착각하고 아무렇게나 대꾸하며 되물었다.

"우린 육군이지만 거긴 뉘기요?"

"우린 해병대요!"

해병대? 처음 듣는 부대 이름이었으나 해병이라면 바다와 관련된 군인일 텐데 산속에 있는 것이 이해가 되지 않았다.

"해병대가 뭐요?"

분대장이 재우쳐 물었다. 그러나 그 물음에는 대꾸하지 않고 분대장과 내가 들고 있던 둥근 탄창이 가로로 달려 있는 다발총을 가리키며 또 물어왔다.

"그 총이 무슨 총이오?"

"자동소총이오!"

분대장은 그렇게 대답을 하고보니 아무래도 그들이 수상했다. 인민군에는 소련제 자동소총을 모르는 전사가 없었기 때문이었다.

"적이다!"

어느 쪽에서 먼저 소리쳤는지 알 수 없었다. 동시에 분대는 사격을 가하기 시작했다. 적은 총 몇 발 쏘더니 이내 산 너머로 줄행랑을 쳤다.

"별스런 놈들도 다 있구먼."

분대원들은 싱겁게 끝난 전투에 너털웃음을 웃었다. 웃기는 전쟁이었다.

7월 20일에는 군산을 점령하면서 국군의 미미한 저항을 받기는 했으나 그것은 우리가 전쟁터에 있다는 것을 상기시켜주었을 뿐 아무런 방해도 되지 않았다. 한껏 물기를 머금고 푸르러진 벼가 넘실거리는 호남평야는 텅 비어 있었다. 7월 24일, 우리 연대는 광주를 거쳐 목포를 점령했다. 다음날에는 보성과 여수를 점령했던 다른 연대들과 함께 전 사단이 순천에 집결했다.

파죽지세로 달려온 것은 좋았으나 보급로가 길어져 병참 사정이 좋지 않았다. 이따금 식량 보급이 끊어지는 경우도 생겼다.

"먹을 것을 줘야 전투를 하지."

"병참부대 종간나새끼들은 무얼 하고 자빠져 있나?"

사병들은 정치위원이 듣지 않는 곳에서 불평을 늘어놓았다.

사단이 순천에 집결한 것은 무엇보다도 식량을 조달하기 위해서 였다. 그 무렵, 점령지에서는 빈곤한 농민들에게 지주의 땅을 몰수해 곧바로 분배해주고 그들을 식량 수집원으로 이용했다. 그들과

수송 부대원들은 마차와 소달구지로, 때로는 지게로 수집한 곡물
과 부식물을 날랐다. 앞에서 전투를 하면 뒤에서 식량을 실은 소달
구지가 따라왔다.

나는 하동 방면으로 진격하면서 하사관으로 진급하고 분대장이
되었다. 항상 앞장서서 분대원들을 독려했던 시인 분대장이 전투
중에 전사하거나 부상을 당한 것은 아니었지만 목포서부터 고열과
심한 설사를 하더니 결국 이질에 걸린 것으로 판명이 나 의무대대
로 실려 갔기 때문이었다.

"우리의 목표는 진주를 거쳐 마산을 점령하고 적들의 최후의 보
루인 부산을 해방시키는 것이다. 분투하기 바란다."

나는 분대장이 되면서 중대장에게서 격려의 말을 들었다. 나는
한껏 고무되어 "인민으로부터 받은 피, 한 방울도 남기지 않고 모
두 뿌리리"라고 전 분대장이 읊은 시 한 구절을 되뇌었다.

허정민의 「누구를 위해 피를 흘렸나」는 거기에서 끝나 있었다.
30년 전, 그가 자신의 전투 수기를 쓰다가 멈춘 것은 어쩌면 피를
흘린 것에 대한 깊은 회의가 들었기 때문인지도 몰랐다.

3

브라질에서 돌아온 뒤, 이진성은 허정민이 처음부터 있었고 나
중에 삼촌이 가게 되었던 운명의 인민군 제6사단이란 어떤 부대였
는지 좀더 객관적인 자료를 찾아보았다. 여러 저서들이 제6사단을
언급하고 있지만 하기와라 료〔萩原 遼〕의 『조선전쟁』만큼 부대 구

성 자체를 상세히 기록한 책은 없다고 그는 생각했다. 하기와라 료는 일본『적기(赤旗)』지 기자로서 평양 특파원을 지낸 바 있고, 미국 워싱턴의 각 기관에 소장되어 있는 총 160만 쪽에 해당하는 북한 탈취 문서를 2년 8개월 동안 세 번이나 통람했다는 사람이다. 그 책에는 인민군 제6사단에 관해 이렇게 적혀 있었다.

제6사단은 조선계 중국인 부대다. 중국인민해방군의 제166사가 1949년 7월에 조선에 들어가면서 조선인민군의 제6사단으로 되었다. 사단장은 방호산. 중국인민해방군의 사단장과 함께 정치위원을 역임했다. 남진 즈음에는 개성 공격을 시작으로 서울에 돌입하고, 더욱이 남하하여 대전 전투에서는 미 제24사단과 조우하여 이를 격파하고, 딘 사단장을 생포한 혁혁한 전과를 올렸다. 방호산 사단장은 조선인민군으로서 최초로 이중영웅 칭호를 받았다. 그러나 조선전쟁 휴전 후에 김일성의 시기심을 사서 '반당종파분자'로 몰려 숙청되었다.

제6사단의 '전시정치문화사업'은 중국의 국·공 내전을 전투로 누볐던 역전의 장병들의 풍부한 경험을 기반으로, 남조선해방전쟁을 수행함에 있어서 구체적인 방법을 성립시켰다. (중략)

제6사단은 제13, 제14, 제15연대의 3개 연대와 포병연대를 중심으로 교도대대, 통신대대, 기관총대대, 군의대대, 자주포대대, 반전차대대 등으로 되어 있다. 1개의 보병연대는 약 2,500명. 1개 사단은 약 1만 1천 명. 1개의 보병연대는 3개의 대대로 나뉘고, 1개 대대는 3개 중대로, 1개 중대는 3개 소대로 나뉜다. 구 일본군이나 미군 같은 3·3 편성으로 되어 있다.

(하기와라 료,『조선전쟁』, 문예춘추, 1998, 211~212쪽)

"우린, 소모품, 김일성과 스탈린과 모택동과 이승만과 트루먼과 애치슨과 맥아더가 벌인 정치 놀음이 어떤 것인지 전혀 모른 채 전쟁터로 내몰린 억울한 희생자였소."

이튿날 호텔 앞 식당에서 우동 한 그릇으로 점심 식사를 하고 난 뒤, 진성은 허정민의 자동차 부품 상점에 가서 노트를 되돌려주면서 선생의 수기를 잘 읽었다고, 그리고 덧붙여 허락하신다면 노트를 복사하고 싶다고 말하자, 그가 밑도 끝도 없이 불쑥 그렇게 말했던 것이다.

"내게 죄가 있다면, 가난해서 입에 풀칠이라도 하려고 군대에 지원한 것뿐인데…… 신께서는 너무나 가혹한 벌을 내리셨지."

그는 뭐라고 위로를 해야 할는지 몰라 입술만 달싹거리는 진성을 바라보고 말했다.

"나는 수기란 걸 쓰다가 포기한 사람, 아니 쓰기를 거부한 사람이니 그 알량한 것 가지고 있은들 무슨 소용이 있겠소? 필요하다면 복사할 것도 없이 그냥 가지시오."

"그래도 되겠습니까?"

"원래부터 선생이 브라질에 오면 주려고 마음먹었던 것이오."

"고맙습니다!"

진성이 더 사의를 표할 겨를도 주지 않고 그는 벌떡 자리에서 일어나 책꽂이로 가서 커다란 글자로 '한국정밀지도'라고 인쇄된 책을 뽑아와 탁자 위에 놓았다.

"이건 서울에 갔다 오는 사람에게 부탁하여 구입한 남한 지도요."

그가 지도를 폈다. 진성은 그것이 한국에서 승용차를 모는 사람이면 누구나 한 권씩은 차 안에 구비하고 있는 책자라는 것을 알아보았다.

"그렇지. 여기가 하동이로군. 진성씨의 삼촌인 이문수가 내 앞에 나타난 것은 바로 하동에서 삼 킬로미터가량 떨어져 있는 하동 고개 북쪽에 위치한 백팔십 고지에서 참호를 파고 매복하고 있던 7월 26일이었소. 더위가 기승을 부리던 날이었지."

어리둥절해 있던 진성은 그가 볼펜으로 가리키는 데를 주시하다가 갑자기 삼촌에 관해 언급했기 때문에 바짝 긴장하며 자신의 노트를 펼쳐 적기 시작했다.

교도대원을 따라온 이문수는 바싹 마르고 검게 그을린 얼굴에 반짝반짝 빛나는 까만 눈동자를 지닌 키가 큰 사내였다. 그가 입고 있는 말쑥한 군복을 보고 허정민은 그가 학교에 다니다 나온 신참 의용군이란 것을 대번에 알아보았다. 그다지 높지 않은 고지였지만 문수는 올라오느라고 힘이 들었던지 땀을 뻘뻘 흘리고 숨을 헐떡거리면서 AK소총과 배낭과 식량 전대를 어깨에 멘 채 정민에게 신고를 했다. 정민은 무엇보다도 그가 서울 출신이라는 것에 흥미를 느꼈다. 그의 부대가 행주산성 쪽에서 김포로 강을 건넜으므로 그는 서울 사람은 한 명도 본 적이 없었던 것이다.

"동무, 동무는 어느 학교에 다니다 왔소?"

"연희대학에 다니다 왔습니다."

"나이는?"

"이십삼 셉니다."

"나보다 한 살 아래로군. 훈련은 얼마나 받았소?"

"십 일간 받았습니다."

"총 쏠 줄은 아오?"

"네. 압니다."

그것이 정민과 문수가 나눈 첫 대화였다. 신고식이 끝나자 정민은 전투 상황에 대해서 설명했다. 그들은 하동을 3킬로미터 정도 후방에 두고 진주 방향으로 약 7킬로미터 전방에 미 제국주의 군대 및 남조선 괴뢰군과 대치하고 있다는 것, 중대는 상부 명령에 따라 180고지에 매복 중이라는 것, 고지 앞 골짜기 건너 동쪽 고지에도 아군이 매복하고 있다는 것, 남쪽으로 내려다보이는 고개가 하동고개며 적들이 진주 방면에서 도로를 따라 그곳으로 전진해올 것이 예상된다는 것, 모든 화기는 그 일대를 향해 조준되어 있다는 것, 그 방향에서 한시도 눈을 떼어서는 안 된다는 것 등이었다.

밤이 올 때까지 문수는 묻는 말에만 간단히 대꾸할 뿐, 분대장과는 물론 어느 누구와도 말을 아끼며 입을 다물고 있었다. 멀리 마을에서 개 짖는 소리가 이따금 적막을 깨뜨렸다. 솔밭 너머로 펼쳐진 드넓은 남쪽 하늘에는 별들이 총총히 빛나고 있었다. 그동안 정신없이 남진해 오느라고 쉴 틈조차 없던 정민에게는 모처럼 맞이하는 한가로운 밤이었다. 머나먼 저 북쪽 하얼빈 근처 하이린부터 선양과 신의주를 거쳐 38선을 넘어 남으로 남으로 내려온 수천 리길이 눈앞에서 어른거렸다. 그는 비로소 고향에 있는 형들과 형수들과 조카들은 지금쯤 무엇을 하고 있을까 생각했다. 까닭 모를 설움이 북받치며 절로 눈물이 핑 돌았다. 몇몇 초병을 제외하고 분대원들은 참호 속에 웅크리고 앉은 채 잠을 자고 있었다. 그는 참호를 따라가며 분대원들의 이상 유무를 확인하고 돌아와서 그때까지 초병 임무를 수행하느라고 전방의 어둠을 응시하던 문수의 의중을 떠보기 위해 지나가는 소리처럼 말을 걸었다.

"이동무! 동무는 서울에 두고 온 가족이 그립지 않소?"

"그립지 않습니다. 이제 겨우 이십 일도 채 되지 않았는데 그리울 리가 없습니다."

문수는 나지막하지만 단호한 목소리로 대답했다.

"마음가짐이 괜찮군. 헌데 왜 의용군에 지원했소? 소문에는 의용군에 나가지 않으려고 도망 다니는 청년들도 많다던데? 하긴 우리 소대도 하동에 들어올 때 수상하다고 판단되는 청년 두 명을 사살했지만 말이오."

정민은 한술 더 떠서 정곡을 찔러보았다. 그러나 문수는 마치 누군가 자기에게 의용군에 지원한 이유를 물어오면 이내 대답할 수 있도록 수없이 되풀이 연습해두었던 것처럼 거침없이 말했다.

"매국역적 이승만 도당과 미 제국주의 약탈자들에게서 남반부 인민들을 해방시키기 위해서 의용군에 지원했습니다."

"좋수다, 좋아! 하지만 이동무 한 명이 우리 분대에 왔다고 해서 별로 도움이 될 것 같지도 않은데 말이오."

그 순간 정민은 어떻게 이 따위 의식을 가진 자가 인민군 분대장을 하고 있느냐고 힐난하듯 쏘아보는 문수의 섬뜩한 시선을 느낄 수 있었다.

"분대에는 한 명밖에 배치되지 않았습니다만, 소대엔 세 명, 중대엔 아홉 명, 대대엔 스물일곱 명…… 이런 식으로 따지면 몇 명이 사단에 보강되었겠습니까? 이백사십사 명입니다. 그뿐인가요? 포병, 통신병, 의무병까지 합치면 적어도 삼백 명은 될 것입니다. 이같은 병력이 일주일마다 보충된다면 얼마나 되겠습니까? 이 힘을 결코 과소평가해서는 안 되리라 생각합니다."

정민은 속으로 흠칫 놀랐다. 어쩌면 이자는 부대 내의 사상 동향을 감지하여 상부에 보고하는 임무를 띠고 보내진 정치위원의 끄

나풀인지도 모른다는 생각이 들었기 때문이었다. 그렇지 않다면 오래전부터 사회주의 세례를 받아 붉은 사상이 몸에 배어 있었기 때문이었을까. 그러나 그 자리에서 의용군 신병이 뇌까리는 논리에 굴복해서는 분대장의 체면을 세울 수 없었다.

"내가 말하는 것은 숫자 놀음이 아니라 전투에 임할 때 용맹성을 얼마나 발휘하는지에 달려 있다는 뜻이오."

"그렇습니다. 제가 의용군에 지원한 직접적인 동기는 서울을 해방한 위풍당당한 인민군 전사들을 보았기 때문입니다. 우리 집은 서대문형무소 부근에 있었지요. 그래서 선발대로 들어온 인민군 탱크부대가 서대문형무소의 옥문을 부수고 조국해방전선에서 용감히 투쟁하다가 감옥에 들어가게 되었던 선배 투사들을 해방시키는 장면을 목도할 수 있었습니다. 노래를 부르고 만세를 외치며 노도처럼 밀려나오는 영웅들을 보았습니다. 그때 제 가슴속에서 잠자던 그 어떤 사상이 저를 깨우쳤던 것입니다. 너의 몸을 인민 조국을 위해 바쳐라! 저는 저도 모르게 손목을 잡고 있던 조카의 손을 놓고 그 대열에 끼어들고 말았습니다. 집에는 아버님과 형수님과 조카 하나가 있지만, 저는 혈육에 연연하지는 않습니다."

정민은 사상의 도구가 되어버린 한 비정한 사내를 눈과 귀와 코로 확인하고 있는 것만 같았다. 그는 그때까지 사상교육을 담당하던 자들을 숱하게 많이 접해왔으나 그처럼 신념에 찬 어조로 말하는 자를 본 적이 없었다. 며칠 전 후송된 시인 분대장보다도 더 아는 게 많았고 더 열렬하면서도 더 냉철했다.

"좀 전에 가슴속에서 잠자던 그 어떤 사상이라고 말했던 것 같은데, 그 사상이란 게 뭐요?"

"전 세계에서 억압받고 착취당하는 무산자 계급을 해방시키자는 사상입니다. 전 일본에서 이 사상을 배웠습니다."

정민은 그가 그렇게 말했을 때 그가 조금은 오만하다는 느낌이 들었다.

"일본에도 갔었소?"

"일제 말기에 오사카의 한 신문사에 있었지요."

"오사카라, 오사카 좋지. 신문사에 있었다면, 기자였더랬소?"

정민은 일본의 오사카가 어디쯤에 있는지 알지도 못했으나 문수 같은 자를 부리려면 결코 기가 죽어서는 안 된다고 생각했다.

"아닙니다. 심부름꾼이었습니다. 기자가 되기엔 어린 나이였으니까요."

문수는 스스럼없이 말했다. 정민은 이문수가 누구에게 어떤 방법으로 사회주의 내지 공산주의를 학습했는지 알고 싶지 않았다. 어쩐지 캐어물으면 물을수록 자신의 무지만 드러낼 것 같았기 때문이었다.

초병을 교대한 문수는 참호의 흙벽에 기대어 잠이 들었다. 정민은 뭔가 허탈한 기분에 사로잡히면서 온몸이 늘어지는 것을 느끼며 다리를 한껏 뻗어보았다.

다음날 새벽에 매복하던 고지를 예비 중대에게 인계하고 중대는 고지 뒤로 하산하여 집결했다. 중대원들이 부랴부랴 주먹밥으로 아침을 때우고 나자 중대장은 전 중대원에게 그간의 전투에서 노획한 남조선 괴뢰군복과 미군복을 지급하였다. 중대장이 말했다.

"입고 있던 군복은 벗어 배낭에 넣고 괴뢰군복과 양키 군복으로 갈아입어라. 중대는 작전상 남조선 괴뢰군으로 위장한다. 우리가 선봉이다. 의연하고 질서정연하게 도로를 따라 하동고개를 향해 행군할 것이다. 적의 코앞에 다다를 때까지 사격을 해서는 안 된다. 지금 우리에게 주어진 임무는 진주와 마산을 해방하고 적의 잔병을 소탕하는 일이다. 이 전투는 적의 목을 찌르는 마지막 전투가 될 것이다."

정민은 미군복을 입고 문수는 괴뢰군복을 입었다. 중대가 막 집결지를 떠날 즈음에 고지에 적 포탄이 여러 발 작렬하는 소리가 들렸다. 중대는 정말 의연하게 도로 양쪽으로 줄을 지어 고개를 향해 올라갔다. 정민의 분대가 중대의 가장 선두에 있었다. 정민은 일부러 분대의 맨 앞에 문수를 세우고 그 뒤를 따랐다. 문수는 왜 그가 앞장서야 하는지 묻지 않았다. 그러나 아무리 의식과 사상으로 무장되어 있다고 한들 어찌 두렵지 않았으랴. 그의 등줄기에서 흘러내린 땀은 바지 엉덩이를 흠뻑 적시고 있었다. 해는 이미 동쪽의 고개 위로 한 뼘쯤 솟아올라서 눈이 부실 지경이었다.

고개 위와 옆 숲속에서 여러 명의 적의 그림자가 어른거렸다. 전날 고지에서 고개를 조감했을 때는 보이지 않던 무리였다. 그 사이 적의 대부대가 고개에 접근해왔는지도 모를 일이었다. 정민은 문수를 젖히고 앞으로 나섰다. 담력을 시험하는 장소가 아니라 곧바로 총격전이 벌어질 전쟁터에서 학도 출신의 신병을 골탕먹일 수는 없었다. 정민에게는 분대장으로서 분대원을 아껴야 할 책임이 있었다. 고개에서 1백 미터 정도 남겨둔 곳까지 전진했다.

"적군인가? 아군인가?"

고개 위에서 누군가 소리쳤다. 순간 소대 대열의 중간쯤에 위치하고 있던 소대장이 외쳤다.

"길 옆으로 엎드려!"

분대원들은 도로 옆에 나 있는 개골창에 엎드렸다. 적이 당황한 듯 허둥지둥 길가로 숨으며 사격을 가해왔다. 분대원들도 응사하기 시작했다. 고개에다 조준해놓았던 180고지와 동쪽 고지의 아군 박격포들과 자주포들이 포격을 시작했고 기관총과 소총들이 불을 뿜었다. 그러자 적들이 가하던 총격이 금세 잠잠해지고 말았다. 소대는 고개를 향해 사격을 하며 정신없이 돌진했다. 10분쯤 지났을까. 중대가 하동 고개를 단숨에 점령했을 때, 정민은 고개 아래 마을 쪽으로 달아나는 수백 명의 적들을 내려다볼 수 있었다. 양 고지에서 쏘아대는 포탄과 빗발 같은 총탄에 적들은 지리멸렬하여 이리 뛰고 저리 뛰다가 맥없이 쓰러졌다. 수많은 적군들이 퇴각하기 위해 마을 동쪽의 냇물로 철벅철벅 뛰어들었으나 아군의 총포탄은 그들을 그대로 내버려두지 않았다. 적들을 삼켜버린 냇물이 벌겋게 물들었다. 적의 지프와 트럭들이 길가에 처박혀서 훨훨 화염을 뿜으며 불탔다.

　마을 뒤 강기슭에 죽어 나뒹구는 적들은 뜻밖에도 거의가 미군들이었다. 팬티에다 철모만 쓰고 구두만 신은 채 죽은 자, 총은 한 방도 쏘지 못하고 어깨에 멘 채 죽은 자도 있었다. 그러고보면 고개 위에서 어른거리던 적들은 국군 정찰병에 지나지 않았으며 미군 주력 부대는 고개 아래 마을 근처에서 휴식을 취하고 있었음이 틀림없었다. 아군이 노획한 소총은 조준점도 수정되어 있지 않았고, 박격포와 무반동총과 기관총들도 기름조차 닦아내지 않은 채 총기번호도 선명한 신품들이었다.

　그날 아침나절 인민군의 공격으로 궤멸한 부대는 오키나와에서 온 지 불과 3일밖에 되지 않은 미 제29연대의 제3대대로서 약 4백 명이 사살당했다고 했다. 그뿐인가. 괴뢰군의 육해공군참모총장이었으나 전쟁 초기 패퇴의 책임을 지고 그 직책에서 해임되었다가 그 무렵 겨우 영남편성관구 사령관이 되었던 채병덕(蔡秉德) 소장이 그날의 전투에서 머리에 아군의 직격탄을 맞고 전사했으며, 미군 대대장 이하 많은 장교들이 부상을 입었다는 소문이 떠돌았다.

중대원들은 야산에 흩어져 사주 경계를 하면서 다시 인민군복으로 갈아입었다. 확인해보니 정민의 분대는 부상자 한 명 없이 전원이 무사했다.

하동고개 전투에서 혁혁한 전과를 올린 인민군 제6사단은 여세를 몰아 남강 남쪽 강변을 따라 진주로 진격했다. 역시 정민의 중대가 공격의 선봉이었다.

7월 30일 저녁이었다. 하루 종일 하늘은 잔뜩 찌푸려 날씨가 몹시 후텁지근했다. 걸음을 옮길 때마다 풀풀 이는 붉은 흙먼지를 계속 들이마신 탓으로 목구멍은 숨을 쉴 수 없을 만큼 칼칼했다. 전사들은 흙먼지와 땀으로 뒤범벅된 몰골로 뒤축이 너덜거리거나 아가리를 벌린 인민군화를 끌며 힘겹게 걸음을 옮겨 디뎠다. 정민의 앞에서 문수가 어깨에 메고 있는 인민공화국 깃발도 더위를 머금은 듯 축 늘어져 땅에 끌릴 것만 같았다. 하동고개 이후 문수는 누가 시킨 것도 아닌데 스스로 기수를 자청하며 맨 앞에 섰다.

진주시를 5킬로미터가량 앞에 둔 내동이란 마을에 이르렀을 때, 별안간 하늘에 먹구름이 끼더니 세찬 바람이 불며 천둥이 쳤다. 이윽고 굵은 빗방울이 한두 방울 듣는가 싶자 순식간에 장대 같은 빗줄기로 변해 온 천지에 내리꽂히기 시작했다. 소대는 비를 그을 겸 저녁밥을 지어먹기 위해 민가로 흩어졌다. 그때 정민은 부대가 그 마을에서 야영하는 줄 알았다. 그러나 보리밥으로 겨우 허기만을 면하고 나자 곧바로 소대장이 분대장들을 모아놓고 말했다.

"우리 대대는 비가 내리는 밤을 이용하여 기습작전을 수행하도록 명령을 받았다. 정찰대에 따르면, 적은 진주시를 향해 북으로 휘어져나간 남강의 남쪽에 있는 망진산과 만경산에 포진해 있다고 한다. 망진산에는 일 개 연대 병력의 양키군이, 만경산에는 약 일 개 대대 병력의 괴뢰군 해병대가 방어선을 구축하고 있다는 것이다. 우리 대대는 괴뢰군 해병대가 진을 치고 있는 약 삼백 고지의 만경산 우측을 공격하기로 되어 있다. 우리 중대는 대대의 좌측을 맡고 우리 소대는 중대의 우측을 맡는다. 우리가 상대할 해병대는 구일본군의 육전대 같은 것이지만 우리가 이리역 뒷산에서 조우했을 때 보았듯이 거의 신병들로 이루어져 있어서 우리의 적수가 되지 못할 것이다. 건투를 빈다.”

그리하여 소대는 억수처럼 쏟아지는 빗속을 뚫고 앞으로 나아갔다. 문수는 깃발을 걷어 배낭에 질러넣고 소총을 들고 역시 앞장서 걸었다. 중대는 약 한 시간 남짓 더 전진하여 만경산 좌측 기슭에 이르렀다. 칠흑처럼 깜깜한 밤에 비까지 내리고 있었으나 정민은 깎아지른 듯 급경사를 이룬 산이 눈앞에 딱 버티고 있음을 알았다. 중대는 즉시 소대별로 전투 대형을 짜고 일제히 고지를 향해 오르기 시작했다. 발에는 돌부리가 채이고 한껏 물기를 머금은 수풀이 바짓가랑이에 엉겨붙어 산을 오르는 걸음은 더뎠다. 더욱이 사방에는 어둠이 벽처럼 버티고 있어서 적이 어디쯤에 있는지 가늠할 수 없었다. 나뭇잎을 때리는 빗소리와 질퍽질퍽 힘겹게 옮겨딛는 분대원들의 발소리뿐 주위는 깊은 고요 속에 묻혀 있었다.

그렇게 한 시간 가까이 올라갔을 때 산세가 순해지면서 고지에 다다랐는가 싶었는데 위쪽 숲속에서 한 발의 총성이 울리더니 그것이 신호인 양 몇 발의 포탄이 날아와 그들의 후방 숲속에서 작렬했다. 그와 동시에 고지 위에서 소총이며 기관총들이 마구 불을 뿜기 시작했다. 분대 후방 쪽에서도 고지를 향해 포를 쏘아올렸다.

그러나 피아간 서로의 정확한 위치를 알 수 없었기 때문에 포탄은 엉뚱한 곳에 떨어져 펑펑 터졌다. 하지만 고지를 향해 조금씩 조금씩 전진할수록 적의 소총과 기관총 화기의 저항은 한층 거세어졌다. 억수로 내리는 빗발을 뚫고 적의 총탄이 앵앵 소리를 내며 머리 위로 지나갔다. 분대원들은 얼굴을 진흙 구덩이에 처박은 채 꼼짝도 할 수 없었다. 10분가량 지났을까. 땀이 식으면서 온몸이 오들오들 떨리기 시작했다. 정민은 적을 제압하기 위해 어떤 행동을 취해야 한다고 생각했다. 그 순간 서너 발짝 앞에서 검은 그림자 하나가 벌떡 일어섰다.

"맹렬히 돌격합시다!"

문수였다. 그는 마구 총을 쏘아대면서 고지를 향해 뛰었다. 정민도 벌떡 일어섰다. 그러자 분대원들이 괴성을 지르며 박차고 일어나 앞으로 나아갔고 양 옆에 있던 다른 분대원들도 그들을 따라 돌격을 감행했다. 적은 사격을 멈추고 건너편 고지로 달아나기 시작했다.

마침내 고지 하나를 점령했을 때 빗줄기가 가늘어지면서 동쪽 하늘에서 희미한 여명이 다가왔다. 날이 완전히 밝자 그들은 건너편 고지로 물러났던 적들이 전의를 잃고 사라져버린 것을 알았다. 그날 밤 전투에서 분대원 두 명이 적 유탄에 부상당해 후송되었다. 문수도 돌격을 감행하다가 왼쪽 팔뚝에 총상을 입었으나 다행히 소맷자락을 뚫고 스쳐 지나가는 바람에 찰과상 정도의 상처밖에 입지 않았다. 그는 상처에 머큐로크롬을 바르고 붕대를 감고 나더니 왼쪽 팔로 긴 총신을 잡고 아무렇지도 않다는 듯이 허공 높이 흔들어 보였다. 그날 소대장은 문수의 '맹돌격'을 극찬하면서 훈장을 내신할 것이라고 말했다. 그날 7월 31일, 그들은 미군과 괴뢰군 해병대가 후퇴한 진주를 점령했다. 그러나 그들은 촉석루조차 구경하지 못한 채 그길로 야산과 논두렁을 지나 금산이란 곳으로 빠져나갔다.

"오늘은 이 정도로 이야기를 끝냅시다."

허정민은 몹시 피로한 듯 소파 등받이에 등을 길게 붙이며 말했다. 그러고보니 어느새 네 시간이 지나 여섯 시를 넘어서고 있었다. 진성은 이야기를 더 듣고 싶었으나 어차피 한꺼번에 다 들으려던 것은 아니었으므로 그의 의사를 존중하기로 했다. 그렇지 않아도 그 사이 물건을 사러 상점에 찾아온 고객들을 상대하고 오토바이 소리를 내며 뻔질나게 상점을 드나드는 젊은 알메이다의 질문에 대꾸하느라고 자주 이야기가 끊겼다. 그러나 허정민은 조금도 귀찮은 내색을 보이지 않고 끊긴 부분부터 다시 성심껏 이야기를 이어갔다. 그 자체만으로도 얼마나 고마운가.

진성은 그의 이야기를 들으면서 그가 두 가지 점에 역점을 두고 있다는 인상을 받았다. 첫째는, 그의 수기에도 드러나 있는 것처럼 사건이 일어난 날짜와 장소를 정확히 언급하려 애쓰고 있다는 것이었다. 수기만 하더라도, 30년 전에 썼다고는 하나, 이미 전쟁이 휴전으로 끝난 지 10년이나 지난 뒤에 쓴 것이었다. 그렇다면 그의 수기나 이야기에서 드러나는 날짜와 장소는 진중에서의 그 어떤 기록에 근거하고 있는 것이 아닐까. 그는 아마도 린빠오가 하사했다는 『기념책』이라는 그 노트에다 간략한 일기를 썼는지도 몰랐다. 그렇다면 그것을 근거로 한 날짜와 장소, 그것은 무엇을 의미하는 것일까. 그는 그의 수기와 이야기가 허구가 아니라 사실이라는 점을 강조하고 싶었던 것인지도 몰랐다. 둘째는, 그가 진성의

삼촌인 이문수를 경계하면서 삼촌과 일정한 거리를 두고 있었음을
은근히 내비치고 있다는 것이었다. 죽었다고 믿는 사람에게라면,
아니, 생사를 가릴 수 없다 하더라도 행방불명이 된 사람에게라면,
연민의 정이라도 표하고 싶었을 텐데, 그는 그런 감정을 드러내지
않으려고 애써 회피하고 있었다. 그것은 또 무엇을 뜻하는 것일까.
그는 영웅적인 행위만을 강조하고 요구했던 그 전쟁에 대해서 처
음부터 회의적인 생각을 품고 있었음이 틀림없었다. 그렇기 때문
에 말끝마다 영웅을 들먹거렸을 삼촌이 가증스러웠던 것이다.

"오늘 저녁에 제가 식사를 대접하고 싶습니다만."

진성이 말했다.

"고맙긴 하지만, 오늘이 결혼기념일이라서……"

그의 결혼기념일에 합석하는 것이 실례인 줄 알지만 혹시나 초
대를 받지 않을까 생각하고 있으려니까 그가 그런 눈치를 채고 말
했다.

"아내는 브라질 여자요. 한국말도 못하는데다가 한국인이라면
만나기를 꺼려해서 함께 자리를 하기가 곤란하오. 우리 사이에는
아이도 생기지 않아서 내가 없으면 몹시 섭섭하게 여길 거요. 그러
니 양해하시고, 내일은, 좀 이르기는 하겠지만, 오전 아홉 시에 여
기서 만납시다. 오전에 이야기를 끝낼 수 있을 테니 점심이나 함께
합시다."

그리하여 다음날 오전 아홉 시에 이야기는 다시 이어졌다.

난관은 진주를 점령했던 그때부터 닥쳐왔다. 무엇보다도 어려운
점은 낮에 기동을 할 수 없게 되었다는 것이다. 미공군 폭격기가
쉴 새 없이 폭탄을 떨어뜨리고, 난데없이 나타난 전투기가 곤두박

질치며 기총 소사를 가해왔기 때문이다. 야음을 이용하여 전진하기를 사흘, 8월 3일 새벽이 되어서야 마산을 30킬로미터 앞에 둔 봉암이란 마을까지 나갈 수 있었다. 거기서 마산으로 진격하려면, 해안을 따라 난 도로를 이용하여 마산과 봉암 사이쯤의 면소재지인 진동(鎭東)이란 곳을 점령하지 않으면 안 되었다. 그러나 소대장이 대대에서 연필로 베껴 그려온 엉성한 지도로 보아도 진동은 포구여서 바다에 완전히 노출되어 있었다. 북쪽으로는 해발 6, 7백 미터가 넘는 서북산과 봉화산이 나란히 버티고 있었으며, 해안 가까운 곳에도 그 두 산에서 뻗어내린 5백 미터에 가까운 서너 개의 고지들이 가로놓여 있었다. 험준한 산들이 진동으로 가는 도로만 남겨두고 바다를 향해 병풍처럼 둘러쳐져 있었던 것이다. 말하자면 그때까지 무적을 자랑하며 승승장구해왔던 인민군 제6사단은 옥쇄를 무릅쓰고 도로를 따라 전진하느냐, 아니면 고지를 하나씩 점령하면서 어렵게 나아가느냐, 그것도 아니면 그 둘을 함께 병행하느냐 하는 기로에 놓여 있었던 것이다. 그러나 그 어떤 것도 서북산 일대에 강력한 방어진지를 구축하고 있는 미군 제25사단의 막강한 화력과 미공군의 소이탄 공습과 남해에 정박해 있는 미해군의 군함에서 쏘아대는 십자포화를 뚫기란 기적이 일어나지 않는한 불가능했다.

더욱이 휘발유가 모자라 사단에 배속된 탱크부대와 자주포대대는 거의 기동력을 상실했고 움직여본다 해도 오래 버틸 수가 없다는 흉흉한 소문이 떠돌았다. 무엇보다도 보병 전사들이 실감할 수 있었던 것은 싸우려 해도 싸울 탄약이 없다는 비참한 현실이었다. 거기다 미곡이 바닥나서 보리밥이나마 하루 두 끼를 먹으면 잘 먹는 것이었다. 부근 농가들도 하루 한 끼로 연명하는 마당이어서 신세질 처지도 아니었다.

하늘과 땅이 불타는 듯 뜨겁던 그 8월 한 달 동안, 허정민이 속해 있던 연대는 서북산 일대에서 미군 제25사단을 상대하며 공방전을 펼쳤다. 특히 미공군의 폭탄 투하와 미해군의 함포 사격은 공포의 대상이었다. 낮에는 병사들은 물론 연대장마저 참호 속에 웅크리고 숨어 있지 않으면 안 되었다. 미군 정찰기는 먹을 것을 채가려는 매처럼 벌건 대낮에 창공을 뱅뱅 돌며 인민군 진지를 위협했다. 정찰기가 떠나고 나면 어김없이 전폭기가 날아와 포 진지를 강타했다. 수목으로 위장한 탱크도, 자주포도, 대대 박격포도 거의 박살나고 말았다. 포병 연대장도 전사했다는 말이 들렸다.

전선의 현실을 아랑곳하지 않고 '위대한 김일성 원수'는 하루가 멀다고 독전의 지령을 내렸다.

"팔월을 완전 승리의 달로 삼아, 조국 통일을 달성하라!"

"부산이 눈앞에 있다. 마산을 점령하라! 낙동강을 건너라!"

그러나 그 8월은 패배로 향하는 오욕의 달이었다. 밤이 되면 전사들은 배고픔을 참으면서 스무 발도 되지 않는 탄환을 소지하고 참호에서 기어나와 적의 고지를 향해 뛰었다. 하지만 뛴다는 것은 의식일 뿐, 날이 밝으면 수많은 전사들의 시체를 남겨둔 채 떠났던 진지로 되돌아올 수밖에 없었다.

돌이켜보면 어처구니가 없었다. 1년 전 7월, 선양을 떠나 신의주를 거치고, 불과 2개월 전에는 38선을 돌파하여 남한의 서쪽과 남쪽 땅을 회오리바람처럼 휩쓸며 왔다. 전사들 중에는 아무도 부산까지 가는 것에 대해 의심한 자가 없었다. 그러나 이제는 부산까지 갈 수 있다고 믿는 자는 그 누구도 없었다. 오직 문수만을 제외하고는.

"위대한 김일성 최고사령관님의 지도력을 높이 떠받들면서 이

한 몸을 조국에 바치겠습니다. 지금 우리가 고전을 면치 못하는 것은 전사들이 겁을 먹고 있기 때문입니다. 미제를 몰아내고 이승만 도당을 전멸시키겠다는 철저한 사회주의 사상만이 이 난관을 극복할 수 있습니다. 바로 자기를 죽이는 길이 승리하는 길이라고 생각합니다."

문수는 8월 하순의 어느 날, 중대장 벙커에서 중대장에게서 국화꽃만 한 쇠붙이 훈장을 전해 받았다. 소대장과 허정민도 동석한 자리였는데 중대장이 소감 한마디를 하라고 하니까 그렇게 말했던 것이다.

"좋아요, 좋아! 모든 전사들이 동무 같은 감투 정신만 있다면 얼마나 좋겠는가."

린뺘오를 따라 인민해방전선에 참가했던 그 중대장도 조국 통일의 믿음을 상실한 듯이 보였다. 오직 문수만이 그 신념을 버리지 못했다. 그 즈음 문수는 인민군의 영웅이자 독불장군으로, 사상의 노예이자 광인으로 변해가고 있었다.

8월 29일, 대낮에 소대는 미공군의 융단폭격으로 소대장을 비롯하여 여섯 명이 목숨을 잃고, 세 명이 부상을 당하는 참변을 겪었다. 참호는 폭탄으로 완전히 뒤집혀졌고 소대원들은 갈 곳을 몰라 갈팡질팡 정신없이 뛰다가 나자빠졌다. 파편을 맞아 덜렁거리는 두 팔을 늘어뜨린 채 엉엉 울면서 진지를 돌아다니는 전사가 있는가 하면, 복날의 개처럼 새까맣게 그을려 죽은 전사도 있었다. 그 와중에서 일곱 명의 도망병이 발생했다. 도망병들은 모두 남한 출신의 의용군들이었다. 그들 가운데에는 기피하다가 붙들려 끌려온 자들도 있었으나 문수처럼 자원해서 온 자들도 없지 않았다. 7월 말에 전쟁터에 왔다가 8월 말, 단 1개월 만에 도주하고 만 것이다.

어쩌면 도주라기보다는 불의 도살장 같은 전쟁터를 벗어났다는 것이 옳을는지도 몰랐다.

그날부터 정민은 병력이 반 이상 줄어든 소대의 소대장이 되었고 문수는 정민을 대신하여 분대장이 되었다. 그런데 그 다음날 밤, 중대장은 부중대장을 대동하고 중대 소대장들과 분대장들을 소집한 뒤 비장하고도 엄격한 명령을 내렸다.

"모든 소대와 소대장, 모든 분대와 분대장은 명령을 받은 지역과 자신의 진지에서 한 발짝이라도 물러나서는 안 된다. 비겁한 자들, 전쟁터에서 도주하는 자들은 지위 고하를 막론하고 현장에서 총살할 것이다. 총살 집행은 부중대장이 맡는다. 그러므로 중대의 소대장들과 분대장들은 이 지시를 대원들에게 철저히 주지시키기 바란다."

운명의 9월 1일 밤. 중대는 아니, 영예로운 인민군 제6사단은 서북산 일대와 진동을 점령하기 위해 마지막으로 처절한 공격을 시도했다. 정민의 중대는 봉암 북쪽 고사라는 마을부터 동으로 백암을 거쳐 평암과 상평으로 통하는 계곡을 타고 가다가 서북산 동남쪽의 영학이란 곳으로 나가기 위해 산 고개를 향해 올라갔다. 밤 사이 수풀에 내린 이슬이 바짓가랑이를 축축하게 적셔왔다. 어디선가 가을 들꽃 향기가 바람을 타고 흘러와 코끝을 자극했다. 중대는 아무런 저항도 받지 않고 산 고개를 넘었다. 막 해가 떠오르면서 영학이라는 조그만 산골 마을이 눈앞에 나타났다. 그 순간 뭔가 잘못되었다는 느낌이 퍼뜩 들었다. 마을의 동쪽은 남북으로 길게 고지가 가로막았고, 북쪽에는 서북산에서 내려온 한 개의 큰 봉우리가, 남쪽에는 그것들보다 낮지만 조망하기 좋은 고지가 하나 버티고 있었다. 그러니까 마을은 사방이 산으로 둘러쳐진 분지 안에 자리잡고 있는 셈이었다. 통로라고는 진동을 1킬로미터 정도 남겨 둔 지산이란 곳으로 빠져나가는 오솔길뿐이었다.

마을 가까이 다가갔을 때였다. 중대가 분지에 들어오기를 기다리면서 매복하고 있던 미군들이 삼면의 고지에서 일제히 포 사격을 가해왔다. 그뿐이 아니었다. 남해에서는 미해군이 함포 사격으로 합세하고 있었다. 더욱이 방금 떠오른 해가 너무나 눈부셔 그들이 동쪽 고지로 전진하는 것을 허락하지 않았다. 마을 근처에 있으면 그대로 몰살당할 위기였다.

"남쪽 고지로 돌격하자!"

중대장이 명령을 내렸다. 정민은 소대원들을 독려하며 고지를 향해 뛰었다. 포 사격이 뜸해지는가 싶자 이번에는 적의 기관총과 소총이 콩 볶듯 불을 뿜었다. 그러나 적의 그림자는 보이지도 않았다. 탄환을 아끼느라고 목표물이 보이지 않는 한 사격을 하지 말라는 명령을 받았기 때문에 아무 데나 대고 위협사격을 가할 수도 없었다. 그들은 무조건 고지를 향해 달렸다. 소대원들이 옆에서 픽픽 쓰러지는 것을 보았으나 그들을 돌볼 겨를도 없었다. 20여 미터 앞의 참호 속에서 철모를 내밀고 사격을 가하는 적들이 보였다.

"돌격, 앞으로 돌격!"

문수가 몇 명 남지 않은 분대원들에게 명령하며 수류탄을 들고 뛰어나갔다. 그가 적을 향해 수류탄을 던지는 순간, 그의 몸이 뒤뚱거리며 한쪽으로 기우는 듯하더니 그만 뒤로 벌렁 나자빠지는 것을 정민은 똑똑히 보았다. 그때 정민은 스스로 목숨을 버리기로 다짐했다. 내내 최전선에 있었으면서도 단 한 번도 스스로 목숨을 버리기로 마음먹었던 적은 없었다. 정민이 시인 분대장의 시를 읊조렸을 때만 해도 그것은 한갓 자신을 기만한 감상에 지나지 않았다. 목숨을 버리기로 한 것은 영웅이 되기 위해서가 아니었다. 그것은 그 지옥에서 벗어나기 위한 마지막 시도였는지도 몰랐다. 그는 자동소총에 남은 스무 발의 탄환을 다 소비하면서 적의 참호를 향해 나아갔다. 그리고 그는 왼쪽 다리에 뜨끔 하는 감각과 동시에 얼굴에 뜨거운 불길이 닿는 것을 느끼며 정신을 잃고 말았다.

그날 아침, 중대는 다른 중대와 함께 그 고지를 점령하기는 했으나 병력은 다시금 반으로 줄어들었다. 정민의 중대뿐만 아니라 모든 중대, 아니 인민군 제6사단은 궤멸 직전에 놓이고 말았다. 고작 4, 5킬로미터를 전진하느라고 치른 희생치고는 너무나도 컸다.

그들은 사단 야전 병원에서 수술을 받았다. 정민은 야전 병원에서 나흘만에 정신을 차렸을 때 자신의 왼쪽 다리가 잘라져나간 것을 알았고, 오른쪽 눈만 내놓고 온통 붕대가 칭칭 감겨 있는 자신의 얼굴을 보게 되었다. 문수는 오른쪽 넓적다리와 왼쪽 옆구리에 관통상을 입고 수술을 받았으나 견딜 만했던지 그가 깨어나는 것을 보고는 나무를 깎아 엉성하게 만든 목발을 짚고 다가와서 위로의 말을 했다.

"비통하기 이를 데 없겠으나 소대장 동무는 조국 통일을 앞당기기 위해 영웅적인 용맹성을 발휘하다가 이렇게 된 것입니다. 소대장 동무의 희생을 헛되지 않게 하기 위해서라도 반드시 통일 과업이 완수되리라고 믿습니다."

"문수 동무나 나나 모두 김일성 원수의 은혜를 입어 목숨이나마 부지하게 된 것이디, 뭐."

정민은 씁쓸하게 웃으며 말했다. 그로서는 문수가 8월 하순부터 제6사단이 전투의 주도권을 조금씩 잃어가고 있다는 사실을 애써 무시하는 태도를 취해왔다는 것이 가소롭기도 했다. 병원에서 한 부상자는 점령하고 있던 통영 일대를 그동안 만만하게 보아왔던 남조선 해병대에게 아군 수백 명이 전사하는 심한 타격을 받고서 그만 빼앗기고 말았다고 말했다.

두 사람은 야전 병원에 들어온 지 열흘 뒤인 9월 12일 수술 자리가 채 아물지 않았는데도 어찌 된 영문인지 중대로 복귀되었다. 부상당한 몇몇 고급 군관들만을 남겨두고 야전 병원이 실질적으로 해체되었던 것이다. 두 사람은 제대로 움직일 수 없는 부상자였으므로 각기 소대장과 분대장의 임무를 수행할 수 없었으나 어쩔 수 없이 원래 그들의 위치로 돌아갔다. 그동안 소대원들은 확보한 지역에서 한 발짝이라도 뒤로 물러서면 총살형이라는 명령에 복종하여 고지의 참호를 죽기살기로 고수하고 있었다. 두 사람은 참호 구덩이에 누워 지옥 같은 나흘을 보냈다.

갑자기 소대에 퇴각 명령이 떨어졌다. 그때까지 겪어온 길고 긴 고난의 나날들이 아무런 의미도 없이 물거품으로 사라지는 순간이었다. 지난 석 달 동안 젊은 전사들은 후퇴라는 말이 낯설 정도로 앞으로 진격하는 것밖에 모르며 싸워왔다. 남한의 젊은 여자들의 얼굴 한번 제대로 바라볼 시간 없이, 몽정 한번 해볼 여유 없이 젊은 혈기를 오로지 전투에만 몸바쳐왔다. 그런데 부산을 불과 80킬로미터가량 남겨두고 왔던 길을 되돌아가야 한다니, 소대원들의 가슴은 찢어질 듯 쓰라렸다.

허정민은 그 대목에 이르러서, 가슴이 벅찼던지 한동안 말없이 숨을 헐떡거리고 나서 자리에서 일어나더니 손수 커피포트에 커피를 내렸다. 이어 커피 두 잔을 만들어 한 잔을 진성에게 권했다.

"뭐니 뭐니 해도 커피는 브라질 커피가 맛있습니다."

그는 진성이 커피 한 모금을 음미하는 것을 보고 말했다.

"사실 그 무렵 모두 지쳐 있기는 했으나 왔던 길을 되짚어 돌아가고 싶어한 부대원은 아무도 없었소."

그리고 그는 다시금 이야기를 이어갔다. 훨씬 뒷날 진성은 한 책자에서 허정민의 이야기를 뒷받침할 수 있는 기록을 발견할 수 있었다.

9월 중순, 6사단도 명령을 받고 진지에서 철수하여 전 사단이 진주에 집결한다.

진주 부근에서 부대는 2일간 휴식을 취하며 주요 지휘관회의를 열어 유엔군의 인천상륙작전과 전략적 후퇴의 필요성이 설명되었고 북상할 때의 행군 순서와 이동 노선이 결정된다.

38선 돌파전과 호남평야의 기동전, 마산의 서쪽 산악지구에서 치열한 공방전을 치른 6사단이 북으로의 퇴각을 시작하여 진주 북쪽에 집결했을 때, 사단 병력은 편제의 60% 정도인 7,500명이 남았으나 실제 손실은 50%로 전투부대인 중대, 대대의 손실이 더 심각하였다.

퇴각 전 병력을 60%선으로 유지할 수 있었던 이유는 남반부에서 모집한 의용군 신병들이 보충되었기 때문이었다.

(김중생, 『조선의용군의 밀입국과 6·25 전쟁』, 명지출판사, 2000, 179쪽)

사단은 북으로의 먼 퇴각 행군을 시작했다. 행군은 미군의 공습을 피해 밤에만 이루어졌다. 긴긴 대열은 미군이 진격하고 있는 진주 남강 동쪽을 피해 강 서쪽을 끼고 산청을 향해 북상했다.

소대원은 고작 15명뿐이었다. 소대원들은 밤이 되면, 논두렁으로 내려가 아직 덜 영근 벼이삭을 훑어 먹기도 하고 황토를 헤쳐 고구마를 캐먹기도 하면서 허기를 때우며 행군했다. 이틀째 되는 밤에는 가을을 재촉하는 비가 밤새 내려 행군을 어렵게 했다. 두 사람은 지리산 자락을 향해 가는 도정의 백릿길에서는 민간인에게서 동원한 우마조차 없어 대원들이 끌어야 하는 달구지에 실려갔으나 점차 길이 험해지자 달구지마저 버리고 가마니로 만든 들것에 실려 갔다. 부상자는 정민과 문수 외에도 네 명이나 더 있었다. 그들은 다행히 걸을 수 있었으나 들것을 들고 갈 만한 여력이 없었으므로 힘을 쓸 수 있는 인원은 겨우 아홉 명에 불과했다. 그들은 서로 교대해가며 두 개의 들것을 사력을 다해 들고 갔다. 그러나 배고픔과 더위와 극성을 부리며 달려드는 모기와 파리떼에 시달리던 소대원 가운데 세 명이 극도로 몸이 쇠약해져서 들것을 나를 수 없게 되었다. 그때부터 소대 전체가 점점 행군 대열에서 뒤로 밀리더니 나흘 만에 산청의 산악지대로 들어섰지만 꼬박 하룻밤 거리를 뒤처지고 말았다. 문수는 그것을 만회하려고 정민의 동의를 구한 뒤, 소대원들에게 산속 지름길을 택해 낮에도 행군하도록 지시했다. 그런데, 그것이 화근이었다. 그들은 뒤따르던 다른 부대의 대열과도 완전히 떨어져 다른 길을 걷다가 밤이 되면서 그만 길을 잃고 말았던 것이다. 다행히도 다리와 얼굴의 상처가 아프기는 했어도 곪는 것 같지는 않았다. 삶에 대해 의욕을 보이는 것을 보면, 문수 역시 견딜 만은 한 모양이었다. 그러나 소대원들을 낙오자로 만들지 않기 위해서라도 정민은 소대장으로서 결단을 내리지 않으면 안 되었다.

"움직이지 말고 이 자리에서 날이 밝을 때까지 잠을 자도록 합시다.”

정민이 소대원들에게 지시했다. 피곤에 지친 소대원들은 다음 날 해가 높이 뜰 때까지 잠을 잤다. 정민은 들것에 누운 채, 잠에서 깨어나 버릇처럼 머리맡에 놓인 배낭에서 수첩을 꺼내 날짜를 기입했다. ‘1950년 9월 22일. 날씨 화창.’ 그리고 다시 눈을 감았는데 그보다 세 살이나 어린 2분대장이 다가와서 그의 어깨를 흔들었다.

“저기 좀 보시라요.”

“어디메?”

2분대장이 정민의 어깨를 부축하며 상체를 일으켜주었다. 정민은 오른쪽 눈을 크게 떴다. 바로 계곡 아래 2백 미터 정도 거리를 두고 무덤처럼 초가 지붕이 웅크리고 있는 것을 볼 수 있었다.

“먹을 게 있을지도 모르갔시요.”

2분대장이 잔뜩 기대를 품고 말했다.

“그럴지도 모르갔군.”

잠에서 깨어난 소대원들은 두 사람의 들것을 들고 그 초가집을 향해 뛰어 내려갔다. 집은 텅 비어 있었다. 소대원들은 저마다 흩어져서 먹을 것을 찾았다. 곡식은 한 톨도 없었으나 땅 구덩이에 묻어둔 한 부대가량의 묵은 감자를 찾아낼 수 있었다. 소대원들은 계곡에서 물을 길어다가 감자를 가마솥에 넣고 쪘다. 감자로나마 오래간만에 포식을 했다. 정오가 가까울 무렵, 소대원들은 반 부대쯤 남은 감자를 각기 나누어 휴대하고 계곡을 내려가기로 했다.

정민은 흙벽에 기대놓은 들것에 앉은 채 소대원들을 봉당에 모이게 한 후 그때까지 입 안에서만 뱅뱅 돌던 말을 토해냈다.

“나는 여기 남겠으니 여러분들은 그리 알고 떠나시오.”

"그거이 무시기 말이오?"

2분대장이 가당치도 않다는 듯이 정민을 쏘아보았다.

"그건 안 될 말입니다. 남는다는 것은 적의 포로가 되겠다는 것을 의미할 뿐이니까요. 그래서는 안 됩니다. 우리가 지금까지 몸 바쳐 싸워온 것을 헛되게 하지 말아야 합니다. 소대원들이 힘들어하는 것, 나도 잘 압니다. 하지만 아무리 힘들다 하더라도 조국 통일을 위해 싸우다가 부상당한 동무를 산간에 버리고 가지는 않을 겁니다. 이 어려움을 극복해야 합니다. 그것만이 오늘의 굴욕을 딛고 내일의 영광을 맞이하는 길입니다."

마당 한가운데 들것에 누워 있던 문수가 완강한 목소리로 소리질렀다.

"내 한 몸 포로가 되는 한이 있더라도 어쩔 수 없소. 모두를 포로로 만들 수는 없으니까 말이오."

한순간 무심한 산새 소리만 산간의 적막을 깨뜨렸다. 갑자기 묘안이 떠오른 듯 어린 2분대장이 말했다.

"저희에게 시간을 좀 주시라요."

그는 소대원들에게 손짓을 하고는 그들을 건넌방 모퉁이로 데리고 갔다. 수군거리며 의견을 나누는 듯한 소리가 두런두런 들렸으나 무슨 말인지 알아들을 수는 없었다. 정민과 문수는 긴장된 시선으로 서로의 얼굴을 바라보며 그들이 다시 나타나기를 기다렸다.

이윽고 그들이 모습을 드러냈다. 2분대장이 문수에게 다가갔다. 그는 다짜고짜로 문수의 몸과 들것, 머리맡에 놓여 있던 배낭을 뒤졌다. 문수가 누운 채 두 팔을 허우적거리며 반항했으나 소용없었다. 정민은 무슨 영문인지 몰라 멍청히 바라만 보고 있었다.

"소지품을 챙기갔소. 동무는 이제 어차피 죽은 목숨이니끼니 우리가 동무의 장렬한 전사를 상부에 보고하갔시오."

2분대장은 경멸에 찬 목소리로 내뱉고는 야유하듯이 거수경례를 붙였다. 그러고는 뒤져 꺼낸 지갑과 수첩과 쇠붙이 훈장을 정민의 홀쭉한 배낭 속에다 아무렇게나 쑤셔넣었다.

그러자 소대원 가운데 가장 힘을 잘 쓸 수 있는 두 전사가 정민의 들것을 번쩍 들어올리더니, 아무 소리도 없이 뒤도 돌아보지 않은 채 냅다 계곡을 향해 뛰었다. 그 뒤를 2분대장을 비롯하여 나머지 소대원들이 따랐다. 너무나 순식간에 벌어진 일이라 뭐라고 말릴 사이도 없었다. 정민은 들것에 누워서 고개를 힘겹게 들어 뒤쪽을 보았다. 뛰어 내려오는 소대원들과 이제 막 누렇게 가을물이 들고 있는 나뭇잎들 사이사이로, 버려진 들것에서 억지로 상체를 들고는 그들을 향해 뭐라고 소리치며 팔을 휘젓는 문수를 언뜻언뜻 볼 수 있었다.

허정민은 일단 거기서 이야기를 끝냈다. 그러고는 알메이다에게 쎄 성당 뒤의 중국집으로 그의 차를 몰게 했다.

"난 중국집의 볶음밥을 좋아하니, 내 이야깃값으로 그거나 사시구려."

그래서 진성은 볶음밥 외에 간장에 절인 쇠고기구이와 생선조림과 함께 배갈을 곁들여 점심 식사를 대접했다.

"그러니까 이선생의 삼촌을 지리산 자락 아무도 없는 외딴집에 두고 떠난 지 나흘째 되는 밤이었소."

그가 배갈 한 잔을 단숨에 들이켜고 나서 말했다.

"구월 이십육일, 음력으로는 팔월 한가위였소. 휘영청 밝은 달빛이 온산을 뒤덮었지. 우리는 그다지 높지 않은 산등성이에서 하얗게 달빛에 젖어 있는 거창읍을 내려다보며 배고픔을 달래고 있었소. 그런데 거창의 중심가를 누비며 캐터필러 소리도 요란하게 미군 탱크들이 진격해 들어오는 것이 한쪽 눈으로나마 똑똑히 보였지. 나는 그때 바로 저거다! 하고 생각했소. 그와 동시에 들것에서 몸을 일으켜 배낭만을 어깨에 메고 야전 병원에서 가지고 온 목발을 옆구리에 끼고는 낑낑거리며 읍을 향해 천천히 내려가기 시작했소. 소대원들은 처음엔 무슨 일이 일어나고 있는지 몰라 어리둥절해 있었지. 내가 어둠 속으로 사라질 즈음에 2분대장이 외치는 소리가 들렸소. 대열에서 이탈하면 쏜다! 당장이라도 총알이 날아와 뒷머리에 박힐 것 같았지만, 나는 아무 대답도 않고 걸었소. 나는 그들에게서 벗어나자 배낭 속에 들어 있던 내용물들을 모두 버렸지. 내 수첩 하나와 군 신분증, 그리고 선생 삼촌이 지니고 있었던 그 사진 하나만 남기고 모두…… 삼촌의 지갑과 쇠붙이 훈장과 수첩 모두를…… 내가 이선생 삼촌이 가지고 있던 사진만을 챙긴 이유는 잘 모르겠소. 그 순간 고향에서 나를 기다리고 있을 내 형제 조카들을 생각했는지…… 아니면 우리가 선생의 삼촌을 버린 날짜와 사진 뒷면에 적힌 그의 생일 날짜가 같았기 때문이었는지……"

허정민은 식사를 마치자 아직 쎄 성당을 구경하지 못했을 테니 거기나 가보자고 했다.

하오의 햇빛이 눈부셨다. 거리 한구석 그늘진 곳에서 젊은 남녀들이 모여 기타를 치고 노래를 부르며 춤을 추는 광경이 눈에 들어왔다. 웃통을 홀랑 벗어 젖힌 사내들은 괴성을 질렀고, 허벅지가 드러나는 짧은 바지에 브래지어로 가슴만 가린 여자들이 큰 엉덩이를 흔들며 삼바 리듬에 맞춰 빠르게 빙글빙글 돌았다.

"무슨 축제라도 있나요?"

진성이 궁금해서 물었다.

"내일이 신년이지 않소? 브라질 사람들은 하루 전 낮부터 시작하여 밤새도록 술을 마시며 춤을 추고 축포를 터뜨리면서 새해맞이 축제를 벌이지요. 거리 곳곳에서, 동네 곳곳에서 무리를 지어 저렇게 법석을 떠니까 좀 소란스럽기는 하지만 즐거워 보이니 좋잖소?"

쎄 광장은 진성이 처음 보았을 때와 다름없이 갖가지 잡상인들로 북적거렸다. 그들 사이로 권총을 찬 2인조의 경찰관이 어슬렁거리며 순찰을 돌았다. 허정민이 육중한 성당문을 어깨로 밀려고 하여 진성이 나서서 두 손으로 밀어 열었다. 성당 안은 어둠침침해서 얼른 사물이 눈에 들어오지 않았다. 먼저 눈에 띈 것은 문 안 양쪽에 놓여 있는 커다란 탁자 위에서 하늘하늘 타오르는 수많은 촛불들이었다. 진성은 자신이 성당에 나간 지는 오래되었으나 세례명이 그레고리오라는 것을 상기하면서 앞쪽 깊숙한 곳에 걸린 커다란 십자가를 향해 성호를 그은 뒤 탁자 앞에 놓인 나무함에다 1달러짜리 지폐 한 장을 넣었다. 그리고 버림받은 불쌍한 삼촌을 위해 촛불 하나를 밝혔다.

허정민은 진성이 무엇을 하는지 뒤돌아보지도 않고 앞장서 의자 옆을 지나 벽 쪽으로 절룩거리며 걸어갔다. 성당 안은 의자에 앉아 기도하는 사람들과 낮잠을 자는 사람들과 서로 부둥켜안고 입을 맞추는 사람들과 단순히 관광차 구경온 사람들이 뒤섞여 있어 신성하다거나 엄숙한 분위기는 느낄 수 없었다.

허정민은 한곳에 못 박힌 듯 목발에 의지하고 서서 높다란 벽면을 고개를 꺾은 채 올려다보고 있었다. 거기에는 마치 유령처럼 방금 벽 속에서 걸어나온 듯 괴기감을 자아내는 한 인물의 대형 초상화가 걸려 있었다. 원색의 화려한 군복을 입은 장년의 그 남자는 콧수염을 기른 얼굴에 근엄한 표정을 짓고, 오른손에는 칼을, 왼손에는 성서를 들고 서 있었다. 초상화의 인물은 신을 섬기지 않으면 누구든지 칼로 내리치겠다는 듯 자못 위압적인 자세를 취하고 있었다. 브라질은 가톨릭 포교 방법을 마호메트에게서 배운 것일까. 초상화는 수많은 인디오들이 그 칼 앞에 굴복하여 개종했으리라는 상상을 불러일으켰다.

"사람들 말로는 동 페드루라고들 하지. 브라질 건국의 아버지죠."

여러 번 그 초상화 앞에 서본 적이 있는 듯 그가 말했다.

"왜 성당에 이 초상화가 걸려 있나요?"

"그건, 나도 모르오. 동 페드루가 이 성당을 지었기 때문인지, 아니면 그의 아들 페드루 2세가 성당을 짓고 아버지를 기리기 위해서 걸어놓은 것인지, 아무려면 어떻소? 내겐 이 초상화가 걸려 있다는 사실이 중요하니까. 난 울적할 때마다 여기에 와서 이 초상화를 올려다보며 마음속으로 퉤퉤 침을 뱉곤 했지. 그러고나면 속이 후련해졌소."

진성은 그의 말에는 뭔가 깊은 뜻이 함축되어 있는 것 같았으나 마음속으로 침을 뱉었다는 대목에선 쉽게 이해할 수가 없었다.

"내가 왜 미군을 향해 그 산을 내려갔을까?"

성당을 나오자 허정민이 문득 생각난 듯 말했다.

"나는 그저 살고 싶었소. 마지막 전투에서 목숨을 버리려고 했던 것과는 달리 말이오. 선생의 삼촌이 외딴집에 버려졌던 것처럼 언젠가는 나도 버림받으리라는 예감을 떨쳐버릴 수가 없었던 거요.
우선 미군에게 투항하면 화염방사기에 쏘인 얼굴과 잘린 다리를
치료받을 수 있을 것이라는 희망을 가지고서……”

“참으로 잘 선택하셨다고 생각합니다.”

진성은 건성으로 말했다.

“난 나와 선생 삼촌의 이야기를 마치고 나면 홀가분할 줄 알았는
데 왠지 마음이 무겁구려. 선생의 삼촌이 내게 손짓하며 뭐라고 계
속 외치던 그 마지막 모습이 눈앞에서 자꾸만 아른거리니 말이오.
난 살아 있지만, 이따금 살아 있는 것인지 죽은 것인지 잘 분간이
안 갈 때가 있어요.”

그는 사람들이 북적거리는 쎄 광장 한가운데서 이제 그만 헤어
지자고 말했다. 진성은 여러 가지로 고마웠다고 치레를 하고 그가
내미는 쭈글쭈글한 손을 마주잡았다.

“헌데 말이오.”

그가 몸을 돌리려다 말고 말했다.

“어쩌면 선생의 삼촌은 살아 있을지도 몰라요. 내가 아는 브라질
교민 가운데 최근에 중국에 갔다 온 사람이 하나 있지요. 이 사람
은 제6사단 13연대 출신으로 포로가 되어 포로 교환 때 그야말로
반공포로로서 남한을 택했던 사람인데 뒤늦게 70년대 후반에 브라
질로 이민을 왔어요. 이 사람이 고향인 중국에 갔다가 연길에서 제
6사단 13연대 3대대 출신의 친구를 만났대요. 바로 우리가 속해 있
던 대대 말이오. 그 친구가 육이오 때 제6사단에서 겪은 이야기를
하던 끝에 지나가는 말처럼 이름은 잊었으나 이 아무개라는 분대
장을 화제에 올리더래요. 그해 11월 초 제6사단이 자강도 신창리
라는 곳까지 후퇴했을 땐데, 대대장이 대대원들을 집합시킨 자리

에서 다리를 저는 이 아무개라는 분대장을 앞에 세워놓고 부상한 몸으로 혼자서 사선을 넘어온 그의 영웅적 행동을 극구 칭찬하면서 6사단의 전통인 팔로군 정신을 가열차게 반영한 본보기라고 한바탕 일장 연설을 한 뒤, 영웅 훈장을 수여했다는 거요. 하지만 며칠 지나지 않아 이 아무개라는 분대장의 모습이 보이지 않아 궁금하게 여겼더니 상위로 진급한 뒤 중공군 쪽의 통역관으로 차출되어 갔다는 소문이 돌더래요. 그 이 아무개가 선생 삼촌인 이문수일지도 모르지 않소?"

진성은 그가 왜 이제서야 그 말을 하는 것인지, 여태까지 상대방을 희롱하면서 즐기고 있었던 것은 아닌지 은근히 부아가 솟구쳤다. 그러나 그나마 삼촌의 행방을 알게 된 것은 모두 그의 덕택이라고 생각하면서 꾹 참았다. 그는 진성의 내심을 죄다 꿰뚫고 있다는 듯 기묘한 웃음을 흘리며 말했다.

"내가 이 이야기를 하지 않았던 것은 확신이 서지 않아서요. 중상을 당한 몸으로 산속 외딴집에 홀로 남아 있던 그가 몸을 추스르고 일어나 산간지대를 타고 북행을 감행한다는 것은 거의 불가능하다는 생각이 들기 때문이오."

"그렇겠습니다."

진성은 그의 말에 동의했다. 그러나 기적이라는 것도 있다. 그는 이대로 물러날 수는 없다고 생각했다.

"중국에 갔다 오신 그분의 성함과 전화번호를 알려주신다면 고맙겠습니다. 한번 찾아뵙고 떠나고 싶어서요."

"그야 어렵지 않소. 수첩을 주시오."

진성이 수첩과 볼펜을 건네자, 그는 수첩에다 그 브라질 교민의 이름과 전화번호를 적어주었다. 진성은 수첩과 볼펜을 챙기고 나

서 백발을 날리며 목발에 의지하면서 쓰러질 듯 위태롭게 다리를
절며 걸어가는 노인의 뒷모습에 겹쳐 흔들리고 있는 한 망령을 홀
린 듯 바라보았다.

제3장 —— 죽은 자의 말

1

흰 갈기를 세우고 물살을 박차면서 한 필의 백마가 강 위를 달린
다. 말은 구름 한 점 없이 싸늘한 냉기가 감도는 새파란 하늘을 향
해 울음을 토하듯 입을 벌리고 콧김을 뿜어내며 힘차게 달리는데
도 신기하게 강물에 빠지지는 않는다. 말 위에 탄 사람은 투구를
쓰고 왼손에는 붉은 깃발이 휘날리는 길다란 깃대를 곧추세워 들
고 오른손에는 장창을 비껴든 모습이 옛 장수처럼 위풍당당하다.
말발굽에서 튀어오르는 하얀 포말들이 온기를 잃은 햇빛에 얼음
방울들처럼 투명하게 빛난다. 그러나 자세히 보니 말을 모는 사람
은 투구가 아니라 솜모자를 쓰고, 장창이 아니라 장총을 비껴든 군
인이다. 말은 영화 화면처럼 소년을 깔아뭉갤 듯이 갑자기 클로즈
업되어 다가온다. 말 위에 탄 군인은 삼촌이다.

'아, 삼촌!'

소년은 반가워서 소리 지르지만 목구멍에서만 꺽꺽거릴 뿐, 말
이 되어 나오지는 않는다. 삼촌이 탄 백마는 소년의 머리 위로 치
솟으며 하늘로 날아올라 한줄기 광풍을 남기고 시야에서 사라진

다. 그런데 웬일인가. 포말을 일으키던 강물은 어느샌가 꽝꽝 얼어
버리고 말았다. 소년은 언 강 한복판에 발을 동동 구르며 서서, 할
아버지와 큰어머니가 등짐을 지고 고개를 잔뜩 수그린 채 언 강 위
를 묵묵히 걸어가는 모습을 바라본다. 소년은 할아버지와 큰어머
니를 소리쳐 불러보지만 그들은 뒤도 돌아보지 않고 언 강을 건너
남쪽을 향해 간다.

　강을 건너는 사람은 할아버지와 큰어머니만이 아니다. 서너 개
의 행렬이 널따랗게 무리지어 강 위를 온통 까맣게 뒤덮었다. 강물
이 얼었다가 녹았다 다시 얼었다가 터졌다를 반복하면서 잡힌 수
많은 주름들 때문에 얼음판이 몹시 울퉁불퉁하여 모두들 조심스럽
게 걸음을 옮기고 있다. 등과 머리와 손에 옷 보따리와 이부자리,
곡식 자루, 솥과 냄비 따위를 이고 지고 들고 느릿느릿 걷는 모습
은 짐의 크기만 다를 뿐 한결같다. 등짐 위에다 네댓 살쯤 돼 보이
는 아이를 앉힌 남정네, 제 동생을 힘겹게 업고 산발한 머리카락을
날리는 여자 아이, 양 옆구리에 짐을 얹은 송아지, 달구지를 끄는
어미소, 손수레를 끌고 미는 남편과 아내, 자전거를 비틀비틀 끌고
가는 청년, 자전거에 목숨이라도 걸린 듯이 그 뒤를 따라가는 노인
네와 아이들, 광주리 안 강보에 싸여 버려진 채 지쳐서 울고 있는
갓난아기, 설얼은 얼음판으로 잘못 들어섰다가 강물 속으로 빠져
허우적거리며 가라앉는 소달구지. 그런 광경을 보고도 묵묵히 그
옆을 지나치는 사람들, 사람들…… 그런데 그들은 물속으로 빠지
는 소보다도, 그리고 광주리 속에서 울고 있는 갓난아기보다도 먼
저 죽어버린 사람들 같다. 그렇지 않다면 어떻게 말 한마디 나누지
않고 무표정한 얼굴로 강을 건너간다는 말인가. 그렇다. 여긴 저승
이다! 할아버지가 이따금 말씀하시던 저승길이야.

　할아버지도 큰어머니도 낯선 사람들도 모두 다 강을 건너가고 말아 얼음판에는 소년만 혼자 서 있다. 갑자기 바람이 분다. 그리고 사람들이 사라진 방향에서 돌연 소년을 향해 무엇인가 달려오는 것이 보인다. 주먹만 하던 검은 물체는 점점 커지더니 마침내 형체를 드러낸다. 그것은 바퀴가 달린 대포를 끄는 비쩍 마른 갈색 말이다. 말 위에는 솜모자를 쓰고 흰 솜옷을 입은 사람이 앉아 있다. 어디선가 본 적이 있는 사람이다. 그러나 얼른 생각이 나지 않는다. 그는 소년에게로 가까이 다가와서는 말을 멈추지도 않은 채 소년을 번쩍 안아 올려 차갑게 얼음기가 도는 굵다란 포신 위에 다리를 벌려 앉힌다. 그리고 뼈가 앙상한 말 엉덩이에 채찍을 후려친다. 그런데 말 엉덩이 앞쪽 양 옆구리에 당연히 붙어 있어야 할 그의 두 다리가 오른쪽 것 하나만 보이고 왼쪽 것은 보이지 않는다. 다리 하나는 어디로 달아난 것일까. '앉아 있을 만하지? 곧 삼촌을 만날 수 있을 거야.' 그의 음성이 바람결에 들린 것 같기도 하고 아닌 것 같기도 하다.

　흰 솜옷을 입은 그 사람은 연신 채찍을 휘둘러대며 북쪽으로 말을 몬다. 강을 건너니까 나무 한 그루 없는 눈 덮인 광막한 벌판이다. 다시 한 번 광풍이 휘몰아치며 지나가자 갑자기 저 앞에 덩치 큰 백마가 나타난다. 말 위에 탄 사람은 투구를 쓰고 왼손에는 붉은 깃발을 곧추세워 들고 오른손에는 장창을 비껴든 옛 장수처럼 위풍당당하다. 말발굽에서 튀어오르는 하얀 눈보라가 온기를 잃은 햇빛을 가려버린다. 자세히 보니 말을 모는 사람은 투구가 아니라 솜모자를 쓰고, 장창이 아니라 장총을 비껴든 군인이다. 그가 힐끔 뒤를 돌아다보았다. '아, 삼촌!'

　목이 터져라고 외쳐보지만 소리가 되어 나오지는 않는다. 소년은 흰 솜옷을 입은 사람에게 속력을 더 내어 말을 몰라고 말한다. 그러나 거리가 좁혀지기는커녕 점점 더 멀어진다. 백마를 탄 삼촌의 모습은 멀어지고 멀어져서 하나의 점으로 보이고 마침내는 사라지고 만다. '네 삼촌은 무정도 하구나. 하지만 가다보면 또 만날 수 있을지도 몰라.' 그가 소년을 돌아다보며 신기하지 않느냐는 듯 일그러진 웃음을 머금는다. 소년은 그 순간 알았다. 그의 얼굴은 오른쪽이 없다는 것을. 아악!

어디에 있는 것일까. 눈을 뜨려고 했으나 잘 떠지지 않았다. 덜커덩 덜커덩. 일정한 간격을 두고 들리는 소리와 함께 몸이 흔들렸다. 오랫동안 온갖 음식물과 술과 땀에 절고 전 듯한 시큼하고 쿰쿰한 냄새가 코끝을 맴돌았다. 그렇지. 열차 안 침대 위다. 선양〔瀋陽〕에서 옌지〔延吉〕로 가는 삼등 야간열차. 이진성은 눈을 번쩍 떴다. 먼저 침대 아래에 놓아둔 여행용 가방과 머리맡에 놓아둔 어깨가방이 제대로 있는지 팔을 뻗어 더듬어보았다. 그대로 있었다. 그는 침대에서 몸을 일으켜 앉았다.

복도 어디쯤에선가 비추는 희미한 전등 불빛이 열차 안의 풍경을 어슴푸레 드러내주고 있었다. 창문을 향해 양쪽으로 설치되어 있는 3층짜리 침대에 누운 승객들은 크게 또는 가늘게 코를 골면서 깊은 잠에 빠져 있었다. 그의 바로 위 2층과 3층에 자리잡은 30대 후반의 조선족 남자들은 선양과 옌지 사이를 오가며 옷 장사를 하기도 하고, 지안〔集安〕 쪽에 가서 인삼을 사다가 선양에 내다 팔기도 한다고 했다. 그의 침대와 한 발짝 정도 사이를 둔 앞쪽 3층짜리 침대들은 모두 한족 여자들이 차지하고 있었는데 서로 처음부터 아는 사이가 아닌 것처럼 보였으나 자정까지 번갈아 누웠다

앉았다 하면서 그로서는 한 마디도 알아들을 수 없는 말들을 끊임없이 지껄여대더니 어느샌가 코를 골며 잠에 떨어져 있었다. 그의 앞 침대 아래층에서 자고 있는 30대 중반의 여자는 덮개를 위까지 끌어올리지 않아서 메리야스 속옷 위로 봉긋이 솟아오른 유방이 빤히 들여다보였다. 뒤쪽 침대칸에서는 사내들이 이야기를 나누는 소리가 두런두런 들렸다. 밤새 술추렴이라도 하는 것일까. 멀리서 자다 깬 듯 아이의 칭얼거리는 소리가 들려오기도 했다. 덜커덩 덜커덩…… 바퀴가 침목 위를 지나가는 소리를 내며 열차는 일정한 속도로 끈기 있게 달렸다.

그는 그런 소리들에 귀기울이며 앞 침대 여자의 유방을 무심코 바라보다가 문득 민망함을 느끼고 눈을 돌려 손목시계를 들여다보았다. 파랗게 빛나는 야광침들은 3시 25분을 가리키고 있었다. 전날 오후 4시 50분에 선양을 출발했으니까 10시간 35분이 지났다. 지난밤 위층 조선족 남자들이 들려준 대로라면 아직도 세 시간 이상은 더 가야 할 모양이었다. 거리에 비해 시간이 오래 걸리는 이유가 옌지까지의 선로가 대부분 단선이기 때문이라고 두 남자는 설명해주기도 했다. 그는 어깨를 기울이며 창밖으로 시선을 던졌다. 그러나 칠흑 같은 어둠을 배경으로 초췌한 그의 얼굴과 열차 안의 풍경이 창문에 희미하게 비칠 뿐, 창 바깥에는 아무것도 보이지 않았다.

열차 안에는 목이 칼칼하도록 매캐한 석탄 분진이 떠돌았다. 창문을 모두 꼭꼭 닫아두었는데도 어느 틈바구니를 비집고 흘러들어오는지 알 수 없었다. 그는 선양 역에서 산 작은 플라스틱 생수병을 찾아 마개를 딴 뒤 거꾸로 들고 미적지근한 물을 서너 모금 벌컥벌컥 들이마셨다. 칼칼하던 목구멍이 조금은 씻긴 듯 부드러워졌다.

악몽이야, 하고 그는 생각했다. 대포를 끄는 말 위에 타고 있던 사람은 틀림없이 1년 6개월 전에 브라질에서 만났던 허정민씨였어. 피난민 대열에 끼어 말없이 강을 건너 남쪽으로 간 할아버지와 큰어머니는 이미 고인이니까 그렇다 하더라도 삼촌과 허정민씨는 왜 꿈에 나타난 것일까. 그들도 이미 죽은 사람들이란 계시인가. 삼촌은 고인일지도 모른다. 그는 삼촌에 관한 한, 살아 있을까 아니면 죽었을까 하는 의문을 항상 품고 살아왔으므로 죽었다 하더라도 그다지 놀랄 일은 아니었다. 그러나 허정민이 죽었다면 그것은 충격이 아닐 수 없었다. 왜냐하면 진성이 불과 보름 전에 전화로나마 삼촌의 행적을 알아보기 위해 만주로 여행을 떠나기로 했다고 예의를 차려 고했을 때까지만 하더라도 그는 허정민의 주위에 죽음의 그림자가 어른거린다는 것을 조금도 감지할 수 없었으니까.

"내 바람은 부디 선생의 삼촌인 이문수씨가 살아 있다는 낭보를 듣는 것이지요. 이건 인사치레로 하는 말이 아닙니다."

그때 허정민이 다소 쉰 목소리로 그렇게 말한 것은 허정민이 진성에게 그의 삼촌을 지리산 자락 한 외딴집에 버리게 된 경위를 나름대로 고백했지만 삼촌을 버렸다는 죄의식을 여전히 털어버리지 못하고 있기 때문이라고 생각했다. 그뿐이었다. 그런데 허정민이 삼촌과 함께 꿈속에 나타나다니. 이건 누구에게도 결코 상서로운 일은 아닌 듯싶었다.

진성은 브라질을 떠나기 이틀 전, 허정민이 적어준 번호로 전화를 걸어 쎄 광장에서 남서쪽, 승용차로 10여 분 떨어진 실바 떼레즈 거리 끝에 있는 한 작은 공원에서 장달호(張達浩)를 만났다. 전화를 걸었을 때 그는 노인답지 않게 쩌렁쩌렁 울리는 목소리로, 그 곳에서 멀지 않은 오리엔찌 거리에 아들이 의류 매장을 갖고 있는 데 하루에 한 번은 매장에 들르므로 그 공원에서 만나는 게 편리하다고 말했다. 그뿐만 아니라 삼각형으로 생긴 그 작은 공원에는 한국 교민들이 세운 '개척선구자추모비'라는 커다란 대리석 비가 있어 진성에게는 볼거리가 될 수도 있을 것이라고 덧붙였다.

진성이 약속 장소에서 추모비를 피사체로 카메라 셔터를 누르고 있으려니까 누군가 뒤에서 말을 건네는 소리가 들렸다.

"내 하나 박아드리리다."

육척 장신에다 배불뚝이인 거대한 몸집의 노인이 부리부리한 두 눈으로 그를 내려다보고 있었다. 대머리에 둥글고 허연 얼굴이 노인의 두 어깨 사이에 축구공처럼 얹혀 있었다. 노인은 카메라를 빼앗듯 가로채고는 그를 추모비 앞에 세운 뒤 사진이 나오든 말든 셔터를 서너 번 연달아 눌렀다. 노인이 카메라를 돌려주며 말했다.

"나 장달호요."

진성은 얼떨결에 자신을 소개하면서 다시 한 번 그의 희한한 옷차림새를 바라보았다. 위에 걸친 남방 셔츠가 너무나 깡똥한데다가 꿰고 있는 반바지는 허리 둘레가 모자라 아래로 처져서 중요한 부분만 가리고 있는 상태였으므로 넓고 불룩한 허연 뱃살은 물론 그 한가운데 파묻힌 배꼽마저 만천하에 자랑하듯 드러나 있었다. 아들이 의류 매장을 운영하고 있다고 했으니 허연 뱃살을 가리도록 맞춤옷을 마련해줄 법도 한데 참으로 알다가도 모를 일이었다. 그러나 그는 자신의 옷차림새에는 조금도 개의치 않는 눈치였다. 그는 한 손으로는 자신의 배를 귀중한 보물 단지인 양 쓰다듬으며 다른 한 손으로는 거리 건너 모퉁이를 가리키면서 말했다.

"저기 바르에 가서 목이라도 축입시다."

바르는 대낮임에도 자리를 잡고 앉아 뻥가 술을 마시는 사람들로 만원이었다. 두 사람은 마지막 남은 탁자 하나를 차지하고 앉았다.

"뭘 드시겠소? 난 생맥주를 하겠소만."

"저도 생맥주를 마시겠습니다."

장달호가 큰 목소리로 생맥주 두 잔을 주문했다. 바르 주인은 이내 5백 시시짜리 생맥주 두 잔을 가져와 탁자 위에 팽개치듯 놓고 갔다. 장달호가 혀를 찼다.

"쯧쯧, 저 주인 녀석도 벌써부터 술이 거나하게 돈 모양이오. 이 놈의 나라는 연금제도를 뜯어고쳐야지, 그렇지 않으면 남자들이 모두 알코올 중독자가 되고 말 거요."

"무슨 말씀이신지?"

진성이 물었다.

"이 나라 공무원들은 사십만 넘으면 퇴직을 하고 연금생활을 할 수 있으니까 이렇게 빈둥빈둥 놀면서 술이나 마시며 세월아 네월아 하는 게 아니겠소."

장달호는 자신의 맥주잔을 진성의 맥주잔에 부딪치면서 어서 마시라는 시늉을 해보였다. 그는 장달호가 시키는 대로 맥주를 두어 모금 목구멍 안으로 넘겼다. 시원한 기운이 온몸에 퍼졌다. 단숨에 반가량을 비운 장달호가 잔을 내려놓으면서 그때까지 보여준 괄괄한 언행과는 달리 조심스럽게 입을 열었다.

"그렇지 않아도 허씨에게서 이선생 말은 들었소만…… 내가 아는 건 허씨에게 말한 게 전부요. 나는 이선생의 삼촌이란 사람과는 인연을 맺은 적이 없으니 정말 할 말이 없소."

"선생님은 제게 삼촌을 찾을 실마리를 제공한 분이십니다. 그것만으로도 충분히 감사하다는 말씀을 전해드리고 싶었습니다. 정말 감사합니다. 하지만 제가 원하는 건 중국에서 만나셨다는 인민군 제6사단 13연대 3대대 출신의 그 친구분의 연락처입니다."

진성은 될 수 있는 한 공손하게 청했다. 장달호는 반쯤 남았던 맥주를 마저 마시고 나서 한 잔을 더 시켰다. 그러고는 한동안 고개를 숙이고 무엇인가 생각에 잠겨 있더니 크고 둥근 얼굴을 들고 겸연쩍게 웃으며 말했다.

"좋아요. 하지만 그 친구를 만나더라도 나에 대해서 알려고 하지는 마쇼."

"물론입니다."

장달호가 전쟁 중에 무슨 말 못할 일을 저질렀는지 모르겠지만, 그는 관심 밖이었으므로 얼른 대꾸했다.

"내가 그 친구를 연길에서 만나기는 했으나, 집은 연길이 아닌 것 같았소."

그는 남방 셔츠 왼쪽에 달린 작은 주머니에서 네 겹으로 접은 종이쪽지를 꺼내 진성의 앞에다 밀어놓았다. 진성은 수첩에서 뜯은 듯 가로줄이 쳐 있는 종이쪽지를 펼쳤다. 두 행을 한 행으로 잡아 비뚤비뚤하게 한자로 쓴 글씨가 나타났다.

'吳珍赫, 延吉市郊, 圖們 方向 溪洞驛 鐵路邊(오진혁, 연길시교, 도문 방향 계동역 철로변).'

만났다는 친구의 이름이 오진혁인 것 같았다. 시교란 시내가 아니라 시 밖을 의미할 것이다. 그러니까 옌지 시를 벗어나 투먼(圖們)으로 가는 도중의 계동역 근처 철로변에 오진혁의 집이 있다는 뜻일 것이다. 하지만 수수께끼 같은 이 정보만 가지고는 너무나 막연했다.

"오진혁이란 분의 전화번호는 없습니까?"

"없댔어요. 아무튼 택시를 타고 도문 방향으로 가는 철로와 나란히 난 좁은 도로를 따라가면서 '구육관'이란 간판을 찾으라고 했소이다. 그게 그 친구의 집이라더군."

"구육관이라고 하셨습니까?"

진성은 그것이 무엇을 뜻하는지 짐작이 가지 않았다.

"알기 쉽게 말하면 보신탕집이란 뜻이오."

그제야 진성은 그 의미를 명확히 알 수 있었다.

"그러니까 개구 자, 고기육 자에 집관 자를 쓴다는 말씀인가요?"

"대충 그럴 거요."

구육관(狗肉館)! 진성이 쪽지에 적힌 것을 자신의 노트에 옮겨 적으려 하자 장달호가 말렸다.

"그거 그 친구가 적어준 것이지만 내가 또다시 중국에 갈 일은 없을 듯하니 그냥 가지고 가시오. 혹시 누가 알겠소? 자신이 적어준 쪽지를 들고 나타난 한국인을 보면 대우가 달라질는지 말이오."

진성이 생맥주 한 잔을 마시는 동안 장달호는 석 잔이나 거푸 마셨다. 허연 얼굴이 불콰하게 달아오르자 더 이상 볼일이 없을 테니 그만 자리에서 일어나자고 말했다. 술값은 당연히 정보를 얻은 진성의 몫인 것처럼 그는 아무 말 없이 더욱 불룩해진 배를 장한 듯 어루만지며 먼저 밖으로 나갔다.

뒤로 물러나는 차창 밖의 어둠을 응시하면서 장달호의 모습을 떠올리자니 진성은 자기도 모르게 피식 웃음이 흘러나왔다. 선양역을 출발하여 한 시간가량 지날 즈음 위층의 두 사내가 중국술 한 잔을 아래로 내리면서 통성명을 하자며 서로 말문을 열게 되었을 때 진성이 먼저 물은 것은 투먼 방향에 있다는 그 구육관에 관해서였다.

"글쎄요. 연길에는 쌔구 쌘 게 단고깃집이라 그쪽까지 나가서 먹어본 적이 한 번도 없구만요."

2층의 사내가 말했다.

"허나 너무 걱정하시지 않아도 될 꺼래요. 한번 들어서면 길이 외줄기라 찾기는 쉬울 꺼래요."

3층의 사내가 말했다. 말끝에 '꺼래요'를 붙이는 것을 보면 그의 선조가 강원도 사람일지도 모르겠다고 생각하며 진성은 구육관에 관해서는 일단 접어두기로 했다.

참으로 신기했다. 날이 밝으려면 한두 시간은 더 지나야 될 것 같았는데 갑자기 환한 빛이 창가에 번지면서 어둠을 몰아냈다. 창밖에는 끝없이 넓은 옥수수밭이 펼쳐져 있었다. 어른 키만큼 곧게 자란 옥수숫대에서 뻗어나온 길고 넓적한 잎들이 새벽 이슬을 구슬처럼 달고서 아침해를 맞이할 시간을 기다렸다. 반 시간가량 더 갔을까, 이번에는 옥수수밭이 끝나고 논들이 이어졌고 듬성듬성 농가도 눈에 띄었다. 열차가 속력을 늦추자 승객들이 웅성거리면서 짐을 들고 복도를 오가기 시작했다. 언제 눈을 떴는지 앞 침대 아래층에서 유방을 드러내놓고 자던 여자가 옷매무새를 고친다, 머리를 빗는다, 루즈를 바른다 부산을 떨더니 그 침대칸에 든 모든 사람들을 깨우고는 작별인사를 나누었다.

"짜이쩬!"

그녀는 진성에게도 안녕히 가라는 인사를 하고는 옷가방 하나를 들고 부리나케 복도로 나갔다. 이윽고 열차가 섰다. 뚠화〔敦化〕. 역사 출입구 위에 붉은 글씨로 쓴 역이름이 보였다. 진성은 신선한 공기를 마시고 싶어서 창문을 열었다. 그러자 장사꾼들이 개미떼처럼 창가로 몰려와서 찐 옥수수와 찐 감자, 삶은 계란 따위를 들이밀며 사라고 아우성이었다. 그는 마침 출출하던 김에 옥수수 한 꾸러미를 사서 그 칸에 있는 사람들에게 하나씩 나눠주었다.

옥수수 한 개를 다 먹고 났을 때, 열차가 다시 움직이기 시작했다. 열차는 높은 산 하나 보이지 않고 밭과 논이 번갈아 잇대어 펼쳐진 들판 한가운데를 달렸다.

뚠화에서 세 시간 걸려 아침 7시 6분에 마침내 열차는 옌지에 닿았다. 넓은 플랫폼에는 열차에서 내린 2백여 명가량의 승객들이 긴 줄을 지어 역사 쪽으로 걸어갔다. 진성은 검은 천으로 된 큰 가방을 두 개씩이나 들고 바쁘게 서두르는 조선족 사내들과 작별을 고하고 일부러 맨 뒤에 서서 천천히 걸었다. 앞으로 2개월 동안 중국의 동북 삼성을 중심으로 취재 활동을 할 것이므로 조급하게 서두를 이유는 없었다. 더욱이 복잡한 사람들 사이에 끼어 나가기보다는 뒤에 처져서 나가는 것이 마중 나오기로 한 곽종철(郭鍾哲)과 상면하기에도 수월할 것이었다. 그의 예상은 들어맞았다. 승객들이 제 갈 길로 뿔뿔이 흩어져 가버린 역 대합실은 비교적 한산했다. 대합실을 나와 역 앞 광장으로 나가려다가 한 사내가 들고 있는 피켓을 보았다.

'한국에서 오신 이진성 선생님을 기다립니다. 곽종철'

이른 아침인데도 곽종철은 감색 양복에 넥타이를 맨 매우 단정한 모습으로 진성을 맞이했다.

"멀리서 오시느라고 고생이 많으셨습니다."

보통 키에 몸매가 호리호리한 그가 깍듯이 머리를 조아리며 인사했다.

"제가 원해서 온 것이니 고생이랄 게 뭐 있나요."

진성은 곽종철이 40대 중반의 나이라고 알고 있었으나 눈가의 주름이며 성긴 머리카락이 네댓 살은 더 들어 보였다.

"가방을 제게 주시지요. 가까운 곳에 차를 대기시켜 놓았습니다."

진성이 괜찮다며 사양했으나 곽종철은 가방을 기어코 빼앗아 들고 앞장서 걸었다. 그가 주차장에 대기시켜놓은 차는 열댓 명이 탈 수 있는 승합차였다. 승합차에는 운전기사뿐 아무도 없었다.

"임시로 저희 대학 영빈관을 숙사로 정했으니 그리로 모시겠습니다. 그곳에서 샤워라도 하신 뒤에 아침을 드시도록 하시지요."

그가 너무나 공손하고 싹싹하게 말해 진성은 오히려 면구스러워졌다.

"일면식도 없는 분에게 심려를 끼쳐드려 죄송하군요."

"무슨 말씀을…… 저로서는 원작자를 모시게 되어 얼마나 영광인지 모릅니다. 계시는 동안 제가 선생님을 많이 괴롭혀드릴 거예요."

이내 차는 역 앞 주차장을 빠져나와 자전거가 유난히도 많은 낯선 거리를 달렸다. 곽종철은 옌볜 대학 조선어문계 교수였다. 진성이 그와 한 차례 팩스로 서신을 주고받았던 것이 불과 보름 정도밖에 되지 않았다.

이진성은 브라질에서 돌아온 뒤 중국 쪽으로 여행할 구실을 찾던 중 지난해 겨울에 한 문우를 통해 문예진흥원에서 기획하고 지원하는 사업 가운데 해외 취재 지원 제도가 있다는 것을 알게 되었다. 취재 대상국은 러시아·미주·남미·중국 등으로 그중 한 나라를 택하여 취재를 하고 그것을 작품화해야 한다는 조건이었다. 원래 경쟁이 심해 지원 대상자로 뽑히기가 쉽지 않다고 했다. 그는 밑져야 본전이라는 심정으로 올 초에 신청서를 제출했는데 운이 좋았던지 한 달 전, 문예진흥원에서 대상자로 선정되었다는 연락을 받았다. 문제는 중국 동북 삼성에는 면식이 있는 사람이 없다는 것이었다. 그래서 생각해낸 사람이 시인으로서 그보다 2년 앞서 중국 취재를 갔었던 대학 후배 김다인(金茶寅)이었다. 그는 3개월 예정으로 갔으나 지원금 외에 자비를 들여 8개월이나 체류했다. 작년 봄에 귀국하자마자 그는 장편서사시 『두만강』을 모 계간지에 발표하여 시단에서 극찬을 받았고 연말에는 한다 하는 큰상까지 받았다.

대상자로 선정되었다는 소식을 듣고 이틀이 지난 저녁, 진성은 김다인을 인사동 골목의 한 소줏집으로 불러내 그동안의 경위를 말하고 누구 소개해줄 사람이 없느냐고 물었다.

"아, 왜 작년에 한국 작가 열 명을 선정하여 중국어판으로 두 권 짜리 한국중단편소설집 발간을 기획하고 있는 사람이 있다고 하지 않았습니까? 그래서 제가 선배님께 「잃은 자」를 비롯하여 단편 두어 꼭지 보내달라 해서 보내주신 적 있지요?"

"오, 그랬지. 난 잊고 있었네만……"

진성은 사실 그 뒤에 아무런 소식이 없기에 기획이 흐지부지되었나 생각하고는 까맣게 잊고 지내왔다.

"다소 시간이 걸리는 일 같아 별말씀을 못 드리고 있었는데, 마침내 두 달 안으로 책이 되어 나온다는 연락을 엊그제 받았습니다. 어쩌면 중국에 가 계시는 동안에 그 책을 보실 수 있을 것도 같습니다."

"야, 그거 잘됐네!"

"하지만 워낙 돈 없이 하는 일이라 원작료나 인세 같은 것은 생각하지 마셔야 할 겁니다."

"이 사람아, 언제 그런 것 바란다고 했나? 내 작품 소개되는 것
만으로 만족하니까. 그 책이 연길에서 나오는 건가?"

"책은 장춘에서 나옵니다. 그렇지만 그것을 기획한 사람은 연변
대학에 있습니다. 그러니까 선배님을 위해서는 아주 잘된 것이죠.
그 사람, 나이는 제 또래지만 공손하고 친절해서 안내를 잘해줄 겁
니다."

진성은 다음날로 부랴부랴 곽종철에게 자신의 옌지행에 대한
의향을 팩스로 물었고, 사흘 뒤에 그에게서 대환영이라는 응답을
받았다. 진성은 팩스를 보내면서 여행의 목적을 6·25 전쟁을 배경
으로 하는 소설 소재를 취재하기 위해서라고만 밝히고 삼촌의 행
적을 알아보기 위해서라는 것은 숨겼다. 삼촌의 행적이 무슨 큰
비밀스러운 것이어서가 아니라 어차피 삼촌의 행적을 소설 내용
으로 다룰 것이었기 때문에 그 사실은 차차 자연스럽게 알게 될
일이었다.

옌지 역에서 옌볜 대학까지는 무척 가까웠다. 그를 태운 승합차
는 역 광장을 빠져나오자 북쪽으로 뻗은 대로를 따라 곧바로 직진
했다. 5분가량 달렸을까, 옌시챠오〔延西橋〕라는 제법 긴 강다리가
나타났고, 그것을 건너서 다시 5분가량 달리다가 좌회전을 하니까
바로 오른쪽으로 옌볜 대학의 높다란 정문이 나타났다. 차는 정문
을 지나 비스듬한 언덕길을 올라가서 이른 아침의 한적한 캠퍼스
를 오른쪽에 두고 왼쪽 길로 접어들더니 한 건물 앞에 섰다.

"이곳은 대학간 세미나가 열린다든지 특별한 외부 손님이 온다
든지 할 때 숙사로 쓰는 곳입니다."

곽종철이 관리인에게서 열쇠를 받아들고 앞장서 2층 계단을 오

르면서 그에게 말했다.

"좀더 길게 잡으려고 했으나 행사 일정이 잡혀 있어서 사흘밖에 내줄 수 없다고 하는군요."

그가 묵기로 되어 있는 2층 방은 깨끗하고 주거 시설이 잘 되어 있어 사흘밖에 쓸 수 없다는 것이 못내 아쉬웠다. 진성의 눈치를 챘는지 그가 덧붙여 말했다.

"제가 6·25 전쟁에 대해서 관심이 많은 조선족 노교수 한 분께 부탁드려 허락을 받아놓았습니다. 그분의 아파트 방 하나를 얻기로 말입니다. 먼저 선생님의 의향을 여쭤보고 정해야 하는데 그렇지 못해서 걱정이 되기는 합니다만, 그건 그때 가보시고 마음에 들지 않으시면 취소해도 상관이 없습니다."

"원, 별말씀을. 곽교수님이 정한 것이니 어련하겠습니까? 난 곽교수님이 정해주는 대로 따르겠습니다. 게다가 그 노교수님께서 6·25 전쟁에 관심이 있으시다니 제게 큰 도움이 될 거구요."

"그렇게 생각해주시니 고맙습니다. 그럼, 전 학교에 볼일이 있어 잠시 다녀올 테니, 그동안 샤워하시고 쉬고 계세요."

진성은 곽종철이 방을 나가자마자 입고 있던 옷들을 훌훌 벗어 젖혔다. 그러고는 비누와 수건을 들고 욕실로 달려갔다. 서울을 떠난 것이 불과 하루 전이었는데 이토록 물이 그립기는 처음이었다. 그는 샤워 물을 머리끝에서 발끝까지 뒤집어썼다. 정확히 14시간 16분 동안 열차에 갇혀서 후텁지근한 열기에 땀을 흘리며 승객들 사이를 떠도는 퀴퀴한 냄새에 찌들고 석탄 분진을 덮어썼던 몸뚱아리가 다시금 생기를 찾는 것 같았다.

그가 한바탕 몸을 씻고 수염을 깎고 나서 가방에서 새 옷을 꺼내 입은 뒤 침대에 누워 이런저런 상념에 잠겨 있노라니까 곽종철이 자신의 교수실에서 가지고 온 듯한 세 권의 책을 옆구리에 끼고 나타났다.

"이 책들, 도움이 될는지 모르겠습니다만 가져와봤습니다. 지난번 팩스에서 말씀하시기를 중국군의 한국 출병에 관심이 있다고 하셔서 말씀입니다."

진성은 어떤 책이든지 필요했으므로 반갑게 받아서 훑어보았다. 두 권은 제리푸〔解力夫〕란 사람이 베이징〔北京〕에 있는 세계지식출판사에서 중국어판으로 1993년에 출판한 '전후 4대 전쟁'이란 수식어가 붙은 『조선전쟁(朝鮮戰爭)』 상·하권의 복사본이었고, 다른 한 권은 1956년 '지원군의 하루 편집위원회'가 엮고 김동구가 조선어로 번역하여 베이징의 민족출판사에서 발간한 '해방군문예총서'인 『지원군의 하루』 전 4권 중 제1권이었다.

진성은 『조선전쟁』이 책의 체제로 보아 중국 측 입장을 대변하는 본격적인 6·25 전쟁의 기록서라는 것을 알 수 있었다. 간자가 많기는 했으나 전혀 해득하기 어려운 것은 아니었다. 그에 비하면 『지원군의 하루』는 짤막짤막한 진중일기 형식으로 쓴 것들을 모은 것으로 얼핏 보아도 소설을 쓰는 진성에게는 많은 도움이 될 것 같았다.

"자료를 별로 준비한 게 없었는데, 귀한 책들을 마련해주셔서 정말 고맙습니다. 어떻게 답례를 해야 할지……"

진성은 김다인 시인이 곽종철의 사람 됨됨이에 대해서 귀띔해주기는 했으나 새삼 그의 친절과 배려에 깊은 정의를 느꼈다.

"답례라니요? 오히려 제가 무례하게 신세를 진걸요. 제가 보내드린 팩스 답신에서도 말씀드렸지만, 『한국중단편소설 걸작선집』 1, 2권이 곧 출간될 것 같습니다만, 원작료조차 드리지 못하는 처지라서 얼마나 죄송한지 모르겠어요. 이 책들은 저의 파렴치를 조금이라도 탕감받기 위한 성의 표시입니다. 앞으로도 제 힘이 닿는 한 선생님이 소설을 창작하는 데 자료가 될 만한 책들을 수집해보겠습니다."

"원작료니 뭐니 하는 말은 이후에는 하지 맙시다. 애초부터 그런 걸 받을 생각은 하지 않았으니까. 내 작품이 몇 편이나마 중국 사람들에게 소개된다는 사실이 얼마나 기쁜 일입니까?"

진성은 옷가방을 열고 곽종철에게 주려고 서울에서 준비해온 사파리 점퍼와 바지 두 벌을 꺼내 침대 위에 펼쳐놓았다.

"이거 변변치 못하지만 곽교수님께 선물하는 것이니 받아주시죠."

"원, 이렇게 좋은 걸……"

그는 두 손을 들어 사양하는 시늉을 해보였으나 결국 받지 않으면 안 되리라는 것을 알아채고 매우 고맙다고 말했다. 진성은 비닐백에 옷들을 넣어 그에게 들려주고 근처로 아침 요기를 하러 나가자고 말했다.

"대학 부근에는 아침 식사를 하기에 적당한 곳이 없습니다."

그는 잠시 머뭇거리며 망설이더니 계면쩍은 웃음을 입가에 띠었다.

"혹시…… 단고기, 아니, 보신탕 좋아하십니까?"

"좋아하기는 합니다만, 아침부터 영업을 하는 곳이 있나요?"

진성이 의아해서 물었다.

"좋아하신다니 다행이군요. 정문 바로 옆에 아침부터 영업을 하는 곳이 있습니다만, 어떻습니까?"

"좋아요. 그리로 가봅시다."

  그래서 옌지에서 먹는 첫 아침 식사를 전혀 예상치 못했던 보신
탕집에서 하게 되었다. 옌지의 보신탕집들은 옥호 없이 '구육관'이
란 간판만 내거는 것이 보통이라고 들었으나 옌벤 대학 정문과 거
의 붙었다시피 나란히 자리잡고 있는 단층의 그 보신탕집에는 한
글로 '장수개고기집'이라는 옥호가 붙어 있었다. 식당 안은 밖에서
보기보다는 넓었다. 홀에는 큰 탁자가 대여섯 개 놓여 있었고 뒤쪽
에는 칸막이 방도 여럿 있는 모양이었다. 이미 두 탁자에는 각각
두 사람씩 앉아 보신탕으로 아침 식사를 하고 있었다. 곽종철과 진
성은 칸막이 방을 하나 차지하고 앉았다. 여자 종업원은 곽종철에
게서 주문을 받아가자마자 곧 무럭무럭 김이 나는 푸짐한 고기 한
접시와 중국술 한 병을 내왔다. 양념장은 텁텁했으나 고기맛은 신
선하고 담백했다. 곽종철이 숙사에 돌아가서 한잠 푹 자라면서 술
을 권하기도 했고, 그 자신도 여행에서 오는 긴장감을 풀고 싶기도
하여 서너 잔을 거푸 마셨다. 진성은 뱃속이 후끈해져 옴을 느끼자
아까부터 입 안에서 뱅뱅 돌던 말을 꺼냈다.

  "혹시 도문으로 가다가 보면 계동역이 있는 모양인데, 그 근처
철로변에 구육관이 있는 것을 아십니까?"

  "글쎄요. 철로를 따라 몇 집이 있다는 말은 들었습니다만, 가보
지는 않았습니다."

  "아, 그래요?"

  "왜 그러시지요? 누구 만날 분이라도 있습니까?"

  "그 구육관 주인이 오진혁이라고 하는 분인데요, 차차 말씀드
리죠."

  진성은 만나자마자 부탁하는 것이 예의가 아닌 듯싶어서 그만
말문을 닫고 말았다. 곽종철은 조금은 뜨악한 표정을 지었으나 더

이상 캐묻지 않았다. 식사를 마치고 숙사까지 바래다주면서 그는 내일 오전에 들를 테니 여행의 피로를 풀면서 취재 계획을 세워보라 하고 돌아갔다. 그가 점심이나 저녁 식사를 어디에서 하라는 말한마디 없이 훌쩍 가고 혼자 남게 되자, 진성은 조금은 고까운 생각과 더불어 그의 친절도 위선이 아닌가 의구심이 들었다. 낯선 곳에 오니까 괜히 불안감이 들어 그렇지, 하고 진성은 비뚤어지려는 마음을 다독거리며 잠을 청했다.

2

　삼촌으로 추정되는 그 사람은 어느 부대로 간 것일까. 인민군 제6사단이 자강도의 신창까지 후퇴하여 휴식을 취하던 1950년 11월초, 다리를 절고 나타나 영웅 대우를 받고 얼마 지나지 않아 중공군 쪽으로 차출되어 갔다는 이씨 성을 가진 그 사람은 도대체 어디로 갔을까.

　진성은 열차 여행의 피로와 곽종철과 마신 아침 술 탓에 다섯 시간이나 정신 없이 잠을 잤다. 잠에서 깨어나서도 한 시간이 넘도록 아침에 먹었던 음식이 소화되지 않고 더부룩한 상태로 남아 있어서 점심도 거른 채 침대에 누웠다 엎드렸다 하면서 곽종철이 주고 간 『조선전쟁』 상권을 뒤적거리며 시간을 보냈다. 6·25 전쟁에 개입한 중공군, 아니 중국에서 말하는 '중국인민지원군'은 어떤 성격을 가진 부대인가. 그 책의 제15장 「영명한 결정〔英明決策〕」에서는 '중국인민지원군'이 6·25 전쟁에 개입하게 된 과정을 다음과 같이 기술하고 있었다.

10월 1일, 조선 외무상 박헌영이 마오쩌둥〔毛澤東〕 주석에게 보내는 김일성 수상의 친필 서한을 가지고 북경으로 날아왔다. 박헌영은 마오 주석과 저우언라이〔朱恩來〕 총리를 만난 자리에서 중국인민해방군을 파견하여 지원해줄 것을 간절히 부탁했다. (중략)

조선의 땅은 피를 흘리고 있었고 조선 인민은 재난 속에서 고생하고 있었다. "이웃에 화재가 났는데 어찌 편안히 있으랴!" 이 며칠 동안 마오쩌둥은 침식을 잊고 조선 문제 때문에 고민을 거듭해왔다. 그날, 깊은 밤에 그는 김일성 수상의 '출병 원조' 요청 편지를 되풀이 읽었다. 편지에는 이렇게 씌어 있었다.

"미국 침략군이 인천에 상륙하기 전의 전세는 인민군에게 아주 유리했습니다. 적군은 연전연패하여 조선의 남쪽 끝 협소한 지역까지 밀려갔습니다. 그리하여 조선 인민은 최후의 결정적 승리를 얻을 수 있었고, 미제의 군사적 위신은 극도로 추락했습니다. 하지만 미 제국주의는 스스로의 위신을 만회하고 조선을 식민지화·군사 기지화하기 위하여 신속히 태평양에 있던 육해공군 거의 전 병력을 동원하여 9월 중순 인천에 상륙했습니다. 그리고 계속하여 서울을 점령하고 (중략)

여러 전투 지역에서 적군은 공군의 엄호와 지상의 기계화부대를 이용하여 우리를 공격하고 있어서 우리는 병력과 물자 공급 등에서 막대한 손실을 입었습니다. 후방의 교통·운수·통신과 기타 시설물들이 많이 파괴되었고 우리의 기동력은 약화되었습니다. 상륙한 적군과 남부 지역의 적군이 이미 연결되어 우리 부대를 남북으로 갈라놓았습니다. 그 결과 남부 전선에 있는 우리 인민군은 적군에게 동강나는 불리한 상황에 부닥쳐 무기와 탄약의 공급은 물론 연락조

차 두절되었습니다. 심지어 일부 부대는 이미 분산된 상태에서 적군에게 포위되어 있습니다. (중략)

우리는 유혈을 두려워하지 않고 마지막 한 방울의 피를 흘릴 때까지 조선 인민의 독립 해방과 민주를 위하여 끝까지 싸우려고 합니다! 우리는 지금 전력을 집중하여 새로운 사단을 편성하고, 남부의 10여 만에 달하는 부대를 집결시켜 유리한 지역을 확보하고 전체 인민들을 동원하여 장기전에 임할 준비를 하고 있습니다. (중략)

만약 계속하여 적군이 38선 이북 지역으로 진격해온다면, 우리의 힘만으로는 이 위기를 극복하기 어려울 것입니다. 그러므로 부득이 우리는 특별한 원조를 우리에게 해줄 것을 당신에게 요청하는 바입니다. 적군이 38선 이북 지역으로 진격하는 상황에서 중국인민해방군이 직접 출동하여 아군의 작전을 지원해주기를 바랍니다.

당신께 이상의 의견을 보내드리오니 가르침을 받고자 합니다."

'조선 출병'의 결정은 비록 마오쩌둥과 중앙의 주요 책임자인 저우언라이, 류사오치[劉少奇], 주더[朱德] 등이 되풀이 의논하여 일치를 보았던 것이라 하더라도, 결코 단순하게 처리할 수 있는 성질의 것은 아니었다. 새 중국이 갓 걸음마를 떼는 이때, 국내의 모든 것을 다시 시작해야 하는 어려운 상황에서 이러한 결정을 내린다는 것은 쉬운 일이 아니었다. 마오쩌둥은 이렇게 생각했다.

'명령이 떨어져서 3군이 출동하면 수십 만의 인명이 걸리게 된다. 늘 인명은 하늘에 달렸다고 하는데 만약 싸움에서 이긴다면 말할 것도 없겠지만 불리하게 된다면 국내의 정권에까지 위기가 미칠 수 있다. 심지어 천하를 다시 잃을 수도 있으니 그러면 이 마오쩌둥은 역사와 인민에게 죄를 짓게 될 것이다.'

(졔리푸, 『조선전쟁』 상, 북경; 세계지식출판사, 1993, 156~160쪽)

여기에서 보듯 김일성이 보낸 '조선 출병'을 요청하는 편지가 마오쩌둥에게 전달된 것은 1950년 10월 1일이지만, 이보다 앞선 9월 15일 유엔군이 인천에 상륙한 당일, 김일성은 북한의 차수(次帥)이자 내무상이던 박일우(朴一禹)를 안뚱[安東]에 사령부를 설치하고 있던 제13병퇀[兵團]으로 파견하여 전세의 불리함을 설명하면서 지원군을 보내줄 것을 간절히 청원토록 한 바 있었다. 그 사실이 베이징에 전해졌고 마오쩌둥은 몇몇 주요 책임자들과 여러 번 의논한 끝에 '조선 출병'을 합의했으나, 마오쩌둥으로서는 신중히 처리할 문제임을 자각하고 10월 4일 중앙정치국 확대회의를 열어 최종 결정을 내리게 되었다. 이 자리에서 13병퇀의 사령관인 펑더화이[彭德懷]가 마오쩌둥에게 13병퇀을 한국전쟁에 투입시키는 것이 어떻겠느냐는 의견을 물었을 때, 마오쩌둥은 가능한 한 미국과 중국 사이의 개전이란 구실을 주지 않고 한국 문제를 지역화하면서, 우리는 평화를 바라며 제3차 세계대전의 발발을 바라지 않음을 주지시키기 위해서 '지원군'이란 이름으로 참전해야 함을 강조했다. 그러면서 마오쩌둥은 손수 시 한 수를 써서 펑더화이에게 주었다.

<table>
<tr><td>산은 높고 길은 멀고 골짜기 깊은데</td><td>山高路遠溝深,</td></tr>
<tr><td>대군은 종횡무진으로 앞으로 내닫네</td><td>大軍縱橫馳奔.</td></tr>
<tr><td>앞장에서 칼 들고 말 달리는 자 누구더냐</td><td>誰敢橫刀立馬,</td></tr>
<tr><td>오직 우리 펑 대장군이 있을 뿐이로다.</td><td>唯我彭大將軍.</td></tr>
</table>

마침내 마오쩌둥은 1950년 10월 8일 베이징에서 중공군 수뇌부

와 각급 간부들에게 다음과 같은 명령을 내렸다.

(1) 조선 인민의 해방전쟁을 지원하고 미 제국주의와 그 주구들의 진공을 반대하며 조선 인민과 동방 각국 인민의 이익을 보호하기 위하여 중국인민지원군이 속히 조선 경내로 진출하여 침략자를 향해 조선 동지들과 함께 협동작전을 폄으로써 영광스런 승리를 쟁취할 것을 명령한다.

(2) 중국인민지원군 제13병퇀 및 그에 속하는 38군, 39군, 40군, 42군과 변방 포병사령부와 그에 속하는 포병 제1사, 2사, 8사는 즉시 준비를 마치고 출병 명령을 기다려야 한다.

(3) 펑더화이 동지를 중국인민지원군 사령원 겸 정치위원으로 임명한다.

(4) 중국인민지원군은 동북행정구를 전체 후방기지로 삼으며, 일체의 후방공급사업과 조선 동지들을 원조하는 사무는 모두 동북군구 사령원 겸 정치위원인 꼬우강〔高崗〕 동지가 지휘하고 책임진다.

(5) 우리 중국인민지원군은 조선 경내에 들어간 후 반드시 조선 인민, 조선인민군, 조선민주정부, 조선노동당(즉 공산당), 기타 민주당파 및 조선 인민의 수령인 김일성 동지에 대해 우애와 존중을 표시하고 군사 규율과 정치 규율을 엄격히 준수하여야 한다. 이는 군사 임무를 완수하도록 보증해주는 중요한 정치적 기초다.

(6) 가능성이 있어서 또는 필연적으로 부닥치게 될 곤란에 대해 반드시 깊은 예견이 있어야 하며, 아울러 고도의 열정 · 용기 · 세심과 각고의 인내 정신으로 이런 곤란을 극복해야 한다. 목전의 전체적 국제 형세와 국내 형세는 우리에게 유리하고 침략자들에게 불리하다. 오로지 동지들이 견결하고 용감하며 현지 인민들과 잘 단결하

고 침략자들과 잘 싸우기만 하면 최후의 승리는 필연코 우리에게 속
할 것이다.

중국인민혁명군사위원회 주석 마오쩌둥

1950년 10월 8일 베이징에서

　(위의 책, 169~170쪽)

　마오쩌둥의 명령에서 알 수 있는 주요 사항은 초기 '중국인민지
원군'의 사령관은 펑더화이고 그가 지휘하는 주력부대는 제13병퇀
이라는 것이다. 펑더화이(1898~1974)는 후난성〔湖南省〕 샹탄〔湘
潭〕 사람으로 1928년 4월에 중국공산당에 입당하고 7월에 핑장치
이〔平江起義〕를 일으킨 뒤 홍군 제5군을 창립했다. 2만 5,000리 장
정에 참가하면서 3군단 총지휘, 중공중앙군사위원회 부주석, 홍군
전적(紅軍前敵) 총지휘 등 주요 요직을 거쳤다. 항일 전쟁 기간에
는 팔로군을 이끌고 동쪽으로 황허〔黃河〕를 건너 산시성〔山西省〕
으로 진격한 뒤 화북 항일 근거지를 장악하고 인민 무장을 발전시
켜 항일 유격 전쟁을 지속적으로 전개했다고 전해진다. 그뿐만 아
니라 그는 1백 개의 퇀(연대)을 조직하여 1940년 8월 20일부터 12
월 5일까지 1,824차례에 달하는 크고 작은 작전을 감행했고, 적군
의 거점 293곳을 공략하여 일본군과 일본에 동조한 군벌군 4만 6
천여 명을 살상했으며 대량의 무기와 군수물자를 노획함으로써 적
군에게 심각한 타격을 입혀 국내외를 놀라게 했다. 이를 가리켜 중
국에서는 '백단대전(百團大戰)'이라 하여 그의 전과를 높이 평가
한다. 나아가 해방전쟁 시기에는 서북 전역에서 어려운 조건을 극
복하고 열세에 처한 상황이던 2만 3천여 명의 군대를 거느리고 미
군 장비로 완전무장한 23만 명의 군벌 후쭝난〔胡宗南〕의 군대를

제3장 죽은 자의 말　175

격파하기도 했다. 이러한 경력의 소유자였으므로 그는 중국의 군 수뇌부와 장병들에게 한국전쟁에서도 미군을 격파하고 승리할 것이라는 강한 믿음을 심어줄 수 있는 인물로 받아들여졌다.

그가 지휘하는 제13병퇀의 '병퇀'이란 우리말로 하면 병단으로서 여러 개의 '군'이라 부르는 군단을 예하에 둔 중국군의 단위부대다. 13병퇀은 본디 중국의 인민해방전쟁 때에는 린뺘오[林彪]의 제4야전군의 주력부대로 동북지구에서 전쟁을 수행했으나 군사위원회의 기동 병퇀으로 지목된 뒤에는 동서남북 어디든지 쉽게 기동할 수 있도록 허난성[河南省] 중원으로 이동하여 뤄양[洛陽], 뤄허[漯河], 신양[信陽] 등지에 주둔하고 있었다. 적어도 1950년 7월 중순까지는 그랬다. 그러나 한국에서 전쟁이 발발하여 진행 중인 시점에서 중국 중앙군사위원회는 동북 지방의 군사력을 강화할 필요성을 느끼고 이 병퇀을 원래의 주둔지였던 동북지구로 옮기게 했다. 그동안 제4야전군 사령관이었던 린뺘오는 부주석으로서 중앙군사위원회로 전근하여 복무하는 위치인데다가 그 무렵 불면증을 이유로 휴양차 소련에 가 있었으므로 13병퇀을 지휘할 형편이 아니었다. 그리하여 8월 중순에는 제13병퇀을 새로 부임한 펑더화이 총사령관이 지휘했으며 그 본부를 신의주와 압록강을 사이에 둔 오늘날 딴뚱[丹東]이라 불리는 안뚱[安東]에 설치했다.

이 병퇀의 예하 부대인 제39군단과 40군단은 안뚱과 콴뗸[寬甸] 지구에, 38군단은 통화[通化]에, 42군단은 지안에 주둔했다. 뒤에 들어온 50군단은 42군단과 함께 지안에 주둔했다. 이 몇 개 주력군단 외에도 13병퇀은 제1, 2, 8 포병 3개 사단, 그리고 2개의 공병퇀을 거느리고 있었다. 총 병력은 20여만 명에 이르렀다.

다음날 아침 8시, 진성이 세면을 끝내고 아침 식사를 어디에 가서 해결할 것인지 궁리하고 있는데 곽종철이 들이닥쳤다.

"가시죠?"

그가 밑도 끝도 없이 말했다.

"어디를?"

진성은 식사를 하러 가자는 줄로 알았다.

"그게 아니라, 그 오진혁이란 분이 하고 있다는 구육관 말입니다. 대충 어디쯤인지 알 것 같습니다."

"어떻게 알아냈어요?"

전날 헤어질 때 진성은 그에 대해 고깝고 섭섭한 감정마저 가졌는데, 진성이 투먼으로 가는 철로변의 구육관을 일일이 뒤져야 하는 수고를 덜 수 있도록 이른 아침부터 달려온 곽종철의 성의를 생각하니 고맙기가 그지없었다.

"별다르게 애쓴 건 없습니다. 교내 직원 가운데 알만 한 사람이 있어서 물어본 것뿐이구요, 어제 승합차를 몰았던 기사가 제 조카인데 이 친구에게 물어보니 찾을 수 있다고 하네요."

곽종철은 덧붙여 말했다. 그의 조카는 가까이는 룽징〔龍井〕, 투먼, 북한 회령(會寧)의 대안이 되는 두만강가의 싼허〔三合〕, 멀리는 백두산까지 오가며 관광객을 실어 나르는 일을 하는데, 마침 그날은 싼허에 가려는 한국인 관광객을 투먼에서 태우기로 약속이 되어 있어서 그곳까지 가는 도중에 시간을 내어 안내해주기로 했다는 것이다. 진성은 서둘러 어깨 가방만을 챙겨 곽종철의 조카가 운전하는 그 승합차에 올라탔다.

차는 전날 왔던 길을 거꾸로 가서 옌지 역 앞에서 왼쪽으로 꺾어 곧바로 달렸다. 도심을 벗어나자 길은 포장이 되지 않은 흙길로 바뀌었다.

"얼마나 걸릴까요?"

진성은 남식이라는 곽종철의 조카에게 물었다.

"3, 40분 잡아야 되겠지요."

삼십을 갓 넘었을까. 거무튀튀한 얼굴에 체격이 건장한 이 젊은 이는 진성을 태우고 가는 것이 마뜩찮은 듯 무뚝뚝하게 대꾸했다. 다소 당황한 진성이 옆자리에 앉은 곽종철을 바라보자 그는 뜻 모를 웃음을 빙그레 지었다.

"아침부터 수고하시는데, 차비는 지불하겠습니다."

진성은 곽종철을 향해 진지하게 말했다.

"이러바요!"

어떻게 알아들었는지 곽종철 대신에 젊은이가 외치듯 받았다.

"이러바요?"

그는 무슨 소린지 몰라 젊은이가 한 말을 되뇌었다. 이번에는 빙그레 웃기만 하던 곽종철이 말했다.

"조카가 사교성이 없어서 그렇습니다만 천성은 착한 놈이죠. 무슨 차비를 지불하시겠다고 그러시느냐는 겁니다. 일없어요, 다시 말해서 문제 삼지 마십시오, 하는 말입니다. 연변 사투리라고나 할까요."

차는 20분가량 달리더니 투먼으로 가는 도로에서 벗어나 샛길로 들어섰다. 울퉁불퉁한 길이 야산과 이따금 나타나는 마을 사이로 구불구불 이어져 있었다. 룽징 쪽에는 논도 많다고 들었는데 이쪽에는 논은 보이지 않고 무, 배추, 고추 따위의 소채밭과 옥수수밭이 야산과 들판에 오밀조밀 펼쳐져 있었다. 차창을 통해 아침녘의 싱그러운 바람이 불어 들어왔다.

"선생님, 그런데 오진혁이란 분은 왜 찾습니까? 몹시 궁금하군요."

한동안 침묵을 지키던 곽종철이 입을 열었다.

"그분은 조선족 인민군 출신입니다. 6·25 전쟁 때 의용군으로 나간 내 삼촌으로 추정되는 사람을 마지막으로 본 분이기도 하구요."

그는 그곳까지 오게 된 경위를 간략하게 들려주었다. 곽종철은 놀랍다는 듯이 두 눈을 휘둥그렇게 뜨고 말했다.

"브라질까지 다녀오셨다니 삼촌의 행방을 찾아 도대체 몇만 리를 헤매는 것입니까? 정말 대단하십니다."

그러고는 등받이 너머로 조카의 어깨를 툭 치며 물었다.

"조카야, 너도 말씀 들었지? 만약에 내가 행방이 묘연해진다면 너도 선생님처럼 나를 찾아나설 수 있겠나?"

"삼촌, 어림도 없는 말씀 마쇼. 마음만 가지고 되나? 움직이려면 땡전푼이라도 있어야 하지 않겠소?"

남식은 뒤도 돌아보지 않고 한마디로 퉁겼다.

"물어본 내가 잘못이지. 넌 혈육의 정도 없는 놈이야."

곽종철이 앞에다 대고 섭섭한 듯 말했다.

"너무 나무라지 맙시다. 뭐, 나라고 혈육에 대한 애틋한 정이 있어서 이렇게 돌아다니는 게 아니니까요. 나는 그래도 명색이 글을 쓰는 사람 아닙니까? 개인적인 차원을 떠나서 무엇인가 써야겠다는 사명감 같은 것이 나를 이렇게 떠돌게 하는 것이지요."

진성의 말에 남식이 받았다.

"거, 보시우. 나 같은 무지렁이야 언감생심이오."

"그래, 그래, 알겠으니 차나 열심히 몰아라."

곽종철이 너털웃음을 웃으며 말하자 두 사람도 함께 한바탕 껄껄 소리내어 웃었다.

묻고 물어서 오진혁의 구육관을 찾은 것은 9시가 다 되어서였다. 말이 구육관이지 짚을 벗겨내고 슬레이트로 지붕을 올린 일반 농가와 다름없었다. 그 집에서 보신탕 음식을 한다는 표지라고는 장기판만 한 판자때기에 검은 페인트로 '구육관'이라고 한자를 괴발개발 그리듯 써서 바깥채 지붕 밑 흙벽에 붙여놓은 간판이 전부였다. 나중에 안 사실이지만, 그곳의 행정구역명은 투먼시 창안샹〔長安鄕〕 모판춘〔磨盤村〕의 투청리툰〔土城里屯〕이었다. 마을 뒤쪽에 웅크리고 있는 청쯔산〔城子山〕은 고구려와 발해의 유적지로 널리 알려져 있어 심심찮게 발굴조사단이 찾아오는 곳이기도 했다. 그러나 오진혁의 집은 본 마을과도 산자락을 하나 사이에 둔 외딴집이었다. 집 건너편 쪽으로는 깎아지른 단애가 보였고 그 밑으로는 옌지를 거쳐 온 뿌얼하퉁허〔布爾哈通河〕가 유유히 흐르고 있었다.

진성은 낯선 외지 사람들이 아침 일찍 나타나서 대뜸 45년 전 전쟁 때의 일을 물어보면 당황할 것이라는 곽종철의 충고를 따라서 우선 세 사람 분의 아침 식사부터 시켰다.

"우리는 도문에 가는 길인데 이 집이 단고기를 맛있게 한다는 말을 들은데다가 마침 아침도 걸렀던 참이라 들렀습니다."

일행을 의아하게 훑어보면서 방으로 안내하는 주인이 아무래도 마음에 걸렸던지 곽종철이 얼렁뚱땅 둘러댔다. 키가 작고 깡마른 주인이 주문을 받고 방에서 나가자 진성은 둘러댄 곽종철의 말이 자신의 목적을 위해서는 아무래도 역효과를 낼 것만 같아 조용히 말했다.

"그러지 말고 사실대로 말하는 게 좋을 듯싶소."

"그렇습니까? 그럼 주인을 부르겠습니다."

남식이 주인을 부르니까 부엌에 대고 뭐라 이르는 주인의 목소리가 들리는가 했더니 이내 주인이 방 안으로 들어왔다. 그런데 방금 전에는 소매를 말아올린 흰 와이셔츠만 입고 있었던 것 같은데, 그는 어느새 낡은 쥐색 양복 윗도리를 덧걸치고 들어왔다. 더욱 놀라운 것은 텔레비전 화면에서만 보아왔던 '김일성 배지'가 그의 양복 왼쪽 깃에서 반드르르 윤기 있게 빛나고 있는 것이 아닌가. 놀란 것은 곽종철과 남식이도 마찬가지였다. 그가 김일성 배지를 단 양복을 입고 나온 것은 자기를 과시하려는 의도임이 틀림없었다. 어쩌면 그들이 무엇인가 그의 과오를 조사하러 나온 사람들로 오인하고 있는지도 몰랐다. 그는 왜 불렀는지 어서 말해보라는 듯이 버티고 선 채 그들을 내려다보았다.

진성이 자리에서 일어나 공손히 말했다.

"먼저 인사를 드리겠습니다. 저는 서울에서 온 이진성이라고 합니다."

"그래요? 난 오진혁이라 부르오만……"

"진작부터 알고 왔습니다."

진성은 브라질의 장달호에게서 받은, 오진혁이 수첩을 찢어 자필로 자신의 거처를 밝힌 예의 그 종이쪽지를 노트 사이에서 꺼내 원래의 주인에게 건냈다. 종이쪽지를 받아든 순간, 그는 손을 부들부들 떨면서 떠듬거리며 말했다.

"어떻게, 당신이, 이것을 가지고 있지?"

이어 김일성 배지가 달린 양복 깃을 세워 앞으로 내보이면서, 빠져버린 위의 송곳니 자리가 드러나도록 입술을 말아올리며 격앙된 목소리로 으름장을 놓았다.

"내가 지금은 촌구석에서 농사나 지으며 때때로 단고기를 팔고는 있으나 나는 어엿한 조선족 인민군 출신에 한때는 조선노동당원이었고 지금은 중국공산당원이오. 함부로 서툰 짓일랑 할 생각 말기요."

진성은 놀란 그의 마음을 진정시키기 위해 두 손을 부드럽게 잡아 상을 사이에 두고 맞은편 자리에 앉힌 뒤 자초지종을 들려주었다. 오진혁은 그의 말을 귀 기울여 다 듣고 나서야 알겠다는 듯 고개를 두어 번 끄덕거렸다.

"제가 알고 싶은 것은 어르신께서 북한 자강도 신창리란 곳에서 본 이 아무개라는 사람의 이름이 이문수가 아니었나 하는 것입니다. 부상당한 다리로 태백산맥을 타고 와서 영웅 대우를 받았다는 그 사람의 이름이……"

그는 한동안 상머리에 박듯이 고개를 꺾고 있다가 눈을 감은 채 천천히 얼굴을 들었다.

"내가 장달호에게 그런 말은 했으나, 하도 오래 된 일이라놔서 그 사람의 이름이 무엇인지는 기억이 나지 않소. 이문수라 한 것 같기도 하고 그렇지 않은 것 같기도 하고."

그는 다시 상머리에 고개를 박았다. 진성은 큰어머니가 남긴 가족사진을 확대하고 거기에서 삼촌만을 오려내 여러 장 복사해 지니고 온 것 중에 하나를 어깨 가방에서 꺼내 그의 앞으로 밀어놓았다.

"이 사진을 좀 보아주십시오. 이 사람이 그 사람이 아닌지?"

이번에는 대뜸 고개를 들고 앞에 놓인 사진을 눈앞으로 당겼다 물렸다 하면서 유심히 들여다보았다. 그러고는 고개를 가로저으며 말했다.

"난 그 사람을 대대원들이 집합해 있는 학교 운동장 멀리서 한

번 보았을 뿐이니 머릿속에 그 얼굴 모습이 남아 있을 리가 없소. 생각해보시오. 설혹 몇 번 보고 그 얼굴 모습을 기억해두었다고 해도 도대체 얼마나 많은 세월이 지났나. 얼굴을 기억하고 있다면 거짓말이지. 게다가 그 무렵, 그 사람이나 우리나 모두 지쳐 있었기는 매한가지였더랬소. 그러니까 이 사진 속의 학생처럼 싱싱한 모습을 지니고 있었던 사람은 아무도 없었단 말이오."

그는 퉁기듯 사진을 도로 진성 앞으로 밀어놓고 또 상머리에 고개를 박았다. 무엇인가 기억을 더듬는 듯 한참 꼼짝 않고 있더니 처음에 그랬던 것처럼 눈을 감은 채 천천히 얼굴을 들었다. 그는 잠시 눈을 뜰까 말까 망설이는 듯 눈꺼풀 안에서 두 눈알을 데룩데룩 굴렸다. 이윽고 그는 흰자위가 보이도록 눈을 까뒤집듯이 뜨고 큰 소리로 말했다.

"한 가지 떠오르는 게 있소이다. 그때 그 영웅을 신창리까지 데리고 온 사람이 여자라는 소문을 들었더랬소. 옳지, 분명 여자였소. 지리산 자락부터 그를 인도해온 사람은 바로 그 빨치산 여자라고 했소."

"그 여자를 보셨습니까?"

"소문이 그랬다는 것이지……"

"어르신께서 장달호 선생에게 이 아무개라는 분이 중국인민지원군 쪽의 통역관으로 갔다고 말씀하셨다던데 어느 부대로 갔는지 모르십니까?"

"통역관? 이곳에선 통역관이라 하지 않고 번역원이라 하지. 번역원으로 갔다고는 들었으나 어느 부대로 갔는지는 모르오."

"혹시 그 여자의 행방도 모르시나요?"

"모르오."

그러나 잠시 후 그는 다시 고쳐 말했다.

"아, 38군의 113사라고 했던가. 혼자 갔는지 둘이 같이 갔는지, 그건 모르오."

그러나 그뿐이었다. 보신탕 한 그릇을 배부르게 다 먹을 때까지 진성은 집요하게 그의 기억을 되살려보려고 애썼으나 더 이상 다른 말을 들을 수 없었다. 하지만 오진혁이 이 아무개의 이름을 이문수라고 자신 있게 확인시켜주지는 못했으나, 진성은 그 이 아무개가 틀림없는 삼촌이라고 확신했다. 물론 분명한 물증은 없다. 그러나 유추할 근거는 되지 않는가. 인간의 기억은 사실에 근거를 두고 말한다 해도 그 기억의 참과 거짓은 자의적으로 얼마든지 뒤바뀌어질 수 있다. 만약에 오진혁이 이 아무개가 이문수라는 확신이 없으면서도 진성이 그 이름을 들먹였을 때, "맞소, 그 사람 이름이 이문수였소!"라든가 사진을 보여주었을 때, "옳소, 바로 이 사람이오!"라고 했다면, 그의 말을 믿을 수밖에 없는 것이다. 그러니 이 아무개가 이문수라고 한들 무슨 잘못이 있겠는가. 삼촌 이문수는 자신을 인도해온 빨치산 여자를 데리고 제13병퇀 제38군단 제113사단으로 간 것이다! 바로 이것이 삼촌 이문수에 관한 이야기의 시초가 될 수는 없을까.

이진성은 옌볜 대학 영빈관에서 사흘을 지낸 뒤, 곽종철이 소개해준 방시량(龐時亮)이란 노인의 아파트로 거처를 옮겼다. 여든을 넘긴 방노인은 이미 학계에서 은퇴한 지 오래지만 젊은 학생들을 위해 이따금 자신의 전공인 현대사 특강을 하기 때문에 대학 안에서나 밖에서 여전히 교수로 불린다고 했다. 어깨가 굽기는 했으나 윤기 흐르는 백발이 매력적인 노인이었다. 대여섯 정도 연하로 보이는 그의 부인 역시 곱다랗게 늙었다. 말년의 노부부는 서로를 존중하고 신뢰하는 듯 공대말을 쓰면서 얼굴에는 언제나 미소가 감돌았다.

아파트에는 방이 세 개 있었는데 안방은 노부부가 쓰고 건넌방은 자식이나 손자들이 오면 내어줄 뿐 평소에는 비어 있다고 했다. 진성에게는 화장실을 비스듬히 마주 보는 방노인의 서재를 내어주었다. 방문과 창문이 난 부분을 빼고는 세 벽이 역사에 관한 책들을 비롯하여 경제 서적들과 문학 서적들이 가득 꽂혀 있는 서가로 장식되어 있었고, 아침 햇볕이 잘 들 것 같은 창가 앞에는 커다란 책상이 놓여 있었다. 먹고 자고 한 달에 6백 위안을 주기로 했다.

"이부자리는 우리가 내어줄 테고…… 하지만 내자의 음식 솜씨가 마음에 들는지 모르겠으나, 어떻소?"

방노인이 물었을 때 진성은 흡족하여 말했다.

"어련하시겠습니까? 음식은 가리지 않고 먹으니 염려하지 마십시오. 전 대만족입니다. 선생님의 책을 뽑아볼 수만 있다면 더욱 좋구요."

"난 요즘 책을 보지 못하오. 그러니 마음대로 뽑아 보시구려."

방노인의 집에 드는 날부터 비가 추적추적 내리기 시작했다. 다음날도 그 다음날도 비는 그칠 만하다가 다시 내리고는 했다. 만주의 장마라는 것이었다. 진성은 사흘 동안 서가에 꽂혀 있는 책들을 이것저것 뽑아 읽었다. 그 가운데 제리푸의 『조선전쟁』 못지 않게 그에게 유용했던 책은 중국이 한국전쟁에 개입할 당시 '중국인민지원군'의 군수담당 부사령관이었던 훙쉬에쯔〔洪學智〕가 쓴 『항미원조전쟁회고(抗美援朝戰爭回憶)』였다. 훙쉬에쯔는 이 책에서 비밀리에 압록강을 건너 한반도로 들어가는 자신의 감회를 이렇게 적었다.

10월 19일 황혼 무렵, 찬비가 주룩주룩 끊임없이 내리고 짙고 검은 구름이 대지를 무겁게 짓눌렀다. 오슬오슬 차가운 가을비를 맞으며 40, 39, 42, 38군단과 3개 포병 사단은 같은 시간에 안뚱, 창몐허커우[長甸河口]와 지안의 세 나루터에서 씩씩하고 기세 높이, 호호탕탕 압록강을 건너 조선 땅으로 들어갔다.

밤 7시경에 나는 소련제 까스67지프에 앉아 짙은 저녁의 어둠 속을 뚫고 안뚱의 압록강 철교에 이르렀다. 거기서는 40군단이 한창 강을 건너고 있었다. 다리 위에서는 자동차, 포 견인차들이 우르릉거렸고 표식이 없는 군복 차림의 지원군 간부와 전사들이 엄숙하고 숭엄한 기분으로 압록강 다리를 건너고 있었다. 다리 밑을 흐르는 강물도 오늘따라 더 출렁이고 더 급히 흐르는 것만 같았다.

다리 옆에 차를 멈춰 세우고 남진하는 부대를 묵묵히 바라보고 있노라니 나의 가슴도 압록강의 물결처럼 거품을 뿜으며 소용돌이쳤다.

(훙쉬에쯔, 『항미원조전쟁회고』, 북경: 해방군문예출판사, 1991, 29쪽)

중국인민지원군이 조선에 진입한 하루 뒤인 20일 오후 4시에 펑더화이가 마오쩌둥의 지시를 받고 평안북도 동창군(東倉郡) 대동리에서 김일성과 회합할 때, 펑더화이는 김일성에게 현재 인민군의 병력이 어느 정도인지 물었다. 그러자 김일성은 다른 사람에겐 말할 수 없어도 펑더화이 총사령관에게는 숨기지 않겠다며 이렇게 말했다.

"나의 손엔 겨우 3개 사단의 병력이 있는데 한 개 사단은 덕천·영변 이북에 있고, 한 개 사단은 숙천에 있으며, 한 개 땅크사단은 박천에 있습니다. 그리고 한 개 로동자련대와 땅크련대가 장진 부근에 있고 남에 떨어진 부대들은 점차 북으로 철퇴하고 있는 중입니다."

이에 대해 펑더화이는 김일성에게 한반도에 진입한 중국인민지원군의 병력과 앞으로 진입할 병력에 관해 들려주었다. 이번 출발은 창졸간에 이루어져서 부대의 낡은 장비들을 미처 교체하지 못했다는 것, 제대로 훈련이 안 된 부대도 있다는 것, 가장 먼저 참전하는 부대는 4개 군단의 12개 사단과 3개 포병 사단으로 그 병력은 26만 명이 넘는다는 것, 그리고 예비대로 출발할 2개 군단 약 8만 명이 있다는 것, 그외에도 뜻밖의 사태에 대비하여 중앙은 이미 20여 개 사단을 제2, 제3 예비대로 진입시킬 준비를 하고 있다는 것, 그리하여 총 병력은 60여 만 명에 달할 것이라는 것 등을 알려줌으로써 그 무렵 압록강이 지척인 자강도 강계(江界)에다 임시 수도를 마련하고 있던 김일성을 안심시켰다.

펑더화이에게 들려준 김일성의 고백으로 미루어 짐작해보면, 진성은 중국군이 압록강을 넘어올 무렵, 퇴각하는 인민군들이 주로 청천강을 중심으로 하는 중서부전선에서만 방어선을 가까스로 유지하고 있었을 뿐, 동부전선에 해당하는 장진호 부근의 병력은 취약하기 이를 데 없었다는 것을 알 수 있었다. 그리고 방호산이 이끄는 인민군 제6사단은 11월 초에나 자강도 신창리에 다다랐으므로 김일성이 말한 '남에 떨어진 부대들' 중 하나에 속했을 것이다.

어쨌든 10월 19일 저녁 가을비를 맞으며 26만의 대군이 세 진로로 나뉘어 은밀히 압록강을 건넜다. 제40군단과 제39군단의 주력 및 포병 제1사단은 안뚱에서 압록강을 건너 영변(寧邊)—구장(球場)—덕천(德川) 방면으로 나아가고, 제39군단의 제117사단 및 포병 제2사단과 고사포연대는 챵뗸허커우에서 도강한 후 구성(龜城)—태천(泰川) 지구로 들어가며, 제42군단 및 포병 8사단은 지안에서 압록강을 건너 사창리, 오로리 지구로 들어가고 제38군단은 그 뒤를 이어 강계 지구로 들어가는 것이 최초의 진입 계획이었다.

비가 내리는 사흘 동안 진성은 낮에는 방노인의 책들을 뒤적거리고 저녁이 되면 근처 주점에서 무료함을 달래며 곽종철과 술을 마셨다. 방노인은 칠십을 넘기면서 술을 전혀 입에 대지 않는다고 해서 술자리에 모실 수는 없었으나, 낮에는 이따금 방을 기웃거리며 작업에 무슨 진척이 있는지 묻기도 하고 진성이 의문나는 것을 물으면 자기의 의견을 들려주기도 했다. 그래서 그는 이틀째 되던 날 점심상을 물리고 난 후 자스민 차 두 잔을 소반에 받쳐들고 들어온 방노인과 6·25 전쟁에 관해 이야기를 나누다가 지나가는 말로 제38군단 113사단에 소속되었던 사람을 찾고 싶다고 말했다.

"그거 참 어려운 과제구려. 전사한 사람도 숱하게 많았을 것이고…… 벌써 마흔다섯 해가 지나갔으니 당시 스무 살로만 쳐도 예순다섯, 병으로 죽은 사람도 적지 않겠는데……"

방노인이 고개를 갸우뚱거리며 난처한 표정을 지었다.

"신문에 심인광고를 내면 어떨까요?"

진성은 일본에서 여동생과 만났던 것을 상기하며 물었다.

"심인광고라는 게 이곳에서는 잘 통하지 않아요. 원체 신문들을 잘 보지 않으니까. 더욱이 찾는 사람이 한국인이라는 것을 알면 선

뜻 나설 사람도 없구…… 한족이거나 조선족이거나 중국인들은
아직도 낯선 체제와 이념에 길들여져 있지 못하다오. 많은 악몽들
을 겪었기 때문에 낯선 사람이나 익숙하지 못한 사상에 맞닥뜨렸
을 때에는 몸조심부터 하고 보자는 주의니까."

방노인은 그것에 관한 한 아무런 희망적인 언질도 남겨주지 않
고 입을 닫았다.

그렇게 보름이 지났다. 그동안 진성은 틈만 나면 곽남식이 운전
하는 승합차에 편승하여 룽징에 있는 윤동주 무덤과 명동촌에 있
는 그의 생가를 찾아보았고, 투먼에 가서 나무 한 그루 없는 불모
의 북한땅을 건너다보며 두만강가를 서성거리기도 했으며 싼허의
산꼭대기에 올라가서 회령 시가지의 을씨년스런 지붕들을 내려다
보기도 했다. 그리고 이틀 전에는 2박의 여정으로 백두산과 천지
를 구경하고 돌아왔다.

천지는 걸어서 올라갈 수밖에 없었다 하더라도 백두산 산정마저
도보로 등정한 것이 무리였을까. 백두산에서 돌아오면서부터 고질
화된 왼쪽 귀가 다시금 아프기 시작했다. 그날은 아침부터 쏙쏙 쑤
시고 부기가 목 언저리까지 내려와 침조차 삼키기 어려웠다. 점심
식사는 밥을 물에 말아 겨우 떠 넘겼으나 통증은 더 심해지는 것
같았다. 견디다 못해 그는 대학 정문 건너 약국에 가서 사흘 치 약
을 사 가지고 돌아왔다.

8월 하오의 옌지 거리에는 뙤약볕이 내리쬐고 있었다. 오고가고
불과 10여 분 걸었을 뿐인데 머리부터 등허리까지 줄줄 땀이 흘렀
다. 그래서 한바탕 샤워를 하고 방으로 들어와서 약을 입 안으로
막 털어넣었을 때였다. 방 밖에서 방노인이 마루로 좀 나오라고 해
서 나가 보니, 노부부가 속이 빨갛게 익은 수박을 썰어서 쟁반에

담아 탁자 위에 올려놓고 그를 기다리고 있었다.

"이선생, 수박 좀 드시우."

노부인이 수박 한 쪽을 포크로 찍어 그에게 건넸다. 그는 목이 아파 한 입 베어 물었으나 씹어 삼키는 것도 고통스러웠다. 그뿐만 아니라 중국 수박은 한국 수박처럼 둥글지 않고 호박처럼 길게 생겨서인지 진성에게는 씹히는 맛도 흐물흐물한 것 같은 느낌이 들어서 별로 좋아하지 않았다. 하지만 노부인에게 귀찮이를 하고 있다거나 중국 수박을 좋아하지 않는다거나 하는 내색을 할 수 없어서 연달아 서너 쪽을 씹어 먹으며 굉장히 맛있다고 너스레를 떨었다.

"이선생, 하얼빈으로 여행을 떠나보지 않겠소?"

그때까지 잠자코 수박만 들고 있던 방노인이 느닷없이 여행 이야기를 꺼냈다.

"무슨 말씀이신지요?"

"지난번에 113사단에 있었던 사람을 찾고 싶다고 하지 않았소? 좀 전에 하얼빈에서 한 사람 찾았다는 전화를 받았는데…… 이선생에게 도움이 될지 어떨지 알 수는 없지만 말이오."

보름 전 진성이 그 말을 했을 때 난제라고 하면서 그 어떤 언질도 주지 않았던 방노인이 나름대로 수소문을 하고 있었던 모양이었다. 진성은 감격하지 않을 수 없었다. 그러고보니 곽종철도 그랬다. 무엇을 요청하면 그 즉시 시원하게 응대를 하지 않는 것이 중국 조선족의 성격으로 굳어진 것은 아닐까 싶었다.

"여부가 있겠습니까? 당장 내일이라도 떠나겠습니다."

반가운 마음에 너무 촐싹거린 것일까, 방노인은 손을 들어 가만히 있으라는 시늉을 해 보였다.

"그 사람은 한족인데 전쟁 시기에 113사단에서 포병 련장을 지냈다고 하오. 련장이란 한국으로 치면 중대장에 해당하지 아마. 헌데 문제는 그 사람이 사지는 멀쩡하지만, 전쟁 때 하도 포를 많이 쏘는 바람에 귀가 어두워져 이제는 말을 잘 알아듣지 못한다는 것이오. 그래도 가볼 의향이 있소?"

"지푸라기 하나라도 잡고 싶은 심정입니다."

진성은 더 이상 진전이 없는 상태에서 그대로 방구석에만 처박혀 있느니 목적을 위해 조금이라도 보탬이 된다면 아무 데나 가고 싶었다.

"그렇다면 좋아요. 내가 곽교수에게 동행하여 내일 떠나도록 말해놓을 테니까, 그렇게 하도록 해요."

옌지에서 창춘〔長春〕으로 떠나는 열차는 밤 9시에 있었다. 창춘에 도착하는 것은 다음날 아침 6시. 그곳에서 2시간을 기다렸다가 8시에 열차를 갈아타고 4시간을 더 가야 하얼빈에 도착할 수 있다는 것이었다. 옌지에서 창춘까지 5백 수십여 킬로미터를 9시간 동안 달리는 것은 그 구간이 단선 철로이기 때문이고, 창춘에서 하얼빈까지 옥수수밭과 수수밭밖에 보이지 않는 벌판을 가로지르며 3백 수십 킬로미터를 4시간 만에 달릴 수 있는 것은 그 구간이 복선 철로이기 때문이라고 했다. 아무튼 옌지에서 하얼빈에 도착하기까지는 무려 15시간이나 걸렸다.

진성은 모든 일정이나 정보를 곽종철에게 맡기니까 마음이 편했다. 더욱이 만나야 할 사람은 조선족이 아니라 말이 통하지 않는 한족이라니까 의사소통을 하려고 애쓰지 않아도 좋았다. 하물며 귀가 어둡다고 하지 않았나. 진성은 어쩌면 그런 것들을 다 감안하여 방노인이 자신에게 만나야 할 사람의 이름조차 알려주지 않고 곽종철을 붙였을지도 모른다고 생각했다.

진성이 만나러 가는 사람의 이름은 쟝밍쭝〔姜明宗〕이고, 그가 살고 있는 곳은 하얼빈에서도 쑹화쟝〔松花江〕을 건너 50킬로미터 이상 강 하류와 나란히 난 도로를 따라가다 보면 빠옌〔巴彥〕이란 소읍과 만나게 되는데, 그곳에서도 강가 쪽으로 치우쳐 있는 쟝씨 집성촌인 쟝쟈〔姜家〕라는 마을이라는 것은 열차에서 곽종철에게 들어 알게 되었다. 하얼빈에서 그곳까지 택시를 대절해 가는데 50위안이나 들었다.

택시가 마을 한가운데에 이르자 두 사람은 택시에서 내렸다. 마침 구럭을 어깨에 메고 낚싯대를 들고 그들 쪽으로 오는 한 소년을 만났다. 곽종철이 쟝밍쭝이 사는 곳을 물으니까 친절하게도 안내를 하겠다며 앞장섰다. 구럭 속에 붕어 여남은 마리가 들어 있는 것을 보면 소년은 낚시를 마치고 집으로 돌아가던 중인 것 같았다. 소년은 텅 빈 듯 고즈넉한 마을 도로를 따라 강 쪽으로 쭐레쭐레 걸어갔다. 강가에 이르자 소년은 수초가 우거진 하류 쪽으로 방향을 틀었다. 바야흐로 하얼빈 쪽 하늘에 진 저녁놀이 고요히 흐르는 강물 위를 주황빛으로 물들이고 있었다. 강 한가운데 돛단배 한 척이 움직이는 듯 마는 듯 하류 쪽으로 흐르고 있었고, 그 위로 석양을 받으며 흰 새 한 마리가 유유히 날고 있었다. 백두산 천지에서 발원하여 흐른다는 쑹화쟝은 무단쟝〔牧丹江〕과 합류하여 1,800여 킬로미터를 흐르고, 러시아와의 국경 부근에서 4,300여 킬로미터에 이른다는 헤이룽쟝〔黑龍江〕과 만나 다시 북동쪽으로 흘러 오호츠크 해로 나간다는 것이다. 그 장대한 강의 하류 쪽은 드넓은 하늘과 푸른 벌판만이 펼쳐져 있었다.

수초가를 따라가다 보니 그다지 높지 않은 넓적한 바위가 나타났고 그 바위 끝에 강태공의 후예처럼 밀짚모자를 눌러쓰고 낚싯대를 강물에 드리우고서 홀로 한가로이 앉아 있는 사람이 보였다.

"로우따예!"

소년이 '할아버지'라고 소리쳐 불렀으나 노인에게서 아무런 반응이 없자, 두 사람을 뒤돌아보며 낚싯대를 들지 않은 손으로 귀를 막아 보이는 시늉을 했다. 그러고는 저 사람이 바로 쟝밍쭝이니 어서 가보라며 왔던 길로 되돌아가려고 했다. 진성은 마다하는 소년에게 5위안을 손에 억지로 쥐어주며 고맙다고 말하고 소년을 돌려보냈다. 곽종철이 앞장서서 바위 위로 올라갔다.

노인은 그들이 가까이 다가갈 때까지 전혀 눈치를 채지 못한 것 같았다. 옆으로 돌아가 허리를 굽혀 가만히 들여다보니, 그가 찌를 바라보고 있는 것이 아니라 지그시 눈을 감고 있다는 것을 알 수 있었다. 줄을 길게 늘어뜨려 강물에 담가둔 구럭 속에는 팔뚝만한 메기 한 마리가 꿈틀거리는 것이 보였다.

허연 턱수염을 보기 좋게 늘어뜨린 노인은 낯선 사람의 냄새를 맡았던 것일까. 눈을 뜨고 천천히 밀짚모자를 뒤로 젖히면서 그들을 올려다보았다. 팔십은 족히 나 보이는 주름살투성이의 얼굴이었다. 노인이 주름살을 더 보태며 빙그레 웃음을 지어보였다.

곽종철이 진성을 가리키면서 노인을 찾아오게 된 경위를 그의 귀에 대고 큰 소리로 말했으나 그는 빙긋이 웃음만 짓고 있을 뿐이어서, 두 사람은 노인이 아무것도 듣지 못하는 것은 물론, 말하는 것마저 잊어버린 사람이란 것을 알았다. 진성은 재빨리 노트와 볼펜을 곽종철에게 건네주었다. 바위 위에 털버덕 주저앉은 곽종철이 노트에다 큰 글씨로 찾아온 목적을 댓 줄 써서 노인에게 보였다. 노인은 어떤 단어에는 고개를 끄덕거렸으나 어떤 단어에는 고개를 가로저었다. 그런가 하면 때때로 노인 자신이 볼펜을 쥐고 느

릿느릿 글자를 적어 답하기도 했다. 그렇게 해서 노을이 붉다 못해
짙은 보랏빛으로 바뀔 때까지 한 시간가량 문답이 오고 갔다. 그
사이 낚시에는 붕어가 세 번 걸려들었으나 그때마다 붕어를 낚싯
바늘에서 조심스럽게 떼어내어 물에다 던졌다. 아마도 그가 목표
로 하는 것은 메기인 모양이었다. 마침내 더 물어볼 것이 없어진
곽종철이 진성에게 말했다.

"자신이 전쟁 때 113사단에서 련장을 지냈다는 것과 사단에 인
민군 남자 번역원들과 인민군 여자 방송원들이 있었다는 것을 확
인해주었지만, 이문수라는 이름의 남자 번역원이 있었는지는 모르
겠다고 하는군요. 그들은 필요에 따라서 톤부나 영부로 나가서 활
동하고 심지어는 련부의 전선까지 나가 정보원 사업도 했기 때문
에 한 부대에 고정 배치되어 있었던 경우는 드물었답니다. 그러다
가 휴전 회담이 자주 열리던 무렵에 갑자기 그들의 모습이 보이지
않게 되었는데 그 이유는 알 수 없대요. 사단 단위 이상 부대의 심
리전 요원이 되었는지 인민군 본대로 돌아갔는지 물어보았지만 모
른다는 대답입니다."

곽종철이 말하는 톤부〔團部〕란 연대본부, 영부(營部)란 대대본
부, 련부(連部)란 중대본부를 중국식으로 지칭하는 것이었다. 인
민군 번역원들이 그렇게 여러 단위 부대들을 돌아다녔다면 이름을
기억하지는 못하더라도 한번쯤 마주친 적은 없었을까. 진성은 마
지막 기대를 걸고 예의 삼촌 사진을 불쑥 노인에게 내보였다. 가는
눈으로 한참 사진을 들여다보던 노인의 눈이 갑자기 뚱그레졌다.
노인은 알아보겠다는 듯이 손가락으로 사진의 얼굴을 누르며 두어
번 고개를 끄덕였다.

"언제 어디서 보았는지 물어봐요! 혹시 여자와 함께 다니지 않

았는지도.”

진성은 자기도 모르게 소리쳤다. 곽종철이 빠른 손놀림으로 노트에 적어 물었다. 노인이 노트를 받아 천천히 볼펜으로 끄적거렸다. 노인이 필답하는 대로 곽종철이 천천히 따라 읽었다.

“지원군의 일차 전역 시기…… 우리 부대가 희천을 점령한 직후에 한 번, ……그 뒤 지역 이름은 기억나지 않지만…… 이차 전역 시기 청천강을 건넌 뒤에 한 번, ……두 번밖에 보지 못했소. …… 특별히 그 사람을 기억하는 이유는…… 그가 중국어도 알고 영어도 아는…… 고급 번역원이라고 들었고…… 한쪽 다리를 약간 절고 있었는데도…… 번역원으로 있기보다는 최전선에 나서 전사들과 함께 지내기를 좋아했고, 또 머리 회전이 빠른 사람이었기 때문이오. ……여자는 없었소. 이것이 사진의, 이 사람에 대해…… 내가 알고 있는 전부요.”

진성은 곽종철을 통해 날이 저물어가니 노인의 집까지 모셔다드리겠다고 말했으나 노인은 고개를 가로저었다. 그는 이제 그만 가보라는 듯이 고수하고 앉은 자리에서 일어나 한 팔을 들어 휘이휘이 내저었다. 진성은 진정으로 고맙다고 말하고 1백 위안짜리 지폐 한 장을 그의 바지주머니에 찔러넣어 주었다. 두 사람이 작별인사를 하고 돌아설 때까지 노인은 그 돈의 가치에 놀라서인지 아니면 전혀 그 가치를 몰라서인지 알 수 없는 멍한 표정을 지으며 가만히 서서 그들을 바라보고 있었다.

두 사람은 그렇게 노인과 헤어진 뒤, 다시 이틀의 여정으로 하얼빈에서 무단장 시를 거쳐 투먼으로 돌아가는 열차편을 이용하여 옌지로 돌아왔다. 쑤시던 왼쪽 귀가 씻은 듯이 나은 것이 신기했다.

3

쟝밍쭝을 만난 것은 수확이라면 수확이었다. 오진혁에게서도 느꼈던 것처럼 그가 기억하는 것의 진위는 판단할 수 없었으나 만약에 그의 말이 그의 기억과 일치하는 것이라면 적어도 그 무렵 삼촌이 어떤 경로로 남하했는지 추적할 수는 있다고 진성은 생각했다. 아니, 거짓이라도 어쩔 수 없다! 어차피 이야기란 진실로 위장된 기억의 가면을 쓰고 진행되기 때문에 허구이기는 마찬가지인 것이다.

진성은 방노인의 아파트로 돌아오자마자 삼촌 이문수를 주인공으로 하는 소설의 구상을 서둘렀다. 인민군 제6사단 출신의 주인공 이문수를 1950년 11월 초순 13병퇀 38군단의 제113사단에 번역원으로 배속시킨다. 지리산 자락에서 홀로 남겨진 뒤 빨치산 여인의 도움을 받아 신창리의 6사단까지 오게 된 경위는 될 수 있는 한 부각시키지 않는다. 이 인물을 부대 전황과 필요에 따라 또는 그의 자발적 요구에 따라 예하 부대 사이를 오고 갈 수 있는 신축적인 인물로 설정한다. 그가 활동한 기간은 1951년 여름까지로 한정시킨다. 그에게 도움을 준 여인은 이야기 전개상 필요에 따라 여방송원 겸 연락원으로 등장시킨다.

여기까지는 대충 구상이 순조롭게 진행되었으나 주인공을 3인칭으로 할 것인지, 1인칭 주인공 서술자로 할 것인지 하는 문제에 이르러서는 고심에 고심을 거듭했다. 그는 사흘 동안이나 그 결정을 미루던 끝에 1인칭 주인공 서술자로 정하기로 했다. 어쩌면 이 결정은 소설의 승패를 좌우할지도 몰랐다. 하지만 아무래도 3인칭으

로 서술하다 보면 관련 인물에게도 어느 정도 비중을 두어야 하므
로 소설이 의외로 방대해질 염려가 있는데다가 3인칭보다 1인칭이
고백적 성격이 강하므로 독자는 주인공의 내면을 쉽게 들여다볼
수 있는 장점이 있다고 그는 판단했던 것이다. 그렇다면 1951년 여
름 이후 주인공은 어디로 간 것일까. 그것은 이 시점에서는 미지수
로 남겨둘 수밖에 없다. 구상이 끝나자 진성은 방노인의 서재에서
노트북 컴퓨터에다 초벌 원고를 치기 시작했다.

　　나, 이문수는 지금으로부터 39년 전인 1956년에 죽은 자다. 죽은
자는 말이 없다고 하지만, 그것은 살아 있는 자들이 죽은 자의 말
을 알아듣지 못하기 때문에 지어낸 말일 뿐이다. 죽음으로 들어가
는 경계선을 넘어가기 두려워하는 자들, 한 단계 높은 차원을 이해
하지 못하는 자들은 내 말을 전혀 듣지 못할 것이다. 그러나 살아
있는 자들 중에도 더러는 현명하고 용감한 자들이 있어 그들은 모
호하게나마 내 말을 알아들으려고 애쓸 줄로 안다.
　　어쩌면 내가 이야기를 시작하는 이유는 매우 단순할는지도 모르
겠다. 내 조카 이진성이 일찍이 아버지와 생모를 잃고 그 뒤에는
할아버지와 자신을 길러준 큰어머니도 저 세상으로 떠나보낸 마당
에 나 또한 핏줄이라고 나의 행방을 좇아 길고 긴 여행을 마다하지
않는 것을 보고 못내 감격스러우면서도 한편으로는 안타까워서 견
딜 수가 없었다. 나의 짧은 생애를 모두 알고 있는 사람은 현실계
에는 존재하지 않으므로 이후 나의 행방을 더 추적하려는 진성의
노력은 헛된 수고에 지나지 않을 수 있다. 그러니까 오직 진성이
한 사람만이라도 내 말을 알아듣기 바라면서 진성이 나의 행방을
알고 있는 바로 그 시점에서부터 내 이야기를 시작하기로 한다.

내가 사단에 복귀하여 영웅 칭호를 받았을 때, 대대장은 내게 원하는 바가 무엇인지 물었다. 그 무렵 중국공산군이 지리멸렬하여 패주하는 인민군을 지원하기 위해 압록강을 넘어왔다는 소문을 듣고 있던 차라, 나는 대대장에게 대학 시절에 중국어와 영어를 어느 정도 익혀두었다는 것과 부상당한 몸임을 강조하고 번역원으로서 중공군에 배속되기를 희망한다고 말했다. 덧붙여 나를 치료해주었고 사단까지 부축하며 길동무가 되어온 김인숙(金仁淑)은 군인 신분은 아니지만 여고에 다닌 적이 있어 중공군의 연락원이나 방송원으로 편입시켜도 잘 해낼 것이니 선처해줄 것을 부탁했다. 대대장은 내 뜻을 사단에 직접 보고했고, 사단에서는 하루만에 내 뜻대로 조처해주었다. 나의 바람이 쉽게 이루어진 것은 나나 인숙이 뛰어나서라기보다는 그 당시 중공군으로서는 그러한 일꾼들이 절실히 필요했기 때문이었다.

그러나 내가 중공군 쪽으로 가고 싶다고 대대장에게 말했던 이유는 표면적인 구실에 지나지 않았다. 나는 내가 경상남도 산청의 한 외딴집에서 버림받았을 때부터 지독한 회의에 빠지기 시작했다. 내가 왜 따돌림을 받았을까 반성도 해보았으나 사회주의에 투철하려고 했던 내 사상에는 과오가 없었다. 잘못이 있다면 내가 다른 전사들보다 늘 앞장서려고 했던 것, 그리고 남조선 출신의 의용군인데다가 하필이면 중국조선족 출신으로 조직된 제6사단에 배치되었다는 데 있었을 것이다. 나는 그들을 인간적으로는 불신하지 않았으나 그들의 사상 무장은 신용하지 않았다. 독설적으로 말하면, 그들은 무보수로 싸우는 김일성의 용병에 지나지 않았다. 그들이 중국 군벌과 일제하에서 자본주의의 혹독한 착취와 불평등을 경험했다고 해도 해방전쟁이 승리로 끝난 그 시기에 해방과 자유와 평등의 의미를 일 년도 경험하지 못한 채 다시 전쟁터로 내몰렸기 때문에 그것들의 소중함을 전 인류에 전하기에는 역부족이었다. 그들은 남조선과 싸울 것이라는 그 어떤 언질도 받지 못하고 압록강을 건너온 사람들이었다. 그들은 해방전쟁 때 전투 경험이 있었던 간부들에 의지하여 오로지 군대 조직의 메커니즘에 따라 죽어라 싸웠을 뿐이다. 그러다가 전세가 불리해져 패주하는 운명에 직면했을 때, 왔던 길로 되돌아가야 한다는 것을 몹시 분하게 생각하는 전사들도 없지 않았으나 대부분은 승산이 없는 싸움이라며 압록강 너머 그들의 고향으로 다시 돌아가기를 원했다. 사사건건 미제 타도와 인민 해방을 부르짖는 나라는 존재는 그들에게 눈엣가시인 셈이었다. 그러므로 가시는 뽑힐 수밖에 없었던 것이다.

그렇다면 내가 버려졌을 때 어디로 가는 것이 현명했을까. 솔직히 말해서 나는 서울 집으로 돌아가고 싶었다. 집에 가서 내가 저버리고 온 아버지와 형수에게 용서를 빌고 싶었다. 그러자면 우선 남조선 당국에 자수를 하지 않으면 안 되었다. 그러나 자수란 무엇인가. 내 사상을 버리고 전향하는 것을 의미한다. 현실이 고통스럽다고 오사카 시절부터 세웠던 내 입지를 꺾을 수는 없었다. 죽는 한이 있더라도, 그래서 불효를 저지르는 결과를 낳더라도 나는 자수할 수가 없었다. 게다가 내가 버림을 받았던 그날 저녁에 김인숙이 수호천사처럼 내 앞에 나타났다. 그녀는 여순 사건 때 부모형제가 죽창에 찔려 죽임을 당했으며, 빨치산이었던 남편은 토벌군에게 사살당해 죽고, 돌이 갓 지난 아기마저 열병으로 잃어버린 채 지리산 속으로 들어와 그 집에서 혼자 숨어 살고 있다고 말했다. 그녀는 그날 그동안 캐두었던 약초를 팔기 위해 산청에 나갔다 오는 길이라고 했다. 그녀는 인민군을 만나 반갑다며 나를 버리고 간

일행이 먹어치운 감자도 아쉬워하지 않았다.

"염려하지 마세요. 옆구리나 다리나 모두 뼈를 건드리지 않아 그다지 심각하진 않으니까요. 한 닷새 치료하면 훨씬 좋아질 거예요."

그녀는 스스럼없이 나의 군복을 벗겨 상처 부위를 깨끗이 닦아낸 뒤 돌절구에 이긴 이름 모를 약초들을 조심스럽게 붙여주었다. 나는 사흘만에 지팡이만 의지하고도 걸을 수 있게 되었고 닷새가 지나서는 지팡이마저 버렸다. 내가 떠나려고 하자 그녀도 따라나서겠다고 우겼다. 그녀는 내가 알 수 없는 자에 대한 복수심에 불타고 있었다. 복수심만이 그녀의 삶을 지탱해주는 힘인 것 같았다. 그녀는 인민군이 이 땅을 다시 점령하는 날이 오리라는 것을 굳게 믿기 때문에 그것을 위해서라면 무슨 짓이든지 할 것이라고 말했다.

"우리에게는 오로지 북으로 가는 길밖에 없어요. 분대장님은 본대로 돌아가면 영웅 대접을 받을 거예요. 그러니 될 수 있으면 빨리 떠나야 해요. 이제 이곳은 적의 치하에 들어갔으니까요."

인숙과의 인연은 그렇게 맺어졌다. 우리는 태백산맥의 산길만 따라 북으로 올라갔다. 몇 번씩이나 북행을 포기하려고 했는지 모른다. 그때마다 용기를 북돋고 사단이 있는 신창리까지 나를 이끈 것은 그녀였다.

그러나 나는 내 소대로 돌아가고 싶지 않았다. 나를 버린 그들을 다시는 보고 싶지 않았던 것이다. 그리하여 나는 나의 바람이 이루어지자마자 인숙과 함께 제6사단을 떠났다.

나와 인숙은 자강도 신창리를 떠나 꼬박 이틀을 행군하여 희천(熙川)에 도착할 수 있었다. 우리가 중공군을 처음 본 것은 희천 북방 30킬로미터 지점인 송원(松源)에서였다. 재편성을 하기 위해

묘향산 기슭의 좁은 길을 따라 강계 쪽으로 퇴각하는 인민군들과 수많은 피난민 대열을 뚫고 남으로 전진하는 중공군 전사들은 험준한 산악지대를 넘어오느라고 지쳐 보이기는 했으나 이따금 군가를 부르며 사기를 올렸다.

힘차고 기세 드높이 압록강 뛰어넘어
雄赳赳, 氣昻昻, 跨過鴨綠江
평화와 조국을 지킴은 바로 고향을 지키는 것
保和平, 保祖國, 就是保家鄉
중화의 훌륭한 아들 한마음으로 굳게 뭉쳐
中華好兒郎, 齊心團結緊
야심찬 승냥이 미국놈 쳐부수자.
打敗美國野心狼.

중공군은 솜모자를 쓰고 솜옷을 입은 위에 보총과 건량대(乾糧袋)를 양쪽 어깨에 엇걸어 메고 수류탄을 허리에 차고서 빠른 걸음으로 남쪽을 향해 나아갔다. 그 대열을 따라 간부가 탄 듯한 지프가 지나가기도 하고, 말이나 노새가 흰 입김을 뿜으며 힘겹게 대포를 끌고 가기도 했다. 그들은 쓰고 있는 솜모자에는 그들이 자랑스럽게 여기는 해방군의 별 표지도, 솜옷에는 휘장도 달지 않았기 때문에 얼른 보아 그 대열에서 누가 간부고 누가 일반 전사인지 구분이 되지 않았다. 전쟁이 일어나기 전에 압록강을 넘은 중공군 부대가 모두 군장을 떼었던 것은 인민군으로 위장하기 위해서였으나 이번에 중공군들이 군장을 달지 않은 것은 중국의 인민 군중이 자원해서 조직한 군대라는 이미지를 심어주기 위해서라고 했다.

희천 읍내는 전쟁의 흔적을 거의 찾아볼 수 없었다. 몇몇 집들이 불에 타 무너졌고 길에는 포탄이 떨어진 구덩이가 군데군데 패여 있기는 했으나 도랑에 처박힌 지프나 트럭의 잔해는 보이지 않았다. 이미 민간인은 강계 쪽으로 피난을 떠났는지 아니면 인근 산속으로 숨었는지 그림자 하나 얼씬거리지 않았다. 깊이를 모를 것 같은 읍내의 정적을 깨뜨리는 것은 중공군의 무거운 발소리와 우마차 소리뿐이었다. 날이 어두워지기 시작하자 광풍이 휘몰아치더니 눈까지 내렸다.

사단 본부는 한 무연탄 탄광 안에 차려져 있었다. 미 공군 비행기의 폭격을 피하려면 탄광만큼 좋은 은신처가 없었다. 북조선 산악지대에는 여기저기 광산이 많아서 중공군의 사령부부터 각 소단위 부대들에 이르기까지 채굴이 정지된 광산이나 폐광된 굴들을 본부로 사용하는 것을 일종의 작전으로 삼았다. 시커먼 굴 속에는 왠지 모를 무거운 분위기가 감돌았으나 사단 참모장은 우리를 반갑게 맞이했다.

"우리 군대는 인민의 자발적인 지원으로 조직된 군대요. 때문에 두 사람처럼 우리를 찾아오는 사람들을 쌍수로 환영하고 있소."

그러나 나는 사단장의 얼굴은 보지도 못한 채, 참모장의 지시에 따라 인숙과 헤어지게 되었다. 인숙은 방송원으로 사단에 남게 되었으나 나는 예하 연대에서 보고하러 와 있던 정치주임에게 넘겨졌다. 인숙과 헤어진다는 것은 어차피 예견된 일이었다. 그들이 나를 필요로 하는 곳은 최전방에 속하는 대대 단위 부대였고, 나 또한 최전방으로 나가기를 원했다. 그 정치주임은 내가 할 임무를 가르쳐주었다. 가령, 중대에서 미군이나 국방군을 포로로 잡았다고 하면 곧바로 포로에게 달려가 그가 알고 있는 적정에 대해 신문하고 그것을 즉각 보고하며, 민간인으로 참가한 연락원 동무들과 긴밀한 관계를 유지함으로써 작전을 원활히 수행할 수 있도록 돕는 것이 내 임무라는 것이었다.

그 정치주임은 간단히 내 임무를 들려주고 나서 그가 모는 모터사이클에 나를 태웠다. 그는 헤드라이트를 끈 채 눈보라가 휘몰아치는 밤길을 뚫고 남서쪽으로 달렸다. 눈보라는 그때까지도 여름 군복을 입고 있던 내 몸을 사정없이 때렸고, 차가운 바람은 내 가슴을 꽁꽁 얼어붙게 하려는 듯 자꾸만 속으로 파고들었다. 청천강 쪽에서 간헐적으로 포성이 쿵쿵 울렸다.

희천과 운산(雲山) 사이 남으로 돌출해 있는 향산(香山) 부근의 한 야산 기슭에 이르자 그는 모터사이클을 세워놓고 나를 숲속에 있는 작은 폐광 속으로 데리고 갔다. 그는 왕웨이[王偉]라고 자신의 이름을 소개한 3대대장에게 나를 인계하고 그길로 돌아갔다. 대대장은 천장에 달린 희미한 램프 불빛 아래서 거무튀튀하게 볕에 그을은 바싹 마른 얼굴에 두 눈을 빛내며 나의 아래위를 한참 훑어보았다. 나보다 서너 살쯤 위로 보이는 그는 첫인상부터 매우 차갑게 보이는 사람이었다.

"먼 곳까지 오느라고 수고가 많았소. 시장할 테니 우선 식사부터 하시오."

민간인에게서 구해 지니고 왔던 찐 감자와 옥수수도 그날 아침으로 다 떨어지고 없어서 내내 굶었기 때문에 배에서는 꾸룩꾸룩 물소리만 나던 터라 그의 말이 무엇보다도 반가웠다. 그러나 그는 그 한마디만 던지고 자기 할 일이 있는 듯 안쪽에 있는 간이 책상으로 다가가 무엇인가 열심히 들여다보느라고 나에게는 눈길 한번 주지 않았다. 한참만에 대대장이 '샤오꿍[小功]'이라고 불렀던 어린 취사원이 놋대접 하나를 달랑 들고 와서 굴속 한구석에 배낭을 깔고 앉아 있던 나에게 불쑥 내밀었다.

"번역원 동무, 미안합니다. 남은 게 이것밖에 없습니다."

놋그릇에는 꽝꽝 언 국물이 반쯤 담겨 있었다. 나는 그것이 무엇인지 대번에 알아차렸다. 맹물에 강냉이 몇 알을 넣고 삶은 것이 추위에 얼어붙은 것이었다. 샤오꿍은 땔나무가 없어서가 아니라 야간에는 어떤 경우라도 불을 지피는 것이 일절 금지되어 있으므로 국물을 녹일 수 없다고 말했다.

"미안할 것 없소."

나는 샤오꿍이 허리에 차고 있던 수류탄을 달라고 해서 얼어붙은 국물을 여러 조각으로 깨뜨렸다. 수류탄을 돌려주고 나서 괘념치 말라고 웃음을 지어 보이고는 얼음 조각을 입 안에 넣고 사탕을 빨아먹듯 천천히 혀로 굴리며 녹였다. 얼음 한 조각을 녹이면 흐물거리는 강냉이 한 알이 겨우 씹힐 만큼 멀건 국물이었다.

"우리는 보름째 식량을 조달받지 못하고 있소. 건량대에 넣고 다니던 미숫가루도 바닥난 지 오래요."

나에게 눈길조차 주지 않던 대대장이 불쑥 말했다. 그가 말하는 미숫가루란 밀과 콩, 또는 수수와 강냉이를 빻아 섞은 가루에다 소금을 조금씩 넣어 간을 맞춘 간이 식량을 말하는 것이었다. 그런 가루를 어른 팔뚝 굵기의 긴 자루에 넣어 양쪽 주둥이를 막고 어깨에 메고 다니는 것이 건량대였다. 중공군은 그것을 메고 다니다가 전투 중에도 배가 고프면 주둥이를 풀고 미숫가루를 한 움큼씩 입에 털어넣고 물이 없는 곳에서는 눈을 한 줌씩 녹여 삼키며 요기를 때우고는 했다. 그 미숫가루마저 떨어지고 언 강냉이국밖에 없다면 수십만 명의 전사들은 어떻게 배고픔과 추위를 감당하겠는가.

참으로 어처구니가 없었다.

"곧 익은 음식과 미숫가루를 본국에서 보내줄 테니까, 그때까지 먹는 것이 부실하다 해도 우리 인민지원군의 처지를 이해하기 바라오."

대대장의 말에 나는 그와 같은 고충을 충분히 알고 있으며 우리 인민과 인민군을 지원하러 나온 군대에 무한한 감사의 마음을 지니고 있음을 소리 높여 표시했다. 대대장은 무척 흡족한 듯 냉기가 돌던 얼굴에 미소를 띠었다.

그는 통신원에게 포병 중대장을 부르라고 지시했다. 5분가량 지나자 중늙은이처럼 나이가 들어 보이는 포병 중대장이 피로에 지친 얼굴로 굴 안으로 들어왔다. 나이가 들어 보이는 것은 유난히도 텁수룩하게 자란 턱수염 때문인지도 몰랐다.

"내일 날이 밝기 전까지 포대 진지를 구장(球場)으로 이동시키기로 한 작전은 제대로 수행되고 있소?"

대대장이 물었다. 포병 중대장은 잘 알아듣지 못한 듯이 한쪽 귀를 대대장 쪽으로 기울였다.

"아까 지시한 것 말이오!"

대대장이 답답한 듯이 소리쳤다. 포병 중대장은 자세를 바로 고치며 소리 높여 대답했다.

"네, 지금 이동 중에 있습니다."

"좋소. 포병도 이번 작전이 얼마나 중요한지 잘 알고 있을 것이오. 감은절(感恩節=추수감사절)까지 전쟁을 끝내겠다고 헛방귀를 뀌는 양놈들을 주머니 깊숙이 유인해서 포위 섬멸하는 것이 우리의 목표요."

대대장은 포병 중대장에게 작전의 중요성을 강조한 뒤, 나를 향해 말했다.

"1차 전역을 겪으면서 우리 대대에는 사로잡은 포로가 없어 당분간 신문할 사업은 없을 거요. 내가 솜옷 하나를 줄 테니 번역원 동무는 포병 중대장을 따라가 모자라는 인력을 보태기 바라오."

나는 땀내에 절은 헌 솜옷을 하나 얻어 입기는 했으나 이틀 밤낮 동안 2백 리 길을 걸어오느라고 지친데다가 끼니라고는 겨우 반 그릇밖에 되지 않는 얼어붙은 강냉이 국물을 얻어먹은 처지였다. 부상당한 오른쪽 넓적다리의 근육이 당기고 왼쪽 허리가 결렸으나 나는 내게 그 어떤 비정한 지시가 내려진다고 해도 거역하지 않기로 작정했다.

"번역원 동무는 다리를 절고 있지 않소?"

굴 밖으로 나오자 포병 중대장이 놀랍다는 듯이 말했다.

"부상당한 것이지만 다 나았습니다."

나는 그를 안심시켰다.

"번역원 동무는 이해를 해야 합니다. 우리 전사들은 이십 일 가까이 계속 빠른 속도로 행군하며 전투를 해오느라고 한 차례 휴식도 갖지 못했지요. 지금 우리는 공격을 중지하고 있기는 하지만 쉬고 있는 것은 아닙니다. 다음 전역을 위해서 우리는 작전을 수행해야만 하니까요. 더욱이 우리 사단은 협로를 따라 내려오느라고 남조선 괴뢰군 8사단을 섬멸하라는 펑 사령원의 명령을 수행하지 못해 군단 수장 동무 이하 모든 간부들은 신경이 곤두서 있소."

그가 부대 상황을 설명해주었다. 그러고보니 사단장이 보이지 않던 것이며 대대장의 표정이 냉랭했던 것이 이해되기도 했다. 대대본부 주위에 포진해 있던 포병중대는 야간을 틈타 철수하는 중이었다. 말몰이 포병 전사들은 말과 당나귀를, 중포 사수들은 자신들의 포가와 포신을 산 아래 도로로 낑낑거리면서 끌며 당기며 내려갔다. 또 다른 포병 전사들은 포탄을 두 발씩 어깨에 메고 도로로 날랐다. 나는 대대장의 말대로 일조를 하느라고 눈 바닥에 포신이 구르지 않도록 매달려보기도 했으나 포병 중대장이 나중에 힘쓸 기회가 있을 것이라며 말리는 바람에 그만두었다. 그들이 도로에 나름대로 정렬을 마쳤을 때는 이미 자정을 넘긴 시각이었다.

선두 쪽에서 차가운 대기를 흔들며 기괴한 나팔 소리가 들려왔다. 그러자 대열이 천천히 움직이기 시작했다. 말과 당나귀가 포가를 끄는 것이 정상이었으나 어떤 포가는 우마처럼 어깨띠를 한 전사들이 끌고 갔다. 눈보라는 멎었으나 얼굴과 손발에 감각을 느낄 수 없을 만큼 대기는 얼어붙어 있었다.

"중대장 동무, 우린 구장의 어디를 향해 가는 길입니까?"

"우린 청천강 이북으로 적을 유인하기 위해 전면에서 아군 병력을 철수시키고 산속에 포진시켜 놓을 작정이오. 115사단은 청천강 하류의 박천을 점령했지만 적에게 진로를 열어주기 위해 그곳을 포기했다는 정보도 있으니까요. 압록강을 넘어온 후 지금까지 치른 싸움은 일종의 조우전에 불과했다고 볼 수 있지요. 이제부터는 치밀한 작전으로 전투를 할 겁니다."

제113사단의 목표는 개천(价川)에서 청천강을 따라 구장, 향산, 희천, 송원을 거쳐 강계로 진격하여 압록강 만포에 다다른다는 계획을 세우고 있을 미 제2사단과 괴뢰군 제7사단 및 8사단을 분할, 포위하여 섬멸하는 것이라고 했다. 그 작전을 위해 이 포병중대가 맡은 임무는 길목의 하나인 향산과 영변 사이의 8백 미터가 넘는 두 개의 고지에 포진하는 것이었다. 포병중대는 그 고지들 밑까지는 그런대로 행군할 수 있었으나 소대별로 나뉘어 고지로 오르기 시작하고부터는 난관이 닥쳤다. 중대장은 2개 소대가 오르게 되어 있는 오른쪽 고지를 택했으므로 나도 그를 따르기로 했다.

깎아지른 듯한 험준한 산이 앞에 버티고 있었다. 길이라고는 꼬불꼬불 뻗어오른 오솔길 하나뿐이었다. 초입부터 가파르고 미끄러운 그 길을 오르기 위해서는 말의 힘보다 사람의 힘이 필요했다. 전사들은 포가에서 포신을 뜯어내어 그것들을 어깨에 메고 오르려고 했으나 길이 미끄러운데다가 좁아 여러 사람이 도울 수가 없었다.

"중대장님, 제게 생각이 있습니다."

보다 못해 내가 말했다.

"어떤 생각이오?"

중대장이 물었다. 나는 길 오른쪽에 깎아지른 듯 솟아 있는 큰 바위를 가리키며 말했다.

"저 위에서 밧줄을 내려 병기를 끌어올리는 방법을 쓰면 어떨까요?"

"그거 괜찮은 생각이오."

중대장은 내 어깨를 탁 치면서 쾌재를 불렀다. 그는 시범적으로 한 소조를 차출했다. 우선 미끄러운 길을 오르기 위해 앞선 한 명이 곡괭이로 눈과 얼음을 깨어 발 디딜 곳을 만들고 나머지 네 명은 밧줄을 메고 그 뒤를 따라 올라갔다. 그들은 바위 위로 올라가서 생나무에 밧줄을 매고 그 끝을 아래로 내려뜨렸다. 포가가 올라가고 포신이 올라가고 포탄이 올라갔다. 그렇게 하여 2개 포병소대의 병기가 올라갔다. 똑같은 어려움에 부닥칠 때마다 똑같은 방법을 썼다.

그러나 문제는 말과 당나귀를 끌어올리는 일이었다. 사람은 곡괭이로 발 디딜 데를 만들며 올라간다 하지만 말과 당나귀는 몇 발 짝 딛다 나자빠지기가 일쑤였다. 아무 말도 하지 않은 채, 나는 떠나올 때 대대에서 얻어 입은 솜옷을 벗어 말발굽 앞 얼음 위에다 깔았다. 내가 하는 것을 보고 말몰이 전사가 자기의 배낭에서 담요를 풀어 깔았다. 그러자 너도나도 덮개와 담요를 길 위에 깔기 시작했다. 말과 당나귀가 지나가면 다시 말과 당나귀 앞으로 나가 되풀이 깔고 또 깔았다. 칼로 얼굴을 베어내는 듯한 매운 바람이 옷깃 사이로 파고들어 바늘로 뼈를 찌르는 것 같았다. 말과 당나귀가 고지까지 다 올라갔을 때 내 솜옷은 만신창이가 되어 있었으나 그것이나마 입지 않으면 얼어죽을 것만 같아 두 팔에 꿰었다.

"번역원 동무는 현명하기가 촉한의 제갈량 같소."

포병 중대장이 나를 칭찬했다.

"과찬입니다. 그저 남보다 조금 먼저 방법을 찾았을 뿐입니다."

사실 그랬다. 내가 아니더라도 시간이 좀 경과하면 난관을 타개할 묘책은 누구든지 내놓을 수 있었다. 다만 시간이 중요한 전쟁터에서는 무엇보다도 적절한 순발력이 필요했을 따름이다.

나는 대대장의 지시로 포병중대가 진지 배치를 마치기까지 사흘 동안 머물다가 다시 대대본부로 복귀하라는 명령을 받았다. 미군 사병 한 명을 포로로 잡았는데 신문을 해보라는 것이었다. 그 사이 대대본부는 청천강의 지류인 구룡강의 남쪽 산속에 나뭇가지로 위장한 움막으로 이동해 있었다. 내가 대대본부에 갔을 때 대대장은 포병중대에 가 있는 동안 고생이 많았을 것이라고 내 어깨를 두드리며 위로하면서 얼굴에서 엄격한 표정을 걷고 웃었다.

"저자요. 꽤 똑똑해 보이는데, 뭔가 알고 있는 게 있을 거요."

그는 안쪽 구석 거적 위에 마치 짐 꾸러미처럼 두 손으로 껴안은 무릎 위에 고개를 푹 파묻고 앉아 있는 미군을 가리켰다. 나는 주머니에서 수첩과 연필을 꺼내들고 미군에게 다가가서 그의 맞은편에 책상다리를 하고 앉았다. 그는 팔뚝에 일병 계급장을 달고 있었다. 추워서인지 두려워서인지 온몸을 와들와들 떨던 그는 고개를 들라는 영어를 듣고 놀란 듯 자리에서 벌떡 일어났다. 내가 앉아도 좋으니 앉으라고 하니까 그는 방금 전과 같은 자세로 쪼그리고 앉아 나를 바라보았다. 금발에 갈색 눈인 앳된 얼굴이었다.

"이름은?"

내가 물었다.

"이름은 존 스미스, 계급은 일병."

그는 기어드는 목소리로 대답했다. 나는 그가 대답하는 대로 수첩에 적어나갔다.

"고향이 어딘가?"

"샌프란시스코."

"나이는?"

"19세 10개월."

"마지막 다닌 학교는?"

"스탠포드."

"무슨 과?"

"영문과."

"너의 부대는?"

그러자 스미스 일병은 입을 다물었다. 재차 묻자 그는 자신의 이름과 군번만 댔다. 나는 대대장에게 이자가 부대 이름을 대지 않는다는 것과 이자의 입을 열게 하려면 어떤 회유책이 필요하다고 말했다.

"우린 포로를 잡아둘 여유가 없소. 공간도 없고 먹일 식량도 없소. 번역원 동무가 알아서 회유해보시오."

대대장의 말은 포로에 관한 모든 권한을 내게 부여할 테니 실력 껏 첩보를 캐보라는 뜻이었다. 대대장은 어쩌면 포로에게서 얻을 소득을 기대하기보다 내 능력을 시험하고 싶었는지도 몰랐다. 그는 작전회의가 있다며 아예 옆 움막으로 가버렸다. 시험대에 오른 이상 나는 내 나름대로 스미스 일병을 회유하여 첩보를 캐내지 않으면 안 되었다. 우선 나는 너처럼 대학에 다니다 군대에 온 사람이라는 동류의식을 내세우고 동시에 생명의 중요성을 강조하며 네가 알고 있는 것을 말하지 않는다면 너는 그리운 고향에 언제 돌아갈는지 모를 뿐만 아니라 네 생명마저도 보장할 수 없다고 협박했다. 하지만 만약에 네가 알고 있는 것을 털어놓는다면 그 즉시 너는 자유의 몸이 되어 네 부대로 돌아갈 수 있도록 조처하겠다고 약속했다. 그렇게 두 시간 동안 입씨름을 했다.

"정말 내가 알고 있는 것을 말하면 석방시켜주는 겁니까?"

이윽고 스미스 일병이 진실을 확인하려들기 시작했다. 나는 그를 안심시키면서 약속은 꼭 지킨다고 말했다.

"나는 미 제2사단 제9연대 제1대대 C중대 1소대 소속입니다."

스미스 일병이 말문을 열었다. 그때 내가 그에게서 알아낸 첩보는 그가 청천강 이북의 중공군 동태를 정탐하기 위해 청천강을 넘어온 1개 분대 병력 중의 한 병사였다는 것, 미군은 중공군의 전 병력이 2개 사단을 넘지 않을 것이라고 추정하고 있다는 것, 미군 장병들은 중공군이 밤중에 부는 애수 어린 피리 소리에 두려움을 느낀다는 것, 미군은 전쟁을 끝내는 시기를 추수감사절에서 예수 탄생일로 연기했다는 것 정도였다.

　내가 포로를 신문한 내용은 대대장을 통해 즉시 연대와 사단에 전해졌다. 그 내용이 어느 정도 중요한지는 대대장도 말해주지 않아 잘 알 수 없었으나 그의 표정으로 보아서는 불만이 없는 듯했다. 대대장은 스미스 일병을 분대장 한 명을 달려 청천강이 내려다보이는 일선 초소까지 데리고 가서 풀어주었다고 내게 말했다. 나는 거기까지밖에 알 수 없었다. 그 분대장이 스미스 일병을 정말 풀어주었는지 아니면 후환을 염려하여 사살해버렸는지를 말이다.

　미군과 괴뢰군은 중공군이 전술상 내놓은 지역을 매우 느린 속도로 점령하면서 도로를 따라 북으로 전진했다. 마치 중공군이 매복하고 있는 것을 알고 있어서 경계하려고 느리게 행군하는 것처럼 보이기도 했다. 그러나 정작 미군 지휘부는 중공군의 수를 7만 명 정도로 파악하고 있었을 뿐, 30만 명이 넘는 대군이 동의 낭림산맥으로부터 중서의 적유령산맥, 묘향산맥에 걸쳐 매복하고 있다는 것을 깨닫지 못했다. 중공군은 후퇴한 것이 아니라 먹이를 덮치기 위해 숨었을 뿐이었다.

　중공군의 전략은 미군처럼 공군과 기계화부대를 동원하여 단기간에 전쟁을 끝내려는 것이 아니라 지구전을 펴는 것이었다. 전술에서는 우세한 병력을 집중하여 적의 심장부를 뚫고 들어간다든가, 우회 · 차단 · 포위 같은 비정공법을 구사한다든가, 일단 전투를 벌일 때는 주로 야간에 근거리에서 속결전으로 임한다는 것이었다. 그것은 대장정 이후 중공군이 구사해온 전략이자 전술이었기 때문에 분대장에 속하는 하급 간부까지 교육을 통하여 다 알고 있었다. 특히 미 공군 폭격기의 활동이 자유스런 낮에 교전을 벌이는 것은 어리석은 짓이었다. 낮에는 분산 · 은폐하고 밤에 기습한다는 것이 철칙이었다. 밤이 되면 기동성 있는 미군의 차량과 대포와 탱크는 두 다리와 수류탄과 박격포와 중포뿐인 보잘것없는 중 공군의 무기에 무용지물이 되었다.

11월 22일, 나는 전방 중대로 나갔다. 그것은 왕웨이 대대장의 조처였다기보다는 내가 원해서였다. 나는 그즈음 나 자신을 전쟁 터에 내던지고 싶었다. 그것은 내가 서대문형무소에서 석방되어 나오던 사상범들의 도도한 물결을 보고 미국 제국주의에서 인민을 해방하고 동강난 조국을 통일하기 위해 영웅심에 불타 의용군에 지원했던 불과 4개월 전의 혈기와는 다른 종류의 것이었다. 중공 군이 전쟁에 참여했다는 그 자체는 중국이 아무리 그것이 국가 차 원이 아니라 중국 인민의 자발적인 지원 성격과 방어적 성격을 부 각시키더라도 외세의 개입이 아닐 수 없었다. 그리하여 나는 중국 과 미국이라는 양대 세력의 대결 국면이 조국의 통일을 요원하게 하고, 제국주의에서 인민을 해방한다는 목적도 이룰 수 없게 한다 고 생각하기 시작했다. 누가 그것을 가리켜 허무주의라 해도, 또는 비관주의라 해도 괘념치 않겠다. 나는 모험을 하고 싶었다. 모험은 호기심에서 유발되기도 하지만 불행하다고 느낄 때 발휘되기도 한 다. 나는 도대체 무엇인가.

적들이 충분히 포위망 속에 들어왔다고 판단되던 11월 25일 황 혼 무렵, 2차 전역의 총공격 명령이 떨어졌다. 어둑어둑 날이 저물 어가는 청천강 위를 매서운 서북풍이 휘몰아치면서 강물을 얼리고 있었다. 이미 넓은 모래톱가에는 얇은 얼음이 파랗게 얼어붙어 있 었다. 그러나 수심이 꽤 깊어 보이는 강 가운데에는 격류가 물결을 일으키며 도도히 흐르고 있었다. 1백여 미터가량 떨어진 강 건너 에는 희미하게 긴 모래톱과 그 모래톱 사이사이로 하얗게 얼어붙 은 얼음 바위들이 보였다. 공격로는 오로지 모래톱을 뚫고 건너 산

쪽 적의 진지로 돌격해나가는 것뿐이었다. 어두워가는 먼 저쪽 하늘을 배경으로 산들이 희끄무레 웅크리고 있었고, 그곳에서 날아오는 장거리 포탄이 머리 위로 대기를 가르며 씽씽 지나갔다. 적은 우리가 진공하고 있다는 눈치를 채지 못한 듯 우리가 매복하고 있던 후방을 겨냥하고 있었다.

"신속히 도강하자!"

7중대 쨩위시〔張宇熙〕 중대장이 큰 소리로 외치면서 물속으로 뛰어들었다. 그러자 강가에서 대기하던 전사들이 뛰쳐나오며 보총을 치켜들고 또는 60밀리 포신과 포탄을 어깨에 둘러메고 솜옷과 솜신을 신은 채 얼음장을 깨뜨리며 물속으로 첨벙첨벙 뛰어들었다. 나도 지급받은 AK소총을 들고 이틀 치 건량대와 배낭을 멘 채 물속으로 뛰어들었다. 금세 솜신과 솜바지가 젖어왔다. 한복판에 이르자 강물은 가슴까지 차올라 차가운 물이 목덜미 안으로 스멀스멀 스며들었다. 총도 배낭도 건량대도 모두 젖어버렸다.

모래톱에 다다르자 어느새 솜옷은 갑옷처럼 딱딱하게 얼어붙어 발을 떼어놓을 때마다 와작와작 소리가 났다. 주춤할 사이도 없었다. 우리가 도강한 것을 발견한 적의 포탄이 강물 위로 떨어져 높은 물기둥을 일으켰고 기관총은 우리를 향해 불을 뿜었다. 나는 모래톱의 바위 뒤에 몸을 숨겼다. 그때 나는 희한한 광경을 목격했다. 먼저 와 있던 한 무리의 전사들이 덜덜 떨면서 저마다 바지춤을 벌려 물건을 꺼내 흔들며 지니고 있던 보총 방아쇠와 총구에 오줌을 싸대기도 하고, 수류탄을 가슴속에다 품어 녹이느라고 수선을 떨기도 했다. 나도 어쩔 수 없이 이 어처구니없는 행위를 본받아 내 소총에다 오줌을 갈겼다.

찬바람을 찢는 듯한 나팔 소리와 호루라기 소리가 울렸다. 와와!

전사들이 내지르는 함성이 적의 진지가 있는 산을 흔들었다. 날은 완전히 어두웠으나 공격은 멈추지 않았다. 총을 쏘고, 수류탄을 던지고, 수류탄이 떨어진 전사는 돌을 던지면서 적의 저항선을 향해 돌격했다. 적이 쓰러지고 아군이 쓰러졌다. 그러나 적은 결국 저항하기를 포기하고 도주하기 시작했다. 그리하여 다음날 113사단은 괴뢰군 7사단과 8사단 사이를 뚫고 평안남도 덕천을 점령했다. 그리고 작은 접전을 벌이며 하루가 더 지나갔다.

총포 소리는 잠잠해졌으나 덕천 읍내는 불길과 연기로 뒤덮였다. 도로에 버려진 적의 지프와 탱크가 아이러니컬하게도 미군 폭격기의 폭탄에 맞아 불타고 있었다. 7중대는 읍내를 벗어나 어느 산기슭 나무 밑에 산개하여 은폐했다. 중대장은 위험을 무릅쓰고 불을 조금씩 피워 아직 물기가 가시지 않은 솜옷과 솜신을 말리고 휴식을 취하며 대기하라는 지시를 내렸다. 전사들은 젖은 옷가지를 말리면서 불어버리고 얼어버린 건량대의 아가리를 풀고 미숫가루를 꺼내 한 움큼씩 입 안에 우겨넣고는 취사원이 배급하는 물을 조금씩 마셨다. 그렇게 요기를 한 뒤, 그들은 정신없이 잠에 떨어졌다. 나 역시 눈꺼풀을 내리미는 잠을 이기지 못하고 깊은 잠에 빠졌다.

두 시간 정도 잤을 것이다. 말울음 소리에 나는 눈을 번쩍 떴다. 기슭 아래 도로가에 너무나도 눈에 익은 포병부대가 급히 이동하고 있었다. 아직 날이 어두워지려면 두 시간가량 더 남아 있었는데 주간에 포병이 이동한다는 것이 이해가 가지 않았다. 어쨌든 나는 말과 당나귀들과 포가와 포병 전사들을 보자 반가운 마음에 벌떡 일어나 산 아래로 뛰어 내려갔다.

"중대장 동무, 어디로 가는 겁니까?"

포가 뒤를 따르던 나이든 포병 중대장은 내가 따라가며 묻는 말을 알아듣지 못한 것처럼 앞만 보고 나아갔다. 나는 그의 옆으로 바짝 다가서며 다시 한 번 큰 소리로 재우쳐 물었다. 비로소 그는 내 목소리를 들은 듯 그 사이에 턱수염이 더 한층 텁수룩하게 자란 얼굴을 내게 돌렸다. 그는 내가 보지 못한 열흘 동안에 파삭 늙어 버린 것 같았다.

"아, 번역원 동무가 아니오? 여기는 어떻게?"

"나는 7중대와 같이 행동하고 있습니다만……"

"번역원 동무도 곧 떠나야 할 거요. 우리 사단은 삼소리를 장악하라는 명령을 받았으니까."

그는 지친 듯 무거운 손을 들어 흔들고는 시야에서 사라졌다.

내가 휴식하던 곳으로 돌아갔을 때 중대장은 전 중대 전사들을 집합시켜놓고 중대에 내려진 명령을 전달하는 중이었다.

"지금까지 여러 간부와 전사들은 연이은 행군과 전투를 잘 참아내면서 승리를 쟁취하여 왔소. 그점 높이 치하하는 바이오. 나는 방금 대대장 동무에게서 명령을 하달받고 돌아왔소. 우리는 지금부터 70킬로미터를 행군하여 삼소리라는 곳을 점령해야만 하오. 희천 방향으로 전진했던 미군 제2사단과 토이기 여단이 아군의 일제 공격을 받고 패주하고 있소. 우리의 펑 사령원은 간부들과 회합하여 연구한 결과, 적은 향산·구장·개천·군우리를 거쳐 순천 방향으로 후퇴할 것이 틀림없다고 판단했다 하오. 삼소리는 개천과 순천 사이에 있소. 탱크를 앞세우고 트럭에 병력을 싣고 빠른 속도로 도주하는 적을 앞질러 차단하여 섬멸하려면 우리는 걸어서는 안 되고 뛰어야만 하오. 우리가 적을 섬멸하기만 하면 여러 전사들은 적이 지니고 있는 통조림과 닭고기와 술로 포식할 수 있으리라 장담하오."

현명한 짱위시 중대장은 조선 인민을 해방시키자든가 조국의 고향을 지키자든가 하는 따위의 구호를 외치지 않았다. 거지와 다름없이 굶주린 군대에게는 먹는 것만큼 가치 있는 것은 없었다.

중대 전사들은 산을 내려가 도로로 나서자 뛰기 시작했다. 중대만 뛰는 것이 아니었다. 대대가 뛰고 연대가 뛰고 사단 전체가 뛰었다. 8킬로미터가량 뛰고 나니까 짧은 겨울 해는 지고 산간에는 어둠이 내렸다. 덕천에서 삼소리로 가는 지름길은 1천 고지가 넘는 백탑산과 장안산 사이의 계곡을 뚫고 나가야만 했다. 그러나 지척을 분간하기 어려운 어둠도, 솜신 끝에 채는 시냇물도, 얼어붙어 미끄러운 돌바닥도 그들에게는 장애가 되지 않았다. 배불리 먹을 수 있는 것들을 탈취할 수만 있다면…… 나 자신도 염원하는 것이 중대 전사들과 다르지 않았다. 다리가 아프고 졸음이 눈꺼풀을 짓눌렀으나 그때마다 눈앞에 닭다리와 쇠고기 통조림을 떠올렸다. 거기에 위스키 한 잔만 걸칠 수 있다면…… 그 순간, 지성이나 이념 따위는 사치품에 지나지 않았다.

험준한 산길을 오르고 비탈길을 내려갔다. 어느 얼음투성이의 비탈길에서 앞서 가던 포병들을 만났는데, 속도를 내기 위해 말과 당나귀는 평지에 두고 왔다면서 저마다 박격포 포신과 포탄을 가슴에 안고 얼음길을 미끄럼 타거나 굴러서 내려갔다.

협곡을 벗어나 대동강 상류와 만나면서 길은 지나온 길보다 비교적 평탄해졌다. 긴장을 늦춘 전사들은 졸음을 이기지 못하고 술 취한 사람처럼 비틀거리며 걸었다. 어떤 동무들은 졸며 외나무다리를 건너다가 짐 보따리처럼 하천 물속으로 툭툭 떨어졌다. 삼소리를 30여 킬로미터 남겨두고 중대장이 10분간 휴식을 취하도록 지시를 내렸다. 중대 전사들은 하나같이 길가 눈 덮인 마른 풀숲에

널브러져 코를 골며 잤다. 나도 언제 잠들었는지 모르게 잠 속으로 빠져들었다. 휴식은 10분을 지나 반 시간이 넘도록 주어졌다. 사단의 간부들은 잠을 재우지 않고는 전사들이 제대로 전투를 할 수 없다는 것을 알고 있었던 것일까. 꿀맛 같은 잠에서 깨어나자 우리는 다시 행군을 시작했다.

날이 밝아왔다. 어둠 속에서는 몰랐는데 여명에 보니까 전사들의 솜모자 가장자리에도, 텁수룩이 자란 수염에도 서릿발이 하얗게 내려앉아 있었다.

"뒤에 전달! 뛰어!"

앞에서 중대장이 외쳤다. 우리는 또다시 뛰기 시작했다. 삼소리가 가까워지면서 언제 전투가 벌어질지 알 수 없었으므로 전사들은 뛰면서 건량대를 풀어 미숫가루를 입에 넣고 개울물을 삼켰다. 그렇게 14시간 동안 70킬로미터를 밤새 뛰어 삼소리 야산 고지에 도착했다. 개천 방향의 개활지 도로는 텅 빈 채 적의 그림자라고는 얼씬도 하지 않았다. 우리가 늦어 적이 이미 지나가버린 것인지도 몰랐다. 그러나 중대장은 서둘러 기관총의 화집점과 60밀리 포진지를 구축하도록 했다.

해가 구름 사이로 솟아올랐을 때, 우리는 개천 방향의 도로 위에 뽀얀 흙먼지가 먼 산줄기를 가리며 피어오르는 것을 보았다. 흙먼지는 점점 더 가까이 다가오고 있었다.

"적이다!"

누군가 소리쳤다. 후퇴해 내려오는 적들의 긴 행렬은 꼬리에 꼬리를 물었다. 우르릉거리며 지축을 울리는 엔진 소리가 먼저 들려왔다. 그리고 행렬의 모습이 또렷하게 보이기 시작했다. 세 대의 탱크가 척후대처럼 앞장서 있었고, 그 뒤로 트럭과 탱크들이 뒤섞여 따라왔는데 트럭만 해도 수백 대는 되어 보였다. 미군 보병이 탄 트럭들, 휘발유 드럼통을 실은 트럭들, 군수품을 실은 트럭들, 대포를 끄는 트럭들, 그 사이사이에 끼어 있는 지프들, 모든 것들이 허기진 전사들의 먹이처럼 보였다.

"동무들, 공을 세우고 먹을 것을 가로챌 시간이 닥쳐왔소! 누가 맨 앞에 오는 저 땅크를 마수러 가겠소?"

"보고! 내가 가겠습니다!"

나는 나도 모르게 앞으로 나섰다. 그러니까 나를 따라 대여섯 명이 앞으로 나섰다.

"번역원 동무는 곧 해야 할 일이 있을 테니 빠지는 것이 어떻소?"

중대장이 나를 제지하려 했다.

"지원군 동무들이 한마음으로 배고픔과 추위와 고단함을 무릅쓰고 조선 인민을 구원하기 위해 떨쳐나섰는데 내가 어찌 가만히 엎드려 지켜봐야만 합니까? 내 고향 서울에 있는 아버지와 형수와 조카를 만날 날을 앞당기기 위해서라도 저 땅크는 내가 처치하겠습니다!"

그것은 결코 영웅심리에서 우러난 외침은 아니었다. 단지 나는 내 존재를 내던지고 싶었을 뿐이었다. 그 순간 나는 아버지와 형수를 뵙기도 전에 죽을지도 모른다는 두려움이 전율처럼 전신을 타고 흘러내렸으나 중대 전사들 앞에서 발설한 이상 물러설 수는 없었다. 누군가 나에게 앞에 나서기를 좋아하는 놈이라고 빈정대도 어쩔 수 없었다.

"정 그렇다면, 좋소!"

중대장은 나 외에도 두 명을 선발하였다. 우리는 모두 솜옷을 벗고 총도 갖지 않은 채 온몸에 수류탄만을 차거나 들고서 산 아래로 뛰어 내려갔다. 탱크 세 대 중 내가 맡은 탱크는 맨 앞에 있는 탱크였다. 나는 길가 도랑에서 탱크가 다가오기를 기다리며 엎드려 있었다. 아래윗니가 딱딱 맞부딪치면서 손에 들고 있는 수류탄 묶음도, 몸에 찬 수류탄들도 와들와들 떨렸다. 엄습하는 공포감이 나를 머뭇거리게 했다. 선두 탱크가 엎드려 있는 내 몸을 뭉개버릴 듯이 땅을 흔들며 다가왔다. 나는 벌떡 일어섰다. 흙먼지를 뽀얗게 쓴 덩치 큰 탱크가 내 코앞에 있었다. 갑자기 눈앞이 아뜩해지며 아무것도 생각할 수 없었다. 본능적으로 나는 탱크 위로 뛰어올라 뚜껑을 열고 수류탄 한 묶음을 던져넣고 뛰어내렸다. 그와 동시에 산 위의 중대에서 기관총과 보총이 탱크를 뒤따르던 지프와 트럭을 향해 일제히 사격을 가했다. 60밀리 박격포탄도 날았다. 그러나 이상하게도 내가 뚜껑 안으로 던져넣은 수류탄이 터지지 않았는지 잠시 멈춰 섰던 탱크가 앞머리를 뒤로 틀어 물러나려고 했다. 나는 수류탄을 다섯 개나 무한궤도 사이에 끼워 넣었다. 그리고 잽싸게 뒤로 물러났더니 무한궤도의 바퀴가 구르면서 수류탄이 터졌고 좀 전에 뚜껑 안으로 던졌던 수류탄들도 마저 터졌다. 그와 동시에 나는 무엇인가 오른쪽 가슴을 둔탁하게 때리는 것을 느끼면서 개골창에 나자빠졌다. 안개가 자욱하게 낀 늪의 수렁 속으로 깊숙이 빠져드는 것만 같았다. 아득한 곳에서 연달아 폭발음이 들렸다.

"와와!"

함성과 함께 나는 불협화음처럼 찢어대는 나팔 소리와 꽹과리 소리와 호루라기 소리를 들었다. 그것은 마치 중공군 제113사단이 전 전선의 산과 골짜기에서 갈피를 못 잡고 도로 위에서 우왕좌왕하는 미군 제2사단의 주력부대를 향해 구름처럼 몰려 내려가는 소리를 대신하듯 하늘에 울려퍼졌다. 나는 가슴을 움켜쥐며 가까스로 눈을 떴다. 창백한 하늘에 구름 한 점이 흐르고 있었다. 나는 그 구름 조각을 눈으로 뒤따르다가 그만 정신을 잃었다. 때는 1950년 11월 28일 아침나절이었다.

진성이 거기까지 소설을 진행시키는 데는 꼬박 보름이 걸렸다. 그동안 매우 고심했던 부분은 이문수를 이념에 심취한 영웅적 인물로 부각시킬 것인지, 아니면 전쟁을 회의하는 인물로 부각시킬 것인지 하는 것이었다. 그때까지는 딱히 어느 방향으로 나갈 것인지 말할 수 없는 어정쩡한 상태에 있다는 것을 진성은 솔직히 자인했다.

어쨌든 이문수가 번역원으로 소속되어 따라갔던 것으로 설정한 '중국인민지원군' 제38군단 제113사단은 삼소리와 용원리 전투에서 혁혁한 전과를 올림으로써 전황을 완전히 바꾸어놓게 되었다.

38군단과 미군의 삼소리 · 용원리에서의 격전이 결속된 후, 총포 소리는 점차 잦아들었다. 한패 한패 미국의 포로들이 싸움터에서 압송되었다. 수십 리 되는 신작로, 산 언덕, 초지와 삼림 속에는 곳곳마다 적들이 창졸히 도망치다가 내버린 자동차 · 대포 · 탄약 · 먹을 것 · 쓸 것 같은 여러 가지 물자들이 너저분히 널려 있었다. 그중 자동차만 해도 1천5백 대나 되었는데 모두 새것으로서 겨우 1백 내지 2백 킬로미터밖에 달리지 않은 것이었다. 이것은 아군 전사들이 결사적인 싸움을 거쳐 피와 생명으로써 적의 수중에서 빼앗아온 전리품이었다. (중략)

전사들은 산 언덕이며 신작로로 달려가 얼마 안 되어 다른 전리품들을 모두 다 옮겨갔으나 유독 자동차만은 남겨놓았다. (중략)

전사들은 서로 어루만져보며 누구나 기뻐했지만 우리에게는 운전
사가 너무나 적어 몰고 가지 못했다. (중략)

얼마 지나지 않아 적기들이 새까맣게 하늘을 덮으며 날아들었다.
적들은 하늘을 오르내리면서 기총소사를 하고 네이팜탄을 떨어뜨렸
는데 순식간에 자동차들에서 검은 연기가 솟구쳤다. 숲속에 은폐하
여 이 광경을 목격하는 전사들은 격분하여 이를 갈았으나 아무런 방
법이 없었다. 이리하여 1천5백대나 되던 자동차들 가운데 겨우 2백
대를 구해내고 그 나머지는 모두 적기에 의해 격멸되고 말았다.

(훙쉬에쯔, 위의 책, 86~87쪽)

제8군 제2사단의 체험은 더욱더 가혹했다.

제2사단은 원리-비호산의 선에서 골짜기를 거쳐 순천에 후퇴하
려고 하였다.

제9연대와 한국군 제3연대를 선발대로 세우고, 제38연대 · 포병 ·
공병 · 제23연대의 순서로 행군했다. 정찰에서는 '많아야 1개 대대'
의 적이 전방에 포진하고 있는 것으로 보고되었다.

그런데 행군해 가는 산은 중공군으로 가득 차 있어, 제2사단은 행
군해 가는 대로 계속해서 중공군의 협공을 받았다.

일찍이 미국의 개척시대에 인디언과 이주자가 항쟁을 했을 때, 인
디언들은 포로의 처형에 독특한 처형법을 즐기고 있었다.

두 줄로 나란히 선 인디언들이 그 사이를 걸어가는 포로를 양쪽에
서 채찍으로 때리고, 마지막까지 계속 걸어가면 놓아준다는 방식이
었다.

제2사단은 골짜기를 지나갈 때 이 '인디언의 채찍질'과 같은 공격
을 받아, 순천 남쪽에 이르렀을 때는 편성 병력의 20퍼센트로 줄어

저 있었다.

이러한 전황, 그리고 이미 발생하기 시작한 후방의 동요 현상은 맥아더 원수에게 심각한 충격을 주었다.

(고지마 노보루 지음, 김민성 옮김, 앞의 책, 450쪽)

고지마 노보루가 기록하고 있는 원리는 만포선의 개천(价川)과 구장 사이의 역이 있는 마을이며, 비호산은 해발 622미터로 서쪽 바로 아래 개천 및 군우리를 조감할 수 있고, 멀리 동으로는 덕천을, 남으로는 순천까지 바라볼 수 있는 중서부 전선의 요충지였다. 그러나 미군과 한국군은 중공군이 수립한 보병의 민첩한 기동작전으로 삼소리에서 후퇴로를 차단당한 뒤 포위되어 '인해전술'의 공격을 받는 비참한 지경에 빠졌던 것이다.

진성은 이문수를 계속 113사단을 따라 남하시키면서 포로를 신문하고 정보를 얻는 역할을 부여할 것이지만, 여전히 그의 진로를 투명하게 확정짓지 못하고 있던 참이었다. 그때 아직 제목조차 정하지 않은 초벌 원고나마 정성껏 써온 것들을 몽땅 휴지로 날려보낼지도 모르는 엄청난 소식을 곽종철이 가지고 왔다.

"이문수 선생의 아들로 추정되는 사람을 찾았다고 합니다."

"설마……"

진성은 믿을 수가 없었다.

4

곽종철의 말에 따르면 이문수의 아들로 추정된다는 사람의 이름은 이종만(李鍾萬)이며 철도원으로서 투먼에 살고 있다고 했다. 그때까지의 과정과 성과로 보아 이종만이 이문수의 아들이라는 가능성은 넓은 모래사장에서 구슬알 찾기와 마찬가지로 희박한 것이었으나, 그렇다고 실망할 게 두려워서 그와 만나기를 주저할 일도 아니었다.

이진성은 나이 지긋한 사람답지 않게 왠지 가슴이 벌렁벌렁 뛰는 것을 느끼면서 그길로 곽종철을 데리고 옌볜 대학 건너편에 있는 양고기 꼬치구이 집으로 갔다. 꼬치 스무 개와 배갈 한 병을 시키자마자 그는 이종만이 어떤 경로로 등장하게 되었는지 곽종철에게 물었다.

"조선어판 신문인 『연변공안보』에서 신문기자로 복무하고 있는 정재영(鄭載榮)이란 친구가 제 죽마고우입니다. 그 친구가 조선족의 내막에 대해서는 둘째가라면 서러워할 만큼 요모조모 훤히 꿰뚫고 있어서 도움이 되겠다 싶어 선생님께서 제게 주신 이문수 선생님의 사진 중에서 한 장을 주며 수소문해보라고 일러두었더랬지요. 이종만이라는 사람을 알아낸 것은 그 친구를 통해섭니다."

그날 진성이 곽종철에게서 들은 애기는 전쟁 직후 김은주(金恩珠)라는 이름을 가진 이종만의 어머니가 불순분자로 의심을 사 북한 당국의 박해를 받게 되자 어린 이종만을 데리고 북한에서 간도로 이주해와 살았다는 것, 전쟁 중에 그의 아버지와 헤어진 어머니는 오매불망 아버지 소식을 기다리다가 9년 전에 심장병으로 죽었다는 것, 한 번도 아버지를 본 적이 없는 그가 이씨 성을 갖게 된 것은 어렸을 적부터 그의 어머니에게서 아버지 이름이 이문수라고 들어왔기 때문이라는 것 정도였다. 곽종철이 이종만의 아버지와 어머니가 전쟁 중에 어떤 일에 종사했는지를 정재영에게 물었더니, 당사자를 만나 직접 물어보라고 했다는 것이다.

"그 친구는 이렇게 말했지요. 어떤 사안이 앞뒤가 맞지 않아 객관적으로는 도저히 납득할 수 없거나 믿을 수 없는 경우가 있을 수 있지만, 그런 경우라도 때로는 직감이라는 게 작용하여 객관적 판단을 무위로 돌리게 되는 수도 생긴다는 겁니다. 그러니 아무리 논리적으로 이러쿵저러쿵 따져본들 무슨 소용이 있느냐면서 한번 직접 만나서 물어보라고 하더군요. 저는 만나기 전에 사전 지식을 갖자는 것인데 뭘 그렇게 어깃장을 부리냐며 언성을 높였습니다만……"

"아닙니다. 그 친구분 말이 옳아요. 친구분도 내 처지와 이종만이라는 사람의 처지가 어느 정도 부합되는 점이 있어서 곽선생에게 정보를 제공한 것이 아니겠습니까? 그 친구분께 우선 고맙다는 말부터 전하고, 일단 만나보기로 하지요."

"정재영에게 사사는 뒤에 하셔도 됩니다. 마침 남식이 조카가 내일 오후 두 시에 도문 쪽으로 관광객을 태우고 가는데 자리가 여유 있다고 하니, 그 편을 이용하시는 게 어떻겠습니까?."

그의 말에 진성은 흔쾌히 동의했다. 그날 밤 진성은 곽종철과 헤어진 뒤 방노인의 아파트로 돌아와서 자리를 펴고 누웠으나 좀처럼 잠에 들 수가 없었다. 이종만의 어머니 이름은 아무래도 좋았다. 삼촌과 함께 태백산맥을 타고 신창리까지 갔던 여인의 이름을 알고 있는 사람은 그때까지 나타나지 않았기 때문이었다. 투먼으로 가는 철로변 부근에서 구육관을 차리고 있는 오진혁이나 쑹화쟝 강변 쟝쟈 마을의 쟝민쭝 노인도 그 여인의 이름을 알지 못했다. 김인숙이라는 이름이 이문수를 주인공으로 하는 1인칭 소설 속에 등장하고는 있으나 그것은 진성이 임의로 명명한 것에 지나지 않았다. 그러니 그 여인의 이름은 김인숙이든 김은주든 또는 그 어떤 이름이든 상관이 없었다.

문제는 그의 아버지 이름이 이문수라는 것과 그의 어머니가 북한 당국의 박해를 받았다는 점이었다. 이문수라는 이름은 흔하디흔한 이름 가운데 하나다. 어쩌면 이 지구상에 존재했던 한국계 사람 중에 이문수는 수천 수만 명이 될는지도 모른다. 그러므로 이종만의 아버지가 이문수라고 해서 그 사람이 바로 자신의 삼촌이라고 생각할 근거는 없다. 그러면서도 보이지 않는 끈이 그의 마음을 잡아당기고 있는 듯한 느낌이 온몸으로 스멀스멀 퍼져가고 있었다. 이것이 곽종철의 친구인 정재영이 말했다는 직감이란 것일까. 의용군으로 나간 이후 방호산 사단에서 전투를 하다가 지리산 자락에서 허정민의 소대원들에게서 버려질 때까지의 삼촌의 성격으로 보아 삼촌은 그 어떤 누구에게도 호감을 사지 못했을는지 모른다. 만약에 삼촌이 북한 당국으로부터 반동분자로 낙인 찍혔다면, 삼촌을 따라 신창리까지 갔던 그 여인도 온전하지는 못했을 것이다. 김은주가 박해를 받았다는 것이 사실이라면, 이종만의 아버지 이문수가 삼촌일 가능성은 수천 분의 일에서 십 분의 일 정도로 높아진다.

거의 뜬눈으로 밤을 새우다시피 보낸 진성은 다음날 오전에 곽종철과 함께 그의 조카가 운전하는 승합차를 타고 1시간 20분가량 걸려 투먼으로 갔다. 그가 중국에 머물면서 투먼에 가기는 방노인의 아파트로 거처를 옮긴 뒤 삼촌의 행방에 대한 어떠한 정보도 얻지 못한 채 무료하게 시간을 보내던 무렵, 두만강과 북한 땅이라도 정확히 뇌리에 심어두자는 생각으로 갔던 것이 처음이었다. 그리고 쟝밍쭝 노인을 만나기 위해 하얼빈에 갔다가 돌아오는 길에 투먼을 거친 것이 두번째이고, 이번이 세번째였다.

인구 10만 남짓한 작은 도시지만 조선족이 반수 이상 살고 있는 투먼은 룽징[龍井] 못지 않게 가슴 저리게 애달픔을 자아내는 곳이었다. 여름에는 평균기온이 섭씨 18도 정도로 덥지 않아 생활하기가 쾌적하다고 하나, 10월 초부터 내리기 시작하는 서리는 이듬해 5월에 이르러서야 멈출 뿐만 아니라 겨울철에는 평균기온을 영하 19도까지 끌어내리는 혹한이 엄습하여 내복을 겹겹이 껴입지 않으면 견디기 어려운 동토이기도 했다. 투먼은 두만강을 사이에 두고 북한의 함경북도 중에서도 최북단인 온성군(穩城郡)의 남양(南陽)과 마주보고 있었다. 일제치하 때 못 먹고 헐벗은 조선 농민들은 남부여대 살길을 찾아 북간도 땅으로 들어갔다. 그때 북한의 회령 땅에서 두만강을 건너 싼허[三合]로 들어가 오랑캐고개를 넘어 룽징을 거쳐 옌벤 일대로 퍼져갔던 통로가 하나 있었다면, 투먼을 거쳐 북으로 머나먼 헤이룽쟝성까지 올라가는 또 다른 통로가 있었다.

투먼은 동쪽으로는 두만강, 북쪽으로는 까야허[嘎呀河]에 둘러싸여 있어서 강안 도시라 할 만했다. 옌지에서 동으로 흘러온 뿌얼하퉁허[布爾哈通河]는 까야허에 섞이고, 까야허는 투먼의 동북쪽에서 두만강과 합류하여 함경북도의 북단을 에돌며 훈춘(琿春)을 지나 동해로 빠져든다고 했다. 강에 둘러싸여 있어서인지 투먼의 여름 아침은 안개와 더불어 시작하는 것 같았다. 진성이 처음 투먼을 찾았을 때에도 아침나절이었는데 두만강가에는 안개가 자욱하게 끼어 있었다. 그는 도시 남쪽에 자리잡고 있는, 중국과 북한의 우의의 상징으로 악수를 하는 형상을 세워놓은 '우의탑'을 돌아 '사법국'이라 불리는 세관을 지나서 북한 땅과 연결된 투먼 대교

앞까지 혼자 걸었다. 사법국에서 대교에 이르는 광장 한쪽에는 북한에서 짐을 싣고 왔다가 다시 싣고 갈 짐을 기다리는 북한 번호를 단 대형 트럭들이 20여 대가량 북한 쪽으로 머리를 틀고 줄지어 서 있었다. 4차선 너비로 놓인 대교의 한가운데가 국경이었으나 중국 공안국 당국은 일반인들에게 다리의 삼분의 일 정도 되는 곳까지만 접근을 허락했다. 그는 통제선에 바싹 다가서서 자욱하게 안개가 피어오르는 강 건너 북한 땅을 하염없이 바라보았다. 안개 무더기 사이사이로 급한 경사를 이루는 헐벗은 산의 형체가 드러났다. 어쩌다가 산허리를 도는 외줄기 도로를 따라 트럭이 느릿느릿 움직이는 것이 언뜻언뜻 보이기도 했다. 그러나 안개는 걷힐 만하면 피어올랐다. 골짜기마다 거대한 안개의 분화구가 있어 그곳에서 끊임없이 안개가 솟구쳐오르는 듯 보였다. 안개 때문이었을까. 그는 잠시 몽롱한 환상에 사로잡혔다. 꾀죄죄한 흰옷을 입은 여남은 명의 조선 사람들이 안개를 헤치며 강가로 내려와 이쪽을 바라보며 서성거리는 모습이 유령처럼 어른거렸다. 그들은 갑자기 구조를 요청하듯 두 손을 치켜들며 흔들었다. 그는 무의식중에 두어 발자국 앞으로 내디뎠다. 그러자 무엇인가 딱딱한 물체가 배를 쿡 찌르는 느낌을 받고 멈칫 섰다.

"부요 진 라이!"

들어오지 말라는 외침에 퍼뜩 정신을 차리고 보니, 바로 코앞에 짙은 청록색의 후줄근한 군복을 입은 군인이 총구를 배에 들이대고 있었다. 진성은 상대방을 안심시키기 위해 두 손을 번쩍 들고 통제선 밖으로 뒷걸음질치며 물러났다. 그러고는 홀린 듯 다시 한 번 강 건너 쪽을 바라보았다. 그곳에는 안개뿐 아무것도 보이지 않았다.

"너무 그런 쪽에 마음을 쓰시다보니 허깨비를 보셨나봐요."

투먼 역 앞 광장에서 남식의 승합차에서 내려 남식과 헤어지고 나서, 곽종철과 함께 이종만의 집을 찾아가는 길에 그를 흘렸던 안개 이야기를 했더니 곽종철이 그렇게 말했다.

두 사람은 역 앞에 가로로 뚫린 꽝밍루〔光明路〕에서 왼쪽으로 꺾어 북쪽을 향해 걸었다. 정재영이 곽종철에게 알려준 이종만의 주소는 25위(委) 7조(組) 위에뻬이시후퉁〔月北西胡同〕 3호(號)로 되어 있었다. 중국의 주소에서 위는 거민위원회의를, 조는 주민소조를 가리키는 말이다. 여름의 평균기온이 18도밖에 안 된다고 하지만 8월 초의 날씨는 30도를 웃돌 만큼 더웠다. 철도체육장 옆을 지나 15분가량 걸어 동서로 뻗은 위에꿍루〔月宮路〕에 이르렀을 즈음에는 머리카락 밑으로 땀이 주르르 흘러내려 목덜미를 적셨다. 그 일대는 투먼 철도 분국 시절의 요충지였음을 말해주는 듯 철도와 관련된 병원, 학교 같은 건물과 관사들이 여기저기 눈에 띄었다. 위에뻬이시후퉁은 위에꿍루 초입을 조금 지나 위에꿍루와 나란히 동서로 나 있는 좁은 도로를 사이에 두고 붉은 벽돌로 지은 단층집의 관사들이 빼곡히 들어찬 동네였다. 도로가에는 2, 3층의 연립주택으로 재건축한 집들이 많았지만 뒤쪽은 대부분 옛날에 지은 단층집들이 그대로 남아 있었다.

이종만의 집은 도로 뒤 골목 안에 자리잡고 있었으나 번지수대로 찾아가니까 쉽사리 찾을 수 있었다. 향나무로 울타리를 친 집 정면 한가운데에는 벽돌로 양 기둥을 세우고 두 짝의 나무문을 달아놓았는데 마침 한쪽 문이 빠꼼히 열려 있어 바지랑대에 받힌 빨랫줄에 빨래들이 널려 있는 것이 들여다보였다.

곽종철이 나무문을 두드리며 사람을 불렀다. 두어 번 소리쳐 불렀으나 안에서는 아무런 기척이 없었다. 문이 열려 있다고 해서 불쑥 안으로 들어갈 처지도 아니어서 두 사람이 엉거주춤 서 있는데 등 뒤에서 중국말로 묻는 소리가 들려왔다.

"누구를 찾으시죠?"

흰 블라우스에 허름한 회색 바지를 입고 슬리퍼를 신은, 키가 자그마한 40대 초반의 아낙네가 겉절이를 담그려는 듯 어린 배추 몇 단을 한 손에 들고서 두 사람을 향해 고개를 꺾고 올려다보고 있었다.

"아, 여기가 이종만씨 댁이 맞습니까?"

말씨로 아는 것일까, 아니면 얼굴 생김새로 아는 것일까. 곽종철은 그녀가 조선족임을 단정하고 대뜸 한국말로 물었다.

"그렇긴 하지만…… 어디서 오신 뉘신지요?"

그녀가 배춧단들을 문가에 세워놓고는 두 눈을 깜빡거리며 조심스럽게 물었다.

"이분은……"

곽종철이 진성을 아낙네에게 소개하려고 했다. 진성은 곽종철이 이말 저말로 소개하는 것을 피하기 위해서 얼른 말을 가로막고 나섰다.

"조선분이시군요. 참 반갑습니다. 나는 남한에서 온 이진성이라고 합니다. 이렇게 불쑥 찾아와서 죄송합니다만."

그는 찾아오게 된 경위를 간략하게 들려주었다.

"이종만씨는 제 남편이지만, 그 사람에게 사촌 형님이 계신다는 말은 들어본 적이 없습니다. 뭔가 착오가 있는 게 아닐까요?"

아낙네는 그의 말을 귀기울여 듣고 나자 머리를 천천히 가로저으며 말했다.

"아, 그렇습니까? 아무튼 한번 뵈었으면 하는데요."

"그러나저러나 어쩌죠? 남편은 지금 홍수로 무너진 철로를 복구하기 위해 목단강 쪽에 나가 있어서 만날 수가 없는데요."

진성은 다소 실망했으나 낙담하지 않았다.

"언제 돌아오시는지 알고 계신가요?"

"이틀 전에 떠날 때 적어도 일주일은 걸릴 것이라고 했으니까 앞으로도 닷새는 더 있어야겠네요."

남편에게 사촌 형제가 있다는 말을 들어보지 못했다는 아낙네를 붙들고 말을 더 붙여보았자 얻을 것은 없을 것 같았다.

"제가 덤벙거려 날짜를 잘못 잡았군요."

곽종철이 송구스러운 듯 말하고 나서 덧붙였다.

"아주머니, 혹시 전화로 연락할 길은 없습니까?"

"지금 가 있는 곳은 모르겠구요, 옆집 전화로 연락하면 바꾸어주니까 그집 전화번호와 도문 철로 보수반 전화번호를 가르쳐드리죠."

진성이 수첩과 볼펜을 건넸더니, 아낙네는 문기둥에 수첩을 대고 천천히 전화번호를 적어주었다. 그는 수첩과 볼펜을 돌려받고는 수첩에 씌어 있는 투박하지만 성의가 담긴 숫자의 모양들을 한참 들여다보았다.

"나는 이종만씨가 나의 사촌 동생이기를 간절히 바라는 사람입니다."

진성은 자신이 허튼수작을 부리려고 온 사람이 아님을 그녀에게 확인시켜주고 싶었다. 그녀도 그의 뜻을 알아차린 듯 다정하게 미소를 지으며 말했다.

"남편도 형제가 없는 사람이니 그렇기만 하다면 얼마나 좋겠어요.”

그는 닷새 뒤에 다시 오겠다는 말을 남기고 곽종철과 함께 옌지로 돌아왔다.

진성은 방노인의 아파트에서 이종만이 무단장 보수공사를 마치고 돌아오기를 기다리는 나흘 동안, 쓰고 있던 소설을 마저 끝내기로 작정했다. 날씨는 무더워서 선풍기 바람으로는 땀을 식힐 수도 없었으나 가능하다면 초벌 원고를 끝낼 양으로 더위는 물론 다시금 도진 귀찮이와 허리의 통증을 참아내며 이문수의 행방을 좇아 노트북의 자판을 두드려댔다.

5

나는 누군가 나를 사형장에 세워놓고 내 가슴에 총구를 정확하게 조준한 후 발사하여 죽이지 않는 한 불사신이었다. 이것은 결코 나를 추켜세우려고 하는 말이 아니라 나를 잘 아는 사람들이 했던 말이다. 경상남도 진동 전투에서 오른쪽 넓적다리와 왼쪽 옆구리에 관통상을 입고도 살아났고, 지난번 평안남도 용원(龍源) 삼소리 전투에서는 오른쪽 가슴에 수류탄 파편을 맞고도 다시 살아났다. 나는 소나무 숲속에다 미군에게서 노획한 대형천막 8동을 쳐서 차려놓은 사단 야전 병원의 한 천막 속에서 가슴을 싸매고 누워 있었는데, 누워 있은 지 사흘 후에 부대 부상병들을 위문하러 왔던 왕웨이 대대장도 내 병상 앞에 이르자 나를 물끄러미 내려다보더니 갑자기 허리를 굽혀 내 귓가에 입을 대고 속삭였다.

“번역원 동무는 불사신이오, 불사신!”

그러나 운명은 나를 죽이기 위해서 살려두었을 뿐이었다. 한여름 경상남도의 진동 전투에서나 지난번 초겨울의 삼소리 전투에서나 나의 몸을 강타했던 쇠붙이들은 다행히도 뼈를 건드리지 않았다. 오른쪽 가슴을 때린 담뱃갑만 한 파편은 가슴을 갈가리 헤집어 놓기는 했으나 일주일이 지나고 나니 심하게 움직일 때마다 가슴이 조금 결리는 통증 말고는 별다른 증상을 느낄 수 없었다. 그래서 나는 야전 병원의 군의원이 후송을 제의했을 때에도 그대로 남아 있겠다며 거절했다. 가슴의 상처는 거의 아물었고 가끔 결리던 증상도 어느덧 깨끗이 사라졌다.

야전 병원에서 무료하게 열하루째 소일하고 있을 때였다. 내가 수술을 마쳤을 때만 해도 등허리를 울릴 만큼 지축을 쿵쿵 흔들던 포성이 점차 남쪽으로 잦아들며 아득해지더니 산야는 고요하기만 했다. 조밥과 무국으로 저녁 식사를 끝낸 뒤 소피를 보러 간이 변소에 다녀올 무렵, 어둑시근한 그림자를 드리운 겨울 나뭇가지들 사이로 눈발이 희끗희끗 날리기 시작했다. 나는 땅바닥에 짚을 깔고 그 위에 요를 얹은 병상에 누워서 결코 전달할 수 없다는 것을 잘 알면서도 형수에게 편지를 쓰고 싶다는 강렬한 욕구에 사로잡혔다. 어떻게 시작할까. 사랑하는 형수님, 아니다. 어머니 같은 형수님, 이 못난 '도련님'은 어디 한곳 다친 데 없이 몸 성히 잘 있습니다. 아니다. 겨울바람이 스산하게 불어 천막 자락을 펄럭펄럭 흔들 때면 형수님이 사무치게 그립습니다. 그것도 아니다. 나는 감상에 빠져 눈물이 핑 돌았다. 어떻게 시작할까.

밖에서 여러 개의 발짝 소리와 함께 웅성거리는 소리가 천막 쪽으로 다가왔다.

"번역원 동무가 있는 천막이 어디요?"

누군가 출입구 쪽에서 물었다.

"바로 여깁네다."

누군가 대답했다. 그와 동시에 출입구의 천막 자락이 활짝 젖혀지면서 총을 멘 두 사내의 검은 그림자가 희미하게 밝힌 등잔불 뒤로 나타났다.

"번역원 동무는 어딨소?"

앞선 자가 큰 소리로 물어 나는 왼쪽 팔꿈치를 짚으며 자리에서 일어나 앉았다. 두 사람은 미군에게서 노획한 군화 발짝 소리를 저벅거리며 내 쪽으로 다가왔다.

"번역원 동무, 잘 있었소? 나 중대장 짱위시요."

나는 놀라 벌떡 몸을 일으켜세웠다.

"놀랄 것 없소. 하하하!"

그는 한바탕 너털웃음을 웃으며 내 어깨를 두드리고 나서 내 건강 상태를 물었다. 내가 활동하는 데 아무 지장이 없다고 대답하자 그는 대뜸 이렇게 말했다.

"그렇다면 잘됐소. 갑시다."

"어디로 말입니까?"

"개천 군우리의 포로수용소로 가서 포로들을 후송하라는 명령을 받았소. 아, 참, 여기 이 동무는 떼한산(代寒山) 문화교원이오."

짱위시가 그의 옆에 서 있던 사내를 소개했다. 나보다 한두 살 위로 보이는 떼한산은 장갑을 벗고 내게 악수를 청하며 말했다.

"나와 번역원 동무가 할 일은 포로들과 의사소통을 하면서 포로들의 명단을 작성하고 호송하는 일입니다."

"헌데 나는 이곳에 와서 지금 입고 있는 군복 한 벌을 지급받기는 했으나 솜옷도 무기도 없는데 어쩌면 좋겠습니까?"

나는 여자 손처럼 작고 보드라운 떼한산의 손을 놓으면서 짱위시를 바라보았다.

"염려 마오. 그런 건 부대원을 시켜 미리 준비해두었으니까."

중대장은 나의 뜨악한 표정을 무시하면서 호쾌하게 말했다.

나는 그들을 따라나섰다. 천막 밖 숲 어귀에는 짱위시의 중대원들이 대열을 흐트러뜨린 채 잡담을 나누거나 담배를 피우면서 웅기중기 서 있었다. 짱위시는 그들 앞까지 걸어 내려가는 동안 볼멘소리로 투덜거렸다.

"아군은 이틀 전에 평양을 점령하고 파죽지세로 삼팔선을 향해 남진하는데, 나는 오히려 북쪽으로 올라가며 포로 따위나 다루어야 하니 이게 어디 될 말이오?"

"아마도 그동안 전투를 벌이느라고 고생을 많이 한 중대원들에게 휴식을 취하라고 상부에서 배려한 것이 아닐까요?"

나는 짱위시가 준 여섯 발의 탄알이 장전된 미제 45구경 권총을 솜옷 바깥 허리에 힘겹게 둘러차면서 그를 위로했다.

"잠깐 동안의 휴식은 약이 되지만 오랜 휴식은 게으름이란 병을 낳아 전투하기 싫어지게 되오. 난 그게 두려운 것이오."

어디선가 들어본 금언인 듯 귀에 익었다. "우리의 본성은 운동에 있다. 완전한 휴식은 죽음이다." 파스칼이 말했던가. 완전한 휴식, 휴식의 완전함. 끊임없이 운동해야 한다. 그것이 살아 있는 자의 조건이다. 그러므로 조금 전까지 내가 형수님에 대한 그리움 때문에 바보처럼 감상에 젖어 있던 것은 휴식의 병폐에 지나지 않는다!

"맞습니다. 전사는 전투를 하는 데 그 존재 이유가 있으니까요."

나는 심약해지려는 자신을 채찍질하며 말했다.

짱위시의 중대는 20킬로미터 북쪽에 있는 군우리를 향해 눈보라를 뚫고 행군했다. 포로 호송이기 때문에 중대원들은 모두 경무장을 하고 있었으나 굵은 눈송이들이 점점 거세지는 삭풍에 맴돌며 벌레들처럼 얼굴에 달라붙는 바람에 눈을 제대로 뜰 수 없었다.

포로들은 7백 고지가 넘는 산중턱에 있는 광산에 수용되어 있었다. 나는 그동안 사단이나 연대본부로 사용하던 광산 굴에 두어 차례 들어가보았으나 2킬로미터에 이르는 갱내를 본 것은 그때가 처음이었다. 그 갱 속에 8백 명이나 되는 포로들이 지쳐 자빠져 있었다. 그곳은 한마디로 지옥이었다. 보통 키의 사람이 겨우 서 있을 만한 높이의 갱내를 떠도는 매캐한 분진과 막 발효하기 시작한 지린내와 시큼한 땀내가 뒤범벅되어 눈과 코를 쏘았다. 더 한층 고약한 것은 포로들을 휩싸고 있는 불안과 절망감이었다. 그들은 대부분 두 다리를 끌어안고 축축한 암벽에 등을 기댄 채 고개를 숙이고 앉아 있었으나 더러는 새우처럼 옹그리고 모로 누워 있기도 했다. 이따금 두런거리는 소리가 들렸다. 그러나 한 번의 두런거림이 지나가면 깊은 침묵이 고였고, 그 사이사이 간헐적으로 끙끙 앓는 소리와 탄식하는 소리가 들렸다. 그들은 죽어가거나 이미 죽은 사람들 같았다. 그들을 떼죽음으로 몰아넣을 목적이 아니라면 한시라도 빨리 좀더 나은 환경으로 옮길 필요가 있었다.

짱위시는 도착하자마자 비좁은 갱내에 잠깐 들어갔다 나오더니, 포로 중에서 움직이기 어려운 환자를 제외하고는 모두 밖으로 끌어내어 눈보라가 날리는 넓지 않은 공지에 집합시켰다. 중대원들이 담장을 두르듯 그들을 에워쌌다. 그러고는 포로들에게 간단한 맨손 체조를 시켰다.

"이건 침략군 전시장이자 인종 전시장이로군."

떼한산 문화교원이 큰 소리로 비아냥거렸다. 명단을 작성하고 난 뒤에 안 것이지만, 거기에는 남조선 괴뢰군의 1사단, 6사단, 7사단, 8사단의 장병은 물론 미군 2사단, 24사단, 영국군 27여단, 터키 여단, 캐나다군 등 서부와 중부 전선에 투입된 주요 국가의 군대들이 숫자의 많고 적음의 차이는 있었으나 망라되어 있었다. 거기다가 인종도 황인종, 백인종, 흑인종, 혼혈인종 등 가지가지였다.

간단한 운동으로 몸을 풀고 나자 포로들은 다소 가운을 차린 듯 잡담을 나누기도 하고 어딘가에 소중히 감추어두었던 담배 개비를 꺼내 불을 붙이기도 하느라고 한동안 술렁거렸다. 떼한산이 앞으로 나서서 메가폰을 입에 대고 영어로 소리쳤다.

"포로들은 조용히 하라!"

술렁거림이 가라앉았다.

"우리 중국의 조선인민지원군은 여러 포로 장병들을 좀더 나은 환경이 조성된 수용소로 후송할 것이오. 하지만 그에 앞서 절차상 당신들의 신분을 파악할 의무가 우리에게 부과되어 있소. 그래야만 우리 중국은 당신들의 국가와 가족에게 당신들이 생존해 있다는 것을 통보할 수 있을 것이오. 만약에 이 사업에 당신들이 협조하지 않는다면, 우리는 그뒤에 일어날 사태에 책임을 질 수 없소. 협조하지 않는 자는 혼란을 야기하는 자로 인정되어 정치위원의 철저하고도 가혹한 신문을 받게 될 것이오. 내 말을 명심하고 빠른 시간 내에 일이 마무리되도록 협조하시오. 이상이오."

떼한산은 베이징 대학에 다닐 때 영어를 조금 익혔다고 대수롭지 않은 듯 말했으나 막상 그의 협박조의 연설을 듣고 나니 그의 영어 실력이 보통이 아니라는 것을 알게 되었다. 그가 연설을 끝내자 짱위시는 포로들을 다시 갱내로 들여보냈다. 그리고 포로의 식사를 담당하던 취사원들만을 남게 하고 나머지 경비병들을 자신의 중대원들로 교체시켰다.

곧이어 떼한산과 나는 갱 입구로부터 안으로 들어가면서 손전지 불빛으로 겨우 주위를 밝히고 한 사람 한 사람 명단을 작성하기 시작했다. 떼한산의 협박조 연설이 효과가 있었던지 이름과 국적과 부대명과 계급을 적는 데에는 별 어려움이 없었다. 실상 그와 나에게는 그것 외에는 그 어떤 첩보를 수집하는 임무도 주어져 있지 않았다.

그와 나는 따로 포로를 맡아 명단을 작성하며 바삐 안으로 들어갔다. 시간이 얼마나 흘렀는지 알지 못했지만 냄새에 취한 듯 어지럼증이 나고 등판에는 식은땀이 흘렀다. 어림잡아 내 쪽에서만 2백 명쯤 작성했을 것이다. 나는 콧수염을 기른 무리를 만났다.

"이름은?"

나는 그들 중 맨 앞쪽의 포로를 일으켜세우고 물었다. 그러나 지금까지 순순히 대답을 해온 포로들과 달리 그는 입을 꾹 다문 채 아무 말도 하지 않았다.

"이름은?"

문화교원도 다른 한 포로를 지목하며 물었다. 그 역시 입을 열지 않고 막무가내로 도리질만 해댔다.

"이름은?"

내 앞의 포로에게 재우쳐 물었으나 그는 또다시 고개를 가로저었다.

"이 사람들은, 쿨룩, 터키인입니다. 쿨룩!"

안쪽 구석에 앉아 있던 사내가 가래가 끓는 기침을 토해내며 서툰 영어로 말했다. 떼한산과 나는 거의 동시에 손전지 빛을 소리 난 쪽으로 비췄다. 사내는 힘겹게 자리에서 일어나 이쪽으로 절룩거리며 다가왔다. 내 어깨밖에 오지 않을 만큼 키가 작달막한 사내였다.

"나는 터키군 통역관이지요. 쿨룩, 쿨룩. 물을 게 있으면…… 내게 물어보십쇼."

동양인이었다. 가까이 다가오자 그의 비쩍 마른 얼굴이 또렷하게 떠올랐다. 그 순간 나는 나도 모르게 손전지를 얼른 꺼버리고 말았다.

"왜 그러오? 손전지 약이 떨어졌소?"

떼한산의 손전지 빛이 내 얼굴과 그의 얼굴을 번갈아 비췄다. 나는 굳어버린 듯 꼼짝할 수 없었다. 이럴 수가! 하지만 언제까지나 그대로 서 있을 수는 없었다. 이 넓은 세상에 닮은 사람이 어디 한둘만 있겠느냐고 내심 자위하며 다시금 손전지를 켜고 그를 향해 한국말로 물었다.

"보아하니 동양인인 듯한데, 조선 사람이오?"

"그렇습니다. 쿨룩. 중공군 안에서 한국인을 만나다니 너무나 반갑군요."

그는 쓰러질 듯 휘청거리며 나의 바로 앞까지 다가와서는 포로로서의 예의인 듯 허리를 굽혀 절을 하고 나서 친밀감이 밴 웃음을 허옇게 부르튼 입술가에 띠었다.

그가 없으면 터키군의 명단을 작성할 수 없다는 것을 알고 있는 떼한산이 내게로 다가왔고, 두 개의 손전지 빛 때문에 어쩔 수 없이 내 얼굴이 노출되는 것을 감내할 수밖에 없었다. 그가 솜모자의 짧은 챙 밑에 반쯤 그늘져 있을 내 얼굴을 유심히 뜯어보는 것 같았다.

"이름을 대시오!"

제발 동일 인물이 아니기를 빌면서 나는 짐짓 목에 힘을 주며 단호하게 말했다.

"최길남입니다. 쿨룩."

빌어먹을! 욕지거리를 내뱉을 사이도 없었다.

"아아, 쿨룩 쿨룩, 이문수군이 아니오?"

그는 끓는 가래 때문에 숨쉬기조차 힘든 듯 한 손으로는 입을 막고 다른 손으로는 목젖을 쥐고 심한 기침을 하면서 힘겹게 말했다. 나는 파편을 맞았던 오른쪽 가슴께로 한줄기 격렬한 통증이 지나가는 것을 느꼈다.

"나, 나, 최길남일세!"

그가 다시 한 번 자신의 이름을 댔다. 아무리 한국말로 대화를 나누고 있다 하더라도 떼한산은 최길남이 들먹거린 '이문수'라는 발음을 들었을 것이므로 나는 내가 이문수가 아니라고 차마 말할 수 없었다.

"내 이름이 이문수이기는 하지만, 난 당신을 모르겠소."

"아니, 날 모르겠다구? 쿨룩 쿨룩. 연희대학 문과에서 같이 공부했던 최길남입니다."

"난 모르오. 당신이 뭔가 착각하고 있는 모양인데, 난 모르니 더 이상 어거지를 부리지 말라구."

가래를 그르렁거리며 입을 딱 벌린 채, 어이없다는 표정을 짓고 있는 최길남에게 다시 한 번 거짓말을 했다. 나는 그때 왜 거짓말을 했을까. 신입생 때부터 학구파라는 점에서 가까운 사이였으나 그가 신탁통치를 반대하고 내가 찬성하는 쪽으로 기울면서 점점 사이가 멀어졌고, 마침내는 패가 갈려 서로 돌팔매질을 하고 린치를 가하는 적대자가 되고 말았다. 실제로 나는 서울의 YMCA 뒷골목에서 그가 주도하는 패거리들에게 붙잡혀 주먹질과 발길질을 죽도록 받은 적도 있었다. 그렇다. 좌익 때려잡기에 악명을 날렸던 최꼬마! 그가 나의 적일진대, 내가 그때 승리자의 위치에서 패배자를 향해 떳떳하게 '내가 당신이 알고 있는 이문수다!'라고 오만하게 외칠 수 있었는데도 나 자신을 숨기려고 했던 것은 나를 더 포악한 인간으로 만들지 않기 위해서였다. 나는 누가 왜 의용군에 지원했느냐고 물을 때마다 이렇게 대답했다.

"매국 역적 이승만 도당과 미 제국주의 약탈자로부터 남반부 인민들을 해방시키기 위해서 의용군에 지원했습니다."

만약에 내가 최길남에게 왜 터키군 통역관이 되었느냐고 묻는다면 무엇이라고 대답할까. 포로의 처지로서 진심을 말하지는 못할 것이다. 그러나 포로가 되기 전, 누군가 그런 질문을 던졌다면 그 대답은 뻔했다.

"불법 남침한 김일성 빨갱이 도당을 물리치고 남북 통일의 과업을 달성하기 위해서!"

그는 분명 나의 적이었다. 그렇다면 전쟁 중에 조선민주주의인민공화국에서 주는 훈장도 두 번씩이나 받은 내가 그를 우호적인 감정으로 대할 수는 없었던 것이다. 그는 나에게 단순한 터키군 통역관이 아니었다. 내가 보고하기에 따라서 그는 포로 이상의 곤욕을 치를 수도 있었다.

"나를 모르겠다고 하니, 내가 잘못 안 것 같소. 쿨룩."

단지 반가운 마음에서 흥분을 감추지 못하고 나에게 다가섰던 최길남도 내가 모른다고 버티자 내 의도를 깨달았던지 그만 제풀에 물러났다.

"왜 그러오? 뭐, 잘못된 일이라도 있소?"

둘이서 옥신각신하는 모습을 보고 수상쩍게 느낀 듯 떼한산이 끼어들었다.

"별것 아니오. 토이기 말을 얼마나 잘하는지 물어보았을 뿐입니다."

"그래, 잘한다구 그래요?"

그가 다시 물었다.

최길남이 특별히 터키어를 공부한 기억이 내게는 없었다. 영어를 공부했으니까 터키 장교들에게는 그가 필요했을 것이고, 터키군 부대에 있는 동안에 터키어를 조금 익혔으리라 짐작했다.

"썩 잘한답니다."

나는 그에게 물어보지도 않고 아무렇게나 대답했다.

"그래요? 아무튼 즐거운 일이지 않소. 맥아더는 토이기군 포로들에다 번역원마저 붙여 보내주는 친절을 우리에게 베풀고 있으니 말이오."

떼한산이 최길남을 바라보며 이죽거렸다. 중국말을 알아들을 리 없는 최길남은 좀 전과는 달리 매우 차분한 태도로 우리에게 터키군 한 명 한 명의 신상을 될 수 있는 한 상세하게 전해주었다.

23명의 터키군과 함께 다시 1백여 명의 명단을 작성했을 때, 짱위시 중대장은 다시 한 번 맑은 공기를 마시게 하기 위해 포로들을 밖으로 내몰았다. 숨 쉬기가 거북하여 캑캑 기침을 내뱉고 있던 병사건 탁한 공기 속에서도 쪼그리고 앉아 꾸벅꾸벅 졸고 있던 병사건 너도나도 앞다투어 먼저 밖으로 나가려고 기를 쓰는 바람에 큰 혼란이 일어났다.

"밀지 말고 질서를 지켜라!"

떼한산이 외쳤다. 그러자 그의 곁으로 미군 소좌 계급장을 단 군관이 대열에 밀려나오면서 떼한산에게 불만을 토로했다.

"백인부터 먼저 나가게 해주시오."

그 말을 들은 떼한산이 화가 나서 소리쳤다.

"무슨 소릴! 우리 중국인민지원군은 미군과 괴뢰군, 백인과 흑인, 군관과 전사를 다르게 대우하지 않소. 여기서는 인종 차별이나 특별 대우 따위는 없소. 모두가 평등할 뿐이오."

머쓱해진 소좌는 아무 대꾸도 하지 못하고 대열에 떠밀려 나갔다. 포로 명단을 작성하는 동안 맑은 공기 마시기는 그렇게 아무런 차별 대우 없이 여러 차례 되풀이되었다.

밤낮을 꼬박 보내고야 811명의 명단 작성이 겨우 마무리되었다. 낮에는 뜸하던 눈발이 어둠이 깔리자 다시 굵어지기 시작했고 바람도 거세어졌다. 멀건 강냉이죽으로 식사를 마친 포로들은 짱위시 중대의 호송을 받으며 북으로 무거운 발걸음을 옮겼다. 미군들에게 고향에서 성탄절을 맞게 해주겠다던 맥아더의 호언은 한갓 공염불에 지나지 않았다. 머지않아 맞이할 성탄절에 그들은 수용소의 차디찬 마룻바닥에 옹그리고 앉아서 하느님에게 이 지옥 같은 수용소에서 하루 빨리 구원해달라는 기도라도 올릴 기회나마 얻을 수 있을지.

짱위시는 영변을 거쳐 태천(泰川)까지만 포로를 호송하면 중대의 임무는 끝난다고 말했다.

"내게 맡겨진 직분이 번역원이기는 하지만 중대장 동무 못지 않게 최전선에 나가 적과 싸우고 싶은 일념뿐입니다."

그것은 내 진심이었다. 후방에서 어정거리다가 최길남을 만났듯이 나를 아는 남조선 사람들과 조우하는 것은 견딜 수 없는 노릇이었다.

"번역원 동무도 이런 임무는 지겨운 모양이구려. 허나 염려 마시오. 열심히 호송하면 모레 아침에는 태천에 도착할 것이오. 임무가 끝나는 대로 남으로 행군하여 닷새 안으로 38선으로 가고 있는 대대와 합류할 생각이오."

그러나 난관은 도처에 잠복하고 있었다. 북쪽 하늘에서 몰아쳐 오는 눈보라가 앞을 가렸다. 점점 차가워지는 대기는 얼굴 근육을 뻣뻣하게 마비시켰으며 눈발은 손과 신발에 달라붙어 그대로 딱딱한 얼음 덩어리로 변했다. 호송병들도 포로들도 모두 고개를 잔뜩 수그린 채 발목까지 빠지는 미끄러운 길을 한 걸음 한 걸음 옮겨 디뎠다. 포로들 가운데에는 감기에 걸렸거나 속앓이를 하거나 동상에 시달리는 환자들이 많아서 꾸불꾸불 이어진 행렬의 전진 속도는 조바심이 날 만큼 더뎠다.

새벽녘이 되어서야 겨우 영변을 지났다. 미군 비행기를 피하자면 될 수 있는 한, 날이 밝기 전에 많은 거리를 가야만 했다. 다행히 눈은 그쳤으나 그 대신 영하 40도의 냉랭한 대기가 행렬의 주위를 에워쌌다. 거대하고 투명한 얼음장 속을 걷고 있는 것만 같았다.

동틀 무렵, 갑자기 앞에서부터 대오가 머뭇거리면서 겹치더니 그만 전체 행렬이 멈춰서고 말았다. 짱위시와 떼한산과 나는 가까스로 뒤엉킨 행렬을 뚫고 앞으로 나아갔다.

"무슨 일인가?"

짱위시가 선두의 소대장에게 물었다. 소대장은 입을 다문 채 손을 들어 앞쪽을 가리켰다. 거기에는 청천강의 지류인 듯 얼음장을 띄운 회뿌연 강물이 굽이쳐 흐르며 행렬을 가로막고 있었다. 어림짐작으로 너비가 1백 미터는 될 것 같았다. 그 강 위에 드럼통을 이어서 만든 것 같은, 두 사람이 나란히 서서 건너가기에도 어려울 만큼 좁다란 다리가 위태롭게 흔들거리고 있었다. 더욱 난감한 것은 남으로 전진하는 대부대가 그 다리를 개미떼처럼 새까맣게 덮으며 건너오고 있다는 것이었다. 강 건너 산 밑 넓은 모래톱에는 건널 차례를 기다리는 병력과 마차가 비비적거릴 틈도 없이 꽉 들어차 있었다. 연대 병력은 될 것 같았다.

"저들도 이제 막 건너기 시작한 모양인데 다 건너올 때까지 기다렸다가는 아침까지 태천에 당도할 수 없을 것이오. 그러니 어쩌면 좋겠소?"

"저 부대의 남진을 지체시키면서 우리가 먼저 건너가겠다고 주장할 수는 없지 않겠습니까? 수심이 그다지 깊지 않은 듯싶으니 포로들에게 물속으로 걸어가라고 할 수밖에 없지 않을까요?"

떼한산이 말했다.

"아무래도 그럴 수밖에 없겠는데, 환자들에게 물속으로 들어가라고 할 수는 없지 않겠소? 그건 강을 건넌 뒤의 행군을 더 어렵게 만들 거요."

짱위시가 난색을 보였으므로 내가 의견을 내놓았다.

"포로들 가운데 환자만을 따로 모아 다리로 건너가게 하면 어떨까요? 백 명 정도가 건너가는 시간은 그다지 오래 걸리지 않을 겁니다."

"그거 좋은 생각이오. 내가 도하 부대의 지휘관과 상의해보고 오겠소."

짱위시는 선두 소대장을 대동하고 강가로 내려갔다. 도하 부대의 선봉 부대는 이미 강을 건너와 산간 도로에 뭉쳐 서 있는 포로들 사이를 뚫고 나가려고 했으므로 일대는 한층 더 혼잡스러워졌다. 15분가량 지나서 짱위시가 소대장과 함께 숨을 헐떡거리며 돌아왔다.

"저쪽의 한 대대장과 합의를 보았소. 십 분의 여유를 줄 테니 환자들을 건너가도록 하라는 거요."

그리하여 짱위시의 호송 부대는 서둘러 환자들을 따로 집합시켰고 남진 부대가 잠시 다리를 비워준 시간을 이용하여 강을 건너도록 조처를 취했다.

"번역원 동무는 부상당한 몸이니 다리로 건너도록 하시오."

짱위시가 내게 말했다. 누군들 차디찬 강물 속으로 들어가기를 바라겠는가. 하지만 나는 다리로 건너가는 것을 거절했다.

"나는 그 어느 전사보다도 모범을 보여야 할 처지입니다. 중국지원군 간부와 전사들이 물속으로 건너가는데 조선인민군인 내가 다리로 건너가는 것은 일종의 죄악이라고 생각합니다."

짱위시가 왜 언제나 인민군의 처지를 내세우며 고집을 부리냐는 듯이 껄끄러운 표정으로 나를 바라보더니 이내 말했다.

"좋소. 그 정신만은 내 높이 사겠소. 하지만 이런 것도 한번쯤은 생각해둘 필요가 있을 게요. 지원군은 지원군대로의 처지가 있다는 것을."

나는 그의 말이 무엇을 의미하는지 얼른 알아차리지 못했다. 너는 내가 가까이 할 놈이 아니라는 암시였을까. 사실 나는 그때 최길남을 생각하고 있었다. 그가 다리를 조금 저는데다가 심하게 기침을 하고 있어서 환자로 분류될 것이라고 생각했으나 눈으로 직접 확인하지 않았기 때문에 어느 쪽으로 분류되었는지 알 수 없었다. 나는 그를 환자로 분류시켜 다리 위로 강을 건너가도록 해주고 싶었다. 하지만 어젯밤 이후 나는 짱위시 앞에서 최길남을 모르는 사람처럼 행세해온 처지여서 아예 그를 잊기로 했다.

나는 탄띠를 푼 뒤 솜옷마저 벗어들고, 서북풍이 수면을 매섭게 핥고 지나가는 강물 속으로 발을 내딛는 호송군을 따라 들어갔다. 그러나 포로들은 감히 엄두를 내지 못하고 강가에 망연히 서 있었다. 달래고 독려해도 꿈쩍하지 않았다. 하는 수 없이 호송군 전사들이 포로들을 총대로 밀어 강제로 강물 속으로 몰아넣었다. 12월의 강물은 뼈가 저리도록 차가워서 이가 딱딱 마주쳤다. 가장자리 쪽부터 막 얼어붙기 시작하던 강물이 인파로 부서지며 수많은 얼음 조각들을 만들었다. 그것들은 둥둥 떠다니거나 얼어붙은 채로 칼날처럼 정강이로 파고들었다. 강 복판에 이르자 물은 가슴까지 차오르면서 격류로 변해 제대로 몸을 가눌 수 없었다. 나는 그때 갑자기 오른쪽 가슴이 뜨끔거리는 통증과 함께 누군가 뒷덜미를 잡아채는 듯한 느낌을 받았다.

"쿨룩, 쿨룩, 어이, 이문수!"

나는 강 밑에 있는 커다란 바위에 발부리를 채이면서 그 자리에 우뚝 멈춰서고 말았다. 천천히 고개를 돌려보았다. 거기 키가 작아서 얼굴만 물 위로 내민 최길남이 서 있었다. 아직 날이 밝기 전이어서 그의 표정이 잘 드러나지는 않았으나 물 위에 덩그마니 떠 있는 듯한 그의 얼굴이 중풍 환자처럼 좌우로 크게 흔들리는 것을 볼 수 있었다.

"나, 최, 길, 남, 일세!"

그는 입술을 달달 떨며 가까스로 말을 이었다.

"오, 토이기 번역원 동무로군. 왜 다리로 건너가지 않았소?"

나는 시치미를 떼고 말했다.

"건너갈 수 있었지. 쿨룩, 쿨룩. 허나 너, 너에게서, 네가 나를 안다는 말을 듣고 싶었지. 쿨룩, 쿨룩. 자네의 양심의 소리를 듣고 싶어. 자, 말해봐. 나를 안다구."

그는 기침이 나올 때마다 고통스러워 물속에 잠겨 있던 두 손을 꺼내 무엇인가 울컥 치미는 것을 막아보려는 듯 입과 목 언저리를 감싸쥐었다. 피를 토하고 있는 걸까. 나는 얼른 주위를 둘러보았다. 짱위시는 앞서 갔고, 최길남과 나는 포로들과 호송병들에게서도 뒤처졌기 때문에 주위에는 아무도 보이지 않았다. 커다란 얼음장 하나가 그의 목을 향해 빠르게 흘러왔다. 나는 그 얼음장을 재빨리 막아서며 말했다.

"나는 당신을 모르오."

이미 모른다고 한 이상 나는 번복하고 싶지 않았다.

"실망이로군! 너는 천벌을 받을 거야."

그 두 마디를 남기고 그의 얼굴이 갑자기 물속으로 가라앉았다. 나는 그가 실족했거나 장난치는 줄로 알고 그의 얼굴이 떠오르기를 기다렸다. 그러나 그의 얼굴은 어디에서도 보이지 않았다. 나는 당황하여 발을 더듬고 허우적거리며 맴돌아보았으나 발끝에 걸리는 것은 바위 덩어리들뿐이었다.

나는 강을 건너가서 터키군 사이에서 최길남을 찾았으나 그의 모습은 보이지 않았다. 태천에서 포로들을 인계할 때 최길남은 실종자로 보고되었다. 그는 물 밑의 바위를 끌어안고 자살한 것일까, 아니면 물속을 수영하여 탈출한 것일까. 나는 후자이기를 바랐지만 자살했을 것이라는 느낌을 지울 수 없었다. 만약에 내가 그의 소망대로 그를 안다고 했다면 그는 죽지 않았을까. 나는 후회도 해보았으나 어차피 폐 질환에 시달리는 듯이 보였던 그가 이 참혹한 전쟁에서 끝까지 살아남지는 못했을 것이라고 자위하기도 했다. 나는 최길남이 갑작스럽게 출현하여 저주를 남기고 사라질 때까지를 현실에서는 일어나지 않았던 악몽으로 여기고 싶었다.

짱위시의 중대는 포로 호송 임무를 예정보다 하루가 늦은 사흘 만에 마쳤다. 피곤에 지친 중대원들에게 낮 동안 휴식을 시키고 난 짱위시는 그날 밤으로 부하들을 독려하여 남쪽을 향해 떠났다. 이틀 동안 행군하여 기관총·박격포·탄약 따위의 무게가 나가는 무기와 장비를 보관하고 있던 잔류 부대와 출발지였던 용원에서 합류했다.

"우리 퇀은 성천·수안·신계를 거쳐 계속 남으로 진격하고 있다고 합니다."

통신원이 짱위시에게 자랑스럽게 보고했다.

"너무 멀리 떨어졌군. 따라잡자면 오늘밤 안으로 떠나야겠어."

짱위시가 말했다.

그리하여 38군단의 113사단이 주둔하고 있던 강원도와 황해북도의 접경 지역인 삭녕리(朔寧里)에 도착하여 왕웨이 대대에 복귀한 것은 용원을 떠난 지 7일 만인 12월 22일이었다. 나는 중국인민지원군에 배속된 이후 처음으로 돼지고깃국 맛을 보았고, 사흘간 휴식했다. 나는 연일 계속된 행군과 최길남이 실종된 충격으로 몸과 마음이 지칠 대로 지쳐 있었다. 게다가 부상당한 가슴 부위가 욱신거리며 쑤시는 것이 꺼림칙하여 삭녕리에 도착하자마자 야전 병원에서 붕대를 풀어보니 수술했던 부위가 벌겋게 성이 나 있었다. 상처를 알코올로 닦아내고 고약을 붙이기는 했으나 통증이 쉽게 가라앉을 것 같지 않았다. 더욱 고약한 것은 잠을 자려고 눈을 감기만 하면 최길남의 모습이 어른거리는 것이었다. 삭녕리에서 이틀째 되던 날 밤에는 강물 속에서 '너는 천벌을 받을 거야'라고 말하던 저주에 찬 그의 목소리가 들려오더니 기괴하게 길다란 그의 팔이 문어 다리처럼 내 두 다리를 휘어감고 어디론가 끝없이 끌고 가는 꿈을 꾸었다.

"상처가 만만치 않은 모양이오. 어젯밤에는 끙끙 앓는 소리를 내며 몸을 심하게 뒤척였소. 아무래도 후방 병원으로 후송되도록 조처를 취해야겠소."

아침에 잠에서 깨어나자 왕웨이가 말했다. 정말이지 나는 그의 제의를 받아들이고 싶을 만큼 심신이 피폐해 있었다. 그러나 나는 그의 제의를 완곡하게 뿌리쳤다.

"영장 동무의 말씀은 고맙지만, 치료를 받고 있으니 곧 나을 겁니다."

"그렇다면 하는 수 없소. 짱위시의 련부로 내려가지 말고 나와 함께 있읍시다."

그리하여 12월 25일 예수가 탄생했다는 그날 밤, 나는 임진강으로 남진하기 위해 삭녕리를 출발한 38군단의 왕웨이 대대를 따라나섰다. 이틀 동안 밤을 도와, 군단은 소속 대오를 분간할 수 없을 만큼 뒤엉켜 도도한 물결처럼 대로와 소로를 메우면서 밀려 내려갔다. 적은 이미 38선 이남으로 후퇴했는지 임진강 중상류의 마전리(麻田里)에 다다를 때까지 대대는 아무런 저항도 받지 않았다.

꾸준히 고약을 갈아붙인 덕분에 벌겋게 성났던 부위가 가라앉으면서 통증도 가셨다. 하지만 최길남이 내게 보여주었던 일련의 모습은 불현듯 영화의 장면들처럼 뇌리에서 떠오르고는 했다. 정체 모를 두려움이 나를 사로잡았다. 때로는 나의 처지와 임무조차 잊어버릴 만큼 머리가 혼몽해지는 것을 느꼈다. 그와 함께 다시금 아버지와 형수가 그리워지고 김인숙의 행방이 궁금해졌다. 왕웨이를 통해 알아본 바로는 인숙은 38군단 어디에 있는지는 몰라도 113사단에는 없다는 것이었다.

중국인민지원군의 3차 전역 대공세는 만월이 되기 며칠 전인 12월 31일 밤을 기하여 개시하는 것으로 예정되어 있었다. 달 밝은 밤이면 지원군은 야간 전투를 잘 수행하여 왔다. 그러므로 공격 개시일은 만월 며칠 전으로 잡고, 달이 점점 차오르기 시작하여 만월이 되었을 때, 그리고 기울어질 무렵까지 전투를 승리로 이끌어야 한다는 것이 지원군 수뇌부의 계획이었다. 게다가 그 다음날은 신년 초하루였으므로 성탄절에 이어지는 축제 분위기가 미군이나 남조선 괴뢰군 사이에 퍼져 있으리라고 예상했다.

왕웨이는 돌격 사흘 전부터 연대 회의에 참석하기도 하고, 임진 강가로 정찰조를 내려보내 적정과 얼음이 언 상태를 살펴보도록 지시를 내리는가 하면, 포병 마차들이 미끄러운 비탈을 쉽게 오르도록 사닥다리와 각목과 볏짚과 새끼줄을 준비토록 하고, 지뢰를 파내는 갈퀴와 짚신을 만들며, 피부에 발라 추위를 덜기 위한 돼지기름을 모으도록 하면서 바쁜 나날을 보냈다. 30일 밤에는 대대 병력이 지난 6월에 인민군이 파놓았던 교통호로 들어가 토치카를 보강하면서 눈과 얼음으로 위장했다. 얼른 보아서는 그저 눈 덮인 산야일 뿐, 그 누구도 대병력이 공격 시간을 기다리며 은폐하고 있으리라고는 상상하지 못했다. 그믐날 새벽에는 포병이 도착하여 돌격 중대가 은폐하고 있는 아래쪽 평지에다 마차와 대포와 탄약을 분산시켜 위장해놓았다. 일단 발사 명령이 떨어지면 대안 목표까지는 4백 미터밖에 되지 않았으므로 포병은 직접 조준사격을 할 수 있었다. 사단은 오른쪽 아미리에서 왼쪽 마전리 사이 1,500미터, 임진강에서부터 뒤쪽으로는 2,500미터에 걸쳐 포진하여 만반의 준비를 마쳤다.

강 건너에서 남조선 국방군 제6사단이 방어 진지를 구축하고 이 따금 산발적으로 포탄을 날렸으나 목표를 조준하여 사격하는 것이 아니기 때문에 아무런 위협이 되지 않았다. 31일 아침, 나는 초소 에서 적정을 살피던 보초가 왕웨이에게 달려와서 직접 보고하는 것을 들었다.

"이승만 둘이 황소 두 마리를 끌고 굽이도는 동남쪽의 강을 건너 가는 것을 보았습니다. 놈들은 이쪽 강안에 있는 마을에서 오늘과 내일 사이에 잔치를 열려고 인민의 재산을 강도질해간 것이 틀림 없습니다."

'이승만'은 남조선 괴뢰군을 지칭하는 전사들의 은어였다. 왕웨 이는 잠시 생각에 잠겨 있더니 고개를 들고 말했다.

"정말 수고했어."

왕웨이는 보초의 어깨를 다독이며 돌려보내고 나서 내게 시험하 듯 물었다.

"번역원 동무, 보초의 보고로 무엇을 알 수 있겠소?"

"두 가지 사실을 알 수 있습니다. 하나는 괴뢰군들이 오늘밤과 내일 아침 사이 군기가 해이해 있을 것이라는 것이고, 또 하나는 강물이 황소가 지나갈 수 있을 만큼 단단히 결빙되어 있다는 사실 입니다. 황소가 지나갔으니 그쪽을 이용한다면 아군의 말과 포차 도 쉽게 건너갈 수 있을 겁니다."

"옳게 맞췄소. 오늘밤 승리는 우리의 것이오!"

그는 이어 돌격 중대장들을 불러 거느리고 적정을 살피러 나섰 다. 그들 가운데에는 짱위시도 끼어 있었다. 짱위시는 내게 친절하 게 건강 상태를 물었지만 내가 그들을 따라나선 것이 불만인 것 같았다.

　"이번 전역은 중국인민지원군과 원기를 회복한 조선인민군의 연합하에 이루어지는 것이니, 우리와 함께 가도 나쁠 건 없을 것 같소만."

　나는 아무런 대꾸도 하지 않고 왕웨이를 따라갔다. 왕웨이 일행은 교통호를 이용하여 1백여 미터 높이의 산마루로 올라갔다. 강은 여러 번에 걸쳐 언 듯 길고 짧은 물결 무늬가 겹쳐 있었고, 어느 부분은 퍼런 빛을 또 어느 부분은 허연 빛을 띠며 결빙되어 있었다. 강 건너 적의 방어 진지는 완강하게 느껴지지 않았다. 적군 보초들이 교통호를 따라 오락가락 걷다가 이따금 멈춰 서서 이쪽으로 목을 빼들고 바라보는 모습이 보였으나 그들 사이에 긴장감이 떠돌지는 않았다. 적군들은 자신들이 강변에 촘촘히 깔아놓은 지뢰 더미들을 과신하고 있는지도 몰랐다. 정오가 되자 강 위에는 희뿌연 안개가 끼고 눈꽃이 휘날리면서 대안의 적군 진지와 보초병들을 시야에서 가려버렸다.

　저녁 5시가 지나면서 서쪽 39군단이 괴뢰군 1사단을 상대로 포진하고 있던 고랑포리(高浪浦里) 방향으로부터 대포 소리가 쿵쿵 울리기 시작했다. 눈발은 그치고 서쪽 하늘에는 화염인지 노을인지 분간할 수 없는 붉은 빛이 물들어 있었다. 우리가 엄폐하고 있던 토치카의 전화기들과 무선기들은 상하부로 교신을 하느라고 불이 붙은 듯 소란스러웠다. 30분이 되자 38군단의 후방 포들이 강 너머 적의 진지로 포탄을 날렸다. 대안의 적 진지는 화염에 휩싸이기 시작했다. 다시 20분이 지나자 대대 포가 불을 뿜었다. 6시, 숨죽이는 순간이 지나갔다. 동시에 어둠의 장막이 내린 강 위로 세 발의 신호탄이 붉은 연기를 흩날리며 내려앉았다.

"각 중대, 사격!"

왕웨이가 무전기에 대고 소리쳤다. 나팔 소리가 울렸다. 꽹과리와 징이 울렸다. 피리 소리가 얼어붙은 하늘가로 퍼져나갔다.

"돌격! 돌격! 적을 소멸하자!"

대대뿐만 아니라 38군단의 모든 전사들이 일제히 함성을 지르며 일어나 새까맣게 강기슭을 덮으면서 달려 내려가기 시작했다. 적의 포탄과 기관총탄이 강 위로 날아와 떨어졌으나 개의치 않고 앞으로 달렸다. 얼어붙은 강을 건너 대안에 이르렀을 때는 돌격 소대의 지뢰 제거반이 소뢰 갈퀴로 지뢰를 제거할 겨를도 없었다. 빠르게 적을 제압하는 것만이 피해를 최소화하는 길이었다. 그러므로 맨 앞에 선 전사가 지뢰 제거원이나 마찬가지였다. 앞선 전사가 지뢰를 밟고 쓰러지면 그 전사를 딛고 다음 전사가 앞으로 나아갔고, 그 전사가 쓰러지면 다른 전사가 그를 넘어 달려나갔다. 돌격 중대의 인적 손실이 커지면 후송 중대가 돌격 중대를 넘어 앞으로 나갔다. 그것은 용감성이 아니라 야만성을 분출하는 인간의 바다요 물결이었다. 그 어떤 강력한 물질 문명의 힘도 그 물결을 막아낼 수 없었다. 적들이 '철통 같은 방어선'이라고 자랑스럽게 선전했던 38선은 6개월 만에 또다시 맥없이 무너졌다.

113사단은 1950년 마지막 그믐밤과 1951년 1월 1일 밤 사이 미 공군의 폭탄 세례와 기총 소사를 무릅쓰고 동남쪽 방향으로 남진하여 포천 남쪽 신읍(新邑)까지 내려갔다. 동시에 서쪽의 40군단은 동두천 서쪽의 안흥리와 상패리를 점령하고, 39군단이 상수리와 선암리로 나아감으로써 남조선 괴뢰군의 1사단을 서쪽으로, 6사단을 동쪽으로 분리시켜 두 사단의 연계를 끊어버렸다. 그 틈새를 이용하여 38군단은 괴뢰군 6사단을 포위 섬멸할 작정으로 예하

114사단에게 포천을 우회하여 동두천 동쪽으로 남진한 뒤 5백 고지가 넘는 칠봉산을 점령토록 했으나 워낙 길이 멀고 험해 괴뢰군 6사단이 후퇴하는 것을 막지는 못했다.

113사단은 사흘째 계속 남하하였다. 왕웨이의 대대 참모부가 신읍을 지나 송우리(松隅里) 부근에 이르렀을 때였다. 우리는 한 마을 어귀에서 자신의 돌격 중대원들을 모아놓고 인원 점검을 하던 짱위시와 마주쳤다. 사흘 밤 사이 얼른 보아도 그의 중대가 막대한 인적 손실을 입었다는 것을 알 수 있었다. 삼분의 일가량 줄어든 중대원들은 반쯤 기운 새벽 달빛을 받으며 가지만 앙상한 커다란 홰나무 아래에서 소총과 장구를 풀어헤친 채 지쳐 널브러져 있었다. 사정은 다른 1개 돌격 중대도 마찬가지였다. 적어도 대대에는 2백여 명의 사상자가 발생했다. 승리는 피를 불렀다. 더욱이 얼음장 같은 대기는 지친 전사들의 몸속으로 사정없이 파고들어 감각을 마비시켰다.

"번역원 동무, 정찰원을 몇 명 대동시킬 테니, 대대원들을 쉬게 할 집들을 찾아보오."

나는 왕웨이의 지시를 받고 정찰원 세 명과 함께 눈으로 하얗게 덮인 논밭 사이로 난 좁은 길을 따라 마을로 들어갔다. 50여 호나 됨직한 큰 마을은 괴기할 만큼 조용했다. 낮에 미군기의 폭격을 받았는지 집들은 반 이상이 폭삭 무너졌거나 불에 타버렸다. 그때까지도 매캐한 연기가 마을에 떠돌고 있었다.

손전지 불빛에 처음 드러난 것은 마을 초입에 있는 불타버린 집 앞 공터 옆에 돌을 쌓아 테두리를 친 우물이었다. 그런데 그 돌 테두리 위에 배를 걸치고 다리는 바깥쪽으로 들린 채 상체를 우물 안으로 들이민 모습으로 새까맣게 타서 죽은 시체가 있었다. 마치 우

물 안에 귀중한 물건을 빠뜨려서 그것을 꺼내려고 발버둥치는 듯
한 형상이었다.

"왜 저런 모습으로 죽었을까?"

키 작은 정찰원이 혼잣소리처럼 중얼거렸다. 그 소리를 들은 키
큰 정찰원이 말했다.

"물이 필요했던 것 같소."

"여자일까? 남자일까?"

이번에는 중간 키가 입을 열었다. 아무도 대꾸를 하지 않았다. 그
러자 중간 키가 우물가로 다가가 손전지 불빛에 비친 시체를 유심
히 살펴보았다. 그리고 제 물음에 제가 침울한 목소리로 대답했다.

"여자요!"

나는 살아 있는 사람이 있다면 어떤 일이 마을에서 벌어졌는지
묻고 싶어서 제 모습을 갖추고 있는 집들을 골라 들어가보았다. 그
러나 살아남은 사람은 아무도 없었다. 뒷동산으로 오르는 길을 따
라 조금 가니까 솟을대문이 활짝 열린 넓다란 기와집 한 채가 나타
났다. 마을에서는 유일한 기와집 같았는데 웬일인지 그 집만은 성
한 모습 그대로 남아 있었다. 나는 그 집을 대대 참모부로 삼으면
좋을 것 같아 돌계단을 올라가 열린 문 안으로 성큼 발을 들여놓았
다. 대문 양 옆에 붙어 있는 사랑채나 행랑채는 텅텅 비어 있었다.
우리는 마당을 지나 안채로 들어갔다. 먼저 안방문을 열었다. 문
앞쪽으로 백발 노인과 노파의 시체가 나란히 엎어져 있는 것이 보
였다. 부부인 듯이 보이는 두 사람은 뒤쪽에서 총을 맞은 듯 등허
리가 검붉은 피로 물들었고 똑같이 문 쪽을 향해 두 팔을 뻗은 채
죽어 있었다. 아랫목 쪽으로 손전지를 비췄다. 발길에 채여 나동그
라진 듯한 제법 큰 밥상 주위에 밥사발과 국대접과 김치 그릇과 숟

가락·젓가락이 어지럽게 흩어져 있었고, 그 뒤에 한 아낙네가 가
슴께에 총을 맞은 듯 두어 살쯤 나 보이는 피범벅이 된 아이를 꼭
껴안고 모로 쓰러져 있었다. 나는 다시 손전지 불빛을 윗목 쪽으로
돌렸다. 거기에는 큰 장롱이 놓여 있었고 다섯 살과 일곱 살쯤 된
계집아이와 사내아이가 장롱에 기대어 앉아 숟가락 든 팔을 축 늘
어뜨리고는 고개를 숙인 채 죽어 있었다.

우리는 참상을 더 참고 볼 수가 없어 뒷걸음질치며 물러나와 건
넌방문을 열었다. 손전지를 비춘 순간, 나는 외면하고 말았다. 저
고리 앞가슴이 잘려나간 것일까, 아니면 가슴에 대고 무자비하게
발사한 50밀리 기관총탄에 문드러져버린 것일까. 처음 내 눈에 들
어온 것은 저고리가 양쪽으로 풀어헤쳐진 채 피가 검게 응고된 여
인의 가슴이었고, 다음으로는 치마가 배 위까지 젖혀 올라간 허연
하반신이었다. 나는 울컥 헛구역질을 하면서 뒤로 돌아섰다. 그동
안 무수히 많은 시체를 보아왔으나 이토록 잔인한 만행의 흔적은
본 적이 없었다.

"이승만 괴뢰들의 짓일까, 아니면 양놈 강도들의 짓일까?"

좀 전 우물가에서 여자일까 남자일까를 묻던 중간 키가 또 물었
다. 우리는 입을 다물고 침묵을 지켰다. 이번에는 모든 일에 의문
을 품는 중간 키도 회의주의자라도 된 듯 판단을 내리지 못했다.
그것은 우물가의 시체처럼 직접 확인할 수 있는 성질의 것이 아니
었다. 그러나 분명한 것은 총을 든 인간의 짓이라는 것이었다. 총
을 들었다는 점에서 나 또한 그들과 별로 다를 것이 없었다.

우리는 일가족의 시체를 외면한 채 그 기와집을 나왔다. 그러나
영하 20도에 가까운 추위 속에서 달리 잠을 붙일 곳도 없었으므로
시체가 여기저기 널려 있는 그 마을에서 대대 전사들은 바람막이

만 된다면 아무 방이나 들어가 새우잠을 잤다.

　내가 뜻밖에도 원대 복귀 명령을 받은 것은 조·중 연합군이 서울을 점령한 지 사흘이 지난 1월 7일 정오 무렵이었다. 그동안 113사단은 의정부에서 미군 제24사단 17연대와 교전을 치르고 왕십리와 광나루 다리 일대까지 진출했다. 나의 원대인 조선인민군 6사단은 사단장에서 군단장으로 승진한 방호산이 이끄는 인민군 5군단에 소속되어 원주 방면으로 나아가고 있다고 했다.

　내가 속옷가지가 든 배낭을 메고 권총을 찬 채 복귀 신고를 하러 벽에 총알 구멍이 숭숭 뚫린 왕십리에 있는 한 공공건물을 본부로 삼고 있던 사단에 들렀을 때 부사단장 류하이칭〔柳海靑〕은 내게 뜨거운 차 한 잔을 주며 말했다.

　"그동안 수고가 많았소. 일차 목표인 38선을 통과하고 서울 지역을 점령했으나 우리는 아직도 번역원 동무가 필요하오. 하지만 지원군에 중국인 번역원들이 웬만큼 확보된데다가 조선인민군 5군단에서 번역원 동무를 요구하기 때문에 어쩔 수 없었소. 복귀해서도 공산주의의 위대한 이념에 충실한 간부로서 잘 싸워주기 바라겠소. 이것은 그동안 번역원 동무의 열성적인 복무를 치하하여 마오쩌둥 주석께서 수여하는 훈장이오."

　그가 구릿빛이나마 번쩍거리는 엽전 크기만 한 훈장을 왼쪽 가슴에 달아주었다. 나는 그 훈장을 단 채 폐허의 거리로 나왔다. 하늘은 금방이라도 눈발을 뿌릴 듯 희끄므레 가라앉아 있었다. 전차가 달리던 길은 텅 비어 있었고, 이따금 지원군의 지프가 털털거리며 달려갈 뿐 민간인의 그림자는 눈을 비비고 봐도 찾아볼 수 없었다. 사람들은 모두 남쪽으로 갔거나 집 안에 들어박혀 있는 것 같았다.

복귀일까지는 사흘의 여유가 있었다. 나는 네거리 한복판에서 갈길을 모르는 사람처럼 한동안 우두커니 서 있었다. 집으로 가야겠다는 생각은 애초부터 하고 있었으나, 이렇게 적막해서야 가본들 아버지도 형수님도 진성이도 있을 것 같지 않았다. 그렇다면 어디로 갈 것인가.

"문수씨!"

등 뒤에서 나를 부르는 소리를 들었다. 환청이려니 생각했다.

"문수씨!"

분명 여자 목소리였다. 나는 고개를 돌려 뒤쪽을 보았다. 폭격에 반쯤 무너진 건물의 잔해 옆을 따라 군복을 입은 여자가 손을 흔들며 뛰어오면서 나를 부르고 있었다. 나는 그 자리에 굳어진 듯 서서 그녀가 다가오기를 기다렸다. 마오쩌둥 모자 밑에 햇볕에 까맣게 그을은 얼굴, 그녀는 김인숙이었다. 우리는 거리 한복판에 서서 누가 먼저랄 것도 없이 서로를 부둥켜안았다. 얼마나 그렇게 서 있었을까. 나는 그녀의 숨소리와 불룩한 가슴을 의식하고 나서야 그녀의 어깨에 손을 얹은 채 한 발짝 물러섰다.

"어떻게 알고?"

나는 기쁨에 넘쳐 있으면서도 전쟁터에서의 고단함이 묻어 있는 그녀의 검은 눈동자를 들여다보았다.

"전 군단에 있다가 일주일 전부터 113사단 참모부에 와 있었어요. 방송원으로서 대민 선무공작을 했지요. 그러다가 우연히 문수씨의 복귀 명령 사실을 알게 되었구요."

"군단에 있었으면서도 만나지 못했다니……"

나와 인숙은 20여 미터 간격으로 방공호가 파여 있는 보도를 따라 서울운동장 쪽을 향해 나란히 걸었다. 그늘진 쪽은 쌓인 눈이 그대로 남아 있었으나 양지 쪽은 눈이 녹아 질퍽거렸다.

"어디로 가려구요?"

인숙이 물었다.

"글쎄, 복귀하기 전에 집에나 들러볼 생각인데, 집에 누가 있을는지 모르겠소. 이렇게 거리가 고요한 것을 보면 주민들이 모두 피난을 간 것 같아서."

"첩보에 따르면, 이승만 도당들이 남조선 인민들에게 악의적인 선전을 했대요. 이번에 내려오는 팔로군들은 남자들을 닥치는 대로 죽이고 노소를 가리지 않고 여자들을 겁탈할 것이라고 말이죠. 우리가 서울을 점령한 뒤 연일 가두 방송에 나섰던 것도 그 같은 풍문을 잠재우기 위해서였어요. 지원군은 인민들의 인권과 재산을 보호할 것이며 자유로운 활동을 보장한다고 말이죠. 하지만 팔할 이상이 지레 겁을 먹어 피난을 가고 난 뒤라 이렇게 적막할 수밖에……"

그녀는 하던 말을 끊고 무엇인가 생각에 잠기는 듯이 보였다.

"부대로 돌아가야 하지 않겠소?"

"저녁까지 시간을 냈으니까 아직은 괜찮아요. 저, 문수씨 댁에 한번 가보고 싶으니까 뿌리치지 말아요."

그녀가 나를 올려다보며 간절하게 말했다.

"꽤 머오. 한 시간 반은 걸어야 될 텐데."

"상관없어요."

그녀가 내 손을 한 번 꼭 잡았다가 놓았다.

불길한 상념이 나를 사로잡은 것은 서대문 네거리에 이르렀을 때부터였다. 적십자병원과 서대문경찰서 건물은 온전했으나 네거리 주변은 완전히 폐허로 변해 있었다. 우리는 영천 방향으로 걸었다. 멀리 독립문이 전찻길 한복판에 서 있는 것이 보였다. 그러나 독립문 부근 양쪽 평지와 언덕가에 자리잡고 있던 집들은 온데간데없고 햇빛에 반짝이는 흰 눈밭만이 펼쳐져 있었다. 오른쪽의 넓은 대지에 자리잡고 있던 행촌동의 양잠소도 폭격을 당했는지 화염에 새까맣게 그을은 건물의 벽돌벽과 흰 철주만이 앙상하게 남아 있었다. 멀리 형무소 붉은 벽돌담의 망루가 서 있는 것이 보였다. 가까운 곳에 자리잡고 있는 형무관학교 건물은 군데군데 포격을 받은 흔적이 보였지만 덩치만은 원래 모습을 간직하고 있었다.

형무소에서 해방된 사상범들과 잡범들이 노도처럼 밀려 내려갔던 그 거리, 내가 떠났던 그 자리에 나는 돌아와 있으나 수없이 많은 총탄을 맞고 우울하게 서 있는 독립문처럼 내 마음도 한없이 울적했다. 그 밖에 보이는 것이라고는 언덕을 따라 게딱지처럼 듬성듬성 붙어 있는 판잣집들과 인왕산과 말바위산 위 하늘에 떠 있는 엷은 구름 몇 조각뿐이었다.

나는 우리 동네로 들어서면서 한 번도 와보지 못한 낯선 곳에 온 듯한 착각에 빠졌다. 길은 그대로인데 집이 없었다. 집이 없어진 공터를 채마밭으로 이용했는지, 설핏 녹은 눈 사이사이로 비죽비죽 자랐다가 얼어 시든 배춧잎들이 눈에 띄었다. 공터 옆에는 작은 판잣집 서너 채가 세찬 바람이라도 불면 날아가버릴 듯 서 있었다. 불타 없어진 우리집 자리에도 일자형의 작은 판잣집이 지어져 있었다. 하나밖에 없는 판자 출입문에는 자물통이 채워져 있었다. 나는 가족의 피난 여부를 확인하려고 동네 판잣집을 샅샅이 뒤졌으나 남아 있는 주민이 한 사람도 없다는 것을 알았다. 나는 우리 판잣집으로 되돌아와 주저하지 않고 문고리에 걸린 자물통을 두 손으로 잡아당겼다. 문고리는 맥없이 뜯겨졌다.

문을 여니까 바로 세 계단 아래에 두 사람 정도가 겨우 움치고 떨 만큼 착박하게 움푹 패인 땅바닥과 방 쪽으로 두 개의 작은 솥이 걸린 나지막한 부뚜막이 보였다. 부뚜막 위에는 사발과 대접과 수저가 놓인 짧은 선반이 걸려 있었다. 어둠에 익숙해지니까 바닥 안쪽 구석에 마른 솔가지 두어 단이 있는 것도 보였다. 나는 부뚜막 오른쪽의 방문을 열고 안을 들여다보았다. 거리에 면한 장기판만 한 붙박이 유리창으로 흘러드는 빛에 방 안의 윤곽이 어슴푸레 나타났다. 방의 네 벽은 미군이 쓰고 버린 레이션 상자를 펼쳐 더덕더덕 붙여놓았다. 아랫목에는 이불 한 채가 얌전히 개켜진 채 놓여 있었고, 윗목에는 신문지로 겉을 바른 궤짝 두 개와 유리창 가까운 곳에 각목과 널빤지 쪼가리로 얼기설기 만든 책상이 하나 놓여 있었다. 그러나 책은 한 권도 보이지 않았다.

"문수씨, 이것 좀 보세요!"

그때까지 등 뒤에서 내가 하는 양을 가만히 지켜보는 줄로만 알았던 인숙이 소리쳤다.

"솥 속에 이 편지가 있었어요."

그것은 형수가 내게 남긴 것이었다. 나는 앞뒤로 빼곡히 쓴 편지지를 받아들자마자 메고 있던 배낭을 방바닥에 벗어던지고 환한 밖으로 나왔다. 일본에 있을 때 자주 서면으로 보았던 낯익은 글씨였다.

도련님, 도련님이 이 글을 읽을지 못 읽을지 알 수 없는 경황 속에서 창망하게 몇 자 적습니다. 지난 가을 쌍방이 치열하게 교전하면서 현저동 일대가 불바다가 되는 바람에 우리집도 세간살이 한 점

건지지 못하고 홀랑 불타 없어졌어요. 겨우 이 초라한 판잣집을 지어 아버님과 진성이와 비바람, 눈보라를 피하며 그럭저럭 살아왔습니다. 도련님이 떠난 뒤, 정말이지 살림살이는 말이 아니었어요. 내가 영천 시장에 나가 하지 않던 양념 장사를 하고 진성이가 시장 바닥에서 광주리 과일 장사를 하면서 근근이 여름을 지냈지요. 형님께서 포천에 사두었던 땅에서 늦가을에 도조가 조금 들어와 두어 달 버티었구요. 헌데 이 한겨울에 다시 난리를 겪지 않으면 안 되게 되었습니다. 혹시 도련님이 올지도 모른다는 생각에 남아 있으려고도 했으나 아버님의 성화가 이만저만이 아니었어요. 아버님 말씀은 도련님 때문에 우리집이 빨갱이 집이 되었는데, 우리만 남아 있으면 진짜 빨갱이 집으로 낙인 찍힌다는 것이었지요. 그렇지 않아도 마지막까지 남아 있던 동네 반장 집에서 떠나자고 독촉을 하네요. 게다가 들려오는 소문도 흉흉하고 무서워서 어쩔 수 없이 떠납니다.

추신. 만에 하나 도련님이 집에 들를지도 몰라 몇 자 더 적습니다. 솔가지 단 밑에 독 두 개와 김치 항아리를 묻어놨습니다. 독 하나는 물독이고 다른 하나에는 쌀이 들어 있습니다. 시장하시면 밥을 해 잡수세요. 그리구 방 궤짝 속에는 도련님이 입던 내의와 오바가 있으니 필요하면 입도록 하세요. 만날 날이 있겠지요. 몸 건강히 잘 지내세요.

양력 정월 초사흘 저녁에,

늘 걱정스런 마음으로 도련님을 기다리고 있는 형수 씀.

불과 나흘 전이었구나. 원망한다는 말 한마디 없이 담담히 쓴 그 편지를 읽고 있자니 나도 모르게 울컥 목이 메었다.

인숙은 그날 부대로 돌아가지 않았다. 우리는 그날 밤 처음으로 몸을 섞었다. 나는 원대로 복귀할 날짜를 넘기고 이탈자가 되었다. 인숙은 전사 신분은 아니었지만 많은 첩보를 알고 있었으므로 그녀의 이탈도 묵과할 수 있는 것은 아니었다. 우리가 11월 초 113사단본부가 있던 한 폐광 안에서 서로 헤어질 때까지만 하더라도 그녀는 그녀의 가족을 죽음으로 몰아넣은 어떤 자에 대한 복수심에 불타 있었다. 그러므로 그녀는 남으로 진격하는 부대를 따라 그녀의 고향인 순천까지 내려가야 할 처지였다. 내가 그 사실을 깨우쳐주자 그녀는 허탈하게 말했다.

"틀렸어요. 인민군이라면 몰라도 지원군은 한강 이남 멀리 내려가지 않을 것 같아요. 지원군의 군단 회의에서 차 시중을 들다가 그렇게 말하는 소리를 엿들은 적이 있거든요. 인민군이 아무리 조선을 통일하겠다고 나서더라도 지원군의 지원 없이는 불가능한 일이에요. 그러니까 전 영원히 고향에 돌아갈 수 없게 된 거죠."

우리는 허무감에 젖어서 판잣집을 은신처로 삼고 하루하루를 보냈다. 그리고 밤낮을 가리지 않고 이부자리 속에서 알몸으로 살을 비볐다. 내가 인숙을 진심으로 사랑하는지 인숙이 나를 진심으로 사랑하는지 서로 알지 못했다. 긴 속눈썹에 가린 무엇인가 갈구하는 듯한 그녀의 눈을 들여다보며 사랑을 확인하지 않은 것은 아니었으나 내가 그녀를 탐하고 그녀가 나를 받아들이는 것은 일종의 사랑놀이에 불과한 것처럼 느껴지기도 했다. 그저 우리 둘만 동떨어져 있다는 의식이 우리를 굳건히 묶어놓았던 것은 아니었을까.

그렇게 열흘이 지나자 양식은 아직 남아 있었으나 땔나무가 떨어지고 말았다. 우리는 배낭을 들고 날이 어두워지면 서대문 쪽으로 집들이 온전히 남은 동네를 찾아 도둑질을 나갔다. 나는 혼자 가겠다고 했으나 그녀는 한사코 따라나섰다. 나는 군복 위에 형수

가 손수 만들어 챙겨둔 두툼한 남색 오버를 걸쳤으나 그녀는 군복
그대로여서 약탈자로 오인받을 수도 있었다. 우리는 때때로 우리
들처럼 도둑질을 나온 남아 있던 민간인들과 마주치기도 했으나
그들은 우리에게 관심을 두지 않는 듯 보였다. 우리는 처음에는 땔
감으로 창호지문의 문살 같은 손쉬운 것부터 뜯어냈으나 날이 지
날수록 대담해져서 부엌문이나 허술하게 달린 대문 따위를 뜯어내
기도 했다. 이따금 쌀독을 뒤져 보리쌀 같은 양식을 얻는 횡재를
만나기도 했다.

그렇게 두 달이 지났다. 폐허 위에도 살랑살랑 봄바람이 불었다.
채마밭에는 푸릇푸릇 잡초 싹이 돋았고 인왕산과 말바위산의 소나
무들은 물기를 머금고 한층 푸르러졌으며 여기저기 암벽 틈새에는
울긋불긋 진달래꽃이 피어났다. 3월 10일이 되면서부터 한강 쪽에
서 포성이 쿵쿵 들려왔고 연이어 사흘 동안 인민군과 지원군의 대
부대와 달구지들이 밤을 틈타 후퇴하며 무악재 쪽으로 넘어갔다.

어찌할 것인가. 남한 당국에 자수할 것인가, 아니면 원대로 복귀
할 것인가. 자수한다는 것은 우리가 그동안 해온 행적을 감안할 때
현명한 선택이 아니라는 결론을 내리고 원대로 복귀하기로 했다.
더욱이 인숙이 때때로 음식을 앞에 놓고 구토를 하는 것으로 보아
임신한 것이 틀림없었다. 자수하여 임신한 여인을 감옥에서 고초
를 겪게 할 수는 없었다.

"사단에 돌아가면 추궁을 받을 텐데, 어떻게 감당하려구요?"

그녀가 걱정스럽게 말했다.

"거짓말을 하는 수밖에…… 지원군의 지시에 따라 지원군에 더
머물러 있었다든가, 원대를 찾는 데 시간을 허비했다든가 상황을
봐서 적당히 둘러댈 수밖에 없어."

우리는 3월 13일 밤 후퇴하는 부대를 따라 무악재를 넘어 북으로 향했다. 그러나 내가 인민군 5군단 6사단에 복귀한 것은 그로부터 2개월도 더 지난 5월 27일, 38선에서도 20여 킬로미터 북쪽인 한탄강 상류의 동쪽 산악지대인 대동(垈洞)이란 마을에서였다. 나의 복귀가 늦어진 것은 인숙의 입덧이 너무 심해 움직이기조차 힘들 때가 자주 있었기 때문이었다. 게다가 38선까지 미군과 괴뢰군의 전진 속도가 너무 빨라 세 번이나 적지에 머무르는 곤경에 처하기도 했다. 어쨌든 나는 내가 떠나고 싶어했던 부대로 다시 돌아갔다. 그것으로 인숙과의 인연은 끝이 났다.

나는 조선인민군에서 두 번 훈장을 받았으며 중국인민지원군의 훈장도 지니고 있었으나 소대장에서 분대장으로 강등되고 말았다. 나는 1953년까지 6사단 하에서 대소 전투에 참가하는 동안 전투 지휘력을 인정받아 다시 중대장의 지위까지 올라갔다. 그러나 그것이 무슨 의미가 있었던가. 김일성의 박헌영 남로당계 숙청 작업의 일환으로 방호산 이하 수많은 군 간부들이 반당 종파분자로 몰릴 때 나도 거기에 휩쓸려 체포되었다. 나는 반당 종파분자 외에 간첩죄마저 뒤집어쓰고 함경남도 북단 2천 미터가 넘는 검덕산(檢德山) 기슭 오지에 자리잡고 있는 금덕(金德) 광산에서 3년 동안 광부로 일하다가, 내가 부상당해 지리산 자락에 버려졌던 생일날을 기리면서 1956년 9월 22일 은밀히 구입해두었던 권총으로 머리를 쏘고 자살했다.

이것으로 죽은 자의 말을 마치겠다. 내가 죽었으면서도 조카 진성이 나를 찾아 헤매는 노고를 알고 있다면 김인숙의 그후 행방도 알 수 있지 않겠느냐고 반문하는 자도 없지 않으리라. 하지만 그녀에게 너무나 큰 죄를 지어, 다른 사람은 볼 수 있지만, 그녀만은 볼

수 없는 천벌을 받았으니 어찌하랴. 아무래도 최길남의 저주가 엄
청난 효력을 발휘하는 모양이다.

6

이진성은 투먼에서 이종만의 아내를 만나고 돌아온 지, 나흘째
되는 날 저녁에 아쉬운 대로 소설 초고를 마무리지었다. 소설 제
목은 잠정적으로 「죽은 자의 말」이라고 정했다. 그러나 소설 초고
는 많은 수정과 보완이 필요하다는 생각이 들었다. 소설을 이문수
가 인민의용군에 지원할 때부터 시작하여 범위를 확대하면서 한
권 분량의 장편소설로 구성할 것, 1인칭 주인공 서술을 3인칭으로
바꾸어 전쟁을 보다 객관화시킬 것, 장면 묘사를 한층 치밀히 할
것 등등.

너무 서둘러 노트북 자판을 두드린 탓인지 목과 어깨가 뻐근했
으나 웬일인지 귀잖이는 신통하게도 씻은 듯이 가셔 있었다. 그는
재떨이에 수북이 쌓인 담배꽁초를 바라보며 마음을 좀더 느긋하게
먹어야겠다고 생각했다.

그는 옌볜 대학 건너편의 양고깃집으로 가서 꼬치구이와 배갈
한 병을 시켜놓고 초고나마 마무리지은 것을 자축했다. 배갈을 두
잔째 비우고 나서 그동안 낯을 익힌 주인의 양해를 얻어 이종만이
돌아왔는지 알아보기 위해 이종만의 옆집으로 전화를 걸었다. 전
화를 받은 옆집 여자는 한참 만에야 이종만의 아내를 바꿔주었다.

"오늘 오후에 돌아오긴 했지만 지금은 외출 중이에요. 외출을 하
면서 내일 11시에 투먼빈관 로비에서 만나뵈었으면 좋겠다고 했어

요. 시간이 어떠신지요?"

"좋습니다. 시간에 맞춰 그곳으로 가겠으니 꼭 그렇게 전해주세요."

진성은 이종만과 만나게 되었다는 사실을 곽종철에게 알리지 않았다. 그의 조카의 승합차를 얻어 탈 기회가 있을지는 모르나 어쩐지 제삼자가 끼는 것이 거북살스레 느껴졌기 때문이었다. 진성은 한 시간 남짓 양고깃집 주인과 권커니 잣커니 노닥거리다가 방노인의 아파트로 돌아왔다. 처음 이종만의 존재를 알았던 날 밤에 느꼈던 흥분 따위는 일지 않았다. 소설을 마무리지은 탓일까. 그는 정체 모를 안도감에 잠을 푹 잘 수 있었다.

다음날 아침, 식사를 마치자마자 밖으로 나와 택시를 잡아탔다. 약속시간보다 한 시간이나 먼저 투먼빈관에 도착했다. 저우언라이도 김일성도 묵고 갔다는 역 바로 옆에 서 있는 투먼빈관은 러시아풍의 멋을 살려 지은 3층 호텔이었으나 오래되어 우중충한 분위기를 자아냈다. 좁은 로비에는 정전이 되었는지 전등마저 꺼져 있고 천장에 매달린 선풍기도 돌아가지 않아 어두컴컴하고 후텁지근했다. 나는 빈관을 나와 역으로 가보기도 하고 투먼대로를 따라 오르락내리락하면서 시간을 보냈다. 하늘은 잿빛을 띠며 무겁게 빈관 머리 위로 내려앉았다.

11시 정각에 빈관 로비로 회색 여름 양복에 붉은 넥타이를 맨 40대 중반쯤으로 보이는 키 큰 남자가 들어섰다. 그는 곧바로 진성에게 다가왔다.

"이진성 선생님이십니까?"

남자는 허리를 조금 굽히며 무뚝뚝하다 못해 퉁명스럽기까지 한 목소리로 물었다.

"그렇습니다. 이종만씨군요. 반갑습니다."

진성은 벽에 붙은 긴 의자에서 일어나 그의 손을 두 손으로 잡고는 햇볕에 까맣게 탄 얼굴과 희끗희끗 새치가 난 머리카락을 번갈아 바라보면서 말했다. 반갑게 맞이하는 진성의 태도에 당황한 듯이 그는 머뭇거렸다.

"자, 앉을까요?"

진성이 말했다. 그는 그의 옆에 앉자마자 양복 안주머니에서 일반 수첩보다 조금 넓은 듯한 갈색 수첩을 꺼내 진성에게 건넸다. 거민호구부(居民戶口簿). 그것이 그 수첩의 이름이었다. 금박을 박은 글자가 한가운데 가로로 씌어 있는 그 아래 역시 금박의 작은 글자로 중화인민공화국공안부제(中華人民共和國公安部制)라고 씌어 있는 것이 보였다. 진성은 중국인들에게 '호구부'라는 것이 있다는 말을 듣기는 했으나 그것을 직접 본 것은 그때가 처음이었다. 그는 호구부의 딱딱한 겉장을 펼쳤다. 겉장 뒷면에 주의사항란이 있고 그 아래 호별 숫자가 보였다. 다음에 호주 성명란에 이종만(李鍾萬), 주소란에는 진성이 이미 알고 있던 그 주소 그대로, 그리고 출생일기(出生日期)란에는 1951년 12월 5일이라 적혀 있었다. 한 장을 더 넘기니까, 상주 인구 등기부란에 처 배향란(裵香蘭)이라 되어 있고, 또 한 장을 넘겼더니 장자의 이름이 나왔다. 그러나 그의 어머니의 이름은 보이지 않았다. 진성이 의아스런 표정을 지었던지 이종만이 주머니를 뒤적거려 겉장이 너덜너덜한 낡은 호구부 하나를 더 꺼내 보였다. 그 호구부에는 김은주(金恩珠)가 호주로 되어 있고 이종만이 장자로 표기되어 있었다. 그러니까 그 호구부는 그가 배향란과 결혼하기 전의 호구부인 것 같았다. 김은주의 출생일기란에 1929년 5월 8일이라고 기입되어 있는 것으로 보아 그녀가 살아 있었다면 만으로 67세가 조금 넘는 나이였다. 그리고 문화 정도란에는 중학 졸업으로 씌어 있는 것으로 미루어 김은주가 교육을 받은 여성이었음을 알 수 있었다.

"미안하지만, 이것 외에는 내게 보여줄 게 없나요? 뭐, 사진이라든가……"

진성이 그의 마음을 상하게 하지 않으려고 신경쓰며 조심스럽게 물었다.

"사진이야 있지만 도움이 되겠습니까? 이건 제가 소학교를 졸업할 때 어머니와 함께 찍은 사진입니다만."

이종만은 여전히 무뚝뚝하게 말하면서 다시금 양복 안주머니를 뒤적거려 누렇게 바랜 사진 한 장을 꺼내 보여주었다. 그것은 어느 학교 교사를 배경으로 흰 한복을 입은 여인이 남루한 학생복을 입은 소년의 어깨를 다정하게 한 팔로 안고 찍은 사진이었다. 여인은 얼른 보아 짐작했던 것보다 키가 훤칠하게 큰 미인이었다.

"아버님의 사진은?"

"한 장도 없습니다. 그래서 전 아버님이 어떻게 생긴 분인지 상상조차 못합니다."

무뚝뚝하기만 하던 그의 목소리가 목에 걸리더니 몇 번 헛기침을 하고 나서 차분하게 말하기 시작했다.

"전, 선생님이 제 사촌 형님일 거라는 기대를 조금도 갖고 있지 않다는 것을 분명히 말씀드리겠습니다. 제가 이제부터 말씀드리는 것은 어머니께 들은 것으로 눈곱만큼도 가감이 없습니다."

이종만은 그의 어머니와 아버지는 모두 남한 출신이며 전쟁 중에 두 분이 만나 그를 낳았다는 것, 지원군 부대에서 안내원 일을 했던 어머니는 의용군 출신의 아버지를 따라 북으로 왔으나 아버지가 전쟁이 한창 치열했던 시기의 군인이었기 때문에 끝까지 아버지를 따라다닐 수 없었다는 것, 휴전 뒤에 어머니는 무산(茂山)의 한 철광산에서 광부들의 식사를 담당하는 책임자로 복무했으나 아버지가 숙청되었다는 소문이 들리기 시작하면서 위기감을 느껴 1954년 12월에 네 살 된 그를 데리고 두만강을 건너 투먼까지 흘러왔다는 것, 투먼을 떠나지 않고 내내 살아왔던 것은 그곳이 지리적으로 북한 소식을 가장 먼저 들을 수 있는 곳이고 혹시 아버지가 그곳으로 탈출할지도 모른다는 기대감이 있었기 때문이었다는 것, 어머니가 돌아가시기 전에 이름은 알 수 없으나 아버지에게는 형수님과 조카 한 사람이 있는데 한국에 살고 있을지도 모른다는 말을 했다는 것 등등을 대강 들려주었다. 진성은 좀더 상세하게 캐어물으려고 했으나 그는 뼈대만 알고 있을 뿐, 구체적인 내용은 모르고 있는 것 같았다.

"전 얼굴도 모르는 아버지에 대해 별 관심이 없었으니까요."

이종만이 침통하게 말했다. 진성은 그의 이야기를 정리해보기 위해 마오쩌둥의 사진이 걸려 있는 어둑신한 맞은편 대리석 벽면을 바라보며 생각에 잠겼다. 진성이 그때까지 삼촌의 행적을 조사해온 바에 따르면 사실로 드러난 부분의 마지막은 삼촌이 1950년 11월 초쯤 자강도 신창리에서 인민군 제6사단을 한 여인과 함께 떠나 중국인민지원군 제38군단 제113사단에서 번역원으로 있었다는 데까지였다. 거기까지는 누구라도 인정해줄 수 있는 사실이었다. 그러니까 이종만이 들려준 이야기와 그가 조사한 내용이 일치하는 부분은 이종만의 아버지와 어머니가 남한 사람이며, 아버지가 의용군 출신이었다는 것과 아버지에게 형수와 조카가 있었다는 것뿐이었다. 그러나 진성은 그것 자체만으로도 이종만의 아버지 이문수와 자신의 삼촌 이문수가 같은 인물일는지도 모른다고 기대했다.

"혹시 어머님에게서 아버님이 중국인민지원군 내에서 번역원으로 복무하셨다는 말은 듣지 못했나요?"

진성이 금방 비라도 뿌릴 것 같은 우중충한 창밖으로 시선을 던진 채 침묵을 지키던 이종만에게 물었다.

"아뇨, 듣지 못했습니다. 그저 자본주의를 타도하기 위해 용감히 싸운 군인이었다는 말밖에는……"

"어머님이 안내원을 하셨다고 했는데 무슨 일을 하신 건가요?"

"그야 지원군이 한국말과 지리에 어두우니까 길 안내 같은 것을 했겠지요. 헌데 말씀입니다."

이종만은 잠시 말을 끊고 손수건을 꺼내 이마에 흘러내리는 땀을 닦았다.

"윗도리를 벗어도 괜찮겠죠? 워낙 땀을 많이 흘려서요."

"그럼요, 벗으세요. 나도 땀을 많이 흘려서 이렇게 남방 차림으로 다닙니다."

진성이 크게 고개를 끄덕거리자 그가 양복 상의를 벗고는 그것을 아무렇게나 접어 무릎 위에 놓고 말했다.

"헌데 이걸 아셔야 합니다. 어머니가 저를 데리고 이곳으로 와서 살 때만 해도 숙청당한 남편이 있다는 말은 함부로 할 수 없었습니다. 중국 인민으로 살아가기 위해서는, 말하자면, 선생님이 펼쳐 들고 있는 그 호구부를 얻기 위해서는 어머니나 아버지의 과거를 떠벌릴 수가 없었던 겁니다. 자연히 어머니는 말수가 적어졌고 제게도 자세한 말은 하지 않으셨어요. 어린 제가 어디 가서 무슨 말을 할지 몰랐으니까요. 그런 과거를 자세히 안다는 것이 이십 년 전부터 철도 공무원 생활을 해온 제게 별 도움이 되는 것도 아니었구요."

그가 주먹을 쥐었다 폈다 하는지, 흰 와이셔츠 반소매 아래 드러난 그의 거무튀튀한 두 팔뚝에 40대 중반으로는 믿기 어려운 단단한 근육이 간헐적으로 꿈틀거리는 것이 보였다.

"제가 선생님을 만나기는 했으나, 다시 한 번 더 말씀드리지만, 제 아버지가 선생님이 찾는 이문수씨라고 우기고 싶지는 않습니다. 우연히 선생님께서 이문수라는 사람을 간절히 찾고 있다는 말을 들었기 때문에 이런 사람도 있다는 걸 알려드리려고 한 것뿐입니다. 그만 일어나도 되겠지요?"

"아니, 아닙니다. 이렇게 추측해보면 어떨까요?"

진성은 막 일어서서 출입문 쪽으로 나가는 그의 뒤를 따라갔다. 밖에는 비가 한두 방울 듣기 시작했다.

"아버지는 이선생이 알고 있는 대로 인민의용군으로 전투 때 부상을 당해 남한에서 낙오했는데 어머니가 아버지를 구해서 함께 본대로 귀대하게 했다. 아버지는 귀대한 뒤 어떤 이유로 번역원 임무를 띠고 지원군 쪽으로 가게 되자 어머니도 함께 갔다. 어머니는 군인은 아니었으나 아버지와 가능한 한 가까이 있기 위해서 안내원 또는 방송원으로 지원군에서 일했다. 그러다가 어떤 기회에 사랑을 나누게 되었고 이선생을 임신하게 되었다. 그러나 아버지는 군대를 따라다니다보니까 자연히 어머니와 헤어지게 되었다. 그리고 나머지는 이선생이 아는 그대로 연결지어볼 수도 있지 않을까요?"

진성은 그가 쓴 소설의 내용을 모티프별로 요약해 들려주면서 그의 상상력을 촉발시켜보려고 했다. 어리석은 짓이었을까. 이종만이 빗발이 흩날리는 허공을 향해 허탈하게 껄껄 웃음을 날렸다.

"전 선생님이 소설가라는 말을 들었습니다만, 지금 소설을 쓰고 계신 겁니까? 사실이 중요하지 왜 추측을 합니까? 더욱이 선생님은 여태까지 제 말만 들었지, 선생님은 제게 아무 말도 들려주지 않았습니다. 절더러 뭘 어떻게 상상하라는 겁니까?"

지나가던 한 젊은이가 이상하다는 듯 흘금거릴 만큼 그는 힐난조의 큰 소리로 말했으므로 진성은 자기도 모르게 어깨를 움츠렸다.

"그거 미안하게 되었어요. 이제라도 말하면, 내 삼촌이 경상남도의 진동 부근에서 부상을 입고 후퇴하다가 지리산 자락에서 낙오되었는데, 그곳에서 한 여인을 만났고 그 여인의 도움을 받아 자강도 신창리까지 후퇴해 있던 6사단에 뒤늦게 복귀한 것, 그리고 그 여인을 데리고 지원군의 번역원으로 간 것까지는 사실입니다. 그 여인이 이선생의 어머님일 가능성은 없을까요?"

이종만이 문득 걸음을 멈추고 뒤돌아보았다.

"제가 선생님의 사촌 동생이면 좋겠습니까? 선생님 마음대로 생각하십시오."

그가 들고 있던 양복 상의를 입으면서 다시 앞장서 걸었다. 이제는 굵어지기 시작한 빗줄기를 맞으며 진성은 몸 안에서 그 어떤 강한 열망이 꿈틀거리는 것을 느꼈다. 오늘은 옌지로 돌아가지 않을 거다. 너와 밤새도록 질펀하게 술을 마시면서 네가 내 사촌 동생임을 납득시킬 것이다.

제4장 —— 나팔 소리

1

소리가 들린다. 여울져 흐르는 스산한 강물 소리 같기도 하고, 바람에 아프게 비벼대는 갈대 잎들 소리 같기도 하다. 소리가 나는 곳에서 실려온 듯 코끝에 향기가 스며든다. 어린 시절의 꿈과 낭만이 배어 있는 듯한 싱그럽고도 부드러운 향기. 어딘가 이국적인 신비가 스며 있다. 탐하듯 심호흡을 하며 계속해서 가슴 깊숙이 향기를 빨아들인다. 향기는 머리로 팔로 다리로 번져 온몸을 지배한다. 의식이 몽롱해지면서 눈이 감기고 팔다리에서 맥이 풀려나간다. 바로 옆에 벌거벗은 여자가 있는 것 같기도 하다. 여자의 몸을 안아보기 위해 두 팔을 허우적거려보지만 만져지는 것은 아무것도 없다. 그는 그렇게 허공을 허우적거리다가 의식을 완전히 잃고 죽을지도 모른다는 공포에 사로잡힌다. 하얀 꽃들이 죽음으로 유혹하는 냄새를 풍긴다.

아, 그것은 늪가에서 어른거리는 망령들의 속삭임이다. 죽고 싶지? 너 혼자 외롭게 거기 서 있지 말고 이리로 건너 와. 보인다. 총을 든 검은 망령들이 줄지어 늪을 지나 무성한 갈대와 유칼리나무

와 야자나무로 빙 둘러싸인 사원 안으로 사라진다. 그러자 웬일일
까. 신비스럽고 그윽하던 향기는 사라지고 대신 코를 찌르는 악취
가 자욱히 흐르는 안개를 따라 늪 위로 번진다. 그것은 늪 가 진흙
구덩이에서 시체들이 썩어가는 냄새다. 시체들은 거의 온전한 것
이 없다. 머리가 달아났거나 까마귀가 파먹어 눈알이 없거나 몸뚱
이 없는 팔다리가 제멋대로 진흙 바닥에 꽂혀 있다. 그러나 대부분
의 시체들은 이미 살점이 진흙에 분해되어 앙상한 뼈들만 빛바랜
나뭇등걸처럼 흩어진 채 남아 있을 뿐이다.

　망령들이 사라졌는데도 사원 쪽에서 흘러나오는 속삭임은 귓가
에서 짓궂게 맴돈다. 너도 죽고 싶지? 지난 1년 동안 머나먼 이 낯
선 땅에서 지낸 너의 존재란 뭐야? 바닷가 모래흙 속에서, 멀리 질
펀하게 퍼져 있는 논두렁 속에서, 갈대 무성한 강가와 늪 가에서,
고지 밀림에서, 숲으로 둘러싸인 마을 안에서 너의 존재는 무엇이
었나? 낮에는 죽어버릴 상대방을 찾아 배회하다가, 밤에는 하늘을
가릴 것도 없는 웅덩이 속에서 지긋지긋하게 내리는 비를 쫄딱 맞
으며 공포에 질려 죽음을 기다리지 않았던가. 얼마나 많은 적을 사
살했지? 그중에 양민은 없었나? 하지만 또 얼마나 많은 네 동료들
과 부하가 죽었지? 네 분대는 부상자 한 명만 남고 모두 죽었어. 오
직 분대장인 너만 온전히 살아남았지. 빌어먹을, 너도 죽어야 해.

　철커덕! 노리쇠를 당겼다 놓는 소리에 번쩍 고개를 든다. 아래위
로 검은 옷을 입고 머리에 역시 검은 두건을 두른 한 사내가 총구
를 들이대고 있다. 으하하하! 사내가 안개 저쪽 거무칙칙하게 버티
고 있을 먼 산을 향해 승리의 신호라도 보내듯 한바탕 크게 웃고
나더니 나를 향해 방아쇠를 당긴다. 탕!

이진성은 으악 소리를 지르며 이불을 박차고 잠자리에서 깨어났다. 머리서부터 등허리와 가슴 언저리가 식은땀으로 흠뻑 젖어 있었다. 머리맡에 놓여 있던 시계를 들어보니 새파란 야광침은 정확히 3시를 가리키고 있었다. 그는 자신의 방에서 나와 안방에서 자고 있는 아내가 깨지 않도록 살며시 거실을 가로질러 화장실로 갔다. 그는 수건으로 아무렇게나 땀을 닦고 거울 속의 얼굴을 들여다보았다. 눈, 두 눈. 거울 속에서 공포에 질린 두 눈이 그를 보고 있었다. 그 눈을 마주 바라보고 있으려니까 마치 말라리아에 걸린 듯 아래윗니가 딱딱 마주치며 온몸이 와들와들 떨렸다. 그는 얼른 화장실을 빠져나와 아내가 깨든 말든 쿵쾅거리며 자신의 방으로 돌아와 침대 속으로 기어들어 가서 온몸을 두 손으로 마구 비볐다. 5분가량 계속 문질렀더니 그제야 떨림이 진정되었다.

37, 8년 전에 생긴 강박관념이 그동안 계속 악몽으로 이어지고 있다니 미치지 않은 것이 신기할 정도였다. 어느 책에서 읽었던가. 호치민은 1950년 바쁜 정무 때문에 온가족이 참례하는 그의 큰형 장례식에 가지 않은 이래 '베트남의 운명'이 그의 강박관념이 되었다는 기록이 떠올랐다. 영웅뿐만 아니라 누구나 크건 작건 간에 강박관념은 있다. 진성은 자신의 강박관념을 일련의 '전쟁'이라고 생각해왔다. 그러니까 일본 고베에서 유년기에 겪은 피폭 공포와 소년 시절 6·25 전쟁으로 입은 육체적·정신적인 고통, 그리고 1966년과 67년 사이에 있었던 베트남전에서의 체험은 그를 전쟁이 낳은 참혹한 환경에서 벗어날 수 없는 피폐한 인간으로 만들어버렸다. 그러니까 그가 생모의 생사를 확인하고 삼촌의 행방을 추적하려 했던 것은 온전한 인간으로 되돌아가려는 열망이 빚어낸 처절한 몸부림이 아니었을까, 때때로 생각하고는 했다.

진성이 투먼에서 이종만을 만났던 그날, 두 사람이 사촌 형제 사이라는 것을 분명하게 확인할 수는 없었지만 밤새도록 그와 술잔을 기울이는 동안 여러 가지 정황으로 보아 이종만의 아버지 이문수와 자신의 삼촌 이문수가 동일 인물일 수 있다는 가능성을 열어놓기로 의견의 일치를 보았다. 그리고 아쉬운 대로 두 사람은 의형제를 맺는 데까지 의기투합했다. 그는 다시 오겠다는 약속을 남기고 곽종철이 주동이 되어서 발간한 두 권짜리 『한국중단편소설 걸작선집』 세 부와 삼촌을 주인공으로 하여 쓴 소설 초고 한 편을 들고 한국으로 돌아왔다.

이듬해 여름, 그러니까 7년 6개월 전 여름이었다. 그는 벼르고 벼르던 끝에 일본에 살고 있는 누이동생 부부에게 투먼과 백두산으로 여행 갈 것을 제의했다. 또 투먼에 가면 삼촌의 아들이자 진성의 사촌 동생이며 누이동생에게는 사촌 오빠가 될지도 모르는 남자를 만날 수 있다고 말해주었다. 누이 동생은 한 달만에야 답장을 보내왔다. 편지에는 오빠의 제의를 받고 처음에는 망설였으나 오빠가 존재함을 확인한 이상 자신의 정체를 남편에게 밝혔다는 것, 남편은 며칠 동안 침울한 표정을 짓고 있었으나 곧 마음을 돌리고 사실을 말해주어 고맙다며 오빠의 제의를 받아들이자고 했다는 것, 비 내리던 날 밤 마음을 다잡고 돌아섰으나 오빠가 몹시 그리웠다는 것, 아이들은 대학을 졸업하고 직장에 다니는데 아직 결혼을 하지 않았다는 것 등등의 내용이 씌어 있었다.

그는 이종만과 한 약속을 지키기 위해 그의 아내와 누이동생 부부와 함께 다시 투먼을 찾았다. 이종만은 진짜 사촌 형과 사촌 누나 부부를 만난 듯, 한 사람씩 돌아가며 어깨를 부둥켜안고 울먹거렸다. 그것은 진성이 마련할 수 있는 한의 가족모임 같은 것이었다.

그들은 곽종철의 조카가 운전하는 승합차를 세내어 백두산에 올랐다. 안개 한 무더기 떠 있지 않은 검푸른 천지를 내려다보며 이종만이 말했다.

"아무래도 아버지 이문수씨는 돌아가신 것 같아요."

"그래, 내 삼촌 이문수씨도 이 세상에서 사라진 것 같네."

진성은 삼촌의 어깨인 양 이종만의 우람한 어깨를 끌어안으며 이종만의 아버지 이문수나 자기의 삼촌인 이문수가 세상에 없음을 인정했다.

그리고 3년 뒤엔 이종만 부부를 한국으로 초청하여 국내 여행을 시켜주기도 했다. 그것이 마치 씻김굿 같은 기능을 했는지도 몰랐다. 그 모임이 그의 아버지와 어머니와 삼촌의 죽음들을 위로해주었던 것일까, 그렇게 자주 꾸던 꿈도 뜸한 듯싶었으니까.

그러나 베트남전에서 겪은 마음의 상처는 그대로 남아 있었다. 오랜 세월이 흘러갔지만 베트남전의 악몽이 이따금 꿈속에서 재현되고는 했다. 그날 새벽에 꾸었던 꿈도 그런 악몽 중의 하나였다. 진성은 그날 아침밥을 뜨는 둥 마는 둥 식탁에서 물러나 다시금 이부자리 속으로 기어들어 갔다. 유행하고 있다는 독감에 걸렸는지도 몰랐다. 기침이 나면서 목이 붓는 듯하더니 온몸에 신열이 났다. 그리고 열이 식으면서 오들오들 떨리다가 또다시 열이 오르기를 오전 내내 반복했다. 그의 아내는 그의 건강 상태를 걱정하면서 가까운 약국에서 감기약을 지어오기는 했으나 사흘 전부터 약속되어 있던 여고 동창 모임에 나가버려 집 안에는 그 혼자 남아 있었다. 그는 약을 먹기 위해 점심으로 라면 하나를 끓여 먹었다. 한 움큼이나 되는 약을 입 안에 털어넣고 도로 이부자리 속으로 들어갔다. 약 기운에 잠이 든 모양이었다. 몽롱한 가운데 초인종 소리를 들었다. 일어나야지! 그는 마음 속으로 몇 번이고 되뇌었으나 몸이 말을 듣지 않았다. 교회에서 전도 나온 사람인지도 몰라. 어쩌면 학습지 받아보라고 온 선생님인지도 모르지. 성당에 나가본 지가 오래되었으나 그래도 20여 년 전에 단지 악몽을 치유해보겠다는 목적으로 가톨릭 영세를 받은데다가, 자식들은 모두 출가하여 집에는 어린아이라고는 없는걸. 하지만 초인종 소리가 그쳐, 갔는가 싶으면 다시 울리고는 했다. 나올 때까지 초인종을 누르겠다는 심보인 것 같았다.

그는 가까스로 몸을 추스르고 셔츠를 입은 위에 대강 바지를 꿰고 카디건을 걸친 뒤 비틀거리면서 거실로 나가 벽에 걸린 모니터를 들여다보았다. 작은 어깨와 모범생처럼 짧게 자른 단발머리의 옆모습이 보였으나 딱히 어떤 부류의 여자인지 분간이 되지는 않았다.

"누구십니까?"

그는 현관 앞까지 가서 문은 열지 않은 채 조심스럽게 물었다.

"여기가 이진성 선생님 댁이 맞지요?"

또랑또랑한 여자의 음성이었으나 발음은 왠지 낯설게 들렸다. 중국에서 온 사람일까. 퍼뜩 투먼에 사는 이종만의 아내가 떠올랐다.

"맞습니다만……"

아직 문을 열고 싶지는 않았다.

"저는 이선생님께 긴히 여쭐 말이 있어서 찾아온 사람입니다. 선생님은 계신가요?"

가성을 내는 것 같기도 하고 노래를 부르는 것 같기도 하고 소리를 지르는 것 같기도 한, 그 잊을 수 없는 발음! 그 순간, 진성은 식은땀에 젖었던 머리칼이 한꺼번에 빳빳하게 곤두서는 것을 느꼈다.

"어디서 오셨지요?"

"놀라시겠지만, 저는 베트남 사람입니다."

그는 걸쇠를 내리고 현관문을 열었다. 문 앞에 얼굴이 가무잡잡하고 눈이 큰 사십대 초반의 자그마한 여자가 낡은 가죽 책가방을 들고 서 있었다.

"내가 이진성입니다. 들어오세요."

그는 자기도 모르는 사이에 들어오라는 말이 튀어나왔다. 그 말에 그녀는 머뭇거리며 그를 따라 들어와서 그가 가리키는 거실 소파에 다소곳이 앉았다.

"마실 것을 드릴까요?"

그가 묻자 그녀는 손을 저으며 말했다.

"마음 쓰시지 않아도 괜찮습니다. 제 이름은 추 푸옹이라고 합니다. 혹시 기억하실는지요? 베트남 중부 빙딩 성의 퀴년이란 도시를……"

그녀는 진성의 반응을 살피려는 듯이 잠깐 말을 끊고 그의 얼굴을 바라다보았다. 그녀의 해맑은 검은 눈동자가 피비린내 나는 그의 과거를 꿰뚫어보려는 것 같기도 했다.

"물론 알고 있습니다. 내가 가본 곳은 아니지만 말이죠."

감기 탓일까. 아니면 새벽에 꾸었던 악몽의 한 장면이 환영처럼 떠올랐기 때문일까. 그는 자신의 혀끝이 떨고 있음을 의식했다.

"전 퀴년에 있는 꿕혹 고등학교에서 베트남어를 가르치는 교사입니다. '꿕혹'이란 한자로 말하면 '국학'이란 뜻이죠. 우리 학교는 프랑스 통치 시대에 선교사가 지은 매우 역사 깊은 학교입니다. 전쟁 때 한국의 맹호부대가 지어준 강당을 아직까지 쓰고 있기도 하구요. 이번에 전 빙딩 성과 학교의 지원을 받아 한국어를 체계적으로 공부하기 위해 왔습니다. 몇 군데 대학원에서 면접을 보았으나 아직 통고는 받지 못한 상태구요."

추 푸옹은 조리 있게 자기 소개를 마치고 나서 다시금 그를 건너 다보았다.

"보아하니 나보다 연배가 훨씬 아래인 것 같은데 어디서 한국어를 배웠습니까? 너무나 유창하여 놀라지 않을 수 없군요."

"호호, 그건 당분간 비밀로 남겨두겠습니다. 그보다도 이 편지를 읽어봐주시겠습니까?"

그녀는 옆에 놓아두었던 검은색 낡은 책가방에서 사각 봉투를 꺼내 탁자 위에 밀어놓았다.

진성은 봉투를 들어 겉봉에 씌어 있는 글자를 보았다. 겉봉 한가운데는 서툰 한글로 '이진성 선생님께'라고 적혀 있고, 왼쪽 상단에는 역시 한글로 '퀴년 성당의 응우엔 롱이우'라고만 적혀 있었다.

"이 편지를 보낸 사람은 막달레나라는 수녀입니다. 응우엔 롱이우는 속명이구요."

그는 퀵혹 고등학교란 이름도 그날 처음 들었지만 응우엔 롱이우라는 이름 역시 생소했다. 하지만 추 푸옹이라는 베트남의 여교사가 그의 이름과 주소를 알고 찾아온 이상 어떤 사연이 적혀 있는지 뜯어보지 않을 수 없었다. 인쇄한 듯 또박또박 가지런히 씌어 있는 언어는 뜻밖에도 영어였다. 문법에 어긋나는 문장도 없지 않았으나 대강 다음과 같은 내용이었다.

존경하는 이진성 선생님께.

고등학교 선배님 편에 이렇게 불쑥 편지를 보내게 되어 죄송합니다. 저는 퀴년의 한 성당에 있는 수녀입니다. 제 본래 이름은 응우엔 롱이우라고 합니다. 올 2004년 1월로 제 나이가 꼭 서른일곱 살이 되었으니 37년 전인 1967년 1월 어느 날 제가 태어난 셈이 되지요. 저는 저를 낳은 부모도 태어난 마을도 모릅니다. 다만 알고 있는 것은 베트남 중부 쾅나이(QUANG NGAI) 성 북쪽의 빙손(BINH SON) 군에 있는 빙손 성당에서 다섯 살 때까지 양육되다가 3백여 킬로미터 남쪽에 있는 이곳 퀴년으로 보내졌다는 것뿐입니다. 이 정도 말하면 선생님께서는 제가 누구라는 걸 짐작하실 줄로 압니다.

단도직입적으로 말하지요. 저를 빙손 성당의 베로니카 수녀님에게 맡긴 분이 선생님입니다. 그것을 어떻게 알았는지 궁금하시겠지요. 베로니카 수녀님이 갓난아기인 저를 맡으실 때, '1967년 1월 27일 청룡부대의 분대장 이진성이라는 군인이 안고 왔다'고 간략하게나마 제 인적 사항을 적어놓았기 때문입니다. 수녀님은 저를 퀴년으로 보낼 때 이 서류를 함께 보냈습니다. 그리하여 제가 세상물정을 알만 한 나이가 되었을 때부터 선생님의 이름은 제 뇌리에서 떠난 적이 없습니다. 왜냐하면 선생님이 제 생명의 은인임을 직감했기 때문입니다.

선생님, 생전 처음으로 선생님께 고맙다는 인사를 드립니다. 사실 선생님의 소식을 알아낸 것은 근래의 일입니다. 바로 이 편지를 가지고 가는 추 푸옹 선배님이 저를 위해 애써 추적한 끝에 알게 된 것이기는 하지만요. 선배님은 한국 소설을 구해 읽다가 작년에 우연히 선생님의 이름을 발견했고, 선생님의 연보에서 1966년 3월부터 1967년 3월까지 1년 동안 청룡부대 하사관으로 베트남전에 참전했다는 사실을 확인하게 된 것입니다.

제가 글을 드리게 된 목적을 솔직히 말씀드리겠습니다. 저는 선생님을 통해서만 제 부모가 어떤 분들인지, 제가 어디에서 선생님 손에 넘겨졌는지 알 수 있다고 생각합니다. 제 인적 사항이 더 자세히 적혀 있지 않은 것은 전투상황 중에 있었던 사건이기 때문이라고 후에 제가 베로니카 수녀님을 찾았을 때 그분이 말씀해 주셨습니다. 그러나 5년 전에 베로니카 수녀님도 돌아가셔서 이제는 더 추궁할 데도 없습니다. 저는 주님의 딸로서 속세의 부모를 아예 잊자고 생각한 적도 여러 번 있었으나 제 신앙심이 부족한 탓인지 잊혀지지가 않습니다.

처절했던 지난날의 전투와 상처를 헤집는 것 같아서 죄송합니다. 그래서 조금이나마 선생님께 위안이 되지 않을까 해서 시 한 편을 옮기겠습니다. 「꿀꿀거림」이라는 제목의 이 시는 1989년 1월 미국 텔레비전의 한 특파원이 옛 사이공인 호치민 시에 다시 왔을 때, 반레(Van Re)라는 베트콩 출신의 시인이 그에게 준 것이라고 합니다.

얼마나 많은 미국 병사들이

이 땅에서 죽었는가?

얼마나 많은 베트남 사람들이

나무와 풀 밑에 묻혀 누웠는가?

이제 술잔이 화해하며 친구들과 합친다.

옛사람들은 그들의 잔을 치켜들고

눈물은 그들의 뺨 위로 흘러내린다.

'미국 병사들'을 '한국 병사들'로 바꾸어 읽어주시면 제 마음을 어느 만큼 이해하시리라 믿습니다.

두 가지 사실만 알려주세요. 부모님이 어떤 분들인지, 제 고향 마을이 어딘지…… 제 생명의 세속적인 원천을 알고 싶어하는 한 베트남 여성의 간절한 소원을 들어주시기 바랍니다.

선생님의 건강하심과 문운을 빌며.

2004년 1월 15일.

37년 전 빙손 성당에 맡겨지던 날을 그려보며,

롱이우 올림.

진성은 그다지 길지 않은 사연을 읽으면서 헉헉거리며 가빠지는 호흡을 가다듬지 않을 수 없었다. 특히 1967년 1월 27일이라고 밝힌 대목에서 그는 자기도 모르게 몸을 부르르 떨었다. 그해 1월 초부터 26일까지 이어졌던 전투는 적과 아군이 인간의 가면을 쓰고 벌인 지옥의 아수라장이었다. 너무나도 처절해 그는 그때까지 누구에게도 그 이야기를 들려주지 않았다. 소설의 소재가 없어서 전전긍긍할 때도 그것을 내용으로 쓰지 않았다. 그런데 막달레나 수녀는 그것을 말하라는 것이다. 그는 잠시 망설였다. 전혀 모르는 일이라고 잡아떼면 어떻게 될까. 그녀의 인적 사항에 적혀 있다는 자신의 이름도 우연이거나 착오라고 우길 수도 있었다. 그러나 그는 생각을 고쳐먹었다. 그 자신이 부모와 삼촌의 행방을 추적하고 자신의 존재를 확인하려고 얼마나 애썼던가. 그가 그랬듯이 먼 베트남 땅에서 자신의 존재를 확인하려는 한 여성이 있다는 것을 알고도 자신을 기만한다는 것은 또 다른 죄악이 아닐 수 없었다. 한순간이나마 그는 자신의 책임을 회피하려고 한 것에 뼈가 짜릿짜릿 저릴 만큼 죄책감을 느꼈다.

"기억하고 있습니다. 한 갓난아기를 군용 담요에 싸서 안고 억수로 퍼붓는 빗속을 지프로 달려 빙손 성당의 어느 수녀님에게 맡겼던 것을……"

진성이 편지지에서 눈을 떼고 추 푸옹을 향해 무겁게 입을 열었다.

"고맙습니다. 그런 사실이 있었다고 말씀해주셔서. 저희는 혹시 선생님께서 그런 일이 없었다고 말씀하실까봐 걱정했어요."

추 푸옹이 환하게 웃었다.

"하지만 너무나 오랜 세월이 지나 갓난아기를 안고 나온 마을 이름이 기억나지 않는군요. 빙손에서 그다지 멀지 않은 마을이었던 것 같은데요. 그리고 아기의 부모가 누구인지는 더더욱 모르겠구요."

진성은 한동안 뜸했던 왼쪽 귀마저 쑤시면서 팔다리가 오슬오슬 떨려오자 어서 이 자리가 끝났으면 하고 바랐다.

"혹시 롱이우라는 이름에 대해서 생각나는 것은 없나요?"

그녀는 쉽게 물러날 것 같지 않았다.

"롱이우, 그게 무슨 뜻인가요?"

"용애라고 하면요? 용 용 자에 사랑 애 자를 쓰죠."

용애(龍愛)! 롱이우가 그 이름의 발음이었나? 그것은 진성이 갓난아기를 안고 소대 진지로 돌아왔을 때 대원들이 의견을 모아 지어준 이름이었다. 청룡부대의 용 자에다 청룡부대를 사랑해달라는 뜻에서 애 자를 붙여 지은 것이었다. 그래서 성당에 맡기던 이튿날까지 분대원들은 아기를 용애라고 불렀다.

"그렇게 말하니까 알겠습니다."

그녀가 고개를 끄덕거리며 다시 말했다.

"앞에 붙은 응우에는 베로니카 수녀님이 19세기 응우에 왕조에서 따다가 붙여준 것이구요. 그러니까 막달레나 수녀의 이름은 한국과 베트남의 합작품이라고 할 수 있지요."

진성은 이 만남을 어서 끝내야겠다고 생각했다.

"추 푸옹 선생님, 좀더 시간을 두고 기억을 더듬어보겠습니다.
옛 전우들과 만나서 기억을 종합해보면 뭔가 밝혀질 수도 있을 것
이라는 생각이 들기도 하니까요. 서울에 머무는 동안의 연락처를
적어주시면 연락을 드리겠습니다."

"정말이지 불쑥 찾아뵈어 죄송합니다. 선생님께서 피곤하신 것
같아 더 죄송합니다. 제 전화번호입니다."

그녀가 책가방 속에서 조잡하게 만든 명함 하나를 꺼내 그에게
건네주었다. 거기에는 베트남어의 성조를 빼고 영어식 표기로 이
렇게 적혀 있었다.

Vietnamese, Chu Phuong
H.P. 016-9505-5052

아직 확실한 거처를 정하지 못했는지 거주지 주소는 박혀 있지
않았다.

"제가 직접 만든 임시 명함입니다. 가급적이면 빠른 시일 안에
연락주시면 고맙겠습니다. 그럼, 이만 실례하고 물러가겠습니다.
안녕히 계세요."

추 푸옹이 가고 나자 그는 현관문을 잠그고 다시금 이부자리 속
으로 들어갔다.

진성이 해병대에 지원한 것은 대학 졸업을 1년 앞둔 1964년 봄,
그의 나이 스물다섯 살 때였다. 나이에 비해 학교가 늦은 것은 초
등학교 입학 때 생월이 처졌기도 했지만 일본에서 돌아와 한국어
를 잘할 줄 모른다는 이유로 1년, 6·25 전쟁으로 다시 1년을 쉬었

고, 대학 2학년 때 한 해 휴학했기 때문이었다. 그의 할아버지가 세상을 뜬 지도 4년째 되던 무렵, 큰어머니는 양념 장사를 그만두고 판잣집 터와 시골에 있던 논밭 뙈기를 팔아 영천 시장 끄트머리에 방 하나가 달린 작은 가게를 사서 삯바느질 집을 차렸다. 그 벌이로는 두 사람이 겨우겨우 입에 풀칠할 수는 있었으나 그의 대학 학비를 대기에는 어림도 없었다. 그는 대학에서 주는 장학금과 중고등학생들을 과외 지도해서 번 돈으로 학비를 충당했다. 취직이 어려웠던 시절, 교사직을 얻는 것이 유일한 희망이었으나 학교를 졸업한다고 자리를 선뜻 내주는 것도 아니었다.

"어머니, 저 아무래도 학교 그만두고 말단 공무원 시험 공부나 할까봐요."

그는 침침한 눈으로 밤새워 바늘구멍을 들여다보며 바느질을 하는 큰어머니를 보면 너무 애처로워 잠을 자려고 누웠다가도 몸을 벌떡 일으켜 말하고는 했다. 그러나 그때마다 큰어머니는 짐짓 역정을 내며 꾸짖었다.

"넌 어려서부터 선생님이 되겠다고 하지 않았니? 그래서 사범대에 입학했으면 어떡하든 졸업을 해야지, 사내녀석이 한번 마음먹은 걸 허물어? 그런 소릴 들으려고 여태껏 널 길러온 게 아니다."

1963년의 겨울은 우울했다. 그것은 단순히 과외 지도를 하던 한 고등학생의 누나와 나누던 달콤한 사랑이 파경을 맞았기 때문만은 아니었다. 전쟁 이후 중학 2학년까지 과일 장수, 꽈배기 장수, 파쇠 줍기, 서울역 구내에서 석탄 훔치기 따위로 점철된 빈곤의 경험은 우울증과 피해의식을 낳았다. 어쩌면 사춘기의 실연도 거기에 뿌리를 두고 있었는지 몰랐다. 고등학교 시절, 그는 육군사관학교에 들어가 장교가 된 다음 쿠데타를 일으켜 부패가 만연하고 빈부

격차가 심화되어 있는 사회를 바로잡겠다고 생각해본 적도 있었다. 그러나 그것은 망상에 지나지 않았다. 인민의용군으로 나간 뒤 행방불명이 된 삼촌이 애저녁부터 그런 길을 가로막고 있었으니까. 그러므로 몇 년 뒤 박정희가 실제로 쿠데타를 일으켰을 때 그는 달아오르는 흥분을 감추지 못했다.

우울증, 피해의식, 그것들은 울분의 감정으로 발전했다. 그의 가슴속에는 당장이라도 폭발할 것만 같은 울분이 용솟음쳤다. 무슨 짓이라도 저지르지 않으면 미쳐버릴 것 같았다. 그런데 그 울분의 감정을 진정시켜준 사람은 박정희가 아니라 뜻밖에도 어네스트 헤밍웨이라는 존재였다. 그 겨울의 끝에 헤밍웨이만이 그의 삶의 지표인 것처럼 진성의 머리를 사로잡고 떠나지 않았다. 헤밍웨이는 2년 전에 실내복 차림으로 그의 집 현관 홀에서 12구경 보스 엽총에 탄알 두 발을 장전하고는 총열의 끝을 입에 집어넣고 방아쇠를 당겨 자신의 머리를 산산조각 내고 62세를 일기로 생을 마감했다.

자살? 그러나 그것은 아니었다. 큰어머니를 남겨두고 자살한다는 것은 할아버지 몰래 인민의용군으로 나가버린 삼촌보다 더 나쁜 불효를 저지르는 일이었다. 그렇다면 헤밍웨이에게서 찾을 수 있는 덕목이란 무엇인가. 그것은 끊임없이 자기 자신을 시험대에 올려놓았던 모험적 행동, 바로 그것이었다.

하지만 모험적 행동이라는 것이 덕목이 될 수 있을까 하는 회의가 들었다. 그것은 현실에서의 도피인지도 몰랐다. 권투를 하고, 투우장을 찾고, 전쟁터를 누비고, 바다에 도전하는 행위는 현실이 너무나 견디기 버거웠기 때문은 아니었을까. 진성은 모험과 도피가 동전의 양면 같은 성격을 지니고 있다 하더라도 그것을 받아들이기로 했다.

"어머니, 학교를 쉬고 군대에 다녀와야겠어요. 어차피 치러야 하는 홍역 같은 것이니까요."

그가 어렵게 말문을 열자, 큰어머니는 바느질감을 놓고 두 손으로 그의 손을 어루만지며 뜻밖에 담담한 표정으로 말했다.

"내게서 도망가고 싶어서만 아니라면……"

"참, 어머니도. 그럴 리가 있나요?"

"아니다. 네 아버지도, 네 삼촌도 모두 내게서 달아나버린 거야."

"전 달아나지 않으니, 마음 푹 놓으세요."

큰어머니의 작은 어깨를 팔로 감싸며 위로의 말을 하면서도 어쩐지 큰어머니를 기만하고 있는 것 같아 그는 낯이 화끈 달아올랐다. 그러나 그는 내친김에 해야 할 말을 마저 했다.

"복무 기간이 짧은 해병대로 가겠습니다."

"거긴 훈련받기 힘들다던데, 허약한 몸으로 이겨낼 수 있겠어?"

"걱정 마세요. 이래 봬도 쌀 한 가마니는 너끈히 들 수 있으니까요."

그는 해병대 사병으로 입대하여 1년을 보냈다. 그리고 또 한 번의 모험이자 도피를 감행했다. 나이 먹은 졸병으로서의 자존심이 발동했다고 할까. 그는 일병으로 진급하자 단기 하사관학교에 지원하여 3개월 만에 하사 계급장을 달았다. 그리고 베트남으로 가겠다고 자원하여 1966년 3월에 베트남 전쟁에 투입되었다. 그것은 또 한 번의 모험심의 발로였으나 그의 삼촌이 그랬던 것 같은 어떤 이데올로기에 따른 영웅적 행동은 아니었다. 다만 확실히 말할 수 있는 것은, 1960년 4·19 학생 혁명 이후 학생들이 북으로 가서 통일을 위한 남북 학생회의를 열자는 열기가 한창 고조되었을 때 그는 그 모임을 따라다니기도 했으므로 50년대 이승만 정권이 강력하게 유지해왔던 '반공'의 열렬한 지지자라고 보기는 어려웠다는 것이다. 다음과 같은 기록이 전하듯 적어도 동남아에서 공산주의가 팽창하는 것을 저지하기 위해 그가 베트남의 전쟁터로 달려간 것은 아니라는 것이다.

1950년 6월 25일, 북한군은 38도선을 넘어 파도처럼 밀려 내려가 나흘 만에 남한의 수도인 서울을 점령했다. 그 6개월 전, 마오쩌둥의 중국공산군은 중국 본토를 정복한 뒤 베트남 접경까지 이르렀다. 소련과 중국 양국은 호치민의 정권인 베트남민주공화국을 승인했다. 이에 이르자 트루먼 대통령은 미국 외교정책을 새로운 차원으로 확대시켰다. 그때까지 유럽에 치중했던 공산주의 '봉쇄'를 아시아로 확대해야 한다는 것이었다.

미국 정부는 밤을 새워가며 프랑스가 호치민에 대항하여 인도차이나에서 벌였던 전쟁과 유사하게 정책을 전환했다. 그 당시 국무장관의 보좌관이었던 딘 러스크는 그의 성격대로 온화한 스타일로 변화를 알렸다. 1949년 말, 그는 "미국 정부의 방책은 강화된 공산주의자의 잠식으로부터 인도차이나와 동남아시아를 지키는 것이다"라고 발표했다.

미국의 공식 대변인은, 만약에 인도차이나가 공산화 되면 동남아시아의 다른 나라들도 그렇게 될 것이라는 경고인 '도미노 이론'을 이미 생각하고 있었던 것이다. 그러나 한편, 프랑스는 원래 식민지 소유권을 유지하기 위하여 인도차이나에서 싸움을 한다는 주제를 되풀이했으나, 그들의 목적은 비교적 협소했다. 그러므로 지구 차원에서 말뚝박기 놀이를 하고 있는 미국이 인도차이나에서 굴하지 않는다는 입장에서 보면 프랑스보다 더 확고했다. 그리고 이같이 인도차이나를 국제적 투계장으로 보는 미국의 관점은, 공갈 대신 정중한 말로 하면, 프랑스인에게 엄청난 충격효과를 주었다.

(스탠리 카노우, 『베트남사』, 바이킹 펭귄, 1994, 184쪽)

1950년대부터 『타임』『라이프』『워싱턴 포스트』의 아시아 특파원을 지내고 『우리의 이미지—필리핀에서의 미 제국』이라는 저서로 퓰리처상을 수상한 스탠리 카노우(Stanley Karnow)의 이 기록은 6·25 전쟁을 겪으면서 미국이 프랑스 대신에 베트남에서 맡은 역할이 증대하여왔음을 말해주고 있지만, 당시 진성으로서는 머나먼 나라에서 벌어지고 있던 일들을 알 턱이 없었다. 1954년 5월 베트남 북서부 디엔 비엔 푸에서 프랑스 군대가 호치민이 조직한 군대에 항복한 뒤, 베트남은 제네바 평화 협정에 따라 북위 17도선을 중심으로 이북은 '베트남민주공화국'으로, 이남은 '베트남공화국'으로 국토가 분단되었고, 미국은 베트남의 공산화를 막기 위해 불가불 남베트남의 고 딘 디엠 정권을 지지할 수밖에 없게 되었다. 이에 호치민은 남부 해방을 위해 1959년 17도선 이남에서 게릴라전을 개시하고 이듬해 남부에 민족해방전선, 즉 베트콩을 결성시켰다.

베트남의 의사이며 심리학자이자 역사가로 1992년 82세에 프랑스 아카데미가 프랑스어로 저술한 외국인에게 수여하는 프랑스오포니 대상을 수상한 바 있는 응우이엔 칵 비엔(Nguyen Khac Vien)은 초기 베트콩의 활약상에 대해 다음과 같이 간략하지만 단호하게 썼다.

그러나 남베트남 인민과 그들의 무장 군대는 미국의 무기와 전략에 대항하는 길을 재빨리 모색했다. 무장 투쟁과 정치 투쟁을 병행하면서 모든 지역에 전투 부락을 세우고, 도시와 마찬가지로 지방에서, 산악 지대와 마찬가지로 평야 지대에서 싸웠다. 민족해방군은 적에게서 노획한 현대 무기는 물론 부비트랩 같은 기초적인 무기를 사용하면서 막강한 미군을 무력화시키고, 괴뢰군과 그 행정기관을 방대한 그물 안에 몰아넣고 그것들을 마비시키며 그들에게 혹독한 패배를 안겨주었다.

(응우이엔 칵 비엔, 『베트남―긴 역사』, 하노이; 기오이 출판사, 307쪽)

그래도 그후 몇 년간의 베트남 전쟁은 1만 6천여 명의 미 군사고문단을 남베트남군에 배속시켰으나 공식적으로는 어디까지나 국내전의 양상이었다. 하지만 1964년에는 그 양상이 확 달라졌다. 미국이 조작했다는 설도 있으나, 그해 8월 4일, 통킹 만의 공해상에 머물던 미 해군 매독스 호가 북베트남 해군에게서 어뢰 공격을 받았다고 해서 그 보복으로 이튿날 64대의 미 해군 전폭기들을 동원하여 대규모 북폭을 감행하게 된 이른바 '통킹 만 사건'은 북베트남에게 겁을 주기는커녕 오히려 북베트남 인민의 전의를 가다듬게 하는 계기가 되고 말았다. 그때부터 미국은 선전포고도 없이 베트남 전쟁에 직접 가담하게 되었던 것이다. 그리고 9개월 뒤.

5월 11일(1965년)에 1천 명 이상의 베트콩이 캄보디아 국경과 멀지 않고 사이공에서 북쪽으로 불과 50마일밖에 떨어져 있지 않은 푸옥 롱(Phuoc Long) 성의 성도인 송베(Songbe)를 침략함으로써 전국적인 공격을 감행했다. 곧 이어 베트콩은 중부 베트남의 쾅나이 시 부근에서 남베트남군 2개 대대를 궤멸시켰다. 그러고 나서 베트콩 2개 연대가 동 소아이(Dong Xoai) 시에 있는 정부군 사령부를 기습하고 1마일 떨어진 미군 특수부대에 타격을 가하면서 또다시 푸옥 롱 성을 공격했다. 부여된 권한을 무시하면서, 미 고문들은 장교들이 겁을 먹고 도망가버려 붕괴된 남베트남군의 단위 부대들을 자주 지휘했다. (중략)

6월(1965년) 중순까지 남베트남군은 정예 수송대대들을 잃었다. 동시에 정부는 산산조각이 났다. 가톨릭 호전주의자들은 쿠아트 (Quat) 수상을 축출하고, 젊은 장교 그룹인 응우엔 반 티우 장군을 국가 수반으로, 공군 부사령관인 응우엔 카오 키를 수상으로 내세우는 음모를 획책했다.

이러한 박살에 화들짝 놀란 웨스트모어랜드 사령관은 존슨에게 긴급히 지원군을 요청했다. 그는 "남베트남군은 확고한 미 지상군의 지원 없이는 이러한 압력을 견딜 수 없습니다"라고 보고했다. 남베트남군의 '붕괴'를 막기 위해서, 그는 미국이 이미 추진하고 있는 병력의 두 배 이상의 병력이 필요하다고 했다. 그는 총 18만 명 —미군 34개 대대와 미국이 많은 비용을 들여서라도 남한(South Korea) 군대 10개 대대를 준비해주기를 원했다. 그렇더라도 그들은 단지 임박한 파국을 면하기 위한 하나의 '구멍 마개'로서의 역할밖에 할 수 없을 것이다. 아마도 1966년에는 또 다른 10만 명의 미군 병력을 더 요청할지도 몰랐다. 어쩌면 "적으로부터 주도권을 찾기 위해서"는 그후에도 더 많은 병력이 필요하게 될지 몰랐다. 웨스트모어랜드는 몹시 침울한 감정에 사로잡혀 있었다. "우리는 오랜 기간 시련을 겪지 않으면 안 됩니다"라고 그는 존슨에게 퉁명스럽게 말했다. "내게는 전쟁을 빠르고 순조롭게 끝낼 가능성이 보이지 않습니다."

(스탠리 카노우, 앞의 책, 437~438쪽)

진성은 베트남 파병 훈련 기간 중 정신 훈화 시간에 장교 교관에게서 해병대의 베트남 참전은 세계 공산화를 저지하기 위한 것이며 결과적으로는 남한을 북한의 침략으로부터 방호하는 애국적 행동이 된다는 말을 들었다. 그뿐만 아니라 베트남 참전은 빈곤에 허덕이는 남한에 경제적 이익을 선사하게 될 것이라는 말도 들었다. 물론 그는 다른 한편에서 주장하듯, 참전병은 미국의 용병에 지나지 않으며 마침내는 한국의 젊은이들을 죽음의 도살장으로 몰아넣고 말 것이라는 비판의 목소리를 의식하기도 했다.

그러나 그는 양측에서 어떤 주장과 논리를 펴든 상관하지 않았다. 그저 미지의 땅에 스스로를 대면시켜보고 싶은 충동밖에 없었다. 혹시 누가 알랴. 살아서 돌아온다면, 『누구를 위하여 종은 울리나』나 『무기여 잘 있거라』 같은 소설 한편쯤 써낼 수 있을지. 그 무렵, 누군가가 그의 귀에 대고 "너는 남베트남의 파국을 막기 위한 '구멍 마개' 중에서도 한 작은 분자에 불과해"라고 속삭였다고 할지라도 그는 괘념치 않았을 것이다.

그는 베트남에 파병된 이후 청룡여단을 따라 남쪽으로부터 캄란, 투이호아를 거쳐 1966년 8월에는 중부 쾅나이 성 북부와 쾅남 성 남부에 걸친 지역으로 이동했다. 작전상으로는 미군 비행장이 있던 추라이(Chu Lai)라는 바닷가 마을 이름을 따서 그곳을 추라이 지역이라 불렀다.

진성은 추라이 지역에서 겪었던 전투를 어제 있었던 일처럼 너무나도 생생하게 기억하고 있었다. 추 푸옹에게는 한 갓난아기를 빙손 성당에 맡긴 것만 기억나고, 그 아기를 어느 마을에서 어떻게 구해내게 되었으며 그 부모가 어떤 사람들인지는 모른다고 말했으나 그것은 거짓말이었다.

베트남전의 악몽을 꾼 날, 한 아기의 정체를 파악하기 위해 베트남 여인이 자신의 집을 찾아왔다는 기묘한 우연을 당장은 받아들이기 힘들었다. 그는 우선 그녀를 돌려보내고 나서 그때의 정황을 곰곰이 되씹어볼 여유를 갖고 싶었다.

기억뿐만 아니었다. 그는 기억을 보완하고 확인시켜줄 만한 자료들을 그의 서재 캐비닛에 보관하고 있었다. 1967년 3월 귀국할 때 그는 그동안 틈틈이 기록해두었던 진중수첩과 마지막 전투 지역에서 사용했던 두 장의 작전지도, 가랑이에 총알 구멍이 난 부하 대원의 피묻은 군복과 퍼렇다 못해 시꺼멓게 녹이 슬고 소리가 나오는 깔때기 부분이 심하게 우그러진 나팔 하나를 시백에 챙겨 가지고 왔다. 오랜 훗날 그의 아내는 청소하다가 그 피묻은 작업복과 고물 나팔을 발견하고는 그에게 제발 그것들만은 버려달라고 간청했으나 그는 버릴 수 없었다. 끊임없이 악몽을 꾸면서도 흉물스런 유물들을 간직하고 있는 것도 아이러니였지만, 그런 자료들을 지니고 있으면서도 베트남전에 관한 소설을 한 편도 쓰지 못한 것도 아이러니였다.

그가 베트남전을 소재로 소설을 쓰려고 시도해보지 않은 것은 아니었다. 그것도 여러 번. 그러나 그때마다 원고지 위를, 모니터와 자판 위를 검은 망령들이 환영처럼 어른거려 소설을 진척시킬 수가 없었다. 그리고 귀앓이와 더불어 멀리서 들려오는 비명처럼 이명이 엄습하여 그를 못 견디게 괴롭혔다. 결국 『누구를 위하여 종은 울리나』나 『무기여 잘 있거라』 같은 소설은 태어나지 않았다.

2

추라이 지역의 10월은 하늘에 구멍이라도 뚫린 듯 하루도 거르지 않고 비가 쏟아졌다. 비는 논 개활지와 산야에만 내리지 않았다. 비는 매복 구덩이를 웅덩이로 만들고 총기와 쇠붙이란 쇠붙이를 깡그리 녹슬게 했다. 대원들은 총기에 열심히 기름을 칠하고 닦았지만 그것은 적과 싸우기 위해서라기보다는 빗물과 싸우기 위해서였다. 아무리 판초를 뒤집어쓰고 있어도 빗줄기는 어느새 목덜미와 가슴과 등줄기와 사타구니로 파고들었다. 사방은 온통 빗줄기와 빗물뿐이었다.

그가 속한 3대대 9중대는 추라이 미군 비행장에서 1번 국도를 타고 9킬로미터가량 남쪽으로 내려간 지점에서 다시 서쪽으로 농가와 논 사이로 난 소로를 따라 전진하여 철로 둑을 넘어 추옹토 마을을 지나 쨔빙동(Tra Binh Dong)의 여러 마을을 내려다볼 수 있는 쨔빙동 4마을 고지에 포진하여 진지를 구축했다. 베트남에서는 대개 그랬듯이, 진지는 가운데에 중대본부를 두고 그 외곽에 3개 소대가 각기 구역을 맡아 교통호를 뚫고 경계초소를 정한 뒤 사이사이에 모래주머니를 높이 쌓고 위에 개인 천막과 야자수 잎을 덮어서 벙커를 만들어 방어망을 구축하는 형태였다.

중대의 작전지역은 처음에는 주로 동쪽으로는 추옹토의 여러 마을과 서쪽으로는 쨔빙동의 여러 마을을 포함한 반경 2킬로미터 안에 한정되어 있었다. 그러나 날이 지날수록 작전지역은 서쪽 2킬로미터 밖의 차우냐이 마을이나 그 북쪽의 칸미 마을까지로 넓혀졌다.

억수로 퍼붓던 빗줄기가 어쩌다가 가랑비로 바뀌게 되면, 여러 마을들을 감싸고 있는 대나무와 야자나무와 유칼리나무 숲과, 그리고 물에 잠긴 질편한 논과, 논 한가운데를 가르며 북쪽으로 굽이굽이 흘러 짜봉(Tra Bong) 강에 합류하는 짜비 천 줄기와, 논 건너에 군데군데 펑퍼짐하게 가로누워 있는 검은 산등성이가 아스라이 시야에 들어왔다. 하지만 저녁 무렵이 되어 안개라도 자욱하게 끼게 되면 전방에는 아무것도 보이지 않았다. 그런 날 매복을 나가는 것을 대원들은 죽는 것만큼이나 싫어했다.

수색이나 매복은 소대 단위로 이루어졌다. 진성은 방탄조끼를 입은 위에 실탄 150발과 네 개의 수류탄을 허리와 가슴에 찬 뒤 소총을 들고 풀잎으로 위장한 분대원들을 이끌고 물에 잠긴 논두렁을 건너 낮에는 전술 책임 지역 안의 마을 일대를 수색하고, 밤에는 마을로 통하는 산기슭의 오솔길로 매복을 나가고는 했다. 베트남 전쟁은 북한 인민군이 2개월 만에 낙동강까지 국군과 미군을 밀고 내려갔다가 다시 3개월 만에 국군과 미군이 압록강까지 인민군을 밀고 올라갔던 6·25 전쟁과는 질적으로 다른 전쟁이었다. 전선이 없는 전쟁, 누가 적이고 양민인지 구분이 되지 않는 전쟁이었다. 그러나 적은 격퇴해야 할 표적과 파괴해야 할 목표물을 너무나 잘 알고 있었기 때문에 절대적으로 유리한 위치에서 작전을 폈다.

아군은 작전지역을 A, B, C, D 네 등급으로 나누었는데 A는 아군완전평정지역, B는 아군우세지역이지만 적군준동지역, C는 적군우세지역, D는 적군완전장악지역을 의미했다. 중대가 작전을 펼치는 곳은 대개 C에 속했으므로 언제 위험한 사태가 돌발할는지 전혀 예측할 수 없었다.

어디에 적이 있는가. 이따금 AK소총으로 무장한 대여섯 명의 베트콩들이 숲속과 마을 어귀에 숨어 있다가 낮에 마을로 수색을 나오는 진성의 분대에 산발적으로 공격을 감행하기도 했다. 갑자기 파열음처럼 대기를 찢는 날카로운 AK소총의 총성은 몸서리가 쳐질 만큼 진저리가 났다. 배낭과 탄띠가 물에 잠기도록 논바닥에 납작 엎드렸다가 정신을 가다듬고 마을까지 추적해보면 적들은 사람 하나가 겨우 들락거릴 수 있는 '여우굴'을 이용하여 숲속으로 사라지고 없었다. 마을에서 마주치는 사람은 집 앞에서 아이를 업고 서 있는 할머니거나, 땅바닥에 털버덕 주저앉아서 무엇인가 꾸물거리며 일을 하다 말고 담배를 뻐끔거리고 있는 할아버지, 또는 할머니나 할아버지의 옷자락을 붙들고 있는 아이들밖에 없었다. 마치 시간이 정지된 것처럼 그들은 정적에 묻혀 꼼짝도 하지 않았다. 잔뜩 겁먹은 눈동자만이 낯선 침입자의 거동을 따라 움직이고 있을 뿐이었다. 진성은 그런 순간을 견딜 수 없었다. 꼬리를 내리고 어슬렁거리는 개들과 천방지축으로 뛰어다니는 닭의 무리가 눈에 들어오지만 않았다면, 그리고 거기에 꼼짝 않고 있으나 그 인간들이 결코 삶을 포기한 것이 아니라는 것을 깨닫지 못했다면, 그는 들고 있던 M2카빈총으로 그들을 향해 마구 난사하고 싶은 충동에서 벗어나지 못했을 것이다. 총을 쏜다는 것은 충격에 대한 반사작용이며 자신에 대한 보호본능에 지나지 않았다.

　아무리 철저하게 마을을 수색하고 본대로 귀대했다 하더라도 그것은 번번이 헛수고에 지나지 않았다. 밤이 되면 베트콩들이 다시금 마을을 장악했기 때문이었다. 그곳은 그들의 고향이었고 그들 삶의 젖줄이었기 때문에 그들은 그 마을을 떠나려고 하지 않았다. 마을 주민을 모두 학살하고 집을 불태워 없애버리지 않는 한 그 지역을 완전히 점령했다고 말할 수는 없을 것 같았다.

그동안 진성의 분대가 거둔 전과는 11월의 어느 날 오전에 동쪽 철로에서 가까운 추웅토 마을로 수색을 나갔다가 마을 바나나 숲에서 불시에 기습한 여섯 명의 베트콩과 교전을 벌여 두 명을 사살하고, 카빈 소총과 중공제 자동소총 각 한 자루씩, 실탄 50여 발, 수류탄 네 발을 노획한 것뿐이었다. 그러나 그 과정에서 분대원 한 명이 팔에 관통상을 입어 후송되는 피해를 입기도 했다. 그러나 그것은 나머지 적이 도주함으로써 불과 15분 만에 끝난 소규모 전투에 지나지 않았다.

12월이 되었어도 비는 11월 못지 않게 줄기차게 내렸다. 적어도 우기가 끝나려면 두 달 이상은 더 기다려야 했다. 어쩌다가 여러 날 작전을 펼칠 때면 적 못지 않게 고통을 안겨주는 것은 군복을 뚫고 끊임없이 물어뜯는 모기떼와 논과 늪에서 달라붙는 거머리와 나뭇가지 위에서 머리와 목으로 후두두 떨어지는 초록빛 작은 뱀 따위였다. 작전이 끝나 진지로 돌아와서 군화를 벗으려고 하면 발이 짓무르고 퉁퉁 부어 빠지지 않았다. 그럴 때면 하는 수 없이 군화 옆을 칼로 찢어 발을 빼냈다. 발바닥을 칼로 긁으면 허연 더께가 덕지덕지 묻어 나왔다.

대원들은 미래에 대한 희망이라고는 없이 내장마저 축축하게 젖어버린 듯한 암담한 기분에 사로잡혀 있었다. 수색이나 매복을 나가지 않는 날이면 대원들은 맥주를 입 안에 쏟아부으며 진상호(陳商浩) 병장이 곡조도 맞지 않게 불어대는 나팔 소리에 귀를 기울였다. 그가 줄기차게 불어대는 곡이 바로 브러더즈 포가 기타 반주에 맞춰 노래를 불러서 유행시킨 「그린 필드」였다. 나팔이란 게 기상이나 취침을 알리는 데 소용되는 물건이지 어디 그럴듯한 곡을 연주할 수 있는 악기였던가. 음조도 박자도 맞지 않아 마치 악을 쓰는 것 같았는데, 그래서인지 오히려 그 소리는 구슬프게 비 내리는 진지를 휩싸고 돌았다. 진성은 진병장이 「그린 필드」를 억지로 불어보려고 애를 쓸 때마다 가사를 떠올려보고는 했다. 햇빛이 입 맞추던 푸른 초원과 강물이 내달리던 계곡과 흰 구름이 떠돌던 푸른 하늘은 사라지고, 음침한 구름이 해를 가려 내가 볼 수 있는 것은 황량한 세계뿐, 아무것도 남아 있지 않구나. 꿈이 깨진 연인들도 가버리고……

원래 그 나팔은 진상호의 것이 아니었다. 포항 사단의 나팔수였던 한 사병이 베트남전에 1차로 파병되어 오면서 지니고 왔던 것인데 어찌어찌 해서 진성의 분대로 굴러왔다. 두번째 소유자가 누구인지는 분명치 않았으나 세번째 주인은 백창환(白昌煥) 병장이었다. 그러나 그가 11월 추옹토 마을을 수색할 때 팔에 관통상을 입고 후송되자 주인 없이 분대 벙커에서 이리저리 뒹굴던 그 나팔을 진성이 발견하고 곡괭이로 찍어버리려 했을 때, 진상호가 자기가 갖겠다고 나서는 바람에 하는 수 없이 그에게 넘기고 말았던 것이다.

"진병장, 너도 알다시피 그 나팔에는 저주가 담겨 있어. 그 나팔을 불었던 친구들은 죽거나 부상당했다고 하잖아! 백창환이 당한 것 보면 알쭌데……"

진성이 걱정되어 말하자 진상호는 한바탕 너털웃음을 웃었다.

"허허, 분대장님도 그런 걸 믿습니까? 그거 다 우연입니다. 이 나팔을 불지 않았던 친구들도 잘도 뺄는데, 그럼, 그 친구들은 무슨 저주를 받아서 뺄은 걸까요?"

"어쨌든 조심하라구!"

하지만 진상호는 개의치 않고 나팔을 불었다. 저녁 무렵 때때로 이름 모를 새가 나팔 소리가 끊어지는 사이에 화음을 넣듯 울기 시작하면 모골이 섬뜩해지기도 했다.

어느 날 중대장은 각 소대의 소대장들과 분대장들을 집합시켜놓고 작전지도를 가리켜가며 달갑지 않은 첩보를 전하면서 경각심을 불러일으켰다.

"여러분들도 숙지하고 있다시피 내륙 산간지대에 남북으로 뻗어 있는 호치민 루트에서 해안 쪽으로 가장 가까운 지역은 다낭이고 그 다음이 우리가 있는 이 추라이 지역이다. 최근 첩보에 따르면, 호치민 루트를 타고 내려온 월맹 정규군의 대병력이 추라이 미군 비행장을 탈취하기 위해 짜봉 강과 '이름 없는 지방도로'를 이용하여 우리 쪽으로 이동 중이라는 첩보가 있다. 만약에, 이건 어디까지나 가정에 지나지 않지만, 만약에 추라이가 적의 수중에 들어간다면, 다낭이 적에게 점령당하는 것은 시간 문제다. 우리는 적이 베트남 중부 지역을 장악하는 최악의 사태를 막아야만 한다. 그러자면 길은 하나밖에 없다. 한층 경계심을 강화하여 철저한 수색과 성실한 매복을 통해 우리 지역을 확보하는 길밖에는. 어떤 참모는 관할 지역의 대민 사업으로 민심을 장악해야 한다고 하지만, 내 생각에는 저 남쪽의 캄란이나 냐짱 지역이라면 모르겠지만 여기 쾅나이에서는 그런 우호 작전이 먹혀들지 않을 것 같다. 1962년 베트남 정부는 이 지역 주민에게 그들의 고향을 버리고 다른 지역으로 이주토록 하는 전략적인 프로그램을 강행했다고 한다. 그 이유는 프랑스와 호치민의 베트민이 전쟁을 할 때 이 지역 주민이 베트민 공산주의로 무장하여 프랑스군에게 가장 강력한 저항 정신을 보여주었기 때문에 그러한 결집력을 와해시키기 위해서였던 것으로 보인다. 하지만 남부 베트남의 그 정책은 실패했다. 왜냐하면 따돌림에 대한 소외감, 차별 대우에 분노심만 유발시켜서 이 지역 주민들이 오히려 베트콩 편에 가담하고 말았기 때문이다. 나는 이 지역 주민이 전통적으로 외세에 강한 반발심을 품고 있다고 생각한다. 따라서 그 어떤 주민도 형제자매거나 친척 중에 베트콩과 관련이 없는 사람은 없다고 생각해주기 바란다. 각 소대장들과 분대장들은 분발하여 이 지긋지긋한 비에 침울해 있는 대원들의 사기를 높여주기 바란다."

중대장은 말을 마치고 나서 진성의 소대장인 황남석(黃南石) 소위에게 질문을 던졌다.

"황소위, 뭐 질문할 게 없나?"

황소위는 진성의 소대에 부임해온 지 1개월밖에 되지 않았으나 중대원들 사이에는 해군사관학교에 다닐 때 매우 촉망받던 사람으로 알려져 있었다. 그래서인지는 알 수 없었으나 부하인 진성이 두 살이 위인데다가 대학을 3학년까지 다녔다는 것을 평소 고깝게 생각하지 않나 싶을 만큼 진성에게 부담감을 주었다.

"이하사, 이하사는 대학물까지 먹었으면서 왜 그다지 상황 판단이 느린가?"

뭔가 마음에 들지 않을 때마다 황소위가 진성에게 쏘아붙이는 말이었다. 그러나 진성은 그러건 말건 일일이 반응하지 않았다. 대학에 다녔던 것은 사실이었고 그가 상황 판단이 느리다고 소대장이 생각했다면 그 또한 어쩔 수 없는 노릇 아닌가. 상황 판단이 느리다는 말을 들을 때마다 왜 내가 상황 판단이 느리냐고 대든다면 그것처럼 어리석은 행동은 없다. 더욱이 느리다고 해서 항상 나쁜 것만은 아니다. 느리다는 것은 좋게 말하면 신중하다는 뜻도 되는 것이다. 너무 상황 판단이 빨라서 상관의 의도를 그르치게 한다면 그 또한 죄인 것이다.

"별다른 질문이 없습니다."

황소위가 대꾸했다.

"정말인가? 석연치 않은 표정이던데?"

중대장이 재우쳐 물었다.

"하긴, 한 가지 의문이 들기는 합니다만."

중대장이 떨떠름한 표정으로 황소위를 바라보았다.

"중대장님 말씀 가운데에는 어떤 암시가 들어 있는 것 같은데…… 말하자면, 지역 주민을 모두 베트콩으로 간주해야 한다는 암시 말입니다."

"황소위, 황소위는 우수한 성적으로 사관학교를 졸업했다는 사람이 왜 그다지 머리가 빨리 돌아가지 않나? 내가 말한 건, 암시가 아니라 그렇게 하라는 지시야."

진성은 속으로 자기도 모르게 피식 웃음이 나왔다. 그가 황소위에게 당하곤 하던 말과 비슷한 말을 중대장에게서 황소위가 듣고 있었기 때문이었다.

"일단 공격을 받으면, 마을 주민을 포함하여 무차별 사격을 해도 좋다는 말입니까?"

소대장은 조금 격앙된 말투로 따지고 들었다.

"아이들만 제외하고!"

중대장이 단호하게 말하고 나서 다른 소대장들과 분대장들을 향해 덧붙였다.

"모두들 명심하도록!"

"넷, 알겠습니다!"

화기소대장을 비롯한 소대장들과 중대 선임하사관 이하 분대장들이 일제히 대답했다. 그러나 황소위는 그대로 물러나지 않았다.

"무차별 사격은 학살을 의미하는데 그 결과에 대한 책임은 누가 집니까?"

"더럽게 따지는군! 발생하지도 않은 사건에 대해서 예측할 필요는 없다. 하지만 만약에 사태가 불행한 결과를 초래하게 된다면, 그땐, 여기 이 중대장이 모든 책임을 질 거야."

"알겠습니다."

황소위는 중대장에게 충성의 표시로 거수경례를 붙였다. 그는 중대장 벙커를 물러나와 소대로 가는 교통호에서 진성에게 불만스런 목소리로 물었다.

"이하사는 어떻게 생각해? 아이만 제외하고 모든 주민을 브이씨로 간주하라는 중대장님 말을……"

"내 생각에는 중대장님 말씀이 틀리지 않은 것 같습니다. 두 달 전, 이 지역에 들어올 때부터 느낀 겁니다만, 왠지 으스스한 기분이 떠나지 않으니까 말입니다. 그래서 나는 늘 이렇게 생각했지요. 베트콩과 양민을 구분하려고 들지 않는 게 대원들의 목숨을 구하는 길이라고 말입니다. 여기선 서푼어치 휴머니즘은 금물입니다."

진성은 가혹하리만큼 황소위의 의중을 찔렀다.

"휴머니즘이 금물이라구? 인간의 역사를 유지해온 것은 애니멀리즘이 아니라 휴머니즘이야. 궁극적으로 인간애가 없다면 이 전쟁도 무의미한 것이 아닐까? 양민을 적과 구분하지 않고 사살한다면 역사의 심판을 받을 거야. 아니, 하느님이 먼저 벌을 내릴 거라구."

"소대장님은 크리스천입니까?"

황소위가 무겁게 고개를 끄덕였다.

"사관학교에 입학하기 전까지는 성당에 다녔더랬지."

진성은 그때까지 몰랐던 사실을 안 것이 소대원들에게 득이 될까 아닐까 잠시 생각했다. 아무튼 휴머니즘을 운운할 계제가 아닌 듯싶어서 다른 말로 얼버무렸다.

"괜히 중대장님 비위 거슬려 좋을 것 없습니다. 중대장님의 꿈이 무엇인지 아십니까? 해병대 사령관이 되는 겁니다. 그러자면 모처럼 베트남전에 참전했으니 전과를 올려야 할 게 아닙니까? 중대장님의 꿈을 위해서라도 그의 뜻을 따르는 게 좋다고 생각합니다."

황소위는 한동안 침묵을 지키며 걷다가 침울하게 입을 열었다.

"내 꿈도 한때는 해병대 사령관이 되는 거였지. 지금은 접어두었지만."

"왜 접었습니까?"

"사령관이 되려는 자들이 사방에 깔린 이전투구에 나까지 끼어들 자리가 없는 것 같더구만."

진성은 판초 위에 떨어지는 빗방울 소리와 그의 발짝 소리에도 아랑곳없이 울어대는 이름 모를 풀벌레 소리를 들으면서 정체를 알 수 없는 비극감에 젖어들었다. 두 사람은 교통호를 따라 묵묵히 걸었다. 그때였다. 빽빽거리며 「그린 필드」를 불어보려고 안간힘을 쓰는 진상호의 나팔 소리가 진지 위로 울려퍼졌다. 황소위는 걸음을 멈추고 나팔 소리에 귀를 기울였다.

"기타 반주의 노래를 나팔로 불려고 하다니. 트럼펫이라면 비슷하게라도 불어볼 수 있겠지만……"

진성이 혼잣소리처럼 중얼거렸다.

"그래도 난 진병장의 저 나팔 소리를 들을 때마다 왠지 숙연해지는걸."

황소위는 자기 벙커로 돌아가기 싫은 사람처럼 천천히 걸음을 옮기며 말했다.

"이하사, 혹시 알고 있나? 「요한 묵시록」에 일곱 천사가 차례로 등장하여 나팔을 부는 대목이 있는데……"

"그런가요? 모르겠습니다."

"그건 지구 종말에 관한 일종의 계시지. 첫번째 천사가 나팔을 불자 하늘에서 우박과 불덩어리가 떨어져 땅과 나무 중 삼분의 일이 타버린다구. 얼마 지나서 두번째 천사가 나팔을 불자 큰 산 같은 것이 바다에 떨어져 바닷물의 삼분의 일이 피가 되고…… 또 얼마 지나서 세번째 천사가 나팔을 불자 이번에는 큰 별 하나가 횃불처럼 떨어지면서 강과 샘물을 덮쳐 그 역시 삼분의 일이 쓰디쓴 쑥물이 되고…… 네번째 천사가 나팔을 불자 해와 달과 별들이 타격을 받아 그 삼분의 일이 빛을 잃고 말았다네."

그는 다시금 걸음을 멈추고 진흙이 엉겨붙은 군화를 내려다보다가 철모가 벗겨질 만큼 고개를 한껏 꺾고 잿빛 하늘을 우울하게 올려다보았다. 빗방울이 그의 얼굴을 때렸지만 그는 개의치 않고 두 달 내내 빛을 잃은 하늘에 시선을 꽂은 채 서 있었다. 진성은 심상치 않은 그의 행동에 조금은 겁이 나서 얼른 물었다.

"다섯번째 천사가 나팔을 불었을 때는 어떻게 됐습니까?"

그는 잠시 어리벙벙한 표정으로 진성을 바라보더니 생각난 듯 다시 걸음을 떼어놓으며 말했다.

"다섯번째 천사가 나팔을 불자 하늘에서 큰 별 하나가 떨어지면서 깊은 지옥 구덩이를 열었지. 지옥 구덩이에서는 큰 용광로에서 내뿜는 것과 같은 시꺼먼 연기가 솟아올라 햇빛을 가렸어. 그리고 그 연기 속에서 수많은 메뚜기들이 튀어나와 땅에 퍼졌다는군. 그 메뚜기떼는 하느님의 도장이 찍히지 않은 인간들만을 골라 해치는 임무를 부여받았지. 이때부터 인간들이 직접적으로 고통을 당하게 된 거야. 이하사, 이 묵시록에 나오는 천사들은 누구고 나팔 소리는 무엇이겠나? 또 메뚜기들은 무엇이구?"

느닷없는 질문에 진성은 아차, 하고 후회했다. 황소위가 무엇에 관해 질문을 던질 것이라는 것을 대비하고 있지 않았다는 자괴감이 들었기 때문이었다. 또 대학물 먹은 것을 들먹거리리라. 왜 그다지 상황 판단이 느린가? 아니다, 이 경우에는, 왜 그다지 상상력이 부족한가? 라고 할는지도 몰랐다. 그러나 황소위는 그렇게 말하지 않았다.

"천사들은……"

그가 스스로 말하기 시작했다.

"천사들은 하느님의 계시를 알리는 전령사들이지. 그들이 부는 나팔 소리는 재앙의 상징이자 경고구. 왜 '진군 나팔 소리'라는 말이 있지 않은가? 그건 전투를 알리는 신호야. 서부 개척시대 미 기병대들이 인디언을 향해 돌진할 때 늘 나팔수가 먼저 나팔을 불지 않던가? 나팔 소리는 아군의 사기를 높이는 기능을 하지만 적의 간담을 서늘하게 하는 효과도 지니고 있지. 또 메뚜기떼는 오늘날 하늘을 나는 전폭기이자 헬기의 비유지. 메뚜기들은 악신을 왕으로 섬기는데 그 이름이 아바돈이야. 그런데, 다시 여섯번째 천사가 나팔을 불었다구."

소대 진지가 가까워지자 어떻게 해서든 「그린 필드」를 불어보겠다는 듯이 진상호 병장의 나팔 소리가 더욱 드세고 거칠게 어둠침침한 하늘로 울려퍼졌다. 그에 뒤질세라 황소위의 묵시록 이야기도 끈질기게 이어졌다.

"그러자 유프라테스 강에 묶여 있던 또 다른 네 천사가 풀려났는데 그들은 정해진 날과 시에 사람들을 죽이라는 명령을 받았지. 그들은 2억이나 되는 기마병을 거느리고 명령에 따라 인간을 살육하기 시작했대. 그들이 탄 말은 불과 연기와 유황을 내뿜었어. 그리하여 인간의 삼분의 일이 죽고 말았지. 이하사, 기마병이 탄 말의 입은 오늘날 무엇이겠나? 난 그게 불을 뿜는 거대한 탱크의 포신 아가리이자 핵미사일을 쏘아올리는 발사대라고 생각해. 하지만 이하사, 이건 아직 일어나지 않은 일이야. 다만 계시일 뿐이지. 언젠가 일어날지 모르는……"

어쩌면 그는 요한의 묵시록에 너무나 심취한 나머지 인류의 미래를 몹시 비관적으로 보게 된 것인지도 몰랐다. 진성은 왜 그런 그가 사관학교에 지원하여 엘리트 장교가 되었는지 궁금했지만 묻지 않았다. 진심을 말하면, 진성은 그의 종말론을 계속 듣고 싶지 않았다. 일개 소대를 이끄는 지휘관이 지녀야 할 세계관으로는 그다지 적절하지 않다고 생각했기 때문이다.

"일곱번째 천사의 나팔 소리는 인간 구원에 관한 것이야. 하지만 천사의 나팔 얘기는 이쯤에서 그만두겠네."

그는 걸음을 멈추고 매우 지친 듯한 음성으로 말했다. 이미 두 사람은 소대장 벙커 앞에 서 있었다. 진성은 그가 벙커 안으로 들어가기를 기다렸다.

"들어가 위스키 한잔 하지 않겠나?"

그가 제의했으나 진성은 거절했다.

"쉬십시오."

진성은 거수경례를 붙이고 그의 벙커 쪽으로 걸으면서 진병장에게 나팔을 그만 불라고 소리쳐야겠다고 생각했다.

쨔빙동 마을의 추수가 끝났다. 논두렁에는 두엄처럼 군데군데 볏가리가 쌓여 있기도 했으나 훤히 트인 논 개활지 저쪽으로 도로를 따라 길게 웅크리고 있는, 대나무로 울타리를 친 마을의 집들이 더욱 선명하게 드러났다. 여전히 물이 가득 차 있는 논에는 농가에서 방사하느라 내놓은 오리떼들이 여기저기 줄지어 몰려다니면서 먹이를 찾기 위해 자맥질을 하는 광경도 보였고, 때로는 삿갓처럼 생긴 논을 쓴 사내아이가 검은 소를 몰고 논두렁을 지나가는 모습도 보였다. 땅거미가 어슴푸레 내릴 즈음 머리에는 논을 쓰고 어깨와 허리를 긴 도롱이로 감싼 여인이 논둑 위에 나타나서 뭐라고 소리를 지르면 신통하게도 오리들은 앞장선 어미 오리를 좇아서 어미를 놓칠세라 둑 위로 뒤뚱거리며 올라갔다. 어쩌다, 정말 어쩌다가 어느 저녁 비가 개인 뒤, 마을 쪽에서 멀리 개 짖는 소리가 들려오다 그치고 가까운 수풀 속에서 벌레 우는 소리가 요란스러워지기 시작할 때, 구름 사이로 별들이 반짝거리는 것을 바라보면서 대원들은 하염없이 향수에 빠져들고는 했다. 그러나 밤은 깊어가고 정글 쪽 어디선가 그 이상한 새의 울음소리가 개활지를 건너오기 시작하면 소름이 오싹 끼쳤다. 어찌 들으면 아기 우는 소리 같기도 하고 어찌 들으면 여인이 흐느끼는 소리 같기도 한 새의 울음. 그 것은 죽음을 예고하는 소리처럼 불길하게 들렸다.

12월에도 이틀 나가고 하루 쉬는 통상적인 수색과 매복을 되풀이했으나 크리스마스 기간에는 진지 방어에 주력하면서 휴식을 즐겼다. 그러나 1월 초순에 들어서자 전술 책임 지역 내에 자주 적이 준동하는 것으로 보아 그동안 적의 병력이 정비되었거나 증강되었다고 판단한 여단에서는 진성이 속한 대대에게 전 지역을 적극적으로 탐색하고 매복하여 준동하는 적을 소탕하라는 명령을 내렸다. 그 작전은 9중대 2개 소대와 10중대 2개 소대가 긴밀히 협동하여 9일 동안 전개토록 되어 있었다. 9중대 1소대인 진성의 소대가 가장 서쪽 지역을 수색하게 되어 있었으므로 위험성도 그만큼 높았던 셈이었다.

황소위가 비장한 목소리로 명령을 내렸다.

"우리 소대는 중대의 좌익으로 차우냐이와 캉미 마을을 거쳐 짜비 천을 따라 푸탄 마을을 지나 10중대의 좌익인 응옥찌 마을까지 서북 방향으로 올라간다. 종심 10킬로미터가 넘는 광범위한 지역으로 마을만 해도 열 개가 넘는다. 소대의 전개 대형은 1분대가 소대의 좌익을, 2분대가 중앙을, 3분대가 우익을 책임 탐색한다. 소대장은 중앙인 2분대와 행동을 같이할 것이다. 이번 작전은 9일간으로 어느 작전보다 긴 기간에 걸쳐 실시되는 만큼 만반의 준비를 갖추어야 할 것이다. 각 분대의 대원은 실탄 3백 발과 수류탄 네 개, 크레모어 한 개씩을 휴대하고 충분한 비상식량을 지참함은 물론, 수통도 두 개씩 차도록 한다. 모쪼록 이번 작전이 성공리에 끝나기를 빈다."

소대가 푸탕 마을을 수색할 때까지 엿새 동안은 아무 일도 일어나지 않았다. 모든 주민을 베트콩으로 간주하라는 중대장의 지시와는 달리, 대대의 궁극적인 임무는 전술 책임 지역 안에 있는 전체 마을을 전략촌으로 만들어 베트콩이나 월맹정규군과 접촉하거나 유대 관계 맺는 것을 차단하는 것이었다. 그것은 상급 부대 지휘관과 참모들의 목표이기도 했다. 그때까지 마을 촌장과 노인들을 회유하고 설득하는 작업도 성공적인 듯이 보였다. 마을 수색이 끝나면 소대는 마을에서 물러나와 다소 높은 지대로 올라가 물구덩이 속에서 사주방어를 했다. 밀려드는 고달픔도 그렇거니와 쏟아지는 비를 고스란히 맞고 있노라면 온몸이 와들와들 떨리도록 엄습하는 추위가 못 견디게 괴로웠다. 대원들은 그렇게 눈을 붙이는 듯 마는 듯 밤을 지새우곤 했다.

일주일째 되는 날, 진성의 소대는 가장 서쪽에 위치한 탁안노이 2마을을 수색하기로 했다. 탁안노이 2마을은 쨔비 천의 서쪽인 바오아오 천 건너에 있었다. 진성은 이곳이 넓은 지역인데다 어림잡아 40여 호가 여기저기 흩어져 있어 호락호락 접근해서는 안 될 것이라고 생각했다. 푸탕 마을에서 탁안노이 2마을까지는 약 5백 미터 정도의 논 개활지가 펼쳐져 있었고 그 개활지가 끝나는 곳에 바오아오 천이 흐르고 있었다. 진성은 소대의 좌측에서 12명의 부하들을 종대로 세워 논두렁을 따라 물이 정강이까지 차오르는 논을 건넜다. 바오아오 천에 이르자 그는 분대를 횡대로 전개시키고 물속으로 들어갔다. 천의 너비는 40미터밖에 안 되었지만 물은 허리까지 차올랐다. 비는 다행히 가랑비로 변해 있었다.

"분대장님, 어쩐지 기분이 썰렁합니다."

그의 왼쪽에서 앞으로 나아가고 있던 1조장 진상호 병장이 가슴 위로 들고 있던 BAR자동소총의 무게를 느낀 듯 어깨 멜빵을 추스르고 목줄에 매달려 배 앞에서 덜렁거리는 나팔을 옆구리 쪽으로 돌리면서 소리지르듯 말했다.

"왜?"

"새벽녘 꿈에 투이호아에 있었을 때 사귀었던 꽁가이가 보이는 게 아닙니까? 헌데 나팔을 불며 이년과 한참 신나게 노는데, 맹랑하게도 이년이 느닷없이 권총을 얼굴에 들이대고는 방아쇠를 당기는 거예요. 나는 얼굴이 산산조각으로 깨진다고 생각하며 화들짝 놀라 깨어났습니다. 아이구, 꿈이었구나 하고 얼마나 가슴을 쓸어

내렸던지."

무거운 BAR을 들고 배낭에는 탄알을 가득 넣고 수없이 많은 수색과 매복을 반복하면서도 허풍을 떨망정 기분이 썰렁하다는 따위의 의기소침한 말을 내뱉은 적이 없던 진상호였기 때문에 진성은 그의 말과 꿈이 마음에 걸렸으나 애써 태연하게 말했다.

"언제 깊은 잠에 들었다구? 그 나팔 때문에 개꿈을 꾼 거야, 별일 없을 테니 떨지 말라구!"

진성은 불길한 예감을 떨쳐버릴 수 없어서 작전 때 제발 그 나팔만은 차고 다니지 말라고 했으나 진상호는 막무가내로 듣지 않았다.

"나팔 때문이라구요? 저주는 미신에 지나지 않습니다. 내가 그걸 증명해 보여드릴 테니 염려놓으십시오."

그때였다. 진성이 왼쪽 어깨에 메고 있던 PRC-6무전기에서 치익칙 하는 신호음이 들렸다. 황소위였다.

"수 미상의 베트콩들이 어젯밤에 탁안노이 2마을에 잠입했다는 첩보가 있으니 주의하라."

진성은 알겠다고 말하고, 대원들의 경계심을 불러일으키기 위해서 그 첩보를 '옆으로 전달'로 주지시켰다.

바오아오 천을 건너 다시 논바닥을 지나 마을을 감싸고 있는 소로 둑까지 다다랐다. 군데군데 울창한 대나무와 바나나 숲이 마을의 집들을 가리고 있었기 때문에 마을 안에서 어떤 움직임이 있는지 잘 알 수 없었다. 게다가 마을 지붕 위로 높이 솟은 여러 그루의 야자나무에는 저격수가 숨어 있을 수도 있었기 때문에 매우 위협적으로 보였다.

진성은 대원들이 모두 소로 아래 개골창까지 다다른 것을 확인하고 3개 조장을 집합시키고 명령을 내렸다.

"2조장은 정찰병 두 명을 마을로 진입시켜라. 나머지 대원은 조장 책임하에 여기 길뚝을 엄폐물로 삼고 다음 명령을 기다린다. 그러나 일단 유사시에는 전원 일제공격을 한다. 그럼, 각 조 행운을 빌자."

1분쯤 지나자 2조장 곽채윤(郭彩允) 상병이 조원인 김우일(金禹一) 일병을 거느리고 소로를 횡단하여 대나무 숲속으로 재빠르게 뛰어들어 가는 모습이 보였다. 곧 그들의 모습이 시야에서 사라지고 긴장된 시간이 흘렀다.

"분대장님, 정찰이라면 항상 내가 나갔는데 왜 곽상병을 보냈습니까? 아까 말한 꿈 얘기가 찜찜해섭니까?"

옆에 붙어 있던 진상호가 퉁명스럽게 물었다.

"넌 곧 제대할 몸, 언제까지나 도맡아 할 수는 없지 않은가? 그러니 정찰병 역할도 인계할 때가 된 거지."

진성은 딴전을 부렸다.

"그게 아닙니다. 울진인지 삼척인지 산간벽지에 병들어 혼자 살고 있는 어머니에게 꼭 살아서 돌아가야 한다고 곽상병이 말하는 소리를 줄창 들어왔거든요. 베트남에 온 것도 어머니 약값을 벌기 위해서라는데요."

"나도 알고 있어. 하지만 전쟁터에서 이런저런 사정을 다 들어줄 수는 없다구. 여기 첨벙거리는 이 논 구덩이에서 벗어나 살아서 고향으로 돌아가기를 바라지 않는 대원이 어디 있단 말인가."

진성은 다른 소리를 꺼내지 않도록 진상호를 향해 일갈했다. 하지만 진상호는 자신의 생각을 거두어들이려 하지 않았다.

"난 돌아갈 고향도, 기다리는 사람도 없는 고압니다."

"알고 있어, 알고 있다니까."

그뒤에 이어질 그의 내력을 진성은 열 손가락에 차고도 넘게 여러 차례 들어왔다. 열한 살 때부터 서울역 앞에서 양아치 노릇을 하며 잔뼈가 굵었다느니, 엉터리 중학 졸업장을 만들어 열여덟 살에 해병대에 입대할 때까지 따먹은 여자만도 세 다스는 된다느니, 고등학교에 다니는 S누나를 사귀었는데 학교 월사금을 못 내서 2년 동안 자신이 학비를 대주었다느니, 서울역에서 똘마니들과 싸우다가 배에 칼침을 맞았다느니 하는 따위의 믿어도 그만 안 믿어도 그만인 이야기를 엮어대곤 했다.

하지만 진상호의 꿈은 그 자신보다는 분대 전체가 당할 불길한 사태를 예고하는 것이었는지도 몰랐다. 마을 쪽에서 귀를 찢는 듯한 총성이 서른 발가량 연달아 울렸다. 진성은 분대원들에게 손을 들어 앞으로 나가라고 지시하고 앞장서서 마을길을 건너 대나무 숲속으로 뛰어갔다. 숲을 지나 두번째 집을 돌았다. 아무것도 움직이는 것이 없었다. 좌우로 대원들이 뛰어가는 모습이 보였다. 마을 복판 쪽에서 곽상병과 김일병이 응사하는지 총소리가 더욱 요란하게 울렸다.

"곽상병! 어디 있나? 이상 없어?"

진성이 소리쳤다.

"우린 이상 없습니다. 아홉 시 방향 사원 쪽으로 도주하는 브이씨 세 명을 추격 중입니다."

마을 서쪽에서 곽상병이 대답하는 소리가 들렸다.

"추격하지 말고 거기 그대로 있어!"

그가 맞받아 외쳤다. 어쩐지 위협사격만 하고 도주하는 적이 수상쩍었다. 어딘가 복병이 있을지도 몰랐다. 그는 속으로 중얼거렸다. '곽상병, 넌, 살아서 돌아가야 해. 앓고 계신 네 어머니께 약을 사드리려면……' 곽상병과 김일병은 마을 서쪽 끝 아름드리 야자 나무를 엄폐물로 삼아 작은 사원 건물을 향해 총을 겨누며 사격을 가하고 있었다. 이미 세 명의 베트콩은 어디로 사라졌는지 보이지 않았다.

사원까지의 거리는 2백 미터밖에 되지 않았다. 진성은 추격을 할 것인지 잠시 망설였다. 숲 때문에 시야에 들어오지는 않았으나 수색을 떠나기 전, 작전지도에서 확인한 바로는 그 사원에서 4백 미터 서쪽에 또 하나의 사원이 있다는 것을 알고 있었기 때문이었다.

"이하사, 총성이 요란했는데 상황이 벌어진 거야?"

마을 동쪽으로 접근했던 황소위가 무전기로 물었다.

"별거 아닙니다. 브이씨 셋을 발견했지만 사원 방향으로 도주해 버렸습니다. 피해는 없습니다."

"추격하고 있나?"

"아닙니다. 소대장님의 명령을 기다리고 있습니다."

순간적으로 그는 황소위가 대학물을 먹은 사람이 왜 그다지 상황 판단이 느린가? 적을 발견했으면 지체 말고 추격하여 섬멸시켜야 할 것 아닌가? 하고 소리칠 것이라고 생각했다.

"마을 밖으로 추격할 필요는 없어. 동쪽으로 마을을 수색하는 데 주력해. 그래서 마을 중앙에서 합류하자구."

소대장의 반응은 뜻밖이었다. 진성은 소대장이 어떤 의도에서 적을 추격하지 말라고 했는지는 몰랐으나 자신의 생각과 일치하는 것이 신기했다.

"적 한 명에게 치명타를 가한 것 같지만 확인할 수는 없었습니다."

곽상병이 상기된 얼굴로 보고했다.

"아주 잘했어."

진성은 그의 어깨를 두드려주었다. 무엇보다 아무런 불상사도 일어나지 않은 것이 다행스러웠다. 될 수 있으면 모두 살아서 돌아가야 했다. 그러므로 현명할 필요는 있지만 쓸데없이 용감할 필요는 없었다.

그는 분대원들에게 10분 동안 휴식을 취하게 한 뒤, 마을의 집들을 하나하나 조심스럽게 수색해나갔다. 하지만 참으로 괴이한 일이었다. 20여 호 산재해 있는 집들은 모두 텅텅 비고 아무도 없었다. 으레 있어야 할 노인들도 아이들도 가축들도 보이지 않았다. 마치 눈에 보이지 않는 유령만이 사는 마을처럼 고요했다. 집 안을 수색했으나 옷가지나 먹을 양식도 없었다.

"더럽게 썰렁하군!"

진상호가 진성에게 들으라는 듯이 큰 소리로 내뱉었다. 마을 북쪽 어귀에서 두 개의 여우굴을 발견하고 최루탄을 까넣은 다음 대원을 들여보내보았으나 그곳에서도 아무것도 찾아내지 못했다. 그날 오후 2시쯤 황소위와 합류했을 때, 진성은 마을 전체가 텅 비어 있음을 알았다.

"이렇게 깨끗이 빈 마을을 전에 본 적이 있나?"

전투 경험이 거의 없는 황소위가 진성에게 물었다.

"투이호아에서도, 여기서도 보지 못했습니다. 뭔가 찜찜합니다."

소대장은 통신병을 불러 중대장에게 ANPRC-10무전기로 마을의 괴이한 상황을 보고했다.

"중대장님, 이곳 주변은 전체가 저지대라서 소대가 야간 방어를 구축할 적당한 장소가 없습니다."

중대장이 무슨 말을 했는지 모르지만 황소위가 무전기에 대고 악을 썼다. 한동안 설왕설래 주고받던 그가 교신을 마치고 나서 상황판을 들여다보며 지시를 내렸다.

"소대는 이제부터 왔던 길을 되돌아 쨔빙 마을 뒤 30고지까지 철수하여 고지 하록에서 야간 방어에 들어갈 것이다. 철수 거리는 약 4킬로미터, 행군은 3분대, 2분대, 1분대 순으로 종대로 소로를 따라간다."

철수는 순조롭게 이루어졌다. 소대장은 진성이 마지막으로 철수를 끝내는 것을 보고 그에게 다가와 은근한 목소리로 말했다.

"아무래도 1분대가 오늘 밤 전방 크레모어 매복을 맡아주어야겠어. 내가 가장 신임하는 하사관은 이하사야. 이번 작전이 끝나면 내 한턱 쓰지."

"뭐, 그렇게까지 말하실 건 없습니다. 명령대로 따르겠습니다."

진성은 왜 아까 추격을 하지 말라고 했느냐고 묻고 싶은 것을 꾹 참았다.

그날 밤, 크레모어 매복은 조 단위로 은밀히 소대 전방에 배치되었다. 배치는 좌측부터 1, 2, 3조의 순으로 하고 진성은 2조에 위치했다. 다시 굵어지기 시작한 빗줄기를 등허리에 맞으면서 5백 미터 앞 논둑 부근에다 적당한 간격을 두고 조별로 도시락 크기의 크레모어를 한 개씩 설치했다. 그리고 조별로 은신처를 찾아 판초를 뒤집어쓴 채 오들오들 떨며 찾아오지 않을지도 모르는 손님을 기다렸다. 사방은 칠흑 같은 어둠과 빗소리뿐, 아무것도 보이지 않고 들리지 않았다.

비는 잠잠해졌으나 그 대신 풀벌레가 시끄럽게 울어댔고, 어쩌다 눈을 붙일 만하면 들려오는 그 이름 모를 새의 흐느낌 때문에 진성은 두 눈을 번쩍 뜨고 어둠을 응시하고는 했다. 그는 잠시 분대장이라는 지위를 잊은 채 담배라도 한 대 피우고 싶다, 옆에 있는 아무 대원에게라도 말을 걸고 싶다는 강한 욕구에 사로잡혀 있었다. 그러나 연일 쌓인 피로가 그런 욕구를 누르자 그는 몽롱한 상태에 빠지며 아주 편안하다는 느낌을 받았다. 그러다가 잠깐 졸았던가.

그는 따따따, BAR의 연발음과 함께 크레모어가 꽝 하고 터지는 소리를 들었다. 그는 웅덩이 속에서 고개를 들고 전방을 바라보았다. 아무것도 보이지 않았다. 크레모어가 터진 것은 진상호 쪽이었다.

"뭔가 보여?"

그는 곁에서 어둠을 응시하고 있는 곽상병에게 물었다.

"안 보입니다."

곽상병이 대답했다. 진성은 깜깜한 하늘을 향해 조명탄을 쏘아 올렸다. 1개 분대가량의 적들이 크레모어를 가설해놓았던 논둑을 넘어 진상호의 매복초 30미터 앞까지 다가드는 것이 보였다. 그와 동시에 진성의 전방 논둑 앞에도 20여 명의 적들이 불쑥 나타났다.

"이때야, 스위치를 눌러!"

그는 곽상병에게 소리쳤다. 동시에 꽝, 꽝, 크레모어 두 개가 터지면서 대여섯 명의 검은 그림자가 논바닥으로 나자빠지는 모습이 보였다. 그러나 나머지 적들은 대원들이 가하는 맹렬한 사격에도 개의치 않는 듯 빠른 속도로 다가왔다. 그는 무전기에 대고 황소위에게 외쳤다.

"일개 소대 병력은 넘는 것 같습니다. 60밀리와 기관총 지원사격을 바랍니다."

곧이어 소대 쪽에서 쏘아올리는 조명탄이 논 개활지를 밝히면서 포탄이 전방에 작렬하기 시작했다.

"분대장! 대원들을 소대 진지로 후퇴시켜!"

"그럴 수 없습니다. 좌측 진병장 쪽이 당하고 있는 것 같습니다. 당장 구원하지 않으면 안 됩니다."

그런데 이게 웬일인가. 수류탄을 던지고 육박전을 벌일 만큼 코앞까지 다가왔던 적들이 갑자기 후퇴하기 시작했던 것이다. 그는 구덩이에서 빠져나와 논바닥을 첨벙거리며 진상호 쪽으로 달려갔다. 그가 보이지 않았다.

"진병장은?"

진상호 대신에 BAR을 들고 장대처럼 큰 키를 버티고 서서 후퇴하는 적을 향해 미친 듯이 쏘아대는 오규재(吳圭載) 일병에게 소리쳤다. 그제야 사격을 멈춘 오일병이 10여 미터 앞쪽의 물이 흥건히 고인 웅덩이를 가리켰다. 계속해서 쏘아올렸던 조명탄의 잔광에 누군가가 엎어져 있는 것이 보였다.

"진병장입니다."

오일병이 울먹거리며 말했다.

"일개 소대 병력이 바로 코앞까지 몰려왔습니다. 병장님이 아니었다면 우리 모두 갔을 겁니다. 병장님은 크레모어를 누른 뒤 혼자서 저 웅덩이까지 달려나가 브이씨를 막아냈습니다. 브이씨는 열 명 이상 당했을 겁니다."

진성은 자기도 모르게 철모 쓴 머리를 주먹으로 꽝꽝 치면서 웅덩이 속에 엎어져 있는 진상호에게 다가갔다.

그날, 희미한 여명 속에서 물 논바닥에 퉁퉁 부어 엎어지거나 누워서 죽어 있는 열한 구의 적 시체를 확인하면서도 아무런 느낌이 없었다. 적이야 어떻게 죽든 상관없었다. 진상호가 전사한 것만 비통했다.

　진상호 병장이 죽은 것은 작전이 시작되고 여드레째가 되는 날이었다. 황소위는 헬리콥터에 진상호의 시신을 실어보낸 뒤, 그의 구멍 뚫린 철모와 나팔을 들고 서 있는 진성에게 다가와 위로했다.

　"진병장이 흉탄에 간 것은 몹시 애석한 일이 아닐 수 없어. 하지만 언제까지나 슬퍼하고 있을 수만은 없지 않은가. 오히려 그의 값진 희생을 기려야 할 것 같네."

　황소위는 전 소대원을 모아놓고 진상호의 명복을 비는 짤막한 기도를 올렸다. 그러고나서 진성이 들고 있던 나팔을 빼앗아 들었다. 그는 나팔의 주둥이 부분을 분리하여 몸통 부분을 열심히 흔들어 물기를 빼내고는 다시금 결합하더니 주둥이를 입에 대고 몇 번 삑삑 불어보았다. 그가 어깨를 으쓱거리며 진성에게 말했다.

　"나, 이래 봬도 사관학교 시절 밴드반원이었다구."

　그는 다시 나팔을 입에 대고는 장중하면서도 느리게 누군가의 장송 행진곡을 불려고 시도했다. 하지만 도 · 미 · 솔 · 도의 음만 낼 수 있는 나팔을 가지고는 관을 떠메고 걸어가는 분위기가 살아나지 않는 듯 나팔에서 입을 떼고 고개를 설레설레 흔들었다. 그는 잠시 고개를 숙이고 무엇인가 생각하는 듯싶더니 다시금 나팔을 입에 댔다. 진성을 비롯하여 대원들은 귀를 기울였다. 빠빠 빠빠 빠…… 거칠기는 했으나 이따금 들어보았던 곡이라고 생각했던지 대원들은 호기심에 찬 눈으로 소대장을 바라보았다. 진성은 알아차렸다. 그것은 베르디의 오페라 「아이다」에서 뒷부분에 나오는 개선 행진곡이었다! 진성이 박수를 치자 대원들이 따라서 박수를 치며 환호성을 올렸다. 그러나 목에 핏대를 세우며 겨우 몇 소절을 되풀이 불었을 뿐, 도로 팔을 내렸다.

"도무지 안 되는구면. 나팔로「그린 필드」를 불려고 했던 진병장의 애쓰던 모습이 새삼 애처로워지는군."

그는 혼잣소리처럼 중얼거리고 나팔을 진성에게 되돌려주었다. 그리고 대원들을 향해 소리 높여 외쳤다.

"오늘 우리 소대는 수색 정찰을 중지하고 현 위치를 고수하면서 병기를 손질하고 휴식을 취하라는 명령을 받았다. 사주경계를 철저히 하면서 분대장 책임하에 충분히 휴식을 취하기 바란다."

그날 밤 소대장은 2분대에게 크레모어 조를 내려보내도록 했으나 아무 일 없이 아침을 맞았다. 소대장은 오전 11시쯤 되어서야 소대 전원을 집합시키고 다시 명령을 내렸다.

"오늘은 작전이 끝나는 날이다. 중대장님의 언질로 보아, 작전이 끝나면 우리 중대는 대대 예비 중대로 남을 것 같다. 모처럼 샤워도 하면서 맥주 맛을 즐길 수도 있을 것이다. 우리 소대는 이곳 30고지를 좌측으로 우회하여 캉미 2마을을 수색하면서 동쪽으로 2킬로미터가량 나아가 캉미 1마을에서 대기하라는 명령을 받았다. 우리 모두 하느님의 가호를 빌면서 유종의 미를 거두도록 하자!"

황소위는 대원들의 사기를 북돋워주려고 목청껏 소리질렀으나 뜻밖에 대원들은 무슨 몹쓸 병에 전염이나 된 듯이 시무룩한 표정들이었다. 전날 휴식을 취하면서 너무나 많은 잠을 잔 탓에 무기력증에 걸린 것처럼 뭔가 심상치 않은 기운이 소대 안에 떠돌고 있음을 진성은 느꼈다.

그날따라 비가 5분도 쉬지 않고 억수로 퍼부었다. 적의 어떤 동태도 감지되지 않았으나 시야를 가리는 비 때문에 수색이 더뎌져 캉미 1마을에 도착한 것은 오후 1시가 넘어서였다. 그곳에서 진성은 뜻밖에도 10중대에서 분대장을 맡고 있던 하사관학교 동기생 김인철을 만났다.

"연일 죽을 맛이지?"

인철이 위로하듯이 말했다.

"헌데, 넌 여기 웬일로?"

진성이 물었다.

"우리 소대는 이 마을 동쪽 99고지에 진출해 있던 대대 전방CP를 경계하기 위해 나와 있었지. 철수가 완전히 끝날 때까지 여기 남아 있으라는 거야. 정말이지, 진절머리나는 작전이야."

"그럼 전방CP는 아직 저 산 위에 그대로 있는 거야?"

"그래, 헬기로 왔듯이 헬기로 철수할 모양이야. 하지만 여단 쪽에서는 헬기가 뜰 만하면 비가 다시 쏟아지고 하는 바람에 헬기를 띄우지 못한다는 말만 되풀이하고 있다는구먼……"

진성은 전방CP가 있다는 동쪽 99고지를 바라보았으나 빗줄기 때문에 아무것도 보이지 않았다.

"이하사, 그 나팔은 뭐야?"

인철이 그가 옆구리에 차고 있던 나팔을 가리키며 물었다.

"이틀 전 매복 때 전사한 대원이 가지고 있던 거야."

진성은 아무렇지 않게 대꾸했으나 왜 나팔을 차고 다니는지 자신도 알 수 없었다. 그는 전날 밤 진상호의 구멍 뚫린 철모는 땅에 묻었으나 한때 곡괭이로 부숴버리려 했던 나팔은 묻지 않고 차고 다니는 것이 무엇인가에 홀린 것 같은 느낌이 들기도 했다.

"버리지. 거추장스럽지 않아?"

"언젠가 이 더러운 전쟁이여, 안녕! 하면서 한번쯤 나팔을 불어 볼 생각이야."

진성은 김인철과 헤어진 뒤, 소대원들이 휴식을 취하고 있는 논 개활지 건너 99고지 하록으로 뒤따라갔다. 소대원들은 마지막이라 생각하고, 아끼며 지니고 있던 비상식량을 깡그리 먹어치웠다. 그런데 중대장에게 불려갔던 황소위가 한 시간 만에 무엇인가 불만스러운 듯이 시무룩한 표정을 지으면서 휴식을 취하고 있는 소대원들에게 다가왔다. 그는 소대원을 천천히 둘러보며 피곤에 지친 음성으로 말했다.

"우리 소대는 2소대와 함께 이곳에서 대대 전방CP로부터 새로운 명령이 떨어질 때까지 대기한다. 현재 위치에서 사주경계에 임해주기 바란다. 이상."

대원들과 대여섯 발짝 떨어져 한국의 버드나무처럼 축축 늘어진 가지에 길죽길죽한 잎들을 무성히 달고 서 있는 유칼리나무 숲 밑에서 판초를 뒤집어쓰고 서울의 큰어머니에게 내일 쯤 편지를 써야겠다고 생각하며 앉아 있던 진성에게 황소위가 다가와서 곁에 앉으며 침통한 목소리로 입을 열었다.

"이하사, 누군가 적의 전사자를, 예를 들어, 어제 이하사가 매복에서 사살한 적의 수를 부풀려 보고하거나 보고하라고 하면 받아들일 수 있겠어?"

"그건 안 되죠. 사실을 왜곡시키면 차후 전투 때 불행을 초래할 수도 있으니까요. 왜, 누가 부풀리라고 합니까?"

"꼭 그렇다는 건 아니고…… 미군은 육군이나 해병이나 지휘관들이 부풀리기를 밥 먹듯이 한다는 거야."

"진급에 유리하도록 전과를 과장하는 거겠죠. 전 부풀리는 것은 절대 반댑니다."

"알았어. 하지만 이건 어디까지나 이하사와 나 사이에만 있었던 이야기네."

그는 진성의 어깨를 툭툭 치고는 자기 위치로 돌아갔다. 진성은 얼마 전까지 황소위가 툭 하면 상황 판단이 느리다며 주던 핀잔을 작전이 시작되던 날부터 그만두었을 뿐만 아니라 오히려 그의 의견까지 묻는 것이 반갑기보다 왠지 꺼림칙했다.

새로운 명령이 떨어진 것은 땅거미가 지기 시작한 무렵이었다. 황소위가 소대원들에게 말했다.

"우리 중대는 전방 대대CP를 보호하며 철수하라는 명령을 받았다. CP를 가운데 두고 1소대가 앞에 서고 2소대가 후위에 선다. 우리 1소대는 이곳에서 북쪽으로 쨔빙박 2마을을 거쳐 안디엠 8마을을 지나 안디엠 2마을의 서쪽 끝에 해당하는 이름 없는 지방도로까지 소로를 따라 나간다. 소로와 합쳐지는 지방도로는 서쪽으로 호치민 루트와 연결되는 도로지만 10중대 1개 소대가 체크 포인트를 운용하고 있기 때문에 안전하며, 현재 그곳에는 대대본부에서 나온 트럭들이 우리를 대대본부까지 수송하기 위해 대기하고 있다고 한다. 여기서 트럭까지는 불과 4킬로미터밖에 되지 않는다. 순서는 3분대가 맨 앞에, 다음이 1분대, 그뒤를 2분대가 따른다. 나는 1분대에 위치하겠다. 대대본부에 가면 시원한 맥주가 우릴 기다리고 있을 거다. 자, 떠나자!"

소대가 캉미 1마을을 출발했을 때 날은 완전히 어두워졌다. 태풍이라도 몰려오고 있는 것일까. 시속 20킬로미터는 넘을 것 같은 강풍이 굵은 빗줄기를 몰고 와서 얼굴을 마구 때렸다. 시야에 들어오는 것은 아무것도 없었으나 진성은 일대의 지형을 머리에 그려보았다. 진로의 동쪽은 캉미 1마을에서부터 시작되는 99고지, 197고지, 100고지 등 베트남의 중부 해안지대에서는 비교적 높은 산간지대를 이루며 안디엠 2마을 앞까지 북으로 뻗어 있을 것이

고 그 산간지대들의 이쪽은 가파른 벼랑을 형성하고 있을 것이며,
진로의 서쪽은 군데군데 마을이 들어앉은 광활한 논 개활지일 것
이다.

진성의 분대가 발을 옮겨 딛고 있던 개활지와 산기슭 사이로 뚫
린 소로는 진 구렁이어서 마치 벽에 바르려고 이긴 듯한 진흙이 더
께로 대원들의 군화 바닥에 달라붙었다. 그동안 실탄을 많이 소비
하고 비상식량과 수통의 물도 다 비웠지만 몸은 바윗덩어리가 찍
어누르듯 무거웠고 군홧발을 한 발짝 옮기기도 힘들었다. 진성은 2
킬로미터밖에 걷지 않았는데도 입에서 단내가 나는 것을 느끼면서
철모마저 벗어버리고 싶은 충동에 사로잡혔다. 그는 자기도 모르
게 덜렁덜렁 흔들리며 옆구리에 매달려 있는 나팔에 손을 댔다. 논
두렁에 던져버릴까 하다가 오히려 나팔 손잡이에 힘을 주어 꽉 움
켜쥐었다.

정신을 차리자. 만약에 걸음을 멈추면 분대원들이 모두 걸음을
멈출 것이다. 서둘러야 한다. 이제는 한 치 앞도 보이지 않을 뿐만
아니라 이따금 천둥이 치면서 번개마저 번쩍거렸다. 진성은 어쩐
지 계속 전진하는 것이 무리라는 느낌이 들었다. 황소위도 같은 생
각을 했는지 소대가 쨔빙박 마을을 지날 즈음, 통신병과 함께 진성
의 뒤를 따라오던 그가 무전기에 대고 중대장에게 건의하는 소리
가 들렸다.

"독수리, 독수리, 여긴 사냥개…… 어둠과 비를 무릅쓰고 전진
하는 것은 대원들도 힘들지만, 대대CP를 보호한다는 차원에서도
무리라고 판단됩니다. 조처 바랍니다."

그러는 사이에도 앞장선 3분대는 1킬로미터를 계속 앞으로 나아
갔고 소대는 거리를 떨어뜨리지 않고 뒤를 따랐다. 황소위는 무전

기에 매달려서 중대장에게서 전진을 중지하라는 명령을 기다렸으
나 끝내 그 명령은 오지 않았다. 갑자기 소로가 끝나고 진성의 분
대는 앞장선 3분대를 따라 논바닥 속으로 들어갔다. 뒤따르던 2분
대도 논바닥 안으로 내려선 것 같았다. 1킬로미터만 논 개활지를
건너가면 트럭이 기다리고 있는 안디엠 2마을과 통하는 비교적 넓
은 소로가 나타날 것이다.

정강이까지 물이 차는 논바닥을 5백 미터가량 전진했다. 이제는
중대본부와 대대CP도 뒤따라 논바닥 속으로 깊숙이 들어왔을 것
이다, 하고 진성은 생각했다. 왼쪽으로 안디엠 8마을을 두고 잠시
비가 가늘어지는 것 같았다. 그러나 불길하게도 오른쪽에 거무튀
튀하게 벼랑을 이루고 있는 산이 30미터도 떨어지지 않는 곳에서
위협적인 자세로 그를 굽어보고 있다는 것을 깨닫는 순간, 소름이
오스스 돋았다.

산 쪽에서 한 발의 총성이 울렸는가 싶자 거의 동시에 천지를 진
동시키는 총성이 한꺼번에 터지면서 빗발처럼 탄환이 날아왔다.
대원들이 맥없이 무너지듯 논바닥으로 쓰러졌다. 적은 벌써부터
그곳에 잠복하여 사계청소를 마치고 아군이 지나가기를 기다리고
있었던 듯 정확하게 조준사격을 가하고 있었다.

"엎드려!"

진성은 소리치며 자신도 논바닥에 몸을 엎드리고 고개만 들어
탄환이 날아오는 쪽을 바라보았다. 적은 보이지 않고 총탄이 발사
되면서 일어나는 파열광만이 숲속에서 번쩍번쩍 빛났다. AK47자
동소총과 중공제 기관총이 내뿜는 적의 화력은 무서웠다. 사방에
서 조명탄을 쏘아올렸으나 전방에 보이는 것은 대나무와 유칼리
나무 숲뿐, 적의 그림자는 얼씬도 하지 않았다. 조명탄은 오히려

아군 모습만을 드러내어 적의 사격을 도와주는 꼴이 되고 말았다.

"독수리, 여기는 사냥개. 동쪽 산 하록 숲속으로부터 집중사격을 받고 있다. 적의 병력이 2개 중대는 될 것 같다. 2소대를 투입시켜 주기 바란다!"

황소위가 진성의 바로 옆에서 무전기에 대고 다급하게 외치는 소리가 들렸다. 저쪽에서 뭐라고 말하는지는 들리지 않았다.

"중대장, 이 개새끼야! 조명탄 그만 쏘라고 해. 우리가 다 죽는다!"

악에 치받친 황소위는 중대장에게 욕지거리를 퍼붓고 나서 비명을 지르듯 외쳤다.

"옆으로 전개하고 응사하라!"

완전히 물에 잠긴 채 겨우 고개만 내밀고 있던 대원들 몇 명이 산 쪽을 향해 무턱대고 총을 쏘는 것이 보였다. 수류탄이 날아와 작렬했다. 대원들이 단말마의 비명을 지르며 마구 쓰러졌다.

"여기 이대로 있다가는 다 죽습니다."

진성이 황소위에게 소리쳤다. 소대장은 그의 말을 어떻게 이해했는지, 논바닥에서 벌떡 일어나 M2카빈총을 들고 난사하면서 산 쪽으로 돌진했다. 그러나 그는 열 발짝도 나가지 못하고 그대로 뒤로 벌렁 나가떨어지고 말았다. 진성이 앞으로 기어가서 그의 머리를 흔들었다. 목덜미에서 뭉클뭉클 흘러나오는 피가 진성의 손을 적실 뿐, 그는 꿈쩍도 하지 않았다. 이미 숨이 끊겨 있었다. 진성은 황소위의 시신을 끌고 갈 것인지 두고 갈 것인지 잠시 망설였다. 그는 단안을 내렸다. 지체하면 지체할수록 더 많이 당할 것이다. 이 지역을 벗어나야 해.

"여길 통과해야 한다! 도로를 향해 계속 뛰어!"

진성은 대원들을 향해 소리치고는 카빈총을 쏘아대며 지방도로를 향해 달렸다. 그는 앞으로 내달으면서 총열이 뜨겁게 달아오르고 실탄이 바닥날 때까지 쏘고 또 쏘았다. 바로 옆 산자락에서 검은 그림자들이 어른거리는 것이 보였다. 한 개 남아 있던 수류탄을 던지고 다시 달렸다. 적 한 명이 덤벼들었다. 그는 개머리판으로 적의 머리를 내려쳤다. 앞은 대나무 숲이었다. 어쩔 도리 없이 일방적으로 당하는 전투였다. 아아, 이 숲만 비껴 지나갈 수 있다면…… 진성은 논바닥 길을 첨벙거리면서 누군가 그의 뒤를 바짝 따라오며 숲속에다 총탄을 퍼붓는 소리를 들었다.

"분대장님, 난 살고 싶어요!"

진성을 따라오며 미친 듯이 소리를 질러대는 목소리의 주인공이 곽상병이란 것을 알고 흘깃 뒤를 돌아다보았다. 그는 손에 총을 들고 있지 않았을 뿐만 아니라 철모도 벗어버린 채 맨몸으로 뛰고 있었다. 목숨이나 다름없는 총을 버리다니, 얼이 빠진 것이 틀림없었다. 곽상병을 보호하듯이 그의 곁에서 BAR을 난사하며 오규재 일병이 달리고 있었다. 그래, 이 숲을 벗어나기만 하면 살아서 네 어머니 품에 돌아갈 수 있을 것이다. 그 순간이었다. 그는 도끼 날 같은 것이 철모를 날카롭게 때리는 듯한 느낌을 받고 옆으로 나뒹굴었다. 잠깐 동안 정신을 잃은 것 같았다. 머리가 띵해서 얼른 머리로 손을 가져가 만져보았다. 다친 데는 없었으나 뒤늦게 철모가 없어진 것을 깨달았다. 빌어먹을, 깜깜한 물구덩이 속에서 철모를 찾을 여유는 없었다. 얼마나 뛰었을까, 사격권에서는 어느 정도 멀어진 것 같았다. 그는 옆쪽에서 누군가 철버덕철버덕 발버둥치며 물 차는 소리를 듣고 그쪽으로 다가갔다. 강풍은 멎었으나 빗줄기는 다시 굵어지고 있었다.

"분대장님, 곽상병입니다. 난 분대장님도 당한 줄 알았는데 살아 계셨군요."

곽상병이 공포에 질린 음성으로 말했다.

"어딜 맞았나?"

"오른쪽 허벅집니다."

어두워서 잘 보이지는 않았으나 그의 오른쪽 허벅지에서 피가 뭉클 솟아올라 물에 번지고 있는 것 같았다. 진성은 얼른 곽상병의 허리띠를 바지에서 끌러내 탄환이 관통한 듯이 보이는 허벅지 위를 단단히 묶었다. 그러고 나서, 그는 허리를 기역 자로 꺾어 두 팔을 뒤로 둘러 손으로 카빈총의 양끝을 잡고 곽상병의 엉덩이를 받쳐 업었다. 그는 군화가 깊숙이 빠지는 논바닥을 비틀거리며 한 걸음 한 걸음 앞으로 나아갔다. 곽상병은 공포에 질려 넋이 나간 사람처럼 연신 신음을 토해냈다.

"곽상병, 너무 겁먹지 마. 총알이 허벅지를 관통했을 뿐이야. 네 요대로 허벅지를 압박해 놓았으니까 어느 정도 지혈은 될 거다."

"고맙습니다. 분대장님!"

곽상병이 조금은 제정신을 찾은 듯 징징거리며 말했다.

"고맙단 말은 나중에 하고…… 헌데, 왜 오일병은 보이지 않는 거야?"

진성은 문득 BAR을 난사하며 뒤따라오던 오일병이 보이지 않아 물었다.

"분대장님이 쓰러지는 것과 거의 같은 때 당하고 말았습니다."

"죽었다구?"

"네."

그가 짤막하게 대답했다.

진성은 걸음을 멈추고 몸을 돌려 뒤를 돌아다보았다. 뒤쪽에서 간간이 총성이 들려왔으나 그의 뒤를 따르는 대원은 아무도 없었다. 모두 죽었다는 말인가.

논바닥이 끝나자 무릎까지 빠지는 늪지가 나왔다. 무엇인가 다리에 걸려서 발로 걷어 올려보면 앞장섰던 3분대 대원들의 시체가 떠오르고는 했다. 그럴 때마다 가슴을 저미며 북받치는 울분이 터져나왔다. 진성은 소리 없이 오열했다. 차라리 적탄이 퉁겨나가지 않고 철모를 꿰뚫어버렸다면 이토록 무참한 모습은 보지 않아도 좋았을 것이다.

다시 논둑 위로 올라섰다. 멀리 지방도로 북쪽 하늘에서 점멸등을 반짝거리면서 헬리콥터 6대가 날아오는 것이 보였다. 헬리콥터들은 안디엠 2마을과 8마을 사이 논바닥 어디엔가 잠시 앉았다가 떠나가버렸다. 구원부대를 떨어뜨리고 떠났으리라. 그러나 진성은 안디엠 8마을로 향하는 구원부대를 만날 수가 없었다.

3

날이 밝자 전사자들과 부상병들을 수습하여 헬리콥터에 실어 추라이 비행장에 인접해 있던 미군 야전 병원으로 후송했다. 그날 밤 기습을 당하고 전사한 대원은 소대장 3명과 대대 군의관 1명을 포함하여 36명이나 되었고 부상자는 40명을 넘었다. 반면에 적은 2소대의 유명구(劉明九) 중사가 육박전을 벌이며 칼로 찔러 죽인 시체 한 구와 그가 지니고 있던 허연 대검이 착검된 AK47소총 한 자루와 철모 하나를 남겼을 뿐, 피해를 입지 않고 날이 새기 전에 잠적하듯이 그 지역을 모두 빠져나갔다. 아군은 적의 정체도 병력 규모도 알지 못했다. 다만 지휘관들은 적 시체 한 구의 군복과 철모로 보아 월맹정규군이라고 단정지었을 따름이었다.

적은 아군의 작전이 언제 끝나는지 철수로가 어딘지 너무나 잘 알고 있었다. 대대본부에는 1개 중대가 진지를 지키고 있었으나 진지를 버리고 구원을 나갈 수도 없었다. 잘 훈련된 듯 보이는 그날 밤의 적군은 그것까지도 계산에 넣은 듯 197고지와 100고지 하록에 포진하여 화망을 구성하고 철수하는 부대가 나타나기를 기다리고 있었던 것이다. 지휘관들은 말로는 모든 주민들을 베트콩으로 간주하라고 했으나 실제 상황에서는 그것을 간과했다. 태풍이 휘몰아쳤던 그날 밤 철수를 강행한 것은 크나큰 실수였다. 짜빙박 마을에서 임시 방어 진지를 구축하고 밤을 보냈더라면 하룻밤 사이에 그렇게 많은 사상자를 내지는 않았을 것이라고 후에 진성은 두고두고 생각했다.

그날 오후, 진성은 대대 본부진지의 한 벙커에서 위스키 반 병을 마시고 넋을 놓고 나자빠져 있다가 그만 잠이 들었다. 얼마나 잤을까, 누군가 그의 어깨를 흔들었다.

"나야, 2소대 유중사라구."

진성은 떠지지 않는 눈을 가까스로 치뜨고 무거운 몸을 일으키고는 다리를 뻗고 앉았다.

"피곤할 테지만 어쩔 수 없어. 나도 거의 미칠 지경이야. 하지만 어쩌겠어. 우리 중대 대원들을 잘 알고 있는 사람은 자네와 나 아닌가? 민사장교님이 스리쿼터를 대기시켜놓고 기다리고 있어."

진성은 몸을 추스르고 나서 카빈총과 새로 지급받은 실탄을 챙기고는 머리맡에 내동댕이쳐져 있는 나팔에 흘깃 시선을 주고 난 뒤, 간밤에 유일한 전과를 올린 유명구 중사를 따라나섰다. 밖에는 안개를 머금은 비가 부슬부슬 내리고 있었다. 민사장교 김정옥(金廷沃) 중위는 전사한 황소위가 진성의 소대에 오기 전에 소대장으로 있었던 사람이어서 누구보다도 진성이 잘 알고 있었다.

"야, 이하사! 나도 전우애로 뭉쳤던 소대원들이 당해서 눈알이 확 뒤집힐 지경이야. 뭐라 위로할 말이 없다."

김중위는 시뻘겋게 충혈된 두 눈으로 그를 바라보며 걸걸한 목소리로 울먹거렸다.

"면목 없습니다. 중위님이 우리 소대장님으로 그대로 계셨다면 아마 명령을 거역해서라도 밤중에 개활지를 건너지는 않았을 것 같은데요."

"이하사, 이 마당에 가정을 해선 무엇하겠나? 불알로 밤송이를 까라면 까는 게 훌륭한 군인이야."

그가 스스로를 비꼬듯이 차가운 웃음을 흘렸다.

스리쿼터 뒷자리에는 이미 낯선 하사관 한 명과 여섯 명의 대원들이 타고 있었다. 대원들 가운데에는 진성이 모르는 얼굴들이 더러 있었다. 알고 보니 그들은 한밤중에 헬리콥터로 논바닥에 투입되었던 10중대 소속의 소대원들이었다. 그 소대는 원래 여단본부의 외곽 경비 임무를 부여받고 그곳에 나가 있다가 대대의 긴급한 무전 요청을 받고 갑자기 투입되었다는 것이다. 하지만 그들은 비가 쏟아지는 깜깜한 논바닥에 부려지면서 방향 감각을 상실하여 갈피를 잡지 못하고 헤매다가 많은 희생자를 냈다는 것이었다.

스리쿼터는 진구렁길의 이름 없는 지방도로를 타고 가다가 1번 국도로 나선 뒤, 빙손을 지나 도도히 흐르는 짜봉 강의 다리를 건너 미해병대 작전지역으로 들어가서 장장 북으로 20여 킬로미터를 달려 밋밋한 모래언덕 위에 세워진 미군 제10 야전 병원에 도착했다.

36구의 시신이 넓은 콘세트 안 콘크리트 바닥에 아무것도 깔지 않은 채 눕혀 있었다. 이미 부패하기 시작했는지 비릿한 냄새가 섞인 악취가 코를 찔렀다. 빗물에 젖어, 채 마르지도 않은 군복 위로 쇠파리떼가 윙윙거리며 날았고 피냄새를 맡고 꿰어든 개미떼가 설설 기어다녔다. 몸의 어느 부분을 맞았든지 피는 멎어 있었으나 군복 밖으로 드러난 얼굴과 손과 발들이 모두 하나같이 퉁퉁 부어 있었다. 위력 있는 포탄에 산화한 것이 아니라 소총이나 기관총이나 기껏해야 수류탄에 당했기 때문에 얼굴이 뭉개지고 팔다리가 덜렁거릴망정 얼굴과 사지가 온전하게 붙어 있는 것만이 다행이라면 다행이었다. 잠자듯이 평온한 얼굴을 한 시신도 있었으나 대부분 죽음 직전의 고통으로 일그러져 있었고, 얼굴에 정면으로 탄환을 맞은 시신은 처참하게 뭉개져 차마 눈뜨고 볼 수 없었다.

김중위가 시신 앞에서 무릎을 꿇고 앉아 새로 지급받은 M16자동소총을 붙들고 오열하자 대원들도 무릎을 꿇으며 울음을 터뜨렸다. 진성은 그동안 수없이 많은 시체를 보아왔으나 울컥 토악질이 치받쳐올라 견딜 수 없었다. 그는 울먹거리다 말고 벌떡 일어나 출입구 쪽으로 걸어가서 부슬비가 내리는 밖을 바라보며 심호흡을 했다.

그날 임시로 구성된 시신 확인반은 김중위의 지시에 따라 우선 시신의 몸에서 군번표나 그를 증명할 만한 소지품을 찾는 작업부터 시작했다. 가슴과 주머니를 헤치다보면 그가 어디에 치명상을 입었는지, 그가 총탄을 몇 발이나 맞았는지 알 수 있었다. 어느 시신은 총탄 세례를 받은 듯 군복이 갈가리 찢겨져 있기도 했다. 확인반은 군번표가 나오면 그 시신의 입을 벌리고 앞 이빨 사이에 조심스럽게 꽂아놓았다. 군번표가 있는 시신과 없는 시신이 반반이었다. 군번표가 없는 것은 대원들이 베트남에 온 뒤 그것을 잃어버렸기 때문이기도 했으나, 목에 걸고 다니는 것이 걸리적거리고 귀찮아 아예 떼어버리고 다녔기 때문이었다. 군번표가 있는 시신은 군번과 계급과 소속 부대명과 이름을 적고, 없는 시신은 계급과 소속 부대명과 이름만 적었다.

그날 진성은 황남석 소위를 비롯하여 두 눈을 시퍼렇게 뜨고 죽은 오규재 일병 등 그의 소대원만 12명이 전사했음을 확인했다. 대대 본부 진지에서 만난 그의 소대원은 한 명밖에 없었는데, 그렇다면 나머지는 죄다 부상을 당해 여기 병원으로 실려왔음을 뜻하는 것이었다. 그는 눈앞이 하애지는 현기증을 느끼면서 몇 걸음 비틀거렸다. 나팔을 차고 있었던 내가 온전한 것은 나팔을 불지 않아서였고, 황소위가 죽은 것은 어제 저녁 잠시나마 나팔을 불었기 때문이었을까. 탄환은 그의 얼굴을 정면으로 뚫고 목 뒷덜미 쪽으로 빠져나갔다. 푸르딩딩하게 부어오른 얼굴에는 코가 없었고 이상하리만큼 배가 부풀어 있었다.

"정신 차려, 이하사!"

김중위가 그의 팔을 잡으며 말했다.

"오늘 우리는 이들의 유골을 한시라도 빨리 사랑하는 가족에게 보내기 위해서 작업을 한 거야. 그렇게 자위하자. 부대 재편성에 필요한 자료를 얻기 위해서라는 건 부차적인 문제구."

진성은 야전 병원 어느 병동엔가 입원해 있을 소대원들을 만나보고 싶었으나 허락되지 않았다.

"날이 어둡기 전에 출발해야 해."

확인반원들이 대대로 돌아가기 위해 스리쿼터에 올라타자 김중

위는 그동안 참고 있었던 분노가 폭발했는지, 아니면 처참한 죽음
들을 목도한 대원들에게 위안거리를 주려고 했는지, 귀대하는 길
에 검은 옷을 입은 자들을 보면 남녀를 불문하고 무조건 사살하
라고 명령했다. 쩌봉 강의 다리를 건너기까지 미해병대 작전구역
15킬로미터를 달려오면서 대원들은 그 명령을 충실히 수행했다.
그리하여 검은 옷을 입었다는 이유만으로 여덟 명의 인간들이 도
로와 마을 앞과 논두렁에 뒹굴고 쓰러지고 자빠졌다.

추 푸옹이 진성의 집을 찾아왔다 간 지 보름이 넘도록 그는 그녀
에게 아무런 연락을 주지 않았다. 용애! 갓난아기 롱이우의 고향이
어디며 부모가 어떤 사람이냐고? 그가 얼른 대답을 주지 않고 시
간을 끌고 있었던 것은 당시의 사실을 다시 입에 올리는 것이 진저
리 나도록 싫었기 때문이었다.

37년 전 그때 진성은 시신들을 확인하고 대대 본부 진지로 돌아
온 지 이틀 만에 안디엠 1마을 남쪽 야산에 포진하고 있던 10중대
로 가라는 명령을 받았다. 그는 지리멸렬해버린 9중대를 떠나기
전에 황소위가 있던 벙커 안을 둘러보았다. 어둠침침하고 비좁은
벙커 안을 거의 차지하고 있던 것은 판자로 얼기설기 만든 나무 침
대였다. 그 침대 아래에는 잘 닦여진 군화가 한 켤레 놓였고 침대
위 발치 쪽에는 헐렁한 시백이며 전투복이며 작업모며 내복 따위
가, 그리고 머리맡 쪽에는 두 권의 노트와 신약성서 한 권이 가지
런히 놓여 있었다. 진성은 무심코 성서를 들고 벙커 입구 쪽으로
가서 성서 맨 끝에 실려 있는 「요한 묵시록」을 펴보았다. 온통 빨
간 색연필로 줄을 쳐놓아 어느 부분이 중요하고 어느 부분이 그렇
지 않은지 구분이 가지 않았다. 진성은 붉은 피로 물든 성서 같은

느낌이 들어 너무나 혼란스러웠다. 그는 황소위가 들려준 대목을 찾아 읽어보려 했으나 아무것도 머릿속에 새겨넣을 수 없었다. 그는 책장 사이에 얼굴을 파묻고 억울함과 설움이 북받쳐 목메어 오열하다가 마침내는 참을 수 없어 엉엉 소리내어 울고 말았다. 한참만에 겨우 감정을 추스르고 성서를 원래 있던 자리에 놓아두고는 벙커를 나와 그길로 10중대로 향했다.

그가 10중대 본부로 갔을 때, 중대장은 안디엠 2마을에 체크 포인트를 운용하고 있는 3소대로 가라 했고, 소대장은 그에게 3분대장의 임무를 맡겼다. 그는 대대본부나 중대본부에 근무하지 않고 일선 소대 분대장으로 있게 된 것을 차라리 고맙게 여겼다. 응어리진 울분을 풀어내려면 누군가를 죽이지 않으면 안 되었다. 그 대상이 월맹정규군이든 베트콩이든 양민이든 가릴 것 없었다. 그 무렵부터 그는 대원이 가지고 있던 명함 크기만 한 작은 손거울을 빼앗아 들여다보는 버릇이 생겼다. 그는 날마다 자신의 얼굴을 확인했다. 새까맣게 그을고 바싹 말라 광대뼈가 드러난 얼굴에 박힌 두 눈은 살기를 띠며 벌겋게 핏발이 서 있었다. 머리나 수염도 제멋대로 자라나게 내버려두었다. 그는 그런 자신의 얼굴을 바라보며 회심의 미소를 짓고는 했다.

그의 소대 체크 포인트는 호치민 루트로 가는 길목에 있는 쨔미(TRA MY)나 쨔봉의 주민들이, 또는 남쪽 손팅(SON TINH) 군의 논 개활지에 널려 있는 수많은 마을들의 주민들이 1번 국도로 나가거나 빙손 군청 소재지로 가기 위해서는 꼭 거치지 않으면 안 되는 교통의 요충지인 안디엠 2마을 서쪽 끝에 자리잡고 있었다. 주민의 왕래가 많은데다가 쨔봉 강과 지방도로 사이에 동북쪽으로 길게 자리잡은 100여 호나 되는 마을 복판에서는 이따금 장이 섰다. 장이 서는 날이면 논을 쓴 여자들이 자전거나 중국식 지게에다 과일이나 채소 또는 물고기와 어패류 같은 것을 담아내 오기도 하고, 때로는 검은 모자를 쓴 남자들이 조랑말이 끄는 수레에 옷이나 그릇이나 농기구 따위의 일용잡화를 싣고 와서 팔기도 했다.

체크 포인트는 사방 3미터 정도 넓이에 2미터가량의 높이로 모래주머니를 쌓아올리고, 그 위에 LMG기관총을 거치한 뒤 개인 천막으로 하늘을 가린 일종의 검문소였다. 그곳에서 주로 하는 임무는 파종기나 추수기에 들일을 나간 주민들이 땅거미가 지기 전에 마을로 들어오도록 통제하는 것이지만, 때로는 지방도로를 따라 이동하는 수상한 자들을 검문하기도 했다. 날이 밝으면 평소에는 1개 분대가 그곳에서 근무하다가 날이 저물면 5백 미터가량 동남쪽 100고지 하록에 자리잡고 있는 소대 방어 진지로 철수하고는 했다. 체크 포인트 망루에서는 얼마 전에 그가 속했던 소대가 기습을 받아 무참하게 궤멸된 남쪽 지역이 육안으로도 훤히 보였다. 어쩌면 그가 잔인해지도록 스스로를 채찍질한 것은 1킬로미터 밖의 논두렁과 늪지가 자꾸만 피로 얼룩져 보였기 때문인지도 몰랐다. 아닌 게 아니라 어쩌다 비가 갠 날 저녁이면, 그 논두렁과 늪지는 서쪽에 뜬 노을을 받고 온통 검붉은 빛으로 물들기도 했다.

그가 10중대로 온 지 열흘째 되는 날이었다. 아침부터 부슬비가 내렸지만 개의치 않고, 소대장 안필수(安必秀) 소위는 진성의 분대를 포함하여 2개 분대를 거느리고 체크 포인트에서 3킬로미터 서쪽의 응옥찌 1, 2마을로 수색을 나갔다. 응옥찌 1마을은 지방도로 남쪽에, 2마을은 북쪽에 넓게 자리를 잡고 있었다. 응옥찌 마을에 이르자 소대장이 지시를 내렸다.

"1분대는 나와 함께 1마을을 수색하고 3분대는 독자적으로 2마

을을 수색한다. 유의사항은 평소와 다름없데이. 다만 말이다, 느그
들 씨부럴, 제발 덤벼싸치 말고 침착하고 신중하게 행동하거레이.”

왠지 그날 진성은 소대장과 떨어져 단독으로 수색작전에 들어가
는 것이 홀가분하고 유쾌했다. 내리는 비마저 상쾌할 지경이었다.
응옥찌 1마을은 50여 호가 넘는 2마을에 비하면 10여 호밖에 되지
않는 작은 마을이었다. 그동안 마산 출신의 욕쟁이로 유명한 안소
위가 그에게 수색이나 매복을 시키지 않고 체크 포인트에만 내보
낸 것이나, 그날 자그마한 마을인 2마을을 수색하라고 한 것은 지
난 전투에서 받은 심적 고통을 진정시키면서 낯선 분대원들을 잘
파악해보라는 배려임을 진성은 짐작하고도 남았다. 그렇다면 그
배려에 고마움을 느끼는 것이 마땅했으나 그는 오히려 그것이 구
속처럼 불편했고 그러한 배려에서 벗어나고 싶었다. 그가 독자적
으로 분대를 지휘할 수 있게 되자 상쾌함을 느낀 것도 그런 심리
때문이었다.

마을은 도로에서 짜봉 강까지 2백여 미터밖에 되지 않는 소로
양쪽에 자리를 잡고 있었다. 마을에는 기와집이라고는 한 채도 없
고, 모두가 야자나무 잎이나 짚이나 사탕수수 잎을 얹은 초가집뿐
이었다. 어느 집이건 대나무로 기둥을 세우고 서까래를 올리기는
했으나 대문도 방문도 없었다. 마당에서 그대로 안으로 통하게 되
어 있는 구조로, 낮은 천장에다 창문도 없어 사면 벽은 꽉 막혀 들
어서면 숨이 턱 막히도록 퀴퀴한 냄새가 코를 찔렀다. 방이 두세
개 있는 집이라도 어느 방에서 음식을 만들고 어느 방에서 자며
어느 방에서 일하는지 헤아리기 어려울 만큼 상과 나무 침대와 목
판들과 농기구들과 옷가지들이 너저분하게 널려 있었다. 앞마당
이나 뒤꼍을 불문하고 닭과 개들과 시꺼먼 돼지들이 제멋대로 돌

아다녔다.

진성은 분대원들에게 주민들을 지방도로가의 넓은 마당이 있는 집 앞으로 모이도록 했다. 그러나 주민이래야 언제나처럼 후줄근한 검은 옷을 걸치고 담배를 피워 문 늙은 노인과 이파리를 씹는 노파와 아낙네들과 어린아이들뿐이었다.

"브이씨, 어따우?"

진성은 노인과 아낙네들에게 총부리를 들이대고 베트콩이 어디 있느냐고 물었다.

"콩비억."

그러나 그들은 하나같이 모른다며 고개를 가로저었다. 어쩌면 묻는 것 자체가 어리석은 짓인지 몰랐다.

그는 하는 수 없이 대원들에게 한 집도 빠지지 말고 수색하라고 지시했다. 하지만 그의 분대는 흙탕물이 유유히 흐르는 짜봉 강가의 마지막 집까지 수색하고 마을 주위의 대나무와 야자나무와 바나나 숲을 샅샅이 뒤졌지만 적이 있었다는 흔적을 발견할 수 없었다.

진성은 그대로 돌아갈 수 없었다. 그는 그곳에서 서쪽으로 2킬로미터를 더 가면 탁안동 마을이 있다는 것을 알고 있었다. 아직 그곳까지 수색을 나간 부대는 없었다. 그는 그곳을 수색하기로 하고 떠나기에 앞서 분대원들에게 다시 한 번 주의를 주었다.

"무엇이든지 의심해야 한다. 소로에 가로놓인 나뭇가지, 마을 어귀에 나뒹구는 깡통, 철망에 걸린 천 쪼가리 하나, 바람에 날리는 종이 한 장까지 의심해서 나쁠 건 없다. 먼저 당하지 말고, 먼저 제압해야 한다. 조금이라도 수상하게 구는 자가 있으면 가차없이 사살하라."

탁안동 마을은 서쪽으로 뻗은 지방도로와 그 도로에서 북쪽의 쨔봉 강가로 나가는 소로 사이에 논을 안고 있었기 때문에 논두렁 길을 건너가야만 접근할 수 있었다. 진성은 김왈등(金曰짱) 병장 조에게 논 건너 첫번째 집을 탐색하고 결과를 알리라고 하고, 나 머지 대원들은 각기 엄폐물을 찾아 대기하도록 했다. 바나나 숲 안쪽으로 들어갔던 김왈등 병장이 다시 모습을 드러내더니, 진성 이 대기하고 있는 쪽을 향해 손을 들어 논을 건너오라는 신호를 보내왔다.

"뭔가 수상합니다. 아무도 없어요."

참으로 괴이했다. 첫번째 집만이 아니었다. 그가 전에 탁안노이 2마을을 수색했을 때처럼 두번째 집에도, 세번째 집에도 사람의 그림자라고는 보이지 않았다. 탁안동의 집들은 오랫동안 사람이 살지 않은 듯 기둥이 기울고 지붕이 썩어 내려앉으면서 구멍이 뻥 뚫려 그곳으로 희뿌옇게 안개를 실은 부슬비가 흩날려 들어오는가 하면, 어떤 집은 불타버려 잿더미로 남아 있기도 했다. 아름드리 야자나무들도 서너 그루 밑동이 꺾여 쓰러진 채 그대로 방치되어 있어 폐촌이나 다름없었다.

"전에 미군 헬기나 포병의 집중포화를 맞은 것 같아요. 쑥대밭이 되자 주민들이 모두 떠나버린 게 아닐까요? 분대장님, 수색해보았 자 소득이 없을 것 같습니다. 그냥 돌아가는 게 어떨까요?"

키는 작지만 어깨가 딱 벌어진, 파병되기 전에는 수색대에 있었 다는 김왈등은 오른손에 쥐고 있던 M1소총을 왼손으로 옮겨 잡고 는 오른손으로 그의 사타구니 언저리를 움켜잡고 주물럭거렸다. 진성은 그의 그런 행위가 겁을 먹어서가 아니라는 것을 잘 알고 있 었다. 그는 사타구니 언저리에 차고 있던 일종의 '주물'을 만지고 있었던 것이다.

"야, 김병장, 그거 주물럭거리지 않으면 안 돼?"

"히히, 이게 제 목숨을 보호해주는데 안 만질 수 있나요?"

그가 멋쩍게 웃었다.

진성이 10중대로 온 뒤 체크 포인트에서 김왈등 병장을 상면하자마자 왠지 9중대에 있었을 때 나팔로 「그린 필드」를 불어보려고 애쓰다 전사한 진상호 병장이 떠올랐다. 체격도 얼굴 생김새도 달랐으나 뭔가 두 사람 사이에는 상통하는 것이 있는 것 같았다. 진성이 대원들에게 김상병이 어떤 친구인지 물어보자 그들은 이구동성으로 그가 지니고 있는 이상야릇한 물건에 대해서 이야기했다.

"분대장님, 살살 달래서 보여달라고 해보세요."

그래서 그는 체크 포인트에 나가게 된 지 사흘째 되던 날 저녁때 소대 진지로 철수하면서 일부러 대원들더러 앞서 가라 이르고 김병장의 소매를 잡고 뒤로 처졌다.

"야, 김병장, 나에게도 보여줘야지."

진성은 그것이 진짜인지 아닌지 몹시 궁금했다.

"보여달라니, 뭘 말하는 겁니까?"

"시치미 떼지 마."

"대원들에게서 들으신 모양이네요. 보여드릴 순 있습니다. 절 욕하시지만 않는다면……"

"내가 욕할 리가 있나? 염려 푹 놓으라구."

진성이 그의 어깨를 다독거리자 그는 안심을 한 듯 허리에 차고 있던 탄띠를 풀어 어깨에 메고 나서 요대를 느슨하게 풀더니 방탄복 자락 아래 바지춤 속으로 오른손을 깊숙이 넣고 더듬었다. 이윽고 그는 군화끈에 매달린 무엇인가를 꺼내 흔들었다. 날은 어둑신해지고 가랑비가 다시 내리기 시작했으므로 진성은 그것이 무엇인지 얼른 알아볼 수 없었다.

"바짝 와서 자세히 보십쇼."

그가 손에 든 것을 코앞에 들이대며 나지막한 목소리로 속삭였다. 진성은 무슨 주문에 홀린 사람처럼 그것을 들여다보았다. 그것은 마치 꺼멓게 말라비틀어진 작은 송편 같기도 했고 두 겹으로 접은 돼지 껍질 같기도 했고, 어찌 보면 홍합 속살을 말린 것 같기도 했다. 내리고 있는 가랑비를 맞았기 때문인지 아니면 기름칠을 해두어서인지 윤기가 흐르는 표면에 까만 터럭이 몇 가닥 붙어 있는 것이 보였다. 그것에는 끈을 쉽게 매도록 고리마저 달려 있었다.

"이거 진짜야?"

"진짠지 아닌지는 만져보면 압니다. 이래 봬도 감촉 하나만은 끝내주죠. 만져보십쇼."

진성은 그 물건에서 시체 썩는 냄새가 스멀스멀 풍기고 있는 것 같아 그만 고개를 돌리고 말았다.

"진짜 같군."

그는 믿을 수가 없었으나 인정한다는 듯 말했다.

"이거, 투이호아에 있을 때 월남군에게서 5달러나 주고 구입한 겁니다. 이걸 차고 다니면 죽지 않는다나요. 하지만 이게 썩지 않게 하려면 꾸준히 포르말린을 바르고 왁스칠을 하라고 하더군요. 여기에 바른 포르말린만 하더라도 네댓 병은 될 겁니다."

진성은 그것이 진짜라 할지라도 믿고 싶지 않았다. 그것이 한 여자의 처음이자 마지막, 아니 생명이었다가 죽음이 되었다는 것을 정말로 믿고 싶지 않았다.

"그거 사타구니 사이에 매달고 다니면 거추장스럽지 않나?"

"처음에는 거추장스러웠죠. 하지만 이젠 이게 사타구니 사이에 없으면 허전할 지경입니다."

"야, 김병장. 난 구역질이 나니까 어서 도로 집어넣어!"

그렇다고 진성은 김왈등을 질책하지는 않았다. 그것이 자신의 목숨을 보장해준다고 믿고 있는 그에게는, 언제 죽을지 모르는 이 이상한 전쟁터에서 그것은 무엇보다도 소중한 것이었을 테니까.

"그냥 돌아가지는 않을 거야. 그만 만지고 앞장서!"

진성은 여전히 사타구니 쪽에 손을 대고 있던 김왈등에게 단호하게 말했다.

"주민이 없다고 안심해서는 안 돼. 이런 마을일수록 적이 잠입해 있을 가능성이 높으니까."

"알았습니다."

김왈등은 다시금 두 손으로 총을 움켜잡고 집과 집 사이의 통로를 따라 조심스럽게 훑어나갔다. 지뢰나 부비트랩도 무섭지만, 혹 위장되어 있을지 모르는 여우굴은 공포의 대상이었다. 여우굴은 일자형의 단순한 것도 있었으나 기역 자, 니은 자, 디귿 자형같이 변화를 준 것도 있었고 심지어는 리을 자형의 복잡한 미로를 만들어놓은 것도 있었다.

따따따따땅!

마을을 반쯤 수색해 나갔을 때였다. 앞쪽에서 탄환이 핑핑 소리를 내며 날아오기 시작했다.

"엎드려!"

진성이 소리질렀다. 대원들은 길섶에 엎드리거나 무너져내린 집 담벼락에 몸을 숨겼다. 그는 담벼락 귀퉁이에서 고개를 내밀고 총탄이 날아오는 쪽을 바라보았다. 정면에 이 지역에서는 흔히 볼 수 없는 붉은 기와를 올리고 회칠한 벽이 단단해 보이는 집 한 채와 거기에 잇대어 기역 자로 꺾여져 지은 초가집 한 채가 시야에 들어왔다. 기와집과의 거리는 50미터밖에 되지 않았으나 사격을 가하고 있는 적의 모습은 보이지 않았다. 다만 탄환이 날아오는 방향으로 보아 적은 다섯 명은 넘지 않을 것이었다. 두 명은 기와집 안에, 한 명은 초가집 안에, 나머지 두 명은 두 그루의 높다란 야자나무 둥치 뒤에 몸을 숨기고 있는 것 같았다.

"박상병, 기관총으로 갈겨!"

박관일(朴寬一) 상병이 탄약수를 데리고 부러진 야자나무 밑동에 LMG기관총을 거치하고 요란하게 불을 뿜기 시작했다. 분대는 기관총의 엄호 속에서 사격을 가하며 조금씩 앞으로 나아갔다. 10분쯤 지나자 적의 사격이 멈췄다. 도주한 것일까. 아니면 여우굴 속으로 숨어버린 것일까. 기와집의 넓은 앞마당에는 잡초가 무성했으나 잡초들 사이사이에 누가 일부러 심어놓기라도 한 듯 키 작은 하얀 꽃들이 아름답게 만발해 있었다.

"죽창밭이다!"

앞서 가던 김왈등이 소리쳤다. 진성이 다가가 보니, 10센티미터쯤 되게 끝을 뾰족하게 깎은 대나무들이 무수하게 박혀 있는 것이 잡초와 하얀 꽃무더기 사이로 보였다. 그런 죽창들은 군홧발로 차고 나가면 큰 장애가 되지 못했으나 그것을 피하다가 자칫 위장되어 있는 진짜 죽창 함정에 빠질 수도 있었다. 한 걸음 한 걸음 죽창밭을 지나 기와집의 현관문 앞까지 거의 다가갔을 때였다.

꽝!

우측 초가집 쪽에서 폭음과 함께 비명이 들렸다. 누군가 부비트랩을 밟은 것 같았다.

"장이병이 당했습니다!"

빌어먹을! 장승직(張承稷) 이병이 피범벅으로 너덜너덜해진 왼쪽 군홧발을 두 손으로 움켜쥔 채 나뒹굴고 있었다. 진성은 그 순간 계획에도 없던 탁안동 마을에 들어온 것을 후회했으나 이미 쏟아진 물이었다. 그는 무전기로 안소위를 불러 부상병을 후송할 헬리콥터를 보내줄 것을 요청했다. 그는 시키지도 않은 일을 저질렀다고 한바탕 욕을 먹을 것이라고 각오했으나 안소위는 뜻밖에도 차분한 목소리로 '다 죽여!'라고 짤막하게 말했다. 오히려 어리둥절해진 것은 진성이었다. 다 죽이라니, 소대장은 탁안동 마을에 베트콩뿐만 아니라 주민들도 많이 있다고 생각했는지도 몰랐다. 진성은 '알겠다'고 대답하고 미친 듯이 소리쳤다.

"추격! 섬멸하자!"

일부는 문을 박차고 집 안으로 뛰어들었고 일부는 집을 돌아 뒤꼍 쪽으로 나갔다. 진성은 집 안으로 들어가 철저히 수색했다. 세 칸짜리 방이 두 개 있었다. 방 하나에는 사당이 모셔져 있었고, 다리가 긴 탁자 위에 놓인 청동 향로에서는 코를 쏘는 독한 향내를 풍기며 여러 가닥의 향들이 타오르고 있었으며, 위패 뒤쪽 위에는 주먹만 한 청동 불상이 금방이라도 흔들려 떨어질 것처럼 위태롭게 놓여 있었다. 또 다른 방에는 대나무 침대가 놓였는데 침대를 덮은 하얀 천에는 그때까지 온기가 남아 있었다. 목재를 대나무가 아닌 단단한 빵나무를 사용했다든지 사당에 반듯한 탁자가 놓여 있다든지 집 안이 날마다 청소를 한 듯 깨끗하다든지 여러 모로 보아 마을 유지의 집임에 틀림없었다. 진성은 두 개의 방을 대강 둘러보고 난 뒤, 수색을 한다는 구실로 다시금 두 개의 방을 미친 사람처럼 휘젓고 다녔다. 향로를 올려놓은 탁자를 발길로 걷어차면서 사당을 부수고 침대를 송두리째 둘러엎고 착검한 총부리로 장

속을 푹푹 찔렀다.

"멀리 못 갔을 거야. 샅샅이 뒤져."

진성은 기와집을 나와 뒤꼍으로 돌아갔다. 뒤뜰 역시 앞마당처럼 잡초가 무성하고 하얀 꽃들이 만발한 풀밭이었다. 풀밭이 끝나는 곳에 야자나무가 여남은 그루 서 있었고 야자나무 저쪽에는 50여 미터 폭의 논이 가로놓였다. 그 논 건너로 병풍처럼 빙 둘러쳐진 대나무 숲이 보였다. 안이하게 논을 건너 대나무 숲속으로 다가가는 것은 위험해 보였다.

야자나무 이쪽에는 두엄으로 쓰려고 모아놓은 듯 볏짚 더미가 세 무더기 쌓여 있었다.

"분대장님, 이 속에 뭔가 있습니다."

김왈등이 착검한 소총으로 짚더미 속을 마구 찌르면서 소리쳤다. 진성이 다가가자 그가 다시 말했다.

"아기 우는 소리 같은 걸 들었습니다."

"그래? 짚을 걷어내."

진성이 대원 두 명을 더 붙여 짚더미를 반쯤 걷어냈을 때 탕! 하는 일발의 총성이 들렸고 김왈등이 총을 맥없이 떨어뜨리며 옆으로 쓰러졌다. 진성과 두 명의 대원은 짚더미 뒤에 납작 엎드렸다. 논 가까이 있는 두 그루의 야자나무 뒤에서 적 두 명이 AK자동소총과 미군이나 아군에게서 탈취했거나, 또는 장개석 군대로부터 노획한 중공군이 지원했을 것임에 틀림없는 M2카빈총으로 계속 사격을 가하고 있었다.

"박상병, 11시 방향의 야자나무에 있는 놈을 처치해! 나는 1시 방향에 있는 놈을 맡겠다."

진성이 소리치자 박상병이 기관총을 든 채 사격을 가하며 세 명의 대원과 함께 앞으로 나아가는 것과 동시에 진성은 나머지 대원들을 거느리고 오른쪽 방향의 적을 향해 각개 약진으로 돌진했다. 두 명의 적은 견딜 수 없었던지 각기 대나무 숲 쪽으로 도주하기 위해 논으로 들어섰다. 하지만 곧 적들은 대원들의 집중사격을 받고 논바닥에 거꾸러졌다. 그는 대원들에게 대나무 숲 쪽으로 다가가지 말고 현 위치에서 사주경계를 펴라고 지시하고 나서, 대원 세 명과 함께 짚더미가 있는 곳으로 되돌아왔다.

"어디를 맞았어?"

그때까지 김왈등은 부상당한 것에 아랑곳하지 않고 왼쪽 손에 총검을 들고 짚더미를 계속 쑤셔대고 있었다.

"별거 아닙니다. 오른쪽 팔을 약간 스친 것 같아요. 그래도 이게 죽을 목숨을 구해준 겁니다."

그는 짚더미를 쑤시다 말고 사타구니께를 한 번 움켜쥐었다가 놓았다.

"그럴지도 모르지. 아무튼 상처 좀 보자구."

진성이 말했다. 찢긴 군복 소매에 피가 흥건히 번져 있었다. 정말이지 탄환이 팔뚝을 긁듯이 스치고 지나간 듯 상처는 깊지 않았다. 진성은 주머니칼로 군복 소매를 잘라내고 압박붕대로 팔뚝의 상처를 지혈시켰다. 그와 대원들은 다시금 짚더미를 걷어내는 작업을 시작했다. 김왈등은 깊지 않은 부상이지만 부상을 당했다는 것에 화가 치밀어서인지 물러가 있으라는 말에도 들은 척하지 않고 짚더미를 걷어냈다. 다 걷어내자, 예상했던 대로 까맣게 콜타르 칠을 한 장기판 크기의 판자가 나타났다.

"여우굴이다!"

김왈등이 소리쳤다. 진성과 대원들은 본능적으로 서너 걸음 뒤로 물러섰다. 누군가 판자 뚜껑을 열고 밖으로 수류탄을 던질지도 몰랐다. 그렇다고 가만히 지켜볼 수만은 없었다. 진성은 그 앞으로 다가가 총검으로 뚜껑을 젖히려고 했다. 그 순간, 뚜껑이 조금씩 움직였다.

"엎드려!"

그는 뒤로 물러나 풀밭에 엎드리면서 외쳤다. 뚜껑은 조바심이 나도록 느리게 옆으로 움직였다. 움직이다가는 멈추고 다시 움직였다. 공격을 하려는지, 투항을 하려는지 감이 잡히지 않았다. 그때 그는 콧속으로 스며드는 그윽한 향기를 맡았다. 바로 코앞에 이름 모를 하얀 꽃들이 그득히 피어 있는 것을 보았다. 그는 그 향기에 취한 듯 갑자기 정신이 몽롱해졌다. 환각 상태로 몰아넣는 죽음의 꽃! 월맹정규군의 어린 병사들은 전투의 곤고함을 달래기 위해 그 꽃을 마약으로 사용했다던데…… 그는 게슴츠레 감기는 두 눈을 부릅뜨고 앞을 응시했다.

뚜껑이 완전히 젖혀졌다. 진성은 총부리를 겨누며 무릎을 세웠다. 먼저 밖으로 나온 것은 군용 모포에 감싸인 아기였다. 아기는 땅바닥에 누워 부슬비 뿌리는 하늘로 얼굴을 향한 채 눈을 질끈 감고 날카롭게 울었다. 이어 누렇게 부은 어른의 손과 검은 논이 나타났고, 이윽고 한 여자가 모습을 드러냈다. 여자는 여러 개 죽 내리달린 단추들을 꼬박꼬박 채운 검은 웃옷에 검은 통바지를 입고 있었으나 맨발이었다. 스물댓쯤 났을까. 키는 작았고 부황증이 든 듯 얼굴이 누렇게 부었으나 까만 두 눈만은 날카롭게 빛나고 있었다. 어깨를 거쳐 젖가슴까지 양 갈래로 길게 머리를 기른 여자는 천천히 허리를 굽혀 논을 들어 머리 위에 쓴 뒤 아기를 조심스럽게 안아 올려 가슴에 품었다.

"옹 라 베트콩?"

진성은 그녀를 향해 베트콩이냐고 다그쳤다. 그녀는 아무 대꾸도 없이 얄밉도록 냉정한 시선으로 그의 핏발 선 살기 어린 두 눈을 바라보았다.

"베트콩 어따우?"

베트콩, 어딨어? 총부리를 들이대며 다시금 소리쳤으나 그녀는 대나무 숲 쪽으로 눈길을 한 번 던졌을 뿐, 여전히 침묵을 지켰다.

"이년이 골수 브이씨 같아요. 죽여버립시다."

김왈둥이 소리쳤다. 진성은 그의 말을 묵살한 채, 대원 한 명을 시켜서 그녀를 풀밭에 무릎을 꿇리게 하고 여우굴 앞으로 다가가 엎드려서 안을 들여다보았다. 겨우 사람 하나가 들어갈 수 있는 넓이로 가슴께 정도 찰 만한 깊이의 단단한 점토 바닥이 보였다. 그리고 허리를 완전히 기역 자로 굽혀야 진입할 수 있는 껌껌한 통로가 북쪽으로 나 있는 것도 보였다.

"아무래도 이 여우굴이 수상쩍다. 김병장, 그년 죽이는 대신에 여기에다 수류탄을 까넣어."

김왈둥이 수류탄의 안전핀을 뽑아 안으로 굴려넣자, 무릎을 꿇고 있던 여자가 외마디 소리를 질렀다. 진성은 잠시 흙먼지가 자욱하게 피어오르는 굴 안을 지켜보았다. 1분가량 지났을까, 끙끙거리는 사내의 신음 소리가 들렸고 입구 바닥에 피투성이가 된 한 사내의 모습이 나타났다. 사내는 밖으로 나오는 능력을 상실한 듯 두 팔만 허우적거렸다.

"끌어내!"

그가 대원들에게 지시했다. 대원들은 사내를 들어올려 풀밭에 패대기쳤다. 사내는 두 팔로 땅바닥을 짚고 몸을 똑바로 세워 앉았다. 놀랍게도 그는 수류탄에 부상을 입기 전에 이미 화상을 입은 듯 얼굴의 피부가 풀딱지 앉은 것처럼 쭈글쭈글했고 두 눈은 장님 인 듯 감겨져 있었다. 그뿐만 아니라 두 다리가 무릎부터 달아나고 없어 바짓가랑이를 반으로 접어 허벅지에 묶고 허벅지와 엉덩이 밑에 폐타이어를 붙인 모습을 하고 있었다. 하지만 아래위로 검은 옷을 입고, 머리에 검은 두건을 쓰고, 목에는 검은 머플러까지 두 른 것이 전형적인 베트콩 차림이었다. 그는 여우굴 입구 가까이에 있다가 수류탄 파편을 맞은 듯 얼굴과 팔과 배에서 그의 몸을 감싼 검은 천 밖으로 피가 배어나와 번지고 있는 위로 쇠파리 한 마리가 윙윙 나는 것을 고통스럽게 내려다보는 것 같더니, 마침내 고개를 들고 흰자위만 드러나는 두 눈을 몇 번 끔벅거렸다. 그는 볼 수는 없었으나 얼굴을 돌리고 있는 방향으로 보아 진성의 존재를 의식 하고 있는 것 같았다.

"또이 뗀 라 호앙 빙 밍. 또이 라 베트콩 다이도이쯩."

그가 무표정한 음성으로 말했다. 이름이 호앙 빙 밍이고 베트콩 중대장이라구? 그러고보니 대어를 낚은 셈이었다. 그는 이어 한껏 턱을 치켜들며 너는 한국 청룡부대냐고 물었다.

"옹 라 한꿕 청룡 파이 콩?"

"파이, 또이 라 청룡!"

진성이 그렇다고 대답하자, 사내는 입가를 씰룩거리며 비웃음을 가득 머금었다. 그러나 그는 상처의 고통이 너무나 격심해서 정신 이 가물거리는지 얼굴을 찡그리면서 꼿꼿이 세우고 있던 상체를 앞으로 고꾸라질 듯 꺾었다. 그는 잠깐 동안 두 팔을 땅에 짚고 위 태롭게 버티고 있다가 다시금 상체를 곧추세웠다.

"선 오바 비치!"

느닷없이 사내가 욕지거리를 뱉었다. 그것을 알아들은 김왈등이 총 개머리판으로 사내의 어깨를 후려쳤다. 사내가 옆으로 나동그라졌다. 하지만 그를 버티게 하는 힘은 어디에서 나오는 것일까. 그는 오뚝이처럼 일어나 앉았다.

"유 캔 킬 텐 오브 마이 멘 포 에브리 원 아이 킬 오브 유어즈. 벗 이븐 엣 더즈 오드즈, 유 윌 비 디피티드 인 디즈 배틀, 앤드 아이 윌 윈."

그는 양키들이 쓰는 욕지거리만 아는 것이 아니었다. 단어 하나하나를 끊어가며 상대방이 쉽게 알아듣도록 영어를 제법 잘 구사했다. 너희는 미국의 '구멍 마개'로 베트남에 왔으니 이 정도는 알아듣겠지 하는 듯 다시금 두 눈을 끔벅거렸다.

"도대체 이 새끼가 뭐라고 지껄이는 겁니까?"

김왈등이 화를 이기지 못하고 식식거렸다.

"대강 이런 말 같은데? 내가 네 부하 한 명을 죽이는 데 따라, 너는 내 부하 열 명을 죽일 수 있을 것이다. 그러나 그 같은 나의 열세에도 불구하고, 너는 이 전쟁에서 질 것이고, 내가 이길 것이다."

진성이 알아들은 대로 말해주었다.

"분대장님! 이 새끼, 제멋대로 씨부렁거리는 말을 들을 필요가 있습니까? 모조리 다 죽여버립시다."

진성은 그의 성화에 잠시 망설였다. 지난번 적의 기습을 당해 죽은 소대원들을 생각하면 그 자리에서 사살해버려도 한이 풀릴 것 같지 않았다. 그때 이 사내가 직접 진두지휘를 하지는 않았을지라도 작전을 수립하는 데 적극적으로 간여했을 수도 있었다. 그날 밤, 유중사가 죽인 적이 철모를 쓰고 있었다고 해서 기습했던 적을 모두 다 월맹정규군이라고 판단할 충분한 근거는 되지 않았다. 이

자의 고통을 덜어줄 겸 사살해버릴까. 그러나 영어를 구사하는 것으로 보아 꽤 유식한 베트콩 중대장임에 틀림없는데 포로로 데려가면 유익한 정보를 얻을 수 있을 것 같은 미련도 없지 않았다.

한동안 잠잠히 있던 아기가 소리내어 울기 시작했다. 사내가 꿇어앉아 있는 여인 쪽으로 시선을 던졌다. 두 남녀의 시선이 마주치는 것 같았다. 그 순간 남녀는 무엇인가 무언의 말을 나누는 것처럼 보였다. 갑자기 사내가 품 안에서 예리한 단도를 꺼내 배를 푹 찌르면서 가로로 그었다. 그러자 여자는 아기를 풀밭에 내려놓더니, 웃옷 속에서 똑같이 생긴 단도를 꺼내 자신의 가슴을 재빨리 풀어헤치고 왼쪽 위에서 오른쪽 아래로 한 번, 오른쪽 위에서 왼쪽 아래로 한 번 긋고 배에다 칼을 꽂았다. 말릴 사이도 없었다. 외마디 소리도 지르지 않았다. 아기의 울음소리만이 부슬비 내리는 허공으로 퍼져나갔다.

"박상병, 아기를 안아!"

박관일이 기관총 총신을 탄약수에게 맡기고 모포에 싸여 있는 아기를 안아 올렸다.

진성은 복수를 다짐하면서 탁안동 마을에 왔으나, 어쩐지 복수를 당했다는 기분을 떨쳐버릴 수 없었다.

"이 흉물스런 시체들을 여우굴에 쓸어넣어!"

그는 대원들에게 소리쳤다.

"뭘 매장까지 해줍니까?"

누군가 투덜거렸다.

"처넣으라면 넣어!"

대원들은 좀처럼 화를 내지 않던 분대장의 심상치 않은 표정을 읽고 마지못해 피로 범벅된 두 시체를 끌어다가 여우굴 속으로 우

겨 넣었다. 그것은 그들을 향한 서푼어치의 연민의 감정에서 우러
나온 배려는 결코 아니었다. 복수심 때문이었다. 언젠가는 베트콩
들이 다시 이 여우굴을 이용할 것이다. 그는 그때 중대장 부부의
비참한 최후를 발견하고 경악할 베트콩들의 얼굴을 상상했을 뿐이
었다.

"초가집부터 불 질러!"

그는 다시금 명령했다. 가랑비가 내리는 허공 위로 검은 연기가
꾸역꾸역 피어올랐다.

그날의 수색작전의 경과와 결과를 두고 중대장은 진성을 여단
군법회의에 붙여야 한다고 주장했다. 이유는 첫째, 응옥찌 2마을
만 수색하라는 소대장의 명령을 어기고 2킬로미터나 서쪽으로 벗
어나 탁안동 마을을 수색하다가 두 명의 부상자를 낸 죄, 둘째는
포로가 생기면 무엇보다도 먼저 몸수색을 해야 하는데 그 철칙을
무시하여 첩보에 가치가 있는 적 중대장을 자결토록 방치한 죄, 셋
째는 다음날 아침 아기를 성당에 맡기기 위해 대대 수송반에 가서
지프를 탈취하는 등 무단으로 근무지를 이탈한 죄를 물어야 한다
는 것이었다. 특히 지프를 탈취한 사실은 헌병대에서도 알고 있으
므로 어떤 조처를 내리지 않을 수 없다고 했다. 그러나 소대장 안
필수 소위는 진성이 베트남에 와서 1년 동안 거둔 전과와 그날 오
후에 논으로 들어가 사살한 2명의 적을 확인하고 AK자동소총 한
정과 M2카빈총 한 정, 그리고 수류탄 두 개와 실탄 수십 발을 노획
한 전과를 들고, 특히 귀국할 일자가 두 달도 남지 않았음을 강조
했다. 결국 중대장도 헌병대장과 잘 이야기하여 없었던 일로 묵살
하기로 결정했다.

진성은 아기를 안고 나오던 그날, 중대장에게서 근신 명령을 받았으나 그것을 지킬 수 없었다. 아기가 제 어미 아비가 죽었다는 것을 알아채기나 한 듯 끊임없이 악을 쓰고 울어댔기 때문에 진성은 가만히 죽치고 앉아 있지 못했다. 대원들이 돌아가며 얼러보았지만 아무 효과가 없었다. 그는 하는 수 없이 아기를 안고 소대 진지를 벗어나 논두렁을 건너 체크 포인트로 내려갔다. 그는 체크 포인트를 지키고 있던 분대의 대원들을 시켜서, 지나가는 아낙네들을 붙잡고 아기에게 젖을 물릴 수 있는지 물었다. 그리하여 날이 어두워 철수할 때까지 두 아낙네에게서 동냥젖을 물리고 돌아올 수 있었다.

그러나 아기는 잠잠하다 싶으면 느닷없이 울음을 터뜨렸다.

"분대장님, 이름이라도 지어주고 얼러봅시다."

울음소리에 눈을 붙일 수가 없었던지 박관일 상병이 그의 벙커로 찾아와서 말했다.

"그래, 그게 좋겠군!"

진성은 왜 일찌감치 그 생각을 못했을까 자책하듯 이마를 주먹으로 쳤다.

"뭐, 괜찮은 이름이라도 생각났나?"

"대원들이 여러 의견들을 내놓은 결과, 용애란 이름이 좋다고 합의를 보았습니다. 청룡부대를 사랑해다오, 뭐, 그런 뜻이 담겨 있습니다만."

"어, 그거 좋구먼. 이제부터 용애라고 부르자."

박관일은 용애를 받아 안더니 '잘자라, 우리 용애' 하면서 자장가를 불렀다. 그것이 효험이 있었던지 아기는 금세 쌕쌕 잠들었다.

"분대장님, 용애를 어쩔 셈입니까? 계속 기를 수는 없잖습니까?"

박상병이 물었다.

"알겠어. 내게도 생각이 있으니까."

박상병이 돌아가고 나서 아기가 깜박 잠들었다 싶었는데 무엇에 놀랐는지 깨어나 또 한바탕 울음을 터뜨렸다. 그는 아기를 가슴에 안고 내리는 빗소리를 들으며 거의 뜬눈으로 밤을 지새웠다.

동이 트자, 그는 박관일에게 아기를 안고 체크 포인트에 가 있으라 이르고 자신은 대대본부 수송반으로 달려갔다. 수송반 대원들은 아침 일찍부터 차량들을 닦고 조이느라 바빴다. 그는 마침 지프에 시동을 건 채 보닛 안을 점검 중인 대원을 밀쳐내고 보닛을 닫은 뒤 지프에 올라탔다. 점검하고 있던 대원은 그가 누군지 몰라 어리벙벙 서 있기만 했다.

"나, 9중대 3소대 3분대장이야. 잠깐 쓰고 돌려줄게."

그는 앞으로 내달리며 소리쳤다.

"안 됩니다!"

뒤에서 외치는 소리가 들렸으나 돌아보지 않았다. 그가 지프를 몰기는 오랜만이었다. 하사관학교에 가기 전, 사병으로 106밀리 무반동총반에 있었을 때 거대한 무반동총을 지프 뒷자리에 거치하고 몇 번 훈련에 나가면서 배워두었던 운전 기술이 전부였다. 서툴기는 했으나 차가 앞으로 달릴수록 자신감이 생겼다. 그는 체크 포인트로 가서 아기를 안고 있던 박관일을 태우고 빗손으로 달렸다.

"어디로 갑니까?"

"성당으로."

지프를 탈취할 때까지만 해도 가랑비가 내렸으나 1번 국도를 향해 지프를 몰기 시작하면서부터 장대비로 변했다. 지프에는 덮개가 없었기 때문에 진성과 박관일은 장대비를 온몸에 고스란히 뒤

집어썼다. 박관일은 용애가 비에 젖지 않도록 판초로 가려주려고
했으나 억수로 내리는 빗발은 판초 사이를 교묘히 파고들었다. 하
지만 밤 사이 심하게 울던 아기는 죽은 듯이 조용하기만 했다.

"분대장님, 왜 용애가 울지 않죠?"

"혹시 까무러친 게 아닐까?"

진성이 입으로 날아드는 빗물을 삼키며 걱정스럽게 소리쳤다.

"숨은 쉬고 있는데요!"

"그럼 자고 있나보다."

아기가 어떤 상태인지 알 수 없었으므로 진성은 가속 페달을 정
신없이 계속 밟았다.

빙손 성당은 쨔봉 강 다리를 건너기 전 1번 국도 오른쪽에 자리
잡고 있었다. 성당 건물은 시골 성당답게 작고 아담했다. 진성은
지프를 성당 앞에 세워놓고 박관일에게서 아기를 받아 안았다.

"박상병, 지프를 지키고 있어. 내 곧 나올 테니까."

어두컴컴한 성당 안 앞쪽 단 아래에 검은 옷을 입은 한 여자가
꿈지럭거리며 움직이고 있는 것이 보였다. 그는 갑자기 섬뜩한 느
낌을 받고 걸음을 멈추었다. 베트콩? 그는 두 눈을 크게 뜨고 그녀
를 바라보았다. 창문으로 새어 들어오는 희미한 빛에 그녀의 모습
이 똑똑히 보였다. 그녀는 검은 수녀복을 입고 엎드려 걸레로 마룻
바닥을 닦고 있었다. 이번에는 그의 군홧발 소리에 화들짝 놀란 수
녀가 달아나려는 자세를 취했다. 그는 안심하라는 시늉으로 손을
가로저었다. 그러자 수녀는 주춤 멈추어 서서 빗물을 뚝뚝 떨어뜨
리며 아기를 안고 서 있는 진성을 겁먹은 표정으로 바라보았다.

"나는 청룡부대에 있는 하사관입니다."

그는 가슴의 계급장을 가리키며 말했다. 그러고는 수녀에게로

다가가서 대뜸 아기부터 안겼다. 조용하기만 하던 아기가 갑자기 발버둥 치며 울음을 터뜨렸다. 아, 다행이다! 운다는 것은 살아 있다는 표시니까. 부지불식간에 아기를 안아든 수녀가 아기를 어르느라고 조심스럽게 흔들었다. 그는 수첩을 꺼내 종이 한 장을 찢어, 이름은 이진성, 청룡부대 하사관이며, 아기 이름은 용애(龍愛)라고 한자로 쓰고 그 쪽지를 수녀에게 전했다. 그는 자기도 모르게 아기의 손을 한 번 어루만져보고 나서 앞에 있는 성모 마리아상을 향해 무릎을 꿇었다. 나의 모든 죄를 용서하소서! 그는 세상에 나서 처음, 참회하는 마음으로 기도를 올렸다.

성당 밖으로 나오자 지프에는 박관일 외에도 수송반에서 수배를 요청했던지 헌병 두 명이 그를 기다리고 있었다.

호앙 빙밍! 진성의 낡은 수첩에는 그 베트콩 중대장의 이름이 그렇게 적혀 있었다. 진성이 미군 제10 야전 병원에서 소대장과 대원들의 시체를 확인하면서 지니게 되었던 것 못지 않은 분노와 복수심을 호앙도 품고 있었을 것이었다. 진성 자신은 부상 한군데 당하지 않았으나 호앙은 화상에다 눈이 멀고 두 다리를 잃었다. 그가 그토록 참혹한 모습을 갖게 되었다면 그의 부하들은 얼마나 많이 죽었을 것이며 그로 인해 얼마나 깊은 회한과 슬픔을 품게 되었을까.

그날의 여러 정황으로 미루어보아, 호앙은 아기를 낳은 지 채 열흘도 되지 않은 아내를 보호하기 위해 다섯 명의 부하들과 함께 자신의 집인 그 기와집에 머무르고 있었던 것으로 짐작할 수 있었다. 그들은 진성의 분대가 그곳까지 탐색을 나오리라고는 예측하지 못했을지도 몰랐다. 호앙은 그들의 중대장을 마지막까지 지키려던 부하들에게 자신을 버리고 도주하라고 명령을 내렸다고 추측해볼 수도 있었다. 그날 진성의 지시에 따라 두 시체를 그들이 나왔던 여우굴에 쑤셔박아 넣었던 탓으로 대원들이 직접 들어가 확인해보지는 않았지만, 땅굴은 20여 미터 북쪽의 논을 향해 들어가다가 두 갈래로 갈라져 두 명의 적이 각각 사격을 가했던 두 야자나무 옆으로 빠져나오도록 뚫려 있을 것으로 판단되었다. 땅굴 속에서 자유롭게 움직일 수 없었던 자신의 처지도 그랬거니와, 어쩌면 산후조리가 필요한 아내를 두고 갈 수 없었을지도 모르는 호앙은 이미 삶을 포기하고 있었던 것인지도 알 수 없었다.

부비트랩을 밟았던 장이병과 팔뚝에 부상을 입은 김병장을 후송하기 위해 헬리콥터 한 대가 탁안동 마을에 착륙했을 때, 진성은 갓난아기도 함께 실어가기를 요청했었다. 그러나 미 해병 조종사는 키득키득 웃으면서 너희가 기르라는 한마디를 내뱉고는 그냥 가버렸던 것이다.

탁안동 수색작전 이후 중대장은 진성을 중대에 두는 것을 꺼려 곧바로 전출시켰다. 그가 전출되어 간 곳은 김정옥 중위가 있는 민사장교실이었다. 거기 있은 지 보름도 채 되지 않아 그는 다시 한 번 전사자들을 확인하러 나가야만 했다. 월맹정규군 1개 연대가 밤을 도와 11중대가 방어하고 있던 짜빙동 진지를 공격해오자 새벽까지 백병전을 벌여 아군 전사 15명에 부상자 33명의 피해를 입었으나 반면 적 확인사살 243명에 60명을 추정 사살하는 획기적인 전과를 올리면서 진지를 사수했던 해병대 전사에도 찬연하게 기록된 '짜빙동 전투'가 벌어졌기 때문이었다. 그곳은 전에 김정옥이 소대장으로 있고 진성이 분대장으로 있던 9중대가 구축했던 진지였다. 그러나 그 공방전이 끝난 직후, 무참히 파괴된 진지를 돌아보면서 진성은 장병들의 용맹성에도 불구하고 일말의 수치심을 느끼지 않을 수 없었다.

그는 귀국할 날짜를 받아놓고도 '이 더러운 전쟁이여, 안녕!' 하며 나팔을 불지 못했다. 자신이 베트남을 떠나고 나서도 또 얼마나 많은 장병들이 죽을 것인가를 상상하면, '안녕!'을 고한다는 것이 어쩐지 이기적이고 파렴치한 행위처럼 여겨졌기 때문이었다. 그는 나팔 불기를 단념하고 시백에 나팔을 넣었다.

그런데 참으로 이상한 것은 호앙과 그의 아내가 자결을 결행한 그 다음날부터 진성의 왼쪽 귀에 이명이 울리기 시작했고 일주일 동안 귀앓이를 했다는 것이다. 그런 일이 있은 후 그는 가까운 곳에서 총성이 울려도 아주 먼 데서 들려오는 듯 희미하게 듣게 되었고 심한 충격을 받을 때마다 귀앓이를 하는 고질병이 생겼다.

지독한 감기와 귀앓이에 시달리며 열흘을 보낸 진성은 다소 원기를 회복하자 아내에게 아무래도 베트남에 다녀와야 할 것 같다고 조심스럽게 말했다.

"혹시 숨겨놓은 아이가 있는 게 아니우?"

아내는 처음엔 농담조로 받더니, 이내 자못 심각한 표정을 띠며 덧붙였다.

"다녀온 뒤부턴 가위에 눌리는 꿈만 꾸지 않게 되기를 바랄 뿐이에요."

진성은 그 다음날, 추 푸옹에게 전화를 걸었다.

"내가 직접 베트남에 가서 롱이우를 만나겠습니다. 그리고 그녀의 고향이 어디고 그의 아버지와 어머니가 어떤 사람인지, 또 그들이 어떻게 죽었는지 모두 들려줄 생각입니다."

"정말이십니까? 고맙습니다. 언제 가시게요?"

추 푸옹이 반가워하며 낭랑한 음성으로 물었다.

"이른 시일 내에……"

"잘 결심하셨습니다. 아무래도 저도 학기가 시작되기 전에 베트남에 한 번 다녀와야 할 것 같아요. 제가 어떻게 한국어를 배웠는지도 선생님께 말씀 드려야겠구요. 그러니 저와 동행하도록 날짜를 조정하시면 어떨까요?"

진성은 그녀의 제의에 동의했다. 그는 비자가 나오는 동안, 베트남에 관한 서적이 어떤 것이 있나 대형 서점들을 뒤졌다. 그 가운데 하나가 1999년 8월부터 베트남 대사관에서 2년 남짓 근무한 바 있는 이용준이란 외교관이 쓴 『베트남, 잊혀진 전쟁의 상흔을 찾아서』란 책이었다. 저자는 진성이 추라이 지역에 있었던 때부터 만 1년 뒤 70킬로미터 북쪽 호이안에 상륙했던 청룡부대에 관련된 이야기를 서술하는 부분에서 베트남 사람이 새긴 하미 마을의 비문 하나를 소개했다.

먹구름과 천둥, 번개가 치고 적이 마구 몰려와 평탄한 땅에 파도를 일으키고 마을 사람을 한데 모아 마을을 버리게 하고 고향을 버리게 했다. 칼로 끊는 듯 내장이 찢기는 아픔으로 주민들은 땅을 잃고 강을 잃고 바다를 잃고 농사일을 잃고 낚시일을 잃었다.

악독하고 끔찍하여라. 떨어진 목에서 흐르는 피, 경악으로 야자수 숲은 마른 머리카락이 떨어지듯 흩날리고 강은 휘어져 돌고 눈물은 고여서 늪이 되고 만이 된다.

거기에는 단두대가 있었고 교회는 갑자기 잿더미가 되었고 하지아 숲은 마른 뼈들로 흰색이 되었고 케롱 해변에는 시체가 쌓여 있었다.

1968년 이른 봄, 정월 스무넷째 날 청룡부대 군인들이 갑자기 나타나 흉포하게도 양민들을 미친 듯이 학살하였다. 하미 마을은 30가옥이 불에 타고 주민 135명의 시체는 산산이 흩어지고 태워졌다. 그 지역은 붉은 피로 덮였고 모래는 뼈와 섞이고 집들은 사람과 함께 불태워졌다. 탄 고기와 비린 피를 탐하는 개미들, 화염이 지나간 후 더욱 짙어진 어둠을 생각한다.

늙은 어머니와 병든 아버지가 툇마루에 머리를 떨구고 쓰러져 있는 것보다 더 슬픈 것이 있겠는가.

아이들이 신음하고 시체가 서로 포개져 쌓여 있다. 아직도 죽은 사람의 피가 말라서 고여 있고 아이는 엄마 배 위에서 더 이상 나오지 않는 젖을 찾는다. 어린아이는 입을 다쳐서 목이 말라도 물을 마실 수가 없다. 더 처참한 것은 그후에 탱크가 무덤들을 짓뭉갠 것이다. 악마의 그림자가 드리운 대지 위에 메마른 뼈, 무고한 영혼의 외침이 푸른 하늘에 울려퍼진다. (중략)

이 깊은 상처를 남긴 그때의 한국인은 지금 찾아와 용서를 구하였다. 그리하여 용서 위에 비석을 세우고 고향 발전을 위한 인도적 협력의 길을 열고 있다.

모래와 소나무는 하미 학살을 기억하기 위함이다. 향불은 저 세상의 영혼을 달래기 위함이다. 천 년의 흰 구름은 마을의 번영과 평안을 기원한다.

2000년 8월 경진년 가을

디엔즈엉 당, 정부, 주민

(이용준, 『베트남, 잊혀진 전쟁의 상흔을 찾아서』, 조선일보사, 2003, 101~102쪽)

가슴을 저미듯 애절한 그 비문에 나타난 '양민 학살'이란 표현은, 아군 입장에서 보면 베트콩과 양민을 구분할 수 없었다는 베트남전의 특수성이 빚어낸 비극적인 어휘일지도 몰랐다. 그러기에 저자가 그 1년 뒤에 다시 그곳에 찾아갔을 때 '한국과 베트남의 화해와 협력의 정신'에 입각하여 비는 서 있으되, 그 비문은 지워져 사라져버렸더라는 것이다.

진성은 2004년 1월의 어느 날 오후, 추 푸옹과 함께 인천공항에서 하노이로 떠나는 비행기에 오르면서 롱이우를 만나면 무슨 말부터 할 것인지 다시 한 번 골똘히 머리를 쥐어짜보았다. 하지만 국가적 사명감도 없이 개인적인 감상에 젖어 모험심을 내세우며 베트남 전쟁에 자원했던 그로서 그 어떤 변명을 늘어놓을 것인가. 오직 용서를 구하는 길밖에 다른 할 말이 없었다. 그날, 호앙 빙밍과 그의 아내를 진성이 직접 죽인 것은 아니었다. 하지만 소대장의 명령을 어기면서 탁안동 마을까지 가지만 않았더라도 그들이 갓난아기를 남겨놓고 자결하는 극단적인 길을 택하지는 않았을 것이기 때문에 결과적으로는 이진성 자신이 그들을 죽인 것이라고 그는 자책했다.

호앙 빙밍. 그 이름은 어떤 뜻을 지니고 있었을까. 진성은 떠나기 며칠 전, 베트남어 사전을 사서 그 발음을 따라 한자를 뒤져 보았다. 그리고 그는 이렇게 결론지었다. 황평명(黃平明)! 빙밍으로 발음되는 한자의 평명은 베트남어로 '새벽' 또는 '여명'이란 뜻이었다. 빙밍! 그는 죽었으나 죽음으로써 그의 예언대로 진성 자신을 이겼고, 베트남에 새 시대의 여명을 밝힌 사람으로 현현했다고 인정하지 않을 수 없었다.

기억 : 기억에는 두 종류가 있다. 하나는 애써 기억하려고 해서 기억하고 있는 '의식적인 기억'이고, 다른 하나는 기억하려고 시도하지 않았지만 저절로 기억되어 있는 '무의식적인 기억'이다. 후자는 무엇인가를 기억할 수 있는 능력이 생긴 이후 기억되기 시작하여 평생 동안 잠재하면서 한 인간을 형성하는 데 기여한다. 그것은 베르그송의 '순수기억'이기도 하고 프루스트의 되살릴 수 있는 '잃어버린 시간'이기도 한데, 문자로 기술될 경우 새로운 것을 창조하는 기능을 하기 때문에 매우 소중하다. 이에 비해, 전자의 의식적인 기억은 그것이 기술될 경우에는 기술자의 합리화를 거쳐 만들어지는 역사가 된다. 그렇기에 역사는 합리화란 가면을 쓰고 있으며 사물의 진리를 은폐한다.

사실 : 그러나 역사에도 부분적으로는 '순수기억'에 따른 기록들이 없지 않다. 순수기억은 우리가 살아온 과거의 '전체성'을 의미할 뿐만 아니라, 자아의 진정한 실재를 이룬다. 따라서 순수기억에 따른 기록들이란 위급할 때 토로한 대화라든가, 구원을 요청하는

편지라든가, 또는 처참한 장면에서 받은 인상을 되살린 회고와 같은 것들에서 발견할 수 있는 것처럼 직접성을 발현하고 있는 순수 언어이다. 그런 의미에서 순수언어는 고유한 초점을 갖고서 삶의 모든 사실을 어떠한 세목도 빠뜨리지 않고 순수하게 보존하고 있다가 터뜨리는 영혼의 비명이다. 이 영혼의 비명의 사실화, 그것은 진실을 낳기 위한 진통이다.

상상: 소설이란 사실을 있는 그대로 기록한 것이 아니라 허구적인 이야기를 그럴 듯하게 꾸며놓은 구조물이라고들 말한다. 그러나 무엇이 사실이고 무엇이 허구인가. 그들이 말하는 사실이란 합리화와 선입견이 개입된 역사를 뜻하지, 순수기억이 지닌 사실은 아니다. 순수기억의 사실을 언어로 기록한다는 것은 창조적인 의미에서 허구적이다. 그러므로 나는 『기억의 가면』에서 사실과 허구를 구분하지 않으려고 했다. 나는 나를 억압했던 기억들을 되살리고 영혼의 비명이라 할 수 있는 많은 기록들을 인용하고, 작중인물의 허구적 수기 또는 회고담을 소설화하거나 죽은 자가 말을 하는 이상한 소설을 끼워넣기도 하면서, 될 수 있는 한 그럴 듯한 이야기를 만들어내려고 온갖 상상을 해보며 그에 걸맞는 여러 가지 형식을 동원해보았다.

참회: 『기억의 가면』은 지난 세기의 전쟁들 가운데 주인공이 겪은 제2차 세계대전 중 미군의 일본 본토 폭격과 6·25 전쟁, 그리고 베트남 전쟁을 소재로 하여, 한반도는 물론 일본, 브라질, 중국, 베트남에 걸친 지역을 배경으로 삼고 있다. 6·25 전쟁에 관한 한, 1961년 데뷔작인 『잃은 자와 찾은 자』와는 대척적인 자리에 놓이면서 동시에 짝을 이루는 작품으로 형상화하려고 의도했다. 나는 이 소설을 전쟁터에서 억울하게 희생된 영령들에게 바치는 묘비명

이자 살아남은 자의 참회록이라고 감히 말하고 싶다. 솔직히 말해서 독자들의 반응이 궁금하다.

소설에 인용된 기록들의 저자들과 자료들을 제공해주었던 여러 분들에게, 『동서문학』에 분재되는 동안 격려를 아끼지 않았던 모든 분들에게, 그리고 단행본으로 만들어준 문학과지성사 관계자들에게 마음 깊이 감사한다.

2004년 초여름
인천 용마루에서
김용성